悬天净土

胡正荣 著

北京日报出版社

图书在版编目（CIP）数据

悬天净土 / 胡正荣著. — 北京：北京日报出版社，2024.1

ISBN 978-7-5477-4725-4

Ⅰ.①悬… Ⅱ.①胡… Ⅲ.①长篇小说－中国－当代 Ⅳ.①I247.5

中国国家版本馆 CIP 数据核字（2023）第 219707 号

悬天净土

出版发行：北京日报出版社
地　　址：北京市东城区东单三条 8-16 号东方广场东配楼四层
邮　　编：100005
电　　话：发行部：（010）65255876
　　　　　总编室：（010）65252135
印　　刷：武汉鑫佳捷印务有限公司
经　　销：各地新华书店
版　　次：2024 年 1 月第 1 版
　　　　　2024 年 1 月第 1 次印刷
开　　本：787 毫米×1092 毫米　1/16
印　　张：19
字　　数：311 千字
定　　价：78.00 元

版权所有，侵权必究，未经许可，不得转载

目录
CONTENTS

一、乡村振兴 / 001
二、地震情缘 / 003
三、深山小城 / 008
四、康巴汉子 / 011
五、喜结良缘 / 014
六、舞蹈节奏 / 017
七、上岗履职 / 021
八、食宿无忧 / 024
九、血洒格桑 / 027
十、春蚕吐丝 / 030
十 一、走马上任 / 033
十 二、红烛闪耀 / 037
十 三、振兴项目 / 041
十 四、组织温暖 / 045
十 五、寄宿学校 / 048
十 六、周末加班 / 051
十 七、亲人问候 / 056
十 八、两封家书 / 060
十 九、生命守护 / 064
二 十、妻子回信 / 067
二十一、尘埃落定 / 071
二十二、得天独厚 / 074

二十三、藏艺传承 / 077
二十四、索朗堪布 / 080
二十五、党建阵地 / 083
二十六、暖心拆迁 / 087
二十七、香拉印记 / 091
二十八、特大喜事 / 095
二十九、促膝交谈 / 099
三 十、负重前行 / 105
三十一、项目实施 / 108
三十二、教书育人 / 112
三十三、以情治理 / 117
三十四、党日活动 / 122
三十五、振兴计划 / 125
三十六、共同家园 / 129
三十七、有缘相聚 / 133
三十八、暖心工程 / 136
三十九、坚守初心 / 140
四 十、家的向往 / 145
四十一、梦里家园 / 148
四十二、回家之路 / 151
四十三、家的温馨 / 155
四十四、真心撮合 / 159

四十五、父母爱情 / 163
四十六、前往凉山 / 167
四十七、见到布哈 / 169
四十八、梭梭拉达 / 173
四十九、离别凉山 / 177
五　十、母亲重怒 / 180
五十一、重返高原 / 183
五十二、滨海来客 / 190
五十三、滨海深情 / 194
五十四、驻村雪达 / 199
五十五、汉藏一家 / 203
五十六、美丽草原 / 208
五十七、进村入户 / 213
五十八、妙手回春 / 217
五十九、真情实意 / 221
六　十、杏林妙手 / 225

六十一、提前返程 / 230
六十二、头脑清醒 / 234
六十三、村民大会 / 239
六十四、勾画蓝图 / 244
六十五、真实报告 / 249
六十六、情深意长 / 253
六十七、珍贵礼物 / 258
六十八、爱的港湾 / 261
六十九、再叙情谊 / 266
七　十、鼓楼不醉 / 272
七十一、土司官寨 / 277
七十二、回归秀城 / 281
七十三、一鸣申请 / 285
七十四、希望如愿 / 289
七十五、振兴伟业 / 293

一、乡村振兴

　　一轮明月悄然爬上西边山峰，皎洁的光芒为香拉里这座大山深处的小县城镀上一层银灰色，与四周山腰升腾起的薄雾润在一起，迷蒙一片，平添一抹神秘色彩。夜的香气弥漫在空中，织成了一张柔软的网，把所有景物罩在里面。目之所及都是罩在这张网里的东西，一草一木，不像白天那样现实，涂抹上了模糊、空幻的色调，隐藏了自己的细致之点，保守着它的秘密，给人一种如梦如幻的感觉。

　　宿舍里，邓一鸣疲惫地躺在床上，却处于兴奋状态，毫无睡意。脑子昏昏沉沉，隐隐作痛；呼吸急促，出气不匀；怦怦的心跳声在耳边回响，频率持续在高位。他努力让自己平静下来，可是一点儿用都没有。而隔壁床的岳云峰早已进入梦乡。

　　上午，在来香拉里的路上，队友说那里海拔超过三千米，氧气含量只有平原地区的60%，稍稍运动就会心跳加速、气喘吁吁。当时，他没觉得什么，现在才感到低氧的难受，心中不免产生一缕惆怅，两年时间，都将在这样的环境里生活、工作，自己能否适应？唉，邓一鸣叹息一声，从被窝里慢慢坐起来，披上外套，将头靠在墙壁上，伸手拍了拍额头，抱起双肘，扫了一眼打呼噜的岳云峰，陷入沉思：来这里开展乡村振兴、建设美好家园工作是自己主动选择、心甘情愿的，已经无路可退。一个月前，仙游区委按照省委的要求，号召四十五岁以下的年轻干部援助藏区，到香拉里工作，他经过几天的考虑，征得妻子同意和儿子支持后，报了名。确定人员时，单位领导出于工作考虑，几次征求他的意见，但是他态度坚决，领导只得同意。他成了一名援藏干部，希望趁着年轻、精力充沛时，做一些有意义的事情。当然，还有一点儿小私心，他期待通过援藏对自己升迁有所帮助，平平常常待在单位上升空间有限，他不想庸庸碌碌一辈子。

　　电话铃声响起来。邓一鸣起身走到小方桌边拿起正在充电的手机，扫了一眼，见是胡明军的号码。几年前，他俩在市里组织的干部培训会上认识。胡明军是富城区南平乡的援彝干部，到凉山昭觉县已经整整四年，经过不懈努力，成绩斐然，得了省委表彰，成为全省援彝援藏扶贫先进个人。

邓一鸣接通电话，压低声音，亲热地打招呼道："胡老哥，晚上好，有什么事情吗？"

"一鸣同学，没有什么事情。"胡明军回答，又担心地问，"你小子怎么啦，不至于高原反应这么严重，声音都变了吧？"

邓一鸣赶紧解释："不是的，怕打扰同寝室的同事。我们租的是两室一厅的民房，每个寝室住着两个人。"

胡明军嘿嘿一笑，低声问："你怎么跑到香拉里去了呢？"

邓一鸣嗔怪地反问道："胡老哥，难道只允许你去大凉山，就不许我到香拉里？再说，你之前做的是精准扶贫，我现在做的可是乡村振兴，不一样的哦！"说完，忍不住笑起来。他俩年龄相差不大，认识后，相处得不错。

胡明军带着不恭的语气说："行吧，有机会到香拉里，向你们学习乡村振兴经验呗。"

"胡老哥，你就挖苦我吧！我知道自己几斤几两，等这边情况熟习后，肯定去大凉山取经。到时候，你别铁公鸡一毛不拔哦。"

"臭小子，我发觉你自从升职后就变得越来越尖酸刻薄了呢。"胡明军没等邓一鸣接话，又赶紧问，"兄弟，你留县上还是去乡镇？任什么职务？"

邓一鸣淡定地回答，留在县委组织部，拟任副部长，报到后再具体分工。

胡明军对邓一鸣表示祝贺后，二人继续闲聊了一阵，然后挂了电话。邓一鸣将手机放在桌子上，回到床边，穿上长裤，拿起外套披上。尽管已是五月天，但是仍旧寒意袭人。

"邓大部长，睡不着啊？"岳云峰翻身问道。

"唉，云峰，不好意思，打扰你了。满脑子兴奋，一点儿睡意都没有。"邓一鸣叹了口气，抱起双肘，朝窗户走去。

"那你继续兴奋吧，懒得管你！"岳云峰翻身侧向里面继续睡。

窗帘半开，邓一鸣推开窗户，皎洁的月光从窗口流淌进屋子，漆黑的房间里有了柔美的光亮。月光照在他的脸上，黝黑的皮肤更黑了。他中等个儿，今年刚好四十岁，肚子微微隆起。乌黑的短发有些凌乱，一张棱角分明的古铜色国字脸刻满了倦意。两道剑眉微锁，额头布满了细细的皱纹。一双眼睛带着一丝焦虑地盯着窗外，鼻梁挺直，脸颊上显出两道对称的月牙形细纹，隐隐有悒郁之色。

街道上很安静，没有行人，偶尔一辆汽车开过，发出"唰唰"的声响。道路两旁孤单的路灯散发着橘黄的光，和着月光，使整个县城弥漫着神秘色彩。不远处传来虫儿有些凄切的鸣叫声。邓一鸣双肘撑着窗台，十指相扣，弓下腰，下巴放在手背上，久久地看着窗外。

月光里总是夹杂着思念和乡愁的味道。此刻，月光轻抚着邓一鸣，聆听着他心灵的倾诉。

漂泊在外的旅人，可以辗转于江湖之中，可以承受颠沛流离的劳苦，可以借酒消愁，却难以割舍月光带给他们的情愫。那澄澈如水的月光，不经意间触动了他们的心弦。洒脱不羁的李白会轻吟"举头望明月，低头思故乡"；豪迈潇洒的苏轼敌不过"料得年年肠断处，明月夜，短松冈"的哀伤；大刀阔斧推行变法的王安石也挡不住"春风又绿江南岸，明月何时照我还"的思念。他们珍藏月光，因为只有月光能听懂他们的心声。同样，只有月光了解邓一鸣此刻的心境。

一阵寒风吹来，邓一鸣不由得颤抖了一下。他直起身子，拍了拍额头，长吸一口气，伸伸腰，然后关上窗户，拉起窗帘。拿起手机看了一眼时间，十一点过了，该睡觉了。他缓步回到床边，脱掉衣裳，钻进被窝，闭上眼睛，强迫自己入睡，可是脑子里仍旧思绪万千，无法平静。

二、地震情缘

邓一鸣脑海里闪现出妻子刘俊梅俊俏的面孔，耳边传来她银铃般的笑声。当年，妻子可是美人坯子，一双水灵灵的大眼睛，宛若滚动在荷叶上的晨露，闪烁着迷人的光泽；细长的眉毛，恰似两道彩虹飞跨在河面；鼻梁又高又直，薄薄的嘴唇微微上翘；颈子颀长如同脂玉。身上透着一股青春时尚的气息，生活的阅历又让她展现出淡然、坚毅和恬静的气质，时常露出含羞藏娇、妩媚动人的神态，犹如一朵绽放的格桑花。

他和妻子相遇纯属偶然，还充满传奇色彩。他俩在 2008 年特大地震中相识、相知、相爱。当年的地震摧毁了北川县城的一切，却给他送来了妻子。

5月12日上午，邓一鸣乘车前往北川县城办事。路上，他感觉异常闷热，犹如置身于巨大的蒸笼之中。天地灰蒙蒙一片，能见度很低，空气中带着污浊、令人窒息的瘴气。天空呈现异样的气象，头顶上是墨色乌云，西北边的天际却像被撕开了一道口子，透着几许红色的光晕，而那光晕好似一道利刃，直刺下来。太阳躲在乌云里，却将强大的热量抛洒在大地上。到达县城已是中午，他随便找了家小餐馆吃了碗面条，然后朝县政府走去。

县城夹在东西两侧的大山之间，向北是通往阿坝州的门户。藏、羌、汉文化在这里交流融会，商贾云集，自成繁华。散落在城区星罗棋布的小餐馆，里面摆放着简单的条凳、红黑相间的方桌，那酒缸里透出的味道纯纯的，散发着谷物的芳香。

午后的县城，人流稀少，邓一鸣漫步街头，狭窄的街道显得空旷、宽敞。他走到街边一辆小车旁，突然，那辆车原地摇晃，直至跳动起来，他也站立不稳，跟着晃动。紧接着，车身下一道红亮闪过，不知是什么东西反射的光。他好奇地蹲在地上，查看究竟。就在这时，街道两边的房屋发出哐当哐当的声响，一股股烟尘随着响声腾起，"哗哗"，瓦片和瓷砖开始掉落。他站起来，看到周围的房屋像得了伤寒似的打起了摆子。坚硬冰冷的混凝土建筑，竟然变得如此"灵动"，在晃动的大地上起舞，让人恐惧。突然，地面剧烈震动起来，将邓一鸣高高抛起，重重地摔在地上。

地震，是地震！

邓一鸣明白过来，赶紧爬起来，连滚带爬朝前面跑去。只听得"轰轰"几声巨响，街道两边的房屋轰然倒塌，尘土飞扬，砖头、水泥块四处飞射，整条街道笼罩在烟尘之中。邓一鸣惊惶失措，本能地蹲在街道中央，双手抱头。

"快跑啊！"人们乱成一团，恐惧地大呼小叫，像无头苍蝇在街上乱窜。

邓一鸣赶紧站起来，四周昏暗，不时传来房屋垮塌的轰隆巨响。邓一鸣跑了两步，地面又晃动起来，他再次被摔在地上。瓦片、砖头、水泥块铺天盖地地飞舞、砸下。完了，肯定没命了，他心里充满绝望。紧要关头，他突然想到自己刚路过一间垃圾房，或许那里是安全的地方！他爬起来，奋力冲过去。

与一个惊慌失措的人撞了个满怀，满面灰尘，看不清是谁，若不是那披肩的长发，根本分不清男女。邓一鸣顾不上多想，一把拽住她，连滚带爬冲到垃圾房。此时，她已吓昏过去。邓一鸣拦腰将她抱起，从垃圾房门洞（以前四川这边垃圾房修建在住宿楼旁边，只在前面留一个门洞——编者注）扔进去，自己迅速钻到里面。外面传来一声巨响，响声就在他们身边，他吓得脸色铁青，赶忙伏在她的身上。垮塌的楼房将垃圾房顶部的预制构件砸碎，幸亏垃圾房是整体结构，否则，他俩必定被压成肉酱！一块飞落的碎片砸在邓一鸣的头上，将他击晕了。

　　不知过了多久，女人醒过来，她想挪动身体时，才发觉被压住了。睁开眼睛，四周一片漆黑，死一样沉寂。这是哪儿？难道是传说中的地狱？自己也死了？她胡思乱想着，脑子里没了先前的恐惧，伸手朝压在身上的东西摸去。摸住头，坚硬的短发有些扎手，压住自己的原来是人。不对呀，手怎么会被扎了呢，死人没有感觉啊！她难以置信地用手揉了揉眼睛，扯了扯头发，终于确信自己没有死。想了好久，她明白发生了什么事：地震了，身上这个男子救了自己，而他是死是活还不知道。

　　她想翻身看看救自己的人怎么样了，可稍稍一动，全身上下如同刀割一样疼痛难忍，但强烈的求生欲望让她意识到，不能这样等死！她咬紧牙，一点点艰难地翻开邓一鸣的身子，然后坐起来，从衣兜里摸出手机，没有信号！显示的时间距离地震开始已经过去四个小时。借手机的光亮，她看清了这个男人，很年轻、很帅气。真是个好男人！她用双手摇着他，叫道："大哥，你醒醒！"

　　邓一鸣没有反应，她急得直掉泪："大哥，你别吓我。"她伸手探了探他的鼻孔，有微弱的呼吸，于是赶紧掐他的人中穴。

　　邓一鸣感到憋闷，仿佛身上压着千钧巨石，压得他喘不过气来。脑子好像被人捅了一根木棍进去，把脑子搅坏了，又昏又痛。有几次，他似乎从昏睡中苏醒过来，想睁开眼睛，但眼皮如同被胶水粘住一般。他努力挣扎，仿佛挣扎在一个万分危险的边缘，一边是黑暗无底的万丈深渊，一旦坠落下去，会死无葬身之地；一边是光明坚实的坦途，一旦爬上来，就会冲破黑暗的闸门。他在悬崖边缘努力挣扎，却次次以失败告终，就在他快要成功的那一刹那，一块巨石从天而降，砸在他的头上，让他坠下了万丈深渊。他惊恐地大叫起来，然而怎么叫都喊不出声来，他彻底绝望了，任凭身体快速向下坠落。很快，他感觉飘浮起来，一团云朵托住了他。他躺在云层里，白云托着他的头，他感觉舒服极了。他轻轻落在地上，周边是一望无边的沙漠。他感到口干舌燥。这时，一道带着淡淡清香的清泉从天而降，洒在他的脸上，滴在他的嘴唇上，顺着嘴唇流进嘴里。他吞下去，立刻全身有了力气。他用力睁开沉重的眼皮，摆脱梦魇的折磨，清醒过来。喉咙奇痒难受，想咳嗽，然而一只细滑的手却使劲地掐在他的嘴唇上，让他连话也说不出来。他实在憋不住，忍住疼痛，动了动身子，想拿开那只手。

"你醒啦？"女人抱着邓一鸣的头，抚摸着他的脸，惊喜地问。

邓一鸣一阵猛咳，感觉好多了。他睁开眼睛，看见了她清澈明亮的眼睛，在黑暗中闪动着迷人的光芒。他感激地说："谢谢你，救了我。"

女人摇摇头，真诚地说："不，是你救了我！如果没有你，我早没命了。"女人告诉邓一鸣，她叫刘俊梅，家住鼓楼城区，今天请假和男朋友来北川看望生病住院的外婆，下车没走多远，地震了，男朋友扔下她，跑得没有踪影。

邓一鸣淡淡一笑，没有说什么。他决定爬上垃圾房顶部，看看有无逃出去的可能，但是就差那么一点儿够不着顶。他让刘俊梅坐在自己肩上去试探一下。刘俊梅慢慢坐在邓一鸣的肩上，抓住一根钢筋探望，外面漆黑一片，什么也看不见，手触摸到的只有冰冷、坚硬的水泥柱和水泥板，手无寸铁根本就无计可施。刘俊梅绝望了，"嘤嘤"地抽泣起来。

邓一鸣明白了，慢慢将刘俊梅放下来，安慰她："别灰心，会有办法的。我们不是从垃圾房洞口进来的吗？"他拍着脑门儿，显得很兴奋，朝洞口摸过去，一块水泥板卡住洞口，用力推了推，水泥板纹丝不动，洞口已被牢牢堵死。邓一鸣绝望了，感觉死神已经悄然来到身边，随时可能夺取他们的性命。

刘俊梅紧张得说不出话来，浑身不停地颤抖。邓一鸣强迫自己镇定，握住她的手，鼓励道："不要怕，有我在。发生这么大的地震，党和政府一定会组织救援的，我们现在保存体力，等待救援。"邓一鸣的话让刘俊梅吃下了定心丸，渐渐恢复了平静。

次日凌晨，他俩饿得实在不行了，只能在垃圾里觅食。邓一鸣蹲在地上，一袋袋搜索，不时给刘俊梅报喜：找到一小段火腿肠，半盒牛奶，没有啃干净的梨子核。他将捡到的食物递给刘俊梅，刘俊梅说不饿。邓一鸣舍不得吃，拾起一个塑料袋，将捡到的食物小心翼翼地放进去，这些东西就是他们的生命，必须做好打久战的准备。

不一会儿，他们困了，开始打盹儿。

余震将他俩从梦中晃醒，二人本能地搂在一起。下雨了，到处是水流声，头顶有水滴下来，地上的积水越积越多，二人浑身湿透了。在这样的绝境中，如此近距离地感受着一个男人的气息，刘俊梅觉得很亲切，她对邓一鸣产生了依赖感。邓一鸣那宽阔的胸膛就是自己那一叶漂泊的小船要寻觅的彼岸，停泊的港湾。两人依偎着靠在墙角边，疲倦的眼睛再也睁不开了。

第三天早上，两人醒了。两天没吃东西了，刘俊梅感到快撑不住了。当邓一鸣将牛奶盒里的残汁挤到她干涸的嘴唇上时，她的眼睛湿润了。生命最后关头，能得到这样一个男人的陪伴和关爱，她很知足，是死是活无所谓了。

刘俊梅坐起来，轻声唤了一声"鸣哥"。邓一鸣应答着。刘俊梅说："出去后，做我男朋友好吗？"邓一鸣一愣："这怎么行呢！我父母是生活在大山里的农民啊！"

刘俊梅摇摇头，动情地说："鸣哥，别这样说！你知道吗，灾难来临时，和我热恋四年，口口声声说要与我同生共死的男朋友拔腿就跑，根本不管我的死活！你我素不相识，但你用爱将我们绑在一起，苍天有眼，这就是命运的安排！这份情意，这样的缘分难道不值得我们珍惜吗？"

见刘俊梅说得情真意切，邓一鸣感动了，一把搂过她。为保持体力，他们不再说话。饿了，吃地上的垃圾；困了，二人轮流打盹儿。直到第四天下午，外面终于传来了机械的轰鸣声，救援人员来了！邓一鸣紧紧地拉住刘俊梅的手，一起大喊救命。但是除了机器的轰隆声，没有人回应他们。

"对方听不见，怎么办呢？"刘俊梅急得快要哭了。

"别担心，他们在清理这片废墟，一定会发现我们的。"邓一鸣充满信心。

刘俊梅担心地问："如果不小心将垃圾房推倒了怎么办？"

听了刘俊梅的话，邓一鸣心里也隐隐作痛。如果真是那样的话，他们必死无疑！只能听天由命，但是绝不能失去信心！他安慰道："放心吧，他们会小心的，我们还有约定没完成，许下的诺言没兑现，阎王爷不会要的。"他们坐下来，静静地等待。

几个小时过去了，外面的轰鸣声停下来，四周变得死一样寂静，听了半天的声响没了，他们仿佛又回到地狱一般，恐惧感袭上心头。刘俊梅猛然站起来，嘴里喃喃自语："怎么停了呢？怎么停了呢？"邓一鸣跟着起来，轻声说："傻瓜，人家也要吃饭休息呀！放心，我们明天肯定得救！"

他们又艰难地熬过了一夜，第五天上午，一声熟悉的呼喊传进了刘俊梅的耳朵。"是我爸，我爸来了！"刘俊梅激动得大哭起来。她回答着父亲的呼唤，邓一鸣跟着用尽力气叫喊。救援队伍终于听到了呼叫声，鼓励他们要坚持、要挺住。

"我们会挺住，我们没事，我们很好，我们相信你们会来救我们的，感谢你们！"邓一鸣激动得语无伦次。

下午3时，事隔九十六小时后，垃圾房顶部透进了一缕阳光，幸运之神向他们绽露出幸福的笑脸。房顶上的钢筋混凝土被清理开，救援人员铰断垃圾房顶的钢筋，年轻的武警战士抱起了刘俊梅。当刘俊梅看到小战士那张扑满尘土的脸时，滚烫的泪水忍不住掉下来："谢谢你，亲人！"刘俊梅瘫在小战士的怀里，那位战士虽然抱着刘俊梅有点儿吃力，但脸上露出了灿烂的笑容。接着，邓一鸣也被抱出来。战士们将他们放在担架上，用黑布蒙住他们的眼睛，抬上救护车，送往急救中心……

邓一鸣终于迷迷糊糊地进入了睡梦，途中又多次醒来，或许浅睡眠将成为他今后的常态。

三、深山小城

清晨，太阳从东边山坳间探出头来，洒下万道金光，从窗帘间的缝隙照进房间，落在邓一鸣脸上。宁静的小县城苏醒了，人们开始新一天的忙碌。太阳跳出山峦，光线穿过如纱的云层，展露无与伦比的锋芒，穿透迷蒙的香拉里县城，不知不觉中，薄雾消失得无影无踪。远处的山岗清晰地露出绿装，近处树木翠绿欲滴。空气中散发着泥土的芳香，带着格桑花浓郁的香甜味。

邓一鸣睁开酸涩的眼睛，盯着天花板，脑袋昏昏沉沉，还有一丝胀痛。伸手揉了揉太阳穴，掀开被子，坐起来，忍不住打了一个呵欠，拍拍额头，伸了伸腰，下床，拾起椅子上的衣服穿好，走到窗台边，拉开窗帘。阳光照在身上，立刻有了燥热的感觉。他推开窗户，清新的空气扑面而来。

手机响了，邓一鸣转身接通电话，是援藏工作队指挥长刘凤知的号码，他询问有什么事。

刘凤知回答："怎么？你还在睡懒觉？太阳晒屁股啦！赶快下来，去吃饭！"没等邓一鸣回话便挂断了。

"云峰，快起床，刘队打电话叫下去吃早饭。"邓一鸣朝岳云峰叫喊一声，走进卫生间，简单洗漱一番。等岳云峰洗漱完毕，二人下楼一起而去。

二人走到楼梯口，刘凤知、余伟已经在院子里等候了。二人不好意思地挥手向他们打招呼。余伟抱怨道："老邓、小岳岳，过分哈，两位领导等你俩，好不好意思？"

邓一鸣脸颊微微发红，拍拍额头稍做掩饰，然后走到余伟身边，歉意地说："余队，不好意思，有点儿高反，上半夜睡不着，后半夜才迷迷糊糊睡下。"

余伟斜睨了邓一鸣一眼，摇摇头，一本正经地说："老邓，看来你身体不行啊，平时懒觉睡多了吧。"说完，抬起手臂做了一个健身动作，只是穿着外套，看不到手臂上的肌肉。余伟年龄比邓一鸣大一点儿，身体确实壮实。他是这次援藏工作队副指挥长，按他说的就是协助指挥长做好后勤管理、团队纪律督导，让指挥长可以放手抓好香拉里乡村振兴工作。余伟之前在司法系统和纪检部门工作过，这方面是他的强项。他转过头，笑着问刘凤知："我们吃啥呢？"

刘凤知呵呵一笑，说："到街上看看，有啥就吃啥。"刘凤知四十多岁，平时胡须刮得很干净，脸上一片青光，冷峻而威严，严肃的目光中总透出一股咄咄逼人的气势。额头在阳光的照射下油光发亮，只是多了几丝浅浅的抬头纹。头发修剪得很短，乌黑发亮，没有一根白发。他的体形微微发福，外套下露出凸起的肚腩。

刘凤知说完，转身向大门口走去。余伟跟上去，与刘凤知交谈着。邓一鸣与岳云峰并肩而行，紧跟在他俩身后。岳云峰的个头高大，邓一鸣只齐他的肩膀。岳云峰年龄二十多岁，很消瘦，浓黑的短发，一张长条形脸，面容清癯，颧骨和面颊如斧凿刀削一般棱角分明；肤色褐黑而红润，两道浓眉，一双大眼炯炯有神，鼻梁高高隆起，口阔而唇薄，胡须刮得很干净，看起来很干练。岳云峰来之前在城管执法大队工作，这次接受单位的安排到香拉里工作。他曾是一名大学生村官，因工作出色，去年被招录为事业编制干部。今年春节与相恋五年的女友办理了结婚登记，还未来得及举办婚礼呢。接受任务后，岳云峰尽管有些不情愿，但也只能服从组织安排，将妻子留在鼓楼工作、生活并照顾父母。妻子刚得知他要援藏的事情，哭了整整一夜。亲友也劝他不要去，双方父母更是坚决反对，老人们盼着早点儿抱孙子。后来，妻子含着泪水挨个儿做亲人的工作。妻子说他们还年轻，推迟一两年生小孩没问题，这才得到亲人的理解和支持。新婚宴尔，岳云峰不免思念和牵挂妻子。

香拉里县城不大，就罗藏前、中、后三条东西方向的街道，每条街道不到五百米长，而且狭窄，是个连红绿灯都没有的袖珍县城。街道两旁的建筑物统一打造成具有藏式风情红黄两色的外观，店铺上挂汉、藏两种文字的招牌，铁皮房门镂空着藏式独特的图案，那些图案抽象，充满想象力，找不到现实中的实物与之对应。街道两边一盏盏如盛开的格桑花式的华灯已熄灭，灯柱上悬挂着国旗。其他方面与汉族地区的乡镇没有太大区别。

县城依山而建，环山梯次而立，处于青藏高原东南边缘，四川西北部，大渡河上游。杜柯河、则曲河环绕县城，从峻岭中湍流而来，在东南角汇集，然后咆哮着冲出崇山。

短短七十年，香拉里在中国共产党的领导下，一步跨千年，一路踏歌奋进，社会主义建设、改革开放、西部大开发、精准扶贫，实现了经济、政治、社会文化、生态文明的不断跨越。2020年实现精准脱贫，香拉里的历史就此翻开崭新一页。

四人来到香拉里广场，广场不大，在四面高山环绕的县城有这么一块平地相当不容易。每年8月17日，这里会举行香拉里节。当地群众身着盛装，载歌载舞欢度节日。香拉里作为藏、羌、彝文化产业走廊的重要节点，是嘉绒、安多、康巴等藏民族聚居地，有着藏香、藏茶、藏药、唐卡、石刻、陶艺等丰富而独特的文化资源，先后被国家有关部门评为中国民间艺术之乡、中国藏族民间文化保护传承基地。而香拉里锅庄、藏戏表演、赛马赛牛等文化活动，更是将香拉里节打造成了国内外知名的民俗节日，"悬天净土——香拉里"展示着无限魅力。

四人边走边聊。岳云峰指着广场旁边一个叫"陈包子"的店铺说："走，我们去那家吃包子吧！"

"小岳岳，又想吃包子啊，离家才两天时间哦！"邓一鸣开着玩笑，脸上露出坏笑。

岳云峰瞪着邓一鸣，翻白眼珠道："我就知道狗嘴里吐不出象牙！"

邓一鸣嘿嘿一笑："狗嘴里本身就没象牙，怎么吐？只有脑子被驴踢了的，才会这么说。"

余伟带着教训的口吻说："狗咬狗，一嘴毛，吃饱了撑的。"

邓一鸣和岳云峰看着余伟，没有开口。刘凤知淡淡一笑道："走吧！"他走到二人之间，双手拍了拍他们的肩膀，用力向前一推。

四人走进包子铺，里面没有客人。老板见来了客人，在里面亲热地吆喝起来："老板们，里边请坐！吃点儿啥？包子、馒头、油条、稀饭，什么都有！"声音抑扬顿挫，煞是好听。

老板娘从里面匆匆地小跑出来，招呼着他们。四人在靠近门口的桌子边坐下，邓一鸣征求众人意见后，点了两笼小笼包、四碗稀饭、四根油条、两碟小菜。

老板娘端出来，嘴里叫唱着："包子、油条来啰。"四人吃起来，咬一口包子，有点黏牙，不过有一股浓浓的家乡味道。老板娘在另一张桌边坐下，热情地和他们攀谈起来。原来，他们两口子来自鼓楼，到这里做生意已经十年。这边做生意的基本上都是外地人，当地人很少，他们对做生意不习惯，近几年才有一些加入做生意的行列。这两年受新冠疫情影响，来香拉里游玩的人不多，生意萧条，只能硬撑着。他们坚信国家一定会取得抗疫胜利，一定会迎来红火热闹的日子。邓一鸣鼓励她，还说今后可能会天天来这里吃饭。"美不美，家乡水；亲不亲，故乡人！"老板娘脸上露出了开心的笑容。

结账时，老板娘只收成本价，还说看见他们很高兴，感谢光临，欢迎常来坐坐。邓一鸣感觉老板娘说话的语气中带着一丝伤感，但初次见面不便细问。

四人回到住处，外出吃饭的队员们陆续回来。他们开始整理自己的行李，明天将去单位报到，四散各方。邓一鸣按照刘凤知的安排，约上岳云峰到各宿舍登记床铺长宽，队员身高体重数据，顺便了解宿舍存在的问题。将队员们提出的下水管堵塞、电路不通，以及房间没有网络、电视等问题做好登记，到时向指挥部汇报，以便尽快解决。

四、康巴汉子

吃过午饭，邓一鸣稍稍午睡一会儿便起来了，尽管很疲倦，却难以入睡，高海拔还得慢慢适应。他走出房间，双手后背，迈开步子向外面走去。他打算去县城逛逛，看看这座深山中的县城。

此时的县城宁静、安详，人流、车流不多，没有平原地区城市的繁华和喧嚣。蔚蓝的天空没有一丝云彩，如同一块洗涤过的蓝色绸缎，没有一丁点儿杂质。太阳挂在头顶，身上燥热起来，不过一到背阴处，仍是凉飕飕的感觉。四周山上树木葱茏，一片墨绿。一群兀鹫从山外飞过来，在县城有限的上空盘旋，不时发出几声粗犷的鸣叫，好似呼朋唤友，相约去不远处享受天葬祭品。

邓一鸣来到罗藏中街，街道两边的门市已经开门，老板们开始下午的忙碌。街上的行人多起来，健硕的康巴汉子、俊美的藏家女儿，还有虔诚的老阿爸、老阿妈，他们或信步奔走，或微步慢行，或手摇经轮行叩拜大礼。

每个人身着民族服饰，汉子们个个面孔棱角分明，让人真切地感受到康巴汉子率真的性格，他们有个性、有魄力。他们行走在街上，平添了一道亮丽的风景线，器宇轩昂，眼神冷峻，坚定有力，无论哪个侧颜，都能彰显出康巴之美。可以断言，这种美在繁华的都市之中绝对无法觅得踪迹，只有在高山草原之间，才能诞生云淡风轻、不问世事的康巴美。

俗话说，生丁斯，长于斯。对康巴汉子而言，也是如此，他们的成长历程就是一种自然进化，长期生活在自然之中，个性率真洒脱，向往自由，喜欢感知大地的心跳，将自然的脉动植入身体之中，激活内心的野性与本真，凝练为康巴汉子最本真的精神气质。

据说许多外地女性特别钟情于康巴汉子，她们跋山涉水来到康巴腹地，寻找心中最美的恋人。因为她们相信，只有在康巴，才能找到一直向往的纯真恋情，才能找到爱情最美的样子，康巴汉子就是她们心中一直在编织的那个梦，魂牵梦萦把你盼，缘来独在康巴最深处。

邓一鸣漫无目的地走在街上，眼睛四处打量着。不远处，一家藏品、文具销售店映入了他的眼帘，他心中升起一股好奇，决定进去看看。

邓一鸣刚走到店铺门口，迎面走出一个身着藏红色僧袍的僧侣，手里提着一个塑料袋子。他身材魁梧高大，体格强健壮硕，虽然身着僧袍，但仍是标准的康巴汉子。见过康巴汉子的人，都能一眼看出他们不一样的俊美，既俊且美，俊代表着与山川同源，颇具高山的雄浑与伟岸气质，让人见过之后不由得产生一种安全感，心怀敬畏之情；美则象征着与人类的心灵相通，直击人的内心，沁人心脾，仿佛人世间的所有美丽都无法与之媲美，因为这种最原始的美丽来源于自然，吸收了天地山川的自然精华，塑造为独一无二的康巴美。历史上，有人曾经把康巴汉子看作拥有最优质血统的人类，没有哪一个人类群体能够媲美康巴汉子，他们由内而外散发着独特的原生态特质，从自然中来，最后又回归于自然的母体，自始至终与自然同呼吸、共命运，生生世世，永不分离。康巴汉子是一群在自然中生活的群体，他们内心充满自然元素。用相由心生来形容康巴汉子的面孔和容颜，可谓恰如其分。见过康巴汉子之后，你会发现他们个个英俊、威猛，充满力量，仿佛有一种自然力量支撑着他们，康巴汉子就是大自然的组成部分，与大自然有机融合在一起，没有一丝的扭捏与做作。

僧侣向邓一鸣微微一笑，嘴里说着他听不懂的藏语。

邓一鸣不明白意思，只得双手合十，虔诚地抱在胸前，身体向前微倾，真诚地问候道："扎西德勒！大师，下午好！"

"扎西德勒！"僧侣脸上挂着笑容，用略带地方口音的汉语交谈起来。邓一鸣一直觉得僧侣们的生活充满神秘色彩，本以为他们的世界难以进入，没想到眼前这位僧侣却乐于交流。从谈话中，邓一鸣知道面前的僧侣叫索朗堪布，从雪达尔过来，到县城购买了几面五星红旗，顺便察看他们传习所制作的藏陶、藏纸、藏香销售情况。他说着，晃了晃手中的袋子。僧侣、寺庙购买国旗作何用呢？邓一鸣心中虽有疑惑，却不便细问。

小时候，索朗堪布家里很穷，他家所在的整个雪达尔村贫困不堪。父母只好将他送到当地寺庙里。在那里，他开始努力学习文化和佛教知识，小小年纪就暗暗发愿，将来一定要帮助家乡改变这种贫穷面貌。二十来岁时，他前往外地学习汉语和科学知识。他要用学到的知识帮助家乡的人们，让他们认识世界，帮助他们改变自身的生存状况。他现在已经是得道高僧，常应邀外出讲课，还多次被评为"香拉里好人""优秀农村实用人才"等荣誉称号。

交流中，邓一鸣认识到索朗堪布与众多康巴汉子真正做到了说一不二，他们能够简单随性交往，却始终保留自然的本性，直截了当，率真耿直。他们真诚坦率，让人产生信任感。他见证了康巴汉子内心的善良与淳朴，在喧嚣的社会之中永葆那颗追求本真的心灵。

告别索朗堪布，邓一鸣来到县城农贸市场，这里还不错，干净整洁，来来往往的人挺多，里面的物资基本上能满足当地人的生活需要。从市场里出来，迎面遇上蒋成斌和彭仕礼两名队友，他们说去茶楼坐坐。邓一鸣爽快地答应，走进附近一家茶楼聊天儿。

五、喜结良缘

夜幕来临，深蓝的苍穹布满点点星星。一轮明月高高地悬挂在空中，淡淡的光影像轻薄的纱，飘飘洒洒。山风带上浓浓的寒意扑面而来，带有割面的感觉。县城的街灯亮起来，色彩缤纷的灯饰把这座小城装扮得妖娆多姿，勾勒出一幅令人陶醉的图画。霓虹灯下，人行道上，随处可见匆匆赶路的身影；酒店、商场到处是休闲消遣的人群。香拉里广场传来《再唱山歌给党听》动人心弦的旋律，一群年轻的藏族男女和着旋律跳起来、舞起来，随着音乐不停地变换节奏、速度和幅度。上肢长长的白袖不停地甩动、画圈，如同旋转的银轮，下肢伴随音乐节拍夸张地抬腿连续画圆弧，展现出藏族人民新的精神面貌和欢乐情绪的舞蹈节拍。舞蹈表现出藏族人民像展翅高飞的苍鹰一样，翱翔在自由的天空。

邓一鸣告别两个队友，回到寝室。岳云峰躺在床上玩手机，顾晨明和张海东还没回来。明天是到岗履职的第一天，得慎重对待！邓一鸣开始洗漱，准备早些休息，希望今晚能安稳入睡。

洗漱完，邓一鸣和衣躺在床上，翻看手机上的小视频。不一会儿，岳云峰的电话响起来，他敏捷地翻身下床，嘴里说着"我老婆的电话"，迅速趿着拖鞋向客厅走去。

邓一鸣看着岳云峰的背影，心里升起一缕莫名伤感，不知道自己老婆在干什么。邓一鸣将手机扔在床头，坐起身来，双手抱肘，背靠墙壁，脑子里闪现出妻子的身影，尽管岁月侵蚀了她的容颜，但抹不去他心中那份炽热的爱。

地震后，刘俊梅康复了，准备去找邓一鸣。她母亲告诉她，他已经走了，留言转告，他俩的约定取消，希望她好好保重，只要她开心，他就心满意足了。刘俊梅很生气，但对他更加敬重，思念更加强烈，认定他就是自己生命中不可或缺的部分。刘俊梅开始寻找，得知他和乡亲们转移到了鼓楼城区，她跑到九州体育馆和南河体育中心两大灾民临时安置点，但邓一鸣踪迹难觅。

当初，邓一鸣说他在一个边远的乡镇上班，却没有告诉她详情。刘俊梅陷入困境之中，不知道怎么办。只能慢慢寻找，她相信，有情人终成眷属，老天不会辜负有情人。

邓一鸣回单位迅速投入抗震救灾工作之中。这天，他带领灾民在统一规划的地方平整场地、搭建帐篷，重建家园。

"一鸣哥！"一个熟悉的声音传进邓一鸣耳里，他循声望去，见刘俊梅飞奔而来。他放下手中的活儿，向刘俊梅跑过去。

刘俊梅的泪水忍不住涌出来，冲上去，激动地叫喊着，当着大伙儿的面死死地抱住邓一鸣，不顾他满脸的汗水和尘土，在他脸上、嘴上亲吻起来。

邓一鸣被刘俊梅狂热的举动弄得满面通红，赶忙对她说："别这样，有那么多人在看着呢！"

刘俊梅不予理会，能找到心爱的人，那些俗事算什么？村民们被刘俊梅的举动惊住了，随之爆发热烈的掌声。刘俊梅捧起邓一鸣的脸端详起来。尽管在垃圾房里相处了那么多天，但黑暗中没有看清楚：皮肤黝黑、瘦削、棱角分明的古铜色的瓜子脸，一对浓黑的剑眉下长着一双有神的大眼睛，流动着坚毅、单纯的光芒；挺拔的鼻梁直立在面部中央，轮廓清晰的嘴唇上长着坚硬的胡须，这些胡须好些天没有刮，有些凌乱，却显得更精干。一双强壮、勇猛的大手充满了男人味。这样的人做自己的丈夫，还有什么不满意？那时的他浑身散发着荷尔蒙，是令女生心动的标准帅哥。刘俊梅心中不由得感谢上天的安排，她盯住邓一鸣的眼睛说："鸣哥，找你找得好苦啊！今天，我是来兑现绝境中许下的诺言的。"

邓一鸣被刘俊梅的美貌震住了，心跳的速度骤然加快，他伸手抓住刘俊梅的手，光滑、细腻，一股暖流流进他的心田，让他心醉痴迷。村民们的吆喝声让他清醒过来，他理智地掰开刘俊梅的双手，心疼地拒绝说："俊梅，对不起！地震中，我失去了五位亲人，他们深埋在不远处那座山体里。此刻，哪有心思谈情说爱？现在都在抗震救灾，我又怎能顾及儿女私情？再说，绝境中的爱虽是纯真的，但回到现实，我们必须找准自己的位置。"

刘俊梅伤感地说："鸣哥，地震时，我男友绝情地抛下我，只顾自己逃命。他的下落现在只有上天知道，是你让我活到今天，我知道该如何珍惜。想想绝境中，你表现得多么坚毅，为什么回到现实却变得这样懦弱？我一直在找你，就是要与你患难与共，重建家园，活出个样子来，用积极的生活方式告慰逝者，回报救援我们的人！你不是说过，要好好活，好好干吗！你记住，此生谁也不能将我们分开！"说完，转向村民们，动情地说："乡亲们！邓一鸣和我许下诺言，这一辈子生生死死要在一起，永远不分开！我今天来兑现诺言，可是他却要变卦，我绝不答应！请大家给我做主。我现在宣布，我们明天举行婚礼！请你们见证！"现场立刻响起热烈的掌声，人们呼喊着，高叫着，欢快的声音回荡在崇山峻岭之中。

第二天下午，大灾难发生的同一时刻，在废墟上，新搭建的帐篷里，邓一鸣和刘俊梅举行了简单的婚礼。

婚礼结束后，刘俊梅在鼓楼城区的亲戚朋友给他们送来礼金。她将所有的礼金捐献给村里，用于重建家园。他们坚信，一定会有更加美好的家园！

事后，邓一鸣询问刘俊梅是怎么找到自己的。原来，刘俊梅将他们的故事写成文章，发表在《鼓楼日报》上，编辑还改了一个吸引眼球的标题：痴情女践行诺言，全鼓楼寻负心汉。文章见报，立刻引起轰动，邓一鸣的同事、同学将他出卖了。只是他成天在村上忙于工作，没看到报纸，不知道而已。

岳云峰满心欢喜地走进来，看着发呆的邓一鸣问："一鸣哥，想啥呢？想我嫂子还是想别的美女？"

"滚一边去！"邓一鸣瞪着他，没好气地说。

岳云峰并不生气，嘿嘿笑着，嬉皮笑脸地说："滚？怎么个滚法？邓大部长，你做个示范呗。"

"岳云峰，你个烂私娃子，找打是不是？"邓一鸣抓起枕头向岳云峰扔过去。

岳云峰一把接住，嘴里嘟囔着："没枕头，看你晚上怎么睡，不怕高原反应兴奋死你？"说着，把枕头给他递过来，继续说："好了，一鸣哥，别生气啦，小心缺氧血压飙升，血管爆了。"

邓一鸣抢过枕头，瞥了岳云峰一眼，用带着教训的口气说："赶快洗漱，早点儿休息，明天上岗履职，可别给我们鼓楼人丢脸哦。"说完，不再理睬他，拿起手机翻看起来。

"好嘛！"岳云峰拖着长长的尾音，没趣地回到自己的床边，收整好床铺，洗漱去了。

夜深了，山风带着寒气回荡在山谷里，呜呜作响。月亮和星星隐藏起身影，没了踪迹。小县城安静下来，街道两边安装在建筑物墙体上的装饰彩灯已关闭，只剩华灯陪伴孤独的街道。邓一鸣终于入睡了，发出轻微的鼾声，脸上挂着笑意，沉浸在梦乡里。

六、舞蹈节奏

下半夜，气温开始下降，天空堆积着厚厚的浊云。寒风嘶吼着，肆虐地刮过荒寂的旷野。邓一鸣和岳云峰被冻醒了。开灯，找出一床毛毯搭在被子上，人蜷缩成一团，才稍稍暖和点儿，但睡意全无，只能硬撑着，往天亮熬。

"这鬼天气，快六月了，怎么还这么冷呢？"岳云峰抱怨着，说话的声音都在颤抖，整个人裹进被子里。

邓一鸣无奈地说："川西高原气候就这样，没办法。云峰，关灯吧，明天跟刘队他们汇报一下，看看能不能想想办法。"

"呜呜……真难受啊！"岳云峰摁下开关，闭上眼睛。

邓一鸣彻底无法入睡，满脑子的兴奋、痛苦，一片混乱。

拂晓时，空中飘起雪花，它步履轻盈、舒缓，悄然从遥远的天际飘落而下，片片光洁如絮，坠落在树枝上，凝结成冰凌；落在四周袒露着胸膛的山腰，汇聚成一片银白的世界；落在县城的地面化成水流，向低洼处淌着。

天总算亮了。邓一鸣睁开眼睛，揉了揉，坐起来，打了一个呵欠，挠挠脑袋，下床，从衣柜里找出羽绒服穿上，回到寒冬腊月一般。

"一鸣哥，才六点多，怎么起来了？九点上班，去早了没人啊。"岳云峰裹紧被子，只露出一颗脑袋。

邓一鸣喃喃地说："反正睡不着，与其窝在铺盖里受冻，不如起床活动活动。"

"你随便呗！"岳云峰翻过身，蜷成一团，继续睡，还故意发出鼾声。

邓一鸣嘿嘿一笑，没有开口。他走出寝室，来到客厅，见顾晨明缩成一团在座床上看手机视频。座床是藏族地区放在客厅里类似沙发的家具，是用来坐的床，一般不躺在上面。因此，藏族同胞称为座床。另外，动词"坐床"是藏传佛教的传统习俗，称为坐床典礼，当小活佛被寻访并确定其身份后，要进行隆重庄严的坐床仪式。

"晨明，怎么这么早起来了？"邓一鸣向他走过去，在他身旁坐下。

顾晨明伸直腰杆，扭过头，满脸笑容，回答道："天气太冷，睡不着，干脆起来了。想去跑跑步，海拔太高，还没适应不敢去，看看小视频，消磨时光，等会儿去学校报到。一鸣哥，你也冻得睡不着啊？"

邓一鸣笑着点点头，伸手拍了拍他的肩膀，称赞道："晨哥，那天听你自我介绍，你是二次入藏，厉害呀！向你学习。"说罢，竖起大拇指。现在同事之间不论年龄大小，非正式场合一般称呼哥，这样显得亲热。

顾晨明摸了摸下巴，不好意思地说："一鸣哥，不值一提，只想为孩子们的成长多尽一点儿绵薄之力，做他们的铺路石。"

邓一鸣不由得对顾晨明产生了敬佩之情。作为一名教师，他没有愧对"人民教师"这个称谓。自己曾经也是一名教师，因而心中产生一种特别的亲近感。当年师范毕业后，自己在镇上初中教语文，几年后，因写作能力较强，借调到镇上工作，前几年调到区级机关。他感慨地说："晨明，难为你了，像你这样尽心尽责、一心为学生着想的老师确实不多。现在个别老师真不好说，师德、师风严重缺失。"

顾晨明淡淡一笑："那种老师毕竟是少数，各行各业都有那么几颗老鼠屎。一鸣哥，不用大惊小怪。"

邓一鸣点头认同，说："晨明，有时间讲讲你第一次支教的故事吧，听说你与藏族卓玛还有一段刻骨铭心的恋情哟。"

顾晨明一下子满脸通红，不好意思地说："一鸣哥，别……别乱说，没……没有的事。"

邓一鸣只是随口说说，诈他的，没想到居然让他自我暴露了。邓一鸣哈哈大笑起来："晨明，别狡辩，你我心知肚明。好了，不说这事。"说罢，他提议出去走走，活动活动，窝在屋里反而更冷。

顾晨明担心邓一鸣继续纠缠那事，爽快答应，起身往外走。

邓一鸣呵呵笑着跟上去，两人聊着走出宿舍。

雪停了，苍穹阴暗，飘浮着厚重的乌云，只有东方天边漏出一片橘红的光亮。院子里，车顶上堆积着厚厚的雪，闪耀着晶莹的光泽；地上的雪已经融化，一片湿滑、泥泞，凹凸不平的地面现出一个个小水凼，寒风吹拂，泛起细微的涟漪。四周山舞银蛇，原驰蜡象，一派银装素裹，分外妖娆。

二人裹紧外套，将衣服拉链拉到颈脖。双手伸进衣袖，交叉抱在胸口，并肩向外面走去。

邓一鸣用手肘碰了碰顾晨明问："晨明，你第一次过来有高原反应没？多长时间适应的？"

顾晨明回答："当初来时，二十多岁，没有反应。这次有一点儿，人老了，岁月不饶人啊！"

邓一鸣笑着说："老啥？比我还小，别在我面前装老哦。"

顾晨明嘿嘿一笑，没辩驳，他的确比邓一鸣小几天。二人走出小区，街上没有行人，门市大门紧闭。

走过香拉里广场，十多个大妈身穿民族服装，伴随《洗衣歌》的旋律翩翩起舞，舞姿柔美轻盈，如同恋花的蝴蝶，看不出是大妈，倒像一群灵巧的小姑娘，也许高原上紫外线太强，看上去显年龄大吧。

顾晨明站在街边跟着节拍扭动起来，不愧在康巴藏区待过，他的节奏、舞感恰到好处，不比大妈们差。

邓一鸣看看大妈们，又看看顾晨明，尽管他们动作一致，但顾晨明更显威武、豪迈。如果大妈们是小家碧玉，他就是高山流水。

"一鸣哥，跟着跳吧，我已经不冷了。"顾晨明回头对邓一鸣说。

邓一鸣说："算了，我不会，在大街上出洋相会被别人笑话。"

顾晨明脸上挂着笑容，认真地说："鸣哥，没事，就是跟着狂舞乱跳，也没人指责。在藏区不会跳舞才会被人嘲笑。"

"好吧！"邓一鸣明白入乡随俗的道理，今后舞蹈的机会不少，会跳也是一种交际、联络感情的手段。他站在顾晨明身后跳起来，尽管动作僵硬，跟不上节奏，但是敢跳就是进步。

一曲没跳完，邓一鸣已经感到全身热和，背上有出汗的迹象，心跳的频率有所加快。他放慢步伐，减小动作幅度。还没有完全适应高原地区的环境，如果感冒，就是很严重的事情。

不一会儿，又有不少藏族男女同胞加入舞蹈队伍，在广场中央围成一个大圆圈。"鸣哥，我们去加入他们。"顾晨明不由分说，拉上邓一鸣就往人群中走，邓一鸣只好跟随着。

两曲结束，大家停下来休息。此时，时间差不多了，邓一鸣走到一边分别给刘凤知、岳云峰打电话，询问他们是否一起吃早饭。刘凤知说他和余伟吃方便面，不来了；岳云峰答应马上到。顾晨明打电话让张海东赶紧过来。等二人赶来，顾晨明提议去"陈包子"吃。大伙儿同意，向包子铺走去。

远远地，邓一鸣看见包子铺的老板娘站在门口向他们招手示意。顾晨明加快步伐，走到前面，亲热地向老板娘问好。邓一鸣十分感慨，没想到，晨明跟老板他们的关系还不错呢。

老板娘认出了邓一鸣和岳云峰，开心地跟大家问好，将他们请进店内，待大伙儿坐下后，又热情地询问顾晨明吃什么。

顾晨明随和地说："李孃（方言，婶的意思），来三笼包子、四碗稀饭、两碟小菜吧。"原来老板娘姓李。

这时，老板放下手中的活儿，双手在围裙上擦了擦，从柜台上拿起一包香烟给大家散发。邓一鸣不抽烟，摆手没接。其他人接下，老板从裤兜里掏出打火机，给他们点燃，笑眯眯地对大家说了一句"你们慢吃"，忙去了。

老板娘将早餐端上来，放在大伙儿面前，忙活去了。老板端着两个大碗过来，碗上冒着热气，伴随热气传来浓郁的香味。他放在桌子上，热情地说："来，天气寒冷，喝口牦牛杂汤，暖暖身体。"

顾晨明抬头为难地说："陈叔，我们没有点牦牛杂汤呀。"

陈老板笑着说："晨明，这是叔送你们的！"

邓一鸣抢着说："陈叔，谢谢！晨明，没事，我一会儿一起结账。"

张海东跟着说："对，对，一起买单，我们不能白吃。"说着拿起碗里的勺子撇开面上的香菜，舀了一勺，放在嘴边吹了吹，倒进嘴里，连声称赞真香。

陈老板听到夸奖很开心，笑呵呵地说："香，就多吃点儿，不够叔再给你们添。叔说了，这两碗汤是送给你们的，绝不收钱。"

"陈叔，没事，你忙吧。"邓一鸣说着，抬头看了一眼挂在墙上的菜品价格表，一碗牦牛杂汤三十元钱，虽然不算贵，但陈老板夫妇在疫情中做生意实属不易。他在心中计算好价格，待会扫码付钱时直接转账。

"行，各位领导，你们慢慢吃。有事吆喝一声哈。"陈老板挥挥手转身而去。

吃完，邓一鸣将钱转给陈老板。听见到账的语音播报，陈老板从厨房里跑出来，一把拉住邓一鸣的手腕不让走，口里大声叫喊他老婆拿六十元现金来。邓一鸣再三表示要陈老板必须收下，其他人跟着劝说。

老板娘拿着钱跑过来往邓一鸣口袋里塞，口里嚷着说过不收钱就绝对不收。邓一鸣按住口袋说道："陈叔、李孃，这钱你们一定要收下，非常时期，生意不好做，心意我们领了。再说，我们有纪律要求，白吃白喝是犯错误的！"

岳云峰附和说："陈叔、李孃，你们不收，我们明天不好再来了，你们不是要把我们撵到其他餐馆去吧。"

二人见邓一鸣死活不要，老板娘便将钱塞给顾晨明说："小顾，你晓得我和你叔的脾气，你拿着。"

邓一鸣趁此机会，挣脱陈老板的手，向屋外跑去。岳云峰和张海东跟着出来，屋内剩下顾晨明脱不了身。三人也不管他，到各自单位报到去了。

七、上岗履职

组织部在县委县政府办公大楼一楼，穿过香拉里广场，走上十多级台阶就到达办公楼大门口，两名安保人员坐在门口提醒进出人员戴口罩，走进去还要过一道安检门，它会自动测试、播报体温。

邓一鸣通过检测后，向办公室走去。没到上班时间，办公室房门紧闭。走廊两侧的墙壁上挂着独具藏族特色的画作和摄影作品。楼层不高，有压抑感，免不了忐忑不安。

邓一鸣没有办公室钥匙，只好抱手站在走廊里，欣赏那些画作，感觉有的挺不错，有的却不敢恭维。

不一会儿，一个年轻的小伙子站在组织部办公室门口，热情地问道："请问是邓部长吗？"

邓一鸣回过头，看着他，点了点头，微笑着回答："是的，请问你是……"

小伙子快步走过来，站在邓一鸣面前，笑着自我介绍："我是组织部办公室工作人员，叫宋其霖。邓部，你稍等片刻，我去把你办公室的钥匙拿来。"说完，没等邓一鸣回话，就转身离去，很快拿来一把钥匙，打开一间挂着副部长门牌的房门，开灯，然后将手中的钥匙递过来，说："邓部，这就是你的办公室，请收下房门钥匙。"

邓一鸣感谢道："小宋，谢谢啊！进去坐坐？"

"邓部，不用谢，我得赶写一份材料。"宋其霖满脸堆笑，他很年轻，估计二十出头，有神的眼睛里流动着和善、诚实，目光中带着一缕奇特的光芒。英俊、明朗的面容，棱角分明的两颊，乌黑的眉发，黑里透红的肤色，蕴含着某种力量，感染着每个与他相遇的人。

"行！小宋，你去忙，有时间我们再聊。"说罢，邓一鸣走进办公室。房间内桌椅、文件柜摆放整齐，正面开窗采光，整个屋子光照充足。邓一鸣将办公室扫视了一圈，发现挨着门口处摆着一台热水器，旁边放着一张小茶几，下面塞了一个塑料脸盆。邓一鸣走过去，拿出脸盆，又从门后取下一条旧毛巾，在厕所洗手间接上半盆水，端回办公室，擦拭桌椅、文件柜。很快，屋内的各种物件一尘不染。他坐下来，打开电脑，正式到岗履职。

同事们一个个到了，他们笑盈盈地走进来，一口一个"邓部长好"，让邓一鸣拘谨起来，他这个胆大的人有些腼腆。

"你好，你好！"每每同事进来，邓一鸣就立刻站起来，满脸堆笑，身子微微前倾，热情地回应他们。虽然还不认识，但礼节必须到位，绝对不能给人留下高高在上的印象。自己只是援建人员，是来做事情的。邓一鸣暗暗告诫自己，低调，一定低调！

同事们打过招呼，回各自办公室去了。邓一鸣第一天上班，还没有具体的事情，加之没有接触过党建、组织这块工作，完全是一片空白，一切都得从头学。

"邓部长，这么早啊！"身材魁梧高大的多吉顿珠部长招呼着走进来，他的汉语说得不错。

"多吉部长好！"邓一鸣急忙起身，招呼着朝他迎去。多吉顿珠伸过右手，邓一鸣双手握住，那是一双强悍、勇猛的大手，黝黑、宽厚，筋脉突起，骨节粗大。

多吉顿珠握着邓一鸣的手热情地说："欢迎邓部长来香拉里工作，希望这里能让你愉快地生活、学习和工作。有什么困难要给我讲，一定给你提供最好的服务和工作便利。"他是一个标准的康巴汉子，穿着黑色夹克便装，没穿民族服饰。乌黑的头发，修剪得很短，宽阔的额头泛起光亮，黝黑的脸膛闪着红光，挺直的鼻梁高高地直立在面部中央，轮廓清晰的嘴唇上，留下密匝的胡楂，可以想象胡须质地坚硬；筋肉明显的脖颈中央，凸起的喉结随着他那粗犷的声音上下滑动。他实际年龄不过四十岁，只因生活在藏区高原，紫外线太强，长相过于老成。

邓一鸣连声感谢，激动地说："多吉部长，你太客气了。我是来工作的，能克服的困难一定自己克服，不给组织添麻烦。当然，我更是你的一个兵，有什么工作尽管安排，决不推辞。"

多吉顿珠笑着点点头，伸出左手拍了两下邓一鸣的手背，鼓励道："邓部长好好干，我会全力支持你的工作，争取援藏两年时间里干出一番成绩来。"

邓一鸣连声答应。多吉顿珠吩咐道："这两天，你先到各科室认识一下部里的同事，了解组织工作的政策和相关规定，尽快熟悉工作。"

"没问题！"邓一鸣爽快答应。

多吉顿珠松开邓一鸣的手，说："邓部长，我办公室就在隔壁，有事随时过来。好了，你忙吧。"说完，向邓一鸣挥手离开。

邓一鸣跟在多吉顿珠身后，将他送出办公室，在门口站了一会儿才回去。他打开文件柜，从里面取出一个纸杯子，接上水，放在办公桌上，坐在电脑前搜索有关香拉里的介绍。

没过多久，副部长索朗顿巴提着一个塑料袋走进来，袋子里装着面包、油条，还有一杯奶茶。他瞟了邓一鸣一眼，见他全身心盯着电脑，没理睬自己，便走过来，将袋子放在办公桌上，不满地招呼道："你是邓部长吧，这么专心，看什么呢？一个活人走进来，都不知道呀！"

邓一鸣听到他的声音，立刻起身，满脸堆笑赔不是："是索朗副部长吧？你好！不好意思，刚才查看我们香拉里的情况介绍，没注意。对不起，都是我的错。"说罢，向他伸出了右手。

索朗顿巴呵呵一笑，没有伸手，不咸不淡地说："你继续看，把我们香拉里了解清楚，好干工作。"说完，在对面坐下，打开塑料袋，取出里面的食物，自语地说："送孩子上学，晚了，没吃早饭。"

邓一鸣很尴尬，缩回手，不知道说什么，朝他无奈地笑了笑。他坐下后，心里感到憋屈、别扭，他啥意思呢？看来眼前这人不好相处啊！还有，这里毕竟是办公场所，吃东西不是那么回事吧。他吃得很响，空气中弥漫着一股油腻味。为了打破不太和谐的气氛，邓一鸣主动和他拉家常，关心地问："索朗部长，这么年轻，孩子都上学了呀，真看不出来哦。孩子的学习成绩一定顶呱呱吧，在哪儿上学？上几年级了？今后学习上有什么困难，我非常乐意给予辅导，我曾经是市里的优秀教师。"

索朗顿巴没有开口，只顾吃东西，或许人家根本就没有看在眼里。邓一鸣闭上嘴，不再说什么。

邓一鸣的电话"嘀嘀"响了几声，他打开手机，是刘凤知在援藏工作群里发送的近期要做的工作，每项工作都落实到人，要求在规定的时间内完成任务。随后，又发了一些学习资料，要求大家认真学习、深刻领会，不得有误。

邓一鸣的任务是给每个宿舍充电费、缴纳网费，由顾晨明和岳云峰配合。同时，协助余伟给每位队友购买一床电热毯。邓一鸣看完信息，决定现在去供电公司充费。他站起身，说："索朗部长，你先忙，刘副县长安排我去缴纳宿舍电费。等会儿回来，有啥工作你安排，坚决服从，绝不推诿。"

索朗顿巴抬起头，微微一笑，放下手中的奶茶杯，一副大度模样，嘴角挂着一丝笑意，淡淡地说："去吧，你们宿舍的充电卡在办公室副主任格桑旺姆那里。"

援藏干部的工作、住宿尽管是由当地组织部门提前安排好的，邓一鸣还是一再向他表达感谢。

索朗顿巴点了点头，脸上带着满意的笑容。邓一鸣走出房间，来到多吉顿珠办公室门口，敲了敲半掩的房门。

"请进！"多吉顿珠在里面说了一声，声音沙哑、粗犷。

邓一鸣推门而入，说："部长，不好意思，耽搁你几分钟时间，向你汇报几件事。"

多吉顿珠微微一笑，指着身边的沙发说："邓部长，请坐！不急，慢慢说。"说着，站起来，从文件柜里拿出一罐茶叶，准备去泡茶。

邓一鸣赶忙阻止："部长，不用倒水，我汇报完，马上要去办。"

多吉顿珠听邓一鸣这么说，停下脚步，站在原处，脸上挂着笑意看向他。

邓一鸣将事情向他述说了一遍。多吉顿珠听完，让邓一鸣赶紧去供电公司办理，说如果因为欠费造成停电就是组织部工作失职，还开玩笑说："你也有不可推卸的责任，既是副部长，更是联系组织部和指挥部的桥梁和纽带。"说完，不禁笑起来。

邓一鸣嘿嘿笑着，大声说保证完成任务。说完转身走出去，找到格桑旺姆拿上充电卡，走出办公大楼，向供电公司走去。

八、食宿无忧

太阳升起来，乌云消失殆尽，天空变得瓦蓝、明朗，香拉里蓝展现在人们眼前。躲在屋檐下的山鸦愉悦起舞，呱呱鸣叫。山间的云雾没了踪影，阳光下的山岭变得更加翠绿。"滴答——"山腰传来悦耳的化雪滴水声，和着杜柯河、则曲河河水奔流的"哗哗"声回落在山间，丛林里传来斑鸠、杜鹃、山雀呼朋唤友的情话。山顶白雪皑皑，熠熠生辉。远处的经幡旗迎风招展。

邓一鸣穿过香拉里广场，在街边停下来，四周望了一圈，没有看到供电公司。尽管县城不大，也逛过一次街，但当时没在意，现在不知道供电公司在哪里。他掏出手机，搜索到位置，才知道在身后的半山腰上。

邓一鸣听着手机导航语音播报的信息，沿着广场旁边的一条小巷向后山腰走去。路上行人不多，两边店铺门虽敞开，但生意冷清，鲜有人问津。小巷随着山势急速上升变得陡峭起来。邓一鸣心跳加快，开始喘息，不得不放缓步子。

小巷尽头，供电公司坐落在半山上。一条曲折足足百余米高的台阶与小巷相接。缺氧环境中最怕爬高，尤其对从平原来，还没有适应的人算是一种考验吧。没事，慢慢爬！邓一鸣望着台阶自我安慰，顺着台阶往上爬去。

好不容易爬完台阶，到达供电公司大门口前的坝子。坝子不大，尽头有一条狭窄的水泥路通向山下。邓一鸣双手叉腰，大口喘息了一阵，朝门口走去。办好了业务，走出营业大厅，顺着那条水泥路下山，爬台阶太累了。没走几步，突然看见不远处有一条身形庞大的黑狗吐着舌头，虎视眈眈地盯着他。邓一鸣停下步子瞪着它，心头紧张起来。

敌我对视中，邓一鸣刹那间败下阵来。它直接猛奔过来，嘴里发出低沉的犬吠声。我的妈呀！前后左右无人不说，连个木棍都没有。瞬间，邓一鸣双腿发软，冷汗直冒，看来只能硬着头皮双拳迎敌了。

怪了，黑狗急驰一半路程，却停止不动了。原来它前面冒出一条体形跟它差不多的灰狗。天助我也！邓一鸣松了口气，趁这工夫，转身向台阶飞奔而去。

邓一鸣回到办公室，仍然心有余悸，想想都后怕。但他还得装出什么事情都没有发生过的样子，绝不能让其他人知道自己被恶狗追撵狼狈不堪的模样。

索朗顿巴拿着一沓文稿走进办公室，来到邓一鸣面前，用略带傲慢的口气说："邓副部长，这是今年全县组织工作计划，多吉部长让你看看。"

"好！谢谢！"邓一鸣答应着，起身接过，认真看起来。索朗顿巴在座椅上坐下，打开电脑浏览网页。

门口传来敲门声。两人几乎同时开口。"进!"索朗顿巴头也没抬地说道。邓一鸣扭头,热情地说:"请进!"

格桑旺姆走进来,微笑着问:"两位部长,中午在食堂吃饭吗?"

索朗顿巴不耐烦地回答:"旺姆,你怎么回事?明知道我回家吃饭,多此一举。"

格桑旺姆尴尬地笑笑,没有开口,眼睛转向邓一鸣。

邓一鸣开心地说:"旺姆主任,县委还有食堂啊?太好了,我在食堂吃,把我计划上。"

索朗顿巴朝邓一鸣轻蔑地"哼"了一声。

格桑旺姆瞥了索朗顿巴一眼,解释道:"邓部长,县委没有统一建食堂,是我们组织部弄的。个人每月缴纳三百元生活费,每天供应早餐和午餐两顿,不提供晚饭。中午十二点,我让办公室宋其霖叫你。你跟他们一起去吧。"

邓一鸣向格桑旺姆表示感谢。她微微一笑,说声"不用谢",转身走了。

吃住两件大事解决了,不用到餐馆吃饭花高价了。香拉里虽然是小县城,人口不多,但物价挺高的,由于海拔高,小麦、水稻无法种植,需要从外地运进来。食宿无忧,每天有两顿饭吃就是最大的幸福,邓一鸣满心欢喜,继续看材料。

没过一会儿,索朗顿巴站起来,走出办公室。

邓一鸣看了一眼电脑上显示的时间,还不到十一点,他叹息一声,无话可说。

十二点,宋其霖准时来到办公室,叫上邓一鸣,与其他人走出办公大楼,向食堂走去。

食堂租在单位干部职工宿舍小区的一套房间里。做饭的王大姐不是本地人,至于是哪里来的,不是邓一鸣关心的事情。

王大姐已将做好的饭菜端上客厅的大圆桌,一盘青椒肉丝、一盘莲白回锅肉、半铝盆尖椒炒苦瓜和一铝盆酸菜粉丝汤,简单的三菜一汤。另外,高压锅压了大半锅米饭。

众人默默从旁边的消毒柜里拿出碗筷,盛饭、吃饭。十多人围坐在一起,竟无一人说一句话,气氛压抑、尴尬。

很快,饭菜被一扫而空,连汤都没剩下。两个来得稍晚的明显没有吃饱,敲打着碗筷,但是没人理会,王大姐也不理睬。大伙儿洗净碗筷,各自无声地离开。

邓一鸣走时,礼节性对王大姐表示感谢,说她不仅人长得漂亮,而且做得一手好饭菜。她开心地一定让邓一鸣每天来吃!邓一鸣估计没人这样直白地夸赞过她吧,其实她做的饭菜只是勉强能吃,谈不上色香味俱全。吃饭时,众人的无语已经说明了一切,毕竟交了伙食费,但不仅质量不高,分量还不足。众人却又不言语,这里面到底有什么秘密不得而知。邓一鸣懒得过问,也不想知道。

邓一鸣告别宋其霖,回到宿舍,给余伟打了电话,询问什么时候去购买电热毯。余伟告诉邓一鸣,他陪刘队和县长在乡镇上调研乡村振兴的项目,只能明天去买。

岳云峰、顾晨明、张海东三人先后回来了,他们跟邓一鸣一样,从今天开始也是每天早、中两顿在单位食堂吃饭,晚饭自行解决。四人闲聊了一阵,回寝室午睡。

午睡后,为避免上午孤身一人遭恶狗袭击的事件再次发生,邓一鸣叫上岳云峰和顾晨明一起去电信营业厅,把网费办理妥当后,各自回单位上班。

九、血洒格桑

黄昏时,邓一鸣忙完工作,关好电脑,站起来,双手用力拍打几下酸胀的腰杆,出了口长气,走到门口,将办公室扫视了一圈,摁下开关,走出办公大楼,站在台阶上,深吸了一口气,看向前方。

落日留下长长的影子,一片血红。夕阳那微弱的光芒给大地披上蝉翼般的光彩。天色暗下来,紫色的黄昏笼罩在香拉里上空。华灯亮了,装饰在建筑物墙体外表的灯串、霓虹灯闪烁着,忽明忽暗。红的,绿的,蓝的,各种光芒交相辉映,照亮了楼房、街道。远远望去,整座城市像镶嵌上了金珠银珠,呈现出童话世界里的风景。

邓一鸣走下办公楼前的台阶,穿过广场,走到街边时,远远看见顾晨明和张海东从对面巷道走过来。他停下脚步,朝他们挥手示意。二人看到了邓一鸣,加快了步伐。

三人走到一起,互相打着招呼,邓一鸣问:"晨明、海东,你俩转耍还是刚下班？"

顾晨明笑着回答："刚下班，才从学校回来呢。"

张海东接着说："事情太多，还没吃晚饭呢。一鸣哥，你不会出来转耍吧？"

邓一鸣笑着回答："跟你们一样，哪有时间转耍嘛。走，一起去吃饭。"

"好！"二人异口同声地答应道。顾晨明问："一鸣哥，吃啥呢？要不还去陈包子铺吧。中午和晚上有炒菜和面条。"

张海东附和着说："陈叔炒菜的手艺挺不错的，泡椒猪肝特别好吃，鲜嫩酸爽，麻辣香醇。一鸣哥，尝尝就知道了。"

邓一鸣拍着张海东的肩膀嚷嚷起来："真的呀？走，走！经你这么一说，肚子里的馋虫被勾引出来了。"

三人迈步向陈包子铺走去。顾晨明说："一鸣哥，要不打电话问问云峰吃饭没有？一起吃吧。"

邓一鸣答应着，掏出手机联系岳云峰。岳云峰回答还在单位加班，马上就来。

三人慢步向前，灯光照耀在他们身上，留下长长的背影。

没走几步，邓一鸣的电话响了，是格桑旺姆的号码。格桑旺姆告诉他，明天由他代表组织部送两名援藏干部到两个镇任职。

包子铺今天生意还不错，四张桌子坐了三桌，剩下靠门口那张桌子空着。陈老板两口子在厨房里忙碌。顾晨明让邓一鸣和张海东在空桌旁坐下，自己朝厨房走去，边走边高声叫喊："李孃，还有吃的吗？"

老板娘听见顾晨明的叫喊声，手里拿着一把菜跑出来，站在厨房门口，兴奋地回答："有，有！小顾，你先去坐，我马上过来帮你们点菜。你们有几个人？"

顾晨明亲热地回答："李孃，四个人。不急，还有一个在加班，要等一会儿。今晚生意不错呢。我提壶茶水过去。"

老板娘笑眯眯地连声感谢。顾晨明在柜台上提起一只茶壶，回到桌边坐下，笑嘻嘻地说："今晚食材丰富，李孃马上过来帮忙点菜。你们想吃啥，直接点，我请客。"顾晨明说着，大度地拍了拍胸口。

邓一鸣呵呵一笑，好奇地问："海东，晨明这么高兴，今天遇上什么喜事了？"

张海东嘿嘿笑着回答："不知道，得问他自己哦。不过，我有个建议，我们吃饭还是 AA 制吧。今后每天晚上都会出来吃，亲兄弟明算账。"

"可以，就这么办。"邓一鸣十分赞同。

顾晨明不乐意，态度坚决地说："我已经说过，今晚请客，不给面子？就是要 AA 制，也得从下回开始。再说，一鸣哥已请我们吃过好几顿饭了。当然，还有好消息要告诉你们，大喜事呐。"

张海东着急地问："明哥，快说，什么大喜事？"

顾晨明放低声音，兴奋地说："我老婆怀上三胎了，今天去医院检查确诊的。"

"哎呀！我以为什么天大的喜事呢。"张海东不以为然，"现在养育孩子成本太高，我养两个都快养不起了，你是怎么想的哦？"

邓一鸣笑着，没开口。他想生育二胎，可是老婆不干，坚决不生。

顾晨明一本正经地说："共产党员响应党的号召，完成党交给生育三胎的任务，就是这么想的。海东，这想法难道错了吗？"

邓一鸣哈哈笑道："晨明，不就是三胎嘛，弄得上纲上线的。"

"我高兴！"顾晨明头一扭，一副得意相，脸上满是骄傲的神情。

老板娘拿着四副碗筷走过来，放在桌子上，满脸堆笑，打过招呼后，开心地问："三位领导，吃点啥？"

张海东抢着说："李孃，来份酸辣猪肝。其他的，你们点吧。"说完，拆开碗筷外包装，取出水杯，倒上茶水，放在大伙儿面前。

邓一鸣知道顾晨明说他请客，谁都拦不住。大家点菜，但凡点贵的，他都一概否决不要。点了三个菜后，邓一鸣不让再点了，不能浪费。

顾晨明很无奈，直抱怨。张海东只能干着急，他点的酸辣猪肝属最贵。老板娘一直盯着邓一鸣，嘴上不好意思说啥，心里对他有些不满。写完点的菜名，说声稍等马上上菜，转身匆匆离去。

三人闲聊起来。张海东突然说："今晚，明哥有大喜事，我们是不是喝点小酒庆祝庆祝？"

顾晨明立马回答："我看可以有。鸣哥，你不会反对吧？"

邓一鸣回答："还是算了吧，有纪律规定，不允许喝酒。再说高海拔地区不宜喝，万一身体出问题麻烦。"

张海东抢着说："鸣哥，没事，我们来这里有三四天时间了，早已适应环境、气候。喝点儿啤酒，意思一下。"

邓一鸣嘿嘿一笑，不好再反驳，点点头，问道："晨明，看得出来，你跟老板一家子挺熟的，啥时候认识的？"

"唉！"顾晨明叹了口气，收敛起笑容，沉着脸说："说来话长，认识陈叔他们一家人好几年了，是通过他们儿子陈鹏飞认识的。陈叔叫陈兴全，李孃叫李秀英。鹏飞和我是同事，当年他响应号召，主动报名来这里参与智力扶贫——支教。他却永远留在了川西高原扶贫路上，用生命浇灌着美丽的格桑花。"顾晨明眼眶湿润了，抽了一张纸巾，擦了擦眼睛说："一鸣哥，等会儿回宿舍，我给你们详细讲，在这里让陈叔和李孃听见，会让他们伤心，鹏飞曾经是他们的骄傲。"

邓一鸣点点头，心中升起一缕伤感，不知道陈鹏飞是怎么走的，但知道他是为了香拉里的明天，用鲜血浇灌着香拉里的未来，血洒格桑花。春蚕到死丝方尽，蜡炬成灰泪始干。不知道陈兴全夫妇为什么会在香拉里，但他们的故事一定优美动人，洒向香拉里的爱，合着那艳丽的格桑花，开满香拉里的山山水水。

十、春蚕吐丝

吃过晚饭，四人缓步回宿舍。街道上，华灯流彩，人渐稀；山风徐来，瑟瑟寒。每人喝了少许啤酒，若在之前，用张海东的话说，只能算漱口。邓一鸣担心对身体有伤害，更主要的是想听顾晨明讲述陈鹏飞的故事，因而不让大家多喝。

回到宿舍，顾晨明开启了那段尘封的记忆。

时光倒回到二十多年前，陈鹏飞从师范学院毕业，回到家乡鼓楼市普明中学任教。普明中学创办于 1906 年，是体育传统项目学校。在百余年的办学历程中，为国家培养了大批优秀人才。一大批业界精英曾在这里陶冶情操，一大批商界奇才曾在这里磨砺智慧。

新学年伊始，学校接受援藏普及九年义务教育支教任务，号召年轻教师积极投身边远少数民族地区教育事业，但报名者寥寥无几。学校领导征求陈鹏飞的意见，他爽快地答应了。他明白，无论从哪个角度考虑，自己都是适合的人选，与其被动安排去，还不如主动答应。就这样，陈鹏飞等十名老师代表鼓楼前往香拉里支教。

到达香拉里后，陈鹏飞被分配到木南达镇中心小学。俄拉沟村是木南达镇最偏远的村子，有二十六名"普九"对象，一直没有老师，更没有老师愿意去任教。

学校和村镇领导只能将一个守村部的人安排做代课老师。这个老师自身没有文化，教学三十年，所教的学生连二十以内的加减法都没有学会。按规定，教学三十年可转正，他转正就退休，却无人接替工作。学校很无奈，最后只能强行派老师去任教，但是没有人愿意去。只好抓阄，谁抓到谁去。一个女老师抓到后，当场号啕大哭，以孩子小，家里老人无人照顾，自己去了要被丈夫殴打为由，死活不去。学校只得再次抓阄，结果让一个年轻男老师抓到，他要赖，甚至让女朋友到学校吵闹，以二人分手相要挟。学校没有办法了。

面对这种状况，陈鹏飞主动要求去，学校领导和所有教师对他千恩万谢。

那天，虽刚入十月，却漫天雪花飞舞。陈鹏飞背上行囊出发，学校和镇领导及全体老师都来给他送行。

镇领导特意安排一台拖拉机送他。一条凹凸不平的土路通向远方，前方的尽头在哪里？前面是否还有路，他不知道，也没有人告诉他。但他相信，就算没路，只要有人走过，就会走出路来，必将是一条幸福之路，格桑花一定会开得更加鲜艳、美丽。

陈鹏飞坐在车厢里，如同被反复翻炒的豆子，早上吃的那些饭食一股脑儿全给倒腾出来，最后只能趴下。不知道走了多少公里，眼前没有进村的道路了，师傅将车停在路边，让陈鹏飞步行。他拿起学校准备的简易路线图，沿着一条羊肠小道，走向高原深处。行走在路上，少了颠簸，反倒舒畅许多。此时的川西高原隐去了夏日的妩媚、妖娆，变得雄浑、苍茫。蓝天白云，水肥草黄，经幡随风舞动。四周群山少了巍峨、雄壮，一座座山峰如同凸现的圆包，连绵起伏，一山更比一山高。远处的圣山银装素裹，阳光下闪烁着耀眼的光芒。一条山路蜿蜒曲折，行走的人少，生长着野草，几乎看不出路的存在。陈鹏飞心跳加快，开始喘息，不得不放慢脚步。

方圆几十公里内荒无人烟，野生动物却不少，天空飞翔、盘旋的山鹰、老鸹，草地里飞奔、游走的野兔、土拨鼠，它们面对人不惊慌，人接近时才匆忙跑开。有无狼群不好说，那天陈鹏飞没有遇上。

黄昏时，陈鹏飞终于赶到俄拉沟村，近一天时间才到达学校，难怪没有老师愿意来。那位即将退休的老师见到陈鹏飞时哭了，三十年，终于见到接替者——没人接替，他将退而不休。

陈鹏飞也差点儿哭了，眼前的景象让他彻底失望了，学校建在山腰一块很小的平地上，四周一圈土墙围着三间小青瓦房，墙头生长着杂草，已经枯黄。墙上贴着牦牛粪便，已晾干。陈鹏飞后来才知道，那些牛粪是村民们冬天做饭、烤火用的柴火。

土墙里有一块不到三十平方米的院坝，是学生们活动的操场。三间房子，一间作为村委会的办公室兼会议室，另两间用作教室和老师宿舍。教室里坐了六个年龄大小不等的孩子，还有足足二十个"普九"对象仍在校外游荡。孩子们唱着那位老师教的藏语歌，歌声中充满童真。听着，让人心中产生一股莫名的酸楚。学校周围零星散落着村民的住房，这些房屋全是破败不堪的泥土墙。陈鹏飞真担心这些房屋能否安然度过雨季。

一阵敲门声打断了顾晨明的叙述，将众人拉回现实之中。每个人脸上都是复杂、沉重的表情。

"谁嘛？这么讨厌，这个时候还跑来串门吗？"靠近房门坐的张海东站起来，抱怨着打开门。见是余伟，赶紧笑着招呼道，"余队，你好，请进！这么晚了，有何指示？"说完，退让到一边。

其他人纷纷起身，向余伟打招呼。

余伟走进房间，皱着眉头，嗅了一阵，严肃地说："你们喝酒了？说吧，怎么回事？"他走到座床边坐下。

邓一鸣老老实实地说："余队，我们喝了一点儿啤酒。不多，一人最多半瓶。"

"半瓶？谁信？"余伟用带着责备的语气，盯住邓一鸣责问，"难道你们不知道纪律吗？"

岳云峰瞪着余伟，口气强硬地说："知道！但今天是一个特殊的日子，值得喝酒庆贺！"说完，自个儿坐下。

余伟听着，心中升起怒火。他压制住，放低语调，平和地问："什么好日子，非得喝酒庆祝？"

顾晨明挠了挠头发，喃喃地说出了缘由。

余伟哈哈笑起来："我以为什么特别的日子，不就是老婆怀了三胎嘛，有什么值得你们庆祝的呢？"

张海东嬉皮笑脸地问："余队，不准喝也喝了，总不至于上纲上线，给我们纪律处分吧？"他拍着胸口，又做出一副大义凛然的样子，继续说："要给，往我头上扣就是！"

余伟轻蔑地看着张海东，不满地说："张海东，你是不是想要？那给你噻。"他叹了口气，又语重心长地说："说实话，海东，你说这话有些过分了。我们来到这里是一个团队，代表着鼓楼的形象，肩负鼓楼人民的嘱托。既然有纪律，我们理应遵守，如果都像你们这样，不乱套了吗？更重要的是大家的身体，你们都适应高原环境和生活了吗？喝酒出了问题，怎么办？这里的医疗条件，你们应该清楚，不要视生命为儿戏。我说了这么多，大家好好掂量。今晚来的目的就是核查所有人遵守纪律情况。好了，你们休息吧。"余伟说完站起来，朝门口走去。

众人待余伟走出房间，关上房门，议论起来，表达各自的不满。

邓一鸣摆摆手，阻止道："大家别说了，我们的确错了，错了得承认。余队长确实为我们好，大家要领情。"

"晦气！不说那破事。"张海东阴沉着脸说，"晨明哥，继续讲鹏飞的事吧。"

"算了，没心情，时间不早了。洗漱休息吧，改天再继续。"顾晨明说完向厕所走去。

看这阵势，大伙儿没有再要求继续讲。洗漱完，大家默默上床休息。这晚，邓一鸣很快入睡，他已逐渐适应高原环境。

十一、走马上任

早晨，香拉里县城恬静，湿漉漉的空气中携带着格桑花的清香。太阳从东边山头升起，把金色的光芒洒在县城房顶上，熠熠生辉，洒在树叶的露珠上，晶莹剔透。新的一天开始了。四人起床，洗漱完，收拾停当，各自下楼去单位吃早饭。

吃完饭，邓一鸣来到办公室，稍做收拾，拨通了刘凤知的电话，询问指挥部派谁去送蒋成斌和彭仕礼走马上任。刘凤知告诉他，由余伟负责，上班后，余伟会联系的。邓一鸣挂了电话，坐下翻看资料。

同事们陆续来到单位，忙碌起来。

"老邓！"多吉部长站在办公室门口叫道。邓一鸣赶忙站起来，向多吉顿珠问好。多吉顿珠吩咐道："你今天带上办公室旺姆主任和其霖，代表组织部送两名援藏干部去上任。宋其霖顺便开车。"

邓一鸣满口答应。不一会儿，格桑旺姆来到办公室门口，敲了敲门，走进来，微笑着问："邓部，我们什么时间出发？"

邓一鸣问宋其霖来了没有，得到肯定答复后，说："我马上给余主任打电话。旺姆主任，把任命文件准备好哈。"

"邓大部长，不用打电话，我们到了。"余伟粗犷的声音刚传进了邓一鸣的耳朵里，人就站在门口了。他抱着双肘，肩膀靠在门框上，一副玩世不恭的样子。

邓一鸣嘿嘿笑了："说曹操，曹操就到了！余主任，好在没说你老人家坏话哦。来，坐一会儿，喝口水再出发怎样？"

"我老人家！"余伟拍着额头，哈哈笑起来，问道，"一鸣同志，你说这话有几个意思呢？"

蒋成斌和彭仕礼出现在余伟身后，他俩挥手向邓一鸣打招呼。

"余主任，你老人家就一个意思嘛。"邓一鸣满脸笑容，又向蒋成斌和彭仕礼问候道，"两位书记好，快进来坐！"

格桑旺姆热情地向余伟三人问好，说："你们请坐，我去准备准备。"说着便出了办公室。

"还坐啥呢？出发吧。"余伟站在那里一动不动。

"好！出发！"邓一鸣说着向门口走去。

众人来到单位后面的停车场，上车后，宋其霖和余伟各开一台车出发。

汽车出了县城，沿杜柯河岸盘山公路逆水而上。杜柯河如同一把利剑将昂柯那山从中劈开，像一条银白的缎带飘落在山间。水流湍急，碰撞到河内的嶙峋怪石，溅起巨大的浪花，发出强烈的轰鸣声，回荡在山涧。春风吹过，两边的原始森林泛起绿波，各种鸟鸣此起彼伏，卖弄着清脆的歌喉。路边的格桑花竞相绽放，空气中多了格桑花的香甜味。邓一鸣放下车窗，深深吸上一口气，心旷神怡。

远处，时隐时现的昂柯那山巅上，千年不化的积雪闪烁着圣洁的光环，阳光照耀下，色彩斑斓。悬挂于缓坡上的经幡随风舞动，发出呜呜的声响，传送着人们期待的祝福。虽已是五月下旬，但此时正值香拉里初春季节，万物刚苏醒过来，焕发出勃勃生机。车子沿着曲折的山道，慢慢爬到山顶。原始森林退去，取而代之的是广袤的大草原，皑皑白雪覆盖了整个大地，大片雪花飘然而至，刚才还是温暖的春季，转眼之间又置身于严冬之中。

邓一鸣打了个寒战，赶忙升起车窗玻璃，说："旺姆主任，这儿真可谓四季不分啊。"

格桑旺姆面带微笑，淡淡地说："邓部长，正常！这就叫一山有四季，十里不同天。这样的景象多得去了，再过一会儿又能回到春天。"

"邓部长，马上到这座山的顶峰尕卡岭了，要不要下车看看美景？"宋其霖提议道。

格桑旺姆附和说："尕卡岭是当年红军与国民党反动派激战过的地方，只是随着时间的流逝，当年的遗迹没了。不过，从尕卡岭可以看到前方的九道拐，非常雄伟、壮观。"

邓一鸣激动起来："必须下车看一看！我马上跟余主任他们联系。"说完，拨通了余伟的电话，将情况告诉他，强调想寻觅红军的足迹。余伟满口答应。

宋其霖降下车速，汽车缓缓地停在了路边宽阔处，余伟跟着将车停在后面。大伙儿下了车，前面是一处宽敞的观景平台，一组红军长征途经香拉里的大型铸铁雕像出现在眼前，内容是红一、二、四方面军胜利会师并与藏族同胞欢庆的场景。熊熊燃烧的篝火映红了年轻战士一张张稚嫩的笑脸，他们脸上挂着战火的硝烟，带着必胜的信念和对未来美好生活的憧憬；可亲的藏族老阿妈手提铜壶，将一碗碗酥油茶捧给自己的亲人；慈祥的老阿爸拉着红军战士的手嘘寒问暖，深深的皱纹里盛满幸福和真情。年轻的姑娘、小伙儿们跳起欢快的舞蹈，将身上的布袍取下披在衣衫单薄的战士们身上，他们身后是红一、二、四方面军军旗，三面军旗鲜艳火红，迎风招展。天空飘舞的雪花落在军帽上、肩上，掩盖了雕像本来的颜色，他们的脚背已经被积雪覆盖。邓一鸣和余伟立即上前，对着雕像深鞠三躬。其他人见状，赶紧过来站在一起鞠躬。

中国工农红军长征期间，红二方面军和红四方面军，曾三次路过香拉里，历经三个月，建立了红色政权，设置绰斯甲县。为藏族兄弟勾勒出了一幅壮美的蓝图，人人平等，没有奴隶主老爷和奴隶娃子，户户牛羊成群，喝不完的酥油奶茶，吃不尽的青稞糌粑，都过上幸福美好的生活。红军与藏族同胞建立起深厚的情谊，在阿曲河谷开展大规模的筹粮活动时，藏族兄弟纷纷捐粮捐款，年轻汉子踊跃报名参军。途中，翻越夹金山、尕卡岭和打鼓山等大雪山，以及在查理寺战斗、赛格寺战斗中，藏族兄弟都给予了极大支持，为打败国民党和地方武装的围追堵截作出了卓越贡献，为红军最终完成二万五千里长征打下了坚实的基础。当年，格桑花怒放时，红军来了；十年前，格桑花再次盛开时，鼓楼人、仙游人来了。他们和藏族兄弟们一道建设美丽、幸福的香拉里，用生命完成红军规划的壮美蓝图，不忘初心，完成精准脱贫。如今，踏上乡村振兴之路，共同再建幸福家园。

余伟提议大家合张影。众人纷纷赞同，蹲在雕像前，留下美好的记忆。这不单单是一张照片，而是红军精神的传承，时时牢记肩上的重任，为乡村振兴尽一份绵薄之力，汇聚成建设美好家园的一道亮丽风景。

观景平台左前方直立着一块石碑，上面用汉藏两种文字镌刻着尕卡岭海拔三千九百二十米。蒋成斌和彭仕礼站在石碑左右拍照留念，今天是他们第一次经过这里，从今往后，二人将作为常客，来回过往，但要驻足停下的机会不会太多，他们的精力将在振兴路上。

拍完照，余伟吆喝一声"走啰"。等大伙儿上车后，汽车驶离平台，继续向木南达镇前进。

过了尕卡岭观景台就开始下山了，壮美的九道拐蜿蜒曲折如同一条黑色的腰带系在雪白、墨绿的峻岭腰间。白的是没化的雪，绿的是茂密、葱茏的树。

走上九道拐，格桑旺姆给邓一鸣介绍起来，宋其霖也时不时搭上一句，他们的言语里满是自豪，更是对党的扶贫政策充满感激。格桑旺姆说她出生在木南达，当年到县城是土路，泥泞狭窄，没有班车。运气好时，可以搭乘货车、拖拉机这些便车，运气差时，只能走路。在县城读书时，走得哭了不知多少回。精准扶贫的第一项工程就是这条通向县城的幸福路。现在方便了，道路不仅沥青黑化，还通了班车。外面的物资、村民的牧产品源源不断地拉进运出，共同享受国家给予的红利。

汽车经过近一个小时的路程，到达木南达镇。镇子位于香拉里北部、则曲河流域中部，镇政府所在地属高山峡谷丘状高原过渡地带，为半农半牧地区。曾经属"老、少、边、高、穷、病、教"深度贫困乡镇，而今早已旧貌换新颜，低矮的平房全都拆掉，变成崭新的牧民新村，集镇基础配套设施提档升级，供排水系统、市政道路、电力通信、健身广场、商贸市场、环卫设施等日趋完善。四条横向、十四条纵向街道，全部完成路面硬化，市政服务功能不断完善。

汽车停在镇政府机关大院，众人下车，镇政府领导已经站在院子里迎接。大家互相打过招呼后，向会议室走去。

见面会开始，会议由镇长次仁旺堆主持，镇党委书记扎西多吉致辞，邓一鸣宣布组织部任命文件，余伟代表援藏指挥部讲话，对蒋成斌作简要介绍，蒋成斌最后表态发言。见面会在简洁、明快的气氛中结束。蒋成斌留在镇上走马上任，成为木南达镇负责乡村振兴的党委副书记。舞台已经搭建，就等他登台表演。

其他人又上了车，向下一个镇赶去，彭仕礼还得去展示自己的才能。汽车启动，邓一鸣看到蒋成斌泪眼蒙眬，正挥手向他们告别。邓一鸣相信蒋成斌不会辜负大家的期望，定能在乡村振兴伟业中干出一番业绩。

十二、红烛闪耀

夕阳拉下长长的影子，一片金黄，空旷的草原翻涌起金黄色的草浪，牛羊披上了一层单薄的金装，闪耀着昏暗又明亮的光芒。将彭仕礼送到单位后，余伟的车空了。回县城时，邓一鸣上车陪伴。

"一鸣，不好意思。"余伟握着方向盘，诚恳地说，"昨晚的事情，向你表示歉意，当时我有点儿过激。"

"没事！是我们有错在先，没有认真执行规定。余队，你这么说，反倒让我不好意思。"

余伟认真地说："过去的事，就让它过去，我们共同做好今后的工作，给当地人树立榜样，传承我们的鼓楼精神。从最初的普九支教、精准扶贫，到目前的乡村振兴，十年时间，一批批鼓楼人创造出'爱心献高原，情洒香拉里，无私奉献，牺牲自我'的鼓楼精神。我们应该铭记于心啊！"

邓一鸣感觉余伟过于说教，不免产生一丝反感。不过，想想确实是那么回事，人家没有说错。他感慨地说："余队，放心，我明白，一定做好。"

余伟嘿嘿一笑，不再说什么了，车子紧跟在宋其霖车后。

天黑时，回到县城，邓一鸣暗暗舒了一口气。余伟并不紧张，毕竟是驾龄二十多年的老司机。

邓一鸣打开宿舍的房门。岳云峰斜靠在座床上看书，见邓一鸣进来，放下书，关心地问："一鸣哥，这么晚才回来，在加班？吃晚饭没有？"

"今天送蒋成斌和彭仕礼走马上任，回来在指挥部吃的泡面。"邓一鸣微笑着，走到座床边坐下，问道，"看的啥书？"

岳云峰拿起座床上的书递给他，说："《逐梦彝乡》，我们四川一名本土作家写的援彝扶贫长篇小说。写得不错，主人公的扶贫做法值得我们借鉴。"

"是吗？"邓一鸣脸上露出惊喜，接过书，快速翻了翻，请求道，"你看完了，给我看看，学学人家的做法。"

"没问题！"岳云峰爽快答应。

邓一鸣将书还给岳云峰，朝顾晨明的寝室看了一眼，问："晨明和海东还没有回来？"

岳云峰点头回答："还没有，二人都是副校长，有做不完的事情。如同我这城管局副局长一样，具体的事情都该我们做。"岳云峰一脸无奈，带着委屈。

"唉！"邓一鸣叹息一声，自己经历的又何尝不是如此，他将到嘴边的话咽了回去，转移到其他话题上说，"真想听晨明昨晚没讲完的故事。"

岳云峰嘿嘿笑了，虽然邓一鸣嘴上没有说破，但岳云峰明白他的意思，顺着他的话说："是啊，真想早点儿知道陈鹏飞是如何去世的，愿其死有所值。"

邓一鸣笑了："陈鹏飞肯定死得其所，鼓楼人那种自我牺牲的精神是烙印在骨子里的。你继续看书，我去洗个澡，今天挺累的。"说完，拍拍岳云峰的肩膀，起身朝寝室走去。

岳云峰抬头，关心地说："不是说，上高原后暂不洗澡吗？还是再缓缓吧。"

"放心吧，我早适应高原生活了。"邓一鸣头也没回，自信满满地说着，推开寝室房门，打开柜子翻找出内衣，往厕所走去。

邓一鸣放上热水，脱光衣服，突然，电话响起来。是谁？真会找时间。

邓一鸣心中升起一股怨气，拿起手机，扫了一眼屏幕，是老婆，她居然要视频。这怎么办？开视频，自己一丝不挂；不开吧，她要是想歪了更不好办。算了，网络不是闹着玩的地方，他拒绝了老婆的视频请求，快速将电话给老婆打过去，向她解释。

刘俊梅听完，咯咯笑起来，居然提出机会难得，想看看他的裸体。还说他们是夫妇，有什么不能看的。邓一鸣态度坚决，绝不通过网络看。刘俊梅果然瞎猜了，直问邓一鸣是不是心中有鬼，是不是在做见不得人的事情，然后直接挂了电话，再次请求视频。邓一鸣无语了，只得连起视频，将厕所扫了一圈，镜头对着花洒，不让她看自己的身体。

过了一阵，刘俊梅大度地说："好了，放心了，老公，你洗澡吧。"

邓一鸣补了一句："老婆，你老公可是正人君子，洗完澡再跟你视频。"然后立马关掉视频，放心地洗起来。冲洗干净，换上衣服，走出厕所，来到阳台上，开启视频，跟老婆卿卿我我聊起来，说不完的相思苦，道不尽的离别愁。直到听见顾晨明和张海东回来的说话声，才依依不舍地停止视频。

邓一鸣揣好手机，走进客厅，满脸笑容向他俩打招呼，又询问他们吃过晚饭没有。得到肯定答复后，说："晨明，继续讲鹏飞的故事吧。"

顾晨明点点头，在座床上坐下，接着昨晚的内容讲起来。

陈鹏飞到俄拉沟村后，那位老师对他相当好，一直让他在家里吃住，直到半年后，那位老师拿着退休证离开村子，去马尔康与儿子生活为止。

俄拉沟村的普九学生每天坚持来学校的不到十人。第三天下午，陈鹏飞提前半小时放学，叫上一名学生带路，去找村主任汇报情况。

走了一个多小时，天黑时才到村主任家。他们一家人正准备吃饭，村主任见到陈鹏飞非常高兴，不等陈鹏飞说明来意，就抓住他的手，大声嚷嚷："天大的事情，先吃饭，吃完饭再慢慢说。"村主任的汉语说得还不错，很顺畅。他拉着陈鹏飞在火灶边的木凳上坐下。

村主任的老婆捧着一碗酥油茶递过来，嘴里说着藏语。陈鹏飞一脸茫然，赶忙起身，双手接过，碗里散发出浓浓的香甜。

村主任解释说，他老婆的话是欢迎尊贵客人到家做客，请喝一碗酥油茶，解除一路辛劳。

陈鹏飞赶忙向他们一家人表达感谢，端起铜碗喝了一小口，醇厚的奶香，和着茶叶浓醇的芳香，夹带着一丝茶叶的苦涩，立刻满口生香。他细细地品味着，将铜碗小心地放在面前的灶台上。

陈鹏飞来之前已经了解到，藏族对火灶有神圣的敬畏之情，认为火塘中有灶神，需小心伺候，绝不能亵渎得罪灶神，否则会带来灾难。

村主任的儿子提来一大罐青稞酒，倒了满满一大碗。

陈鹏飞看到面前这碗酒，心中产生莫名的惊慌，他本身不胜酒力，又还有事情要跟村主任说，只能推辞，解释了半天，还保证等学生到校接受普九教育后，一定好好陪村主任往醉里喝。

村主任听完陈鹏飞的话，一拍大腿，嚷道："陈老师，来，把这碗酒喝下去，我带你去找那些娃娃。"

"好！"陈鹏飞端起酒碗向村主任表示感谢，一口干了碗中的酒。青稞酒口感不错，醇厚、清爽，带着一丝甜味，回味悠长。他拿起火灶上的一个青稞糌粑，激动地说："主任，走，我们现在就去找学生！"

村主任见状，一口喝完酒，拿上糌粑站起身。学校有老师了，还这么负责，他高兴，必须重视。他从马厩里牵出一匹枣红马，一把将陈鹏飞拉上马，驰向广袤的草原。从那天晚上开始，村主任每天晚上就骑马去动员辍学的孩子和家长，但效果不明显。

这天，村委会给每户分沙棘树苗，但所有人十以上的数就不会分了。陈鹏飞想到了让孩子们上学的办法，他组织在校学生按十株一捆，每十捆一堆，按每户实际树苗株数，再往每一堆里添够每户应该分得的数量。村民们来到学校，凑热闹的孩子也多。陈鹏飞拿出小黑板，现场以分树苗为例，让学生和家长一起看如何分。他绘声绘色地讲解，家长们感到惊喜万分，说这老师太厉害了，娃儿今后做生意也会算账。于是，家长们将孩子们送来了。

村民们对陈鹏飞非常好，像商量好似的，每天一名家长来学校，在他寝室的窗台上放一瓶牛奶，放上就走。这天放学，一个小男孩来拿奶瓶，陈鹏飞才知道是谁家送的，他坚决不肯收。小男孩说，老师不收的话，我回家要被阿爸暴打，如果还不收，阿爸说直接倒在老师家里。小男孩说着脱下裤子，屁股果然青一块、紫一块。陈鹏飞只得收下。后来，陈鹏飞才知道小男孩的屁股是他阿妈涂的植物染料。

全村普九对象，除一名不知去向外，剩下的二十五名全部到校。陈鹏飞为鼓励孩子们好好学习，下午放学，去二十多公里外的公路边，拦过路的卡车司机,请他们帮忙从县城捎回一些糖果。司机听完陈鹏飞的讲述非常感动,有时陈鹏飞没来得及去取,他们还专程送过来。就这样,陈鹏飞每天放学给孩子们每人发一块。孩子们逢人就炫耀,上学读书有糖吃。

很多学生家离学校很远,中午只能在学校吃饭。早上他们从家里带两个青稞面馍馍,到中午时,硬邦邦的根本没法下咽。陈鹏飞烧一大锅茶水,让他们泡软再吃。长期吃这东西营养跟不上,陈鹏飞又请货车司机帮他购买五花肉,让孩子们从家里带些土豆,隔三岔五做土豆烧五花肉请孩子们吃。

陈鹏飞住到学校后,当地年轻男女晚上会骑马到学校来看稀奇。陈鹏飞将他们请进宿舍,跟他们交流,讲外面的世界。

一天晚上,他们悄悄问陈鹏飞喜不喜欢吃鱼,陈鹏飞说喜欢,并没在意,以为他们只是随便问问。第二天黄昏,他们从河沟里捕捞了很多鱼,悄悄送过来,放在宿舍里。晚上,陈鹏飞回宿舍看见鱼,很高兴。烧好后,请他们吃,他们却不敢。当地人不食鱼肉,偷吃鱼肉是要被父母重打的。陈鹏飞将烧好的鱼放在教室的窗台上,回了宿舍。年轻人吃完鱼,将锅放回窗台,进屋与陈鹏飞聊天儿。他们走时,陈鹏飞看到窗台上的空锅,向他们微微一笑,什么话也不说。他们心里不踏实了,请求陈鹏飞千万不能将吃鱼的事情说出去,陈鹏飞爽快地答应了。

"嘀嘀……"一阵电话提醒铃声在顾晨明的上衣口袋里响起,他停止讲述,说:"手机已经提醒要关机了,时间不早了,也累了,明天再接着讲吧。"众人同意,简单洗漱一下,各自睡下。皎洁的月光穿透窗帘,散发着柔和的光芒,照在年轻的脸膛上,如同母亲慈爱的大手,抚摸着他们……

十三、振兴项目

川西高原气候变幻无常,一天中会让你经历不同的季节。但天空永远是蔚蓝的,一碧如洗。太阳火辣辣的,裸露的皮肤有阵阵灼痛感,站在太阳底下,全身汗津津的感觉,却没有汗水。举目远眺,太阳闪烁着耀眼的光晕。县城四周的山峰云雾缭绕,连绵起伏的山腰牛羊成群,仿佛天上的云朵落在坡上。

邓一鸣去食堂吃过早饭,来到县委办公楼。提前到办公室做好上班准备早已成为他的工作习惯，他不在乎别人怎么认为，觉得做好自己就行。特殊的地理环境和恶劣的气候原因，使得这里每天的工作时间为六个小时。不过，援藏人员一般不受这时间限制，早来晚去已经成为常态。

电话铃声响起，邓一鸣摸出手机，是刘凤知来电。他接通电话，问："刘县，你好！请问有什么安排吗？"

刘凤知回答："一鸣，下午，你跟我去一趟县发改局，调研一下今年援建振兴项目，时间不等人，我们必须主动出击。"

"好，没问题！"邓一鸣答应了。

刘凤知吩咐道："你跟发改局洪宇联系，准备一下项目资料，我们不打无准备之仗。另外，给所有援藏干部弄一份通信录，方便工作联系。"等邓一鸣答应后，他挂了电话。

邓一鸣从手机里翻出洪宇的号码，拨通了他的电话，安排好相关工作。

邓一鸣与洪宇正沟通时，余伟敲了两下门，走进来。邓一鸣连忙向他点头示意，指了指对面的沙发，让他先坐一会儿。

余伟在沙发上坐下来，双手放在大腿上，挺胸抬头，一副标准的军人坐姿。听见邓一鸣说话的内容，他放心了。

邓一鸣挂了电话，将手机放在办公桌上，微笑着向余伟问好，询问有什么事情。说着，走到文件柜边，拿出纸杯，给余伟在热水器上接水。

余伟说刘副县长让自己来叮嘱一声，今年援建项目的明细表、相关资料准备好后，给每位援藏牵头同志备一份，让大家清楚各自的任务和责任。

邓一鸣满口答应，将接好的水递给余伟。余伟接过水，放在面前的茶几上，问邓一鸣什么时间有空，好一起去超市看看电热毯。过两天万一又降温，大家又该难受了。

邓一鸣将要忙的事情给余伟汇报了一遍，问他能不能抽休息时间去。

余伟答应，端起水杯喝了口水，站起来说一声"你忙吧"，挥挥手，往办公室外面走去。邓一鸣跟随在他身后，约定好时间。

洪宇将今年援藏乡村振兴项目和相关资料传了过来。邓一鸣打印一份，认真看了一遍，今年有九个项目，这些项目偏重于县城的基础设施建设。涉及乡村的仅有一个乡建一所公厕，硬化乡政府机关院坝，修堡坎。差乡村振兴实质内容啊！而且还有几个部门的资料不完整，逻辑存在纰漏，甚至混乱。邓一鸣无奈地摇摇头，自己无能为力，毕竟改变不了既定的事实。只能到这几个部门去完善资料，尽量做完善一些，调研时再谈自己的看法。

邓一鸣路过部委办公室时，见格桑旺姆正在里面忙碌，他请旺姆主任不忙时，帮自己整理一份援藏干部任职情况。她爽快地答应了。

县城就这么大，各部门相距不远，邓一鸣找到这些部门一把手和经办人，一起协商，将数据、资料补充完整，逻辑混乱的地方进行调整、修订。修改完资料，他回到办公室，在电脑上修改后，准备为每一位牵头人员拷贝一份。

肖义是二十五名援藏干部中唯一的女同志，也是其中一个项目的牵头人，她挂职在县融媒体中心。邓一鸣决定先去融媒体中心。

邓一鸣走进香拉里广场，瓦蓝的天空飘浮着朵朵白云，与四周山峰融为一体，山在云端，云绕山峰，蔚为壮观。那些云，有的几片连在一起，像海洋里翻滚的银色浪花，有的几层重叠着，像层峦叠嶂的远山，有的在一片银灰的云层上，又飘浮着朵朵大小不一、形状不同的云朵，就像岛屿礁石上怒放的海石花。太阳向大地倾泻着光与热。

走过罗藏中街，进入融媒体中心大院。院子里堆积着许多废料，正在进行升级改造。一楼二楼空荡荡的，没人。刚到三楼，正待敲门时，肖义推门而出。她一脸惊喜，诧异地问："噫，邓大部长，什么风把你给吹来了？"

邓一鸣呵呵一笑，开玩笑说："东南西北四股风呗，吹到融媒体中心，顺便来看看大美女，不欢迎吗？"

"岂有不欢迎之理，需要安排人员夹道欢迎不？"肖义说完，银铃般地笑起来。

邓一鸣不开玩笑，将自己前来的目的告诉了她。

肖义将他带进办公室，装修的缘故，七八个人集中在一起办公，显得拥挤，却颇为热闹。

邓一鸣挥手，热情地向他们打着招呼，大伙儿也挥手回应。邓一鸣将U盘递给肖义，自己在一把椅子上坐下。肖义为邓一鸣倒了一杯水，然后，在自己使用的电脑上备份。

"吱呀"一声，门又打开了，年轻的藏族妈妈背着一个几个月大的小孩儿走进来，径直到一张办公桌前忙乎起来。

"小孩儿眼睛真大，小脸蛋儿粉嘟嘟的，不吵不闹，真乖耶！"夸赞是邓一鸣惯用的套近乎的方法。

藏族妈妈礼貌地笑了笑，无奈地说："我老公在外地工作，家里没人带，没办法！"她说孩子刚满九个月，才打完预防针。

"叫叔叔！"邓一鸣逗着小孩儿。

"阿肯！"藏族妈妈扭过头教孩子。小孩儿笑了，没有叫，可能还没有学会说话。

"阿Q？对！就叫叔叔阿Q！"邓一鸣这么一说，引得办公室响起一阵欢笑声。

肖义拷贝完资料，将U盘递给邓一鸣，开心地说："一鸣哥，你真是个活宝哦。今后，有时间多来我们这儿坐坐。"

邓一鸣嘿嘿笑着说："好了，我知道该走了，肖大主任不用撵我。"说着站起来，向大伙儿辞别："各位兄弟姐妹，慢慢忙，不打扰大伙儿啦。"又特地摸了一下小孩儿的脸，说："下次，阿Q叔叔给你买好吃的东西哦。"

大家起身向邓一鸣挥手示意，邀请他多来指导工作。

下午，刘凤知带上邓一鸣和项目牵头人来到发改局开展调研工作，了解项目进展和经费落实。发改局相关同志对项目开展情况进行了汇报，同时将瓶颈问题抛出来：实施工期短，任务重，资金落实难……

刘凤知听完汇报，询问项目组牵头人有什么想法。

肖义带头发言，她说："这些项目是我们来之前就已经确定好的，不便做过多评价。我感觉少了点儿内容，比如我牵头的干部人才培训项目，觉得就是日常业务工作吧。既然牵头，我协助做好。"

邓一鸣接着说："我非常赞同肖义主任的观点，直白地说，这些援建项目，不少仅仅在项目前加上'乡村振兴'这个名字而已，实质内容搭边不多，乡村振兴、建设美好家园没有充分体现出来。"

"邓部长，暂且不说这些！下来后，我们慢慢交流。"邓一鸣不客气的话被刘凤知打断，"我们目前要做的是如何落实和完成这些项目，刚才发改局的同志提到的那些问题，不应该成为完不成项目的理由。我们必须想方设法，克服困难，加快速度，在规定的时间内完成。如果今年的任务完不成，明年的项目怎么规划？鼓楼每年2.5%的援建资金如何处理？资金落实难的问题，我会尽快回一趟鼓楼，向财政部门争取，看能不能以其他方式处理。"

刘凤知的话定了基调，其他人不好再说什么，均表态全力以赴支持项目落实，力争在规定的时间内完成任务。

调研结束后，大家各自回单位，继续忙手里的事。回县政府的路上，刘凤知告诫邓一鸣："说话不能太直，婉转一点儿。对去年申报的项目我也有意见，但是光指责存在的问题有什么用，没法修改啦，现在的任务就是督促项目实施、完成任务。只能在规划明年的项目时，予以高度重视，避免类似问题出现。"

邓一鸣叹息一声，接受刘凤知的意见，但内心不是滋味。援建的每一分钱理应用在刀刃上，为当地老百姓做实实在在的事情，虽然他们已经全面脱贫，但更应该享受幸福美好的生活。不能为了乡村振兴项目而做项目，更不能随随便便消耗纳税人的财物。他默默地跟在刘凤知身后，向前走去。

十四、组织温暖

邓一鸣回到办公室，口干舌燥，倒上一杯凉水，"咕咚咕咚"一口气喝完。刚坐下，援藏工作群里蒋成斌发了信息："木南达镇下起了冰雹，大的乒乓球大小。"刘凤知提醒乡镇援建的同志一定注意安全，若有灾情，第一时间上报。其他同志纷纷向蒋成斌表示慰问，询问彭仕礼所在乡镇的情况。彭仕礼回复，他那里没有问题。

太阳落山了，邓一鸣收拾好办公室，关门下班。刚走了几步，电话响起来，是余伟来电。他划开屏幕接通电话，询问有什么事情。

余伟问邓一鸣忙完了没有，忙完的话，叫上岳云峰和顾晨明去超市把电热毯购买了。天气预报说今晚后半夜要降温，还要下雪。

邓一鸣这才记起上午与余伟约好的事情，赶紧答应，约定在香拉里广场汇合。他分别电话联系了岳云峰和顾晨明，将购买电热毯的事情跟他俩说了。

二人答应立马赶到广场来。邓一鸣来到广场，夕阳最后一缕光亮被夜幕没收走，墨蓝的天幕上散着几颗星星，月亮却不知躲到哪儿去了。一阵山风刮过，凉飕飕的。街灯亮起来，夜的生活开始了。人们纷至沓来，有的慢步广场，有的搬出音箱准备跳舞。邓一鸣看见余伟在广场旗台前缓缓地移动脚步，赶紧小跑过去，向他打招呼。

余伟笑嘻嘻地回应着，关心地询问邓一鸣吃晚饭没有。

邓一鸣笑着摇头，说："等事情办完后，吃碗泡面。"

余伟哀叹一声,自言自语地说:"这边物价确实有点儿偏高,简单吃顿饭就是好几百,真不敢随便在外面吃。"说着,自嘲地笑了。

邓一鸣跟着笑起来,开玩笑地说:"余指挥长都这么叫苦叫穷,我们这些小喽啰就不该活了。知道余指挥长是葛朗台,没有谁让你请客呀!"

余伟大度地说:"真心朋友,请客算啥,买了电热毯,到陈包子店,我请客!先申明不能喝酒,纪律必须严格遵守。另外,有必要强调,指挥长是刘凤知,我只是副指挥长,莫搞错了!"

邓一鸣摇着头,认真地说:"好,好!余副指挥长,请客就免了吧,开玩笑的,莫当真。"

余伟生气地嚷嚷道:"一鸣,有多远给我滚多远!当兵出生的人,说一不二,我何时说过假话?"

邓一鸣尴尬地笑了笑,说:"余主任都把我当真心朋友了,废话不说,听你的安排。"

余伟伸出拳头在邓一鸣胸前擂了一下,叫道:"这才像话,耿直朋友。"

不一会儿,岳云峰快步赶过,气喘吁吁地表达歉意,他在办公室整理全县乱搭乱建统计表册,来晚了。

余伟挥手说:"没事,边等人边欣赏县城的夜景也是享受。"顾晨明和张海东从连接罗藏前街和中街的巷子小跑过来,大伙儿相互打过招呼,从罗藏中街开始一家家寻找、比对、砍价,必须达到质高价优才作为考虑对象。最终在前街祥和超市找到较为满意的货物,可惜数量不够。老板拍胸保证,最迟第二天下午将货物准备好,送到指挥部每一位援藏干部手中。

余伟见老板如此诚意,让他稍稍等一下,他们几个人商量商量。余伟把众人叫到门市外,征询大家的意见,所有人觉得不错,表示同意。

商量好后,大伙儿回到店内,邓一鸣就价格向老板提出再少一点儿。毕竟是大买主,老板不愿意失去这样的大顾客,做出一副极其痛苦的样子,半天才勉强接受,一再表示一分钱没赚,还倒贴运费,赔本赚吆喝,图个人气。

邓一鸣才不信呢,不过,他还是对老板一阵安慰,表示今后购买任何东西都来照顾生意。然后,对众人说:"兄弟们,电热毯订购好了,你们不买点儿日用品吗?"

"买,买!"众人异口同声地回答,开始选购商品。结账时,每人花了好几百元。在这人烟稀少、地理位置偏远、道路狭窄、地质情况特殊的地方，物资运输异常艰难，有时可能还冒着生命危险，所以物价偏高也可以理解。大伙儿皆大欢喜，老板更是欢天喜地。

众人提上选购的日用品，笑着向陈包子铺走去。吃饭时，余伟特意点了一份大刀尖椒回锅肉。喷香、麻辣、肥而不腻的回锅肉吃得大家心花怒放，连声称爽。

吃过晚饭，大家纷纷向余伟表达感谢。

邓一鸣深情感慨道："今后，希望组织多多关怀远离家乡的游子，让我们时时得到组织的温暖。"

岳云峰附和道："今天组织给我们购买了电热毯，晚上有温暖被窝。余指挥长的饭食更是直接暖在心窝里了。"

余伟怒骂道："滚，滚！两个龟儿子一唱一和，啥意思？我没有听出丝毫的称赞，反倒是挖苦、嘲笑的意味十足。"

邓一鸣和岳云峰急了，一手指天，一手指着心脏分辩道："余指挥长，冤啊，比窦娥还冤！天地良心，绝对真心实意，无半点儿坏心肠。"最后一句，二人竟唱出了川剧的韵味，婉转、悠扬。

顾晨明和张海东被二人滑稽的表演逗得哈哈大笑起来。余伟也跟着笑了，一人一巴掌拍在他们肩膀上，催促赶快走。

四人告别余伟，回到宿舍，放好购买的东西，坐在座床上，或玩游戏，或刷小视频。邓一鸣对这两样不怎么感兴趣，便说："老顾，别玩游戏，接着讲陈鹏飞的故事吧！"

岳云峰没等顾晨明回话，抢着说："一鸣哥，今晚有组织的温暖，高兴，就不要让晨明哥讲了。接下来，肯定是鹏飞去世的事情，绝对让人伤痛。"说完，盯着顾晨明，又说："晨明哥，你说是不是？我没有说错吧。"

顾晨明既不肯定，也不否定，嘿嘿一笑说："那就改天再讲吧，大家高兴才好。"

邓一鸣不好勉强，只得叹息一声，走到阳台上。天气变得阴冷起来，撒落在天幕上的星星没了。寒风阵阵，他打了个寒战，身上有了一缕缕寒意。邓一鸣掏出手机，开启视频，等待老婆接听。

手机铃声响了好一阵，老婆才接通。邓一鸣用带着埋怨的口气问："老婆，怎么半天才接电话呢？"

刘俊梅嘻嘻笑着回答："老公，怎么，等不及啦？猴子怎么死的？急死的！"妻子清脆的笑声传到邓一鸣耳里，他跟着笑起来。妻子解释自己在单位加班，刚回家，吃了点儿中午的剩菜、剩饭，电话响时正好在收拾碗筷。

邓一鸣关心地说："老婆，天气热了，莫吃剩饭菜呀，当心闹肚子。"

刘俊梅傲娇地说："老公，那你回来，给我做呀！"脸上笑眯眯的，没有生气。邓一鸣赶忙自我检讨，向老婆述说着自己的不是，请求她原谅。

刘俊梅大度地说："老公，你老婆可不是小肚鸡肠的人哈，既然支持你去援藏，怎么可能后悔呢？你放心在前面干，我会做你坚强的后盾，把家里打理好，把母亲照顾好。"于是，二人开始卿卿我我，述说着相思之苦。

"哎，我说一鸣哥，说了这么半天也该结束了吧，缠缠绵绵比我这准新郎还肉麻。让让吧，我得和老婆说说话了。"岳云峰不知道什么时候到了阳台，对邓一鸣不满地叫嚷道。

邓一鸣回过头，朝岳云峰翻了一个白眼，回道："好，好！准新郎，我让着你，惹不起就躲呗。"说完，跟老婆解释了几句，挂了电话。走过岳云峰身边时，一巴掌拍在他的屁股上。

岳云峰双手叉腰，怒目圆瞪，做出一副报仇雪恨的架势。邓一鸣赶紧跑开，在客厅的座床上坐下翻看手机。

十五、寄宿学校

黄昏，一抹殷红的夕阳照在瞻巴拉圣山顶上，未消融的积雪反射着太阳光，山顶和天边闪耀着金色的光芒，夕照金山如画似锦。头顶湛蓝的天空浮动着大块云朵，它们在夕阳的辉映下呈现出火焰一般的嫣红，映红了苍穹，映红了山川大地，也映红了县城，整座县城与云絮融为一体，如同海市蜃楼在空中飘动，让人置身于轻纱般的美梦似的。

周末到了，总算可以放松放松，到下班时间，邓一鸣第一次准时走出办公大楼，进入香拉里广场。他兴奋得蹦跳起来，像个放学的小学生。没有蹦多远，便喘息起来，只得放慢步子往前走去。

时间还早，邓一鸣不急于回宿舍，决定去县城周边转转。杜柯河对面那片区域还没去过，也不知顾晨明和张海东任教的寄宿制小学是什么情况。曾经作为一名老师，对学校有着别样的情感，那情感烙印在骨子里，不可能因为工作变动而磨灭。穿过罗藏中街，走过两街之间的巷道，就到了罗藏前街。前街对面一个长条形微型广场，置于半山腰悬崖边，靠近悬崖处有一排石柱围栏，保护着行人的安全。广场一边安置着供人休息的座椅和健身器材，另一边建了一排扎确林卡走廊，上面爬满了已发芽的藤蔓。地面铺着带有藏族特色图案的瓷砖，一道盘旋环绕的台阶连接着广场与山脚。

邓一鸣来到广场围栏边，看到杜柯河像一条玉带横卧在山涧谷底，哗哗流动的水声回传在山间。河对面是尕日新区，一座六层高鹅黄色的教学大楼屹立在半山腰，楼前的旗杆上五星红旗迎风飘扬，用汉藏两种文字制作的香拉里寄宿制小学校牌直立于房顶，清晰可见。山腰堡坎上装饰着两面鲜艳的红旗，旗面分别用汉藏两种文字凸饰着伟大的中国共产党万岁和全国各族人民大团结万岁的标语，在阳光下显得格外耀眼。

学校坐落于县城新区黄金地段，2017年8月由国家投资建成。承担着全县适龄儿童教育任务，所有的适龄儿童免费入学，住宿费、生活费全免。顾晨明他们再也不用像陈鹏飞那样在乡村里教书育人，成天担心"普九"任务不达标。藏族同胞易地安置点尕日藏寨分布在学校左右，与之有机构成一体。新区与县城隔河相望，一座奇特的人行景观桥连通两岸。它不仅是县城的一道亮丽风景线，也时刻展现着党和国家的好政策。

邓一鸣拨通了顾晨明的电话。顾晨明接起来，询问有什么事情。邓一鸣问他在干啥，自己想来学校看看，顺便瞧瞧两位大校长。

顾晨明嘿嘿笑了，高兴地说："一鸣哥，想来就来噻，莫嘲笑人嘛，啥子大校长哦，快来吧，我已走到伸臂桥上了。"

"伸臂桥？什么伸臂桥？桥在哪儿？"邓一鸣有些惊奇，第一次听说叫这样名字的桥。

顾晨明回答："就在杜柯河上，是连接学校和县城的纽带，一座颇具民族特色的建筑。集古代数学、力学、美学于一体，有着较高的历史价值、科学价值和民族艺术价值。"

邓一鸣明白了，原来杜柯河上那座奇特的桥叫伸臂桥。他让顾晨明在桥上等着，自己在前街小广场上，马上下来。说着，走下台阶。台阶顺着山势盘旋而建，无数根水泥柱子支撑起上面那个微型广场。台阶直接与伸臂桥相连，构成了一个整体。顾晨明和张海东背靠桥栏，手臂搭在扶手上，并肩而立。

邓一鸣叫喊一声，朝他们挥手示意，加快步子走过去。二人听到叫喊声,向邓一鸣走来。在桥中央,三人走到一起。邓一鸣摆手喘息一阵才说:"两位大校长好,累死了,差点儿喘不上气。"

张海东哈哈大笑起来:"部长同志,不至于如此吧?看样子严重缺少锻炼。"

邓一鸣狡辩道:"瞎说!海东,你身体好,跑几步试试。说不定还不如我呢,你敢吗?"

顾晨明劝解道:"一鸣哥,别争了,我们走吧。"

三人慢步朝学校走去,边走边聊。邓一鸣问他俩知不知道脚下伸臂桥是怎么回事,二人就知道的情况一唱一和地介绍起来。

这座桥是鼓楼作为乡村振兴项目投资一千多万元建成的。外观采用藏式伸臂桥风格,整座桥跨度长达百余米,宽六米。不过,它不是传统意义上的那种伸臂桥。它不仅改善了城市的通行能力,还与尕日绕城栈道、尕日精品旅游藏寨形成环线,成为高原林海秀城香拉里的一道亮丽风景线。

阿坝州境内,有二十多座保存完整的百年木制伸臂桥。藏式伸臂桥除了原木和石块,没有一颗铁钉和其他材料,已有上百年历史,被称为藏区的历史桥。它是藏族文化的代表,已载入中国桥梁建筑大全。

伸臂桥是河两岸百姓各自就地取材,根据地形选择河岸较窄的地方,用原木和石块,两岸相对各建一个桥墩。桥墩用直径约二十厘米的圆木,横竖交替架置,中间以石块填实,当桥墩砌到一定高度时,用圆木交叉放置于桥墩上作为桥身,像手臂一样递伸向河中,最终合龙,形成座桥。

过了桥,顺着环形公路往上走就到了学校门口,戴口罩,扫健康码、行程码,经门卫查验、登记后,方可进入学校。

顾晨明和张海东带着邓一鸣在学校里转悠。校园内绿树成荫,五颜六色的格桑花盛开在花圃和道路两边,河风吹来,香甜的空气里携带着丝丝泥腥味。两栋六层教学楼和学生宿舍呈品字而建,宽敞明亮。标准的室外篮球场、羽毛球场建于教学楼与围墙之间。体育场位于教学楼后面,足足好几十亩,塑胶跑道、人工草皮、足球门架应有尽有。吃过晚饭的孩子们在校园内、体育场上尽情追逐、打闹,开心、无忧地学习生活,过着幸福的童年。

"一鸣哥,知道吗?我们学校是全省首批'中小学铸牢中华民族共同体意识主题教育实践活动试点学校'。新年开学第一天,举行了主题教育启动仪式,全省只有十四所试点学校哦。"张海东自豪地说着,一脸骄傲。

顾晨明接着说:"多年来,在党和国家民族政策扶持下,香拉里坚持教育优先发展战略,实施教育'十年行动计划',破解教育发展难题,营造全民尊师重教的浓厚氛围,有效阻断了贫困代际传递。"

邓一鸣感慨道:"党和国家为边远少数民族的投入、关心让世人瞩目,生活在这样的国度里,是每一个华夏儿女的自豪和幸福。此生不悔入华夏,来世还做中国人!让师生切身感受铸牢中华民族共同体意识的重要性和必要性,拥护中国共产党的领导,爱党爱国,不忘初心,牢记使命,培养一代德智体美劳全面发展的新人,是每一名华夏儿女的光荣使命和责任。"

张海东笑着说:"一鸣哥,不愧为做组织工作的人啊,说起来一套套的。确实是这个道理。"

顾晨明说:"一鸣哥,放心吧,前辈陈鹏飞他们用生命为我们铺就了一条通往美好未来的大道,我们会沿着这条路走下去的,无愧于人民教师这个称谓。"

天色渐渐暗沉下来,校园里的路灯和学生寝室的灯亮了,散出柔和的光。邓一鸣拍拍额头,诚恳地说:"对了,两位,我有一个小小的请求,想给你们学校的孩子们讲讲党史中少年英雄的故事,让我再做一回老师如何?"

顾晨明兴奋地说:"好事啊!当然可以。一鸣哥,我高兴!你打算什么时间讲?安排!"

张海东也很高兴:"一鸣哥,越快越好!"

邓一鸣点点头,说:"我想时间预定在六月中旬,党的生日前,你们看如何?"

"没问题!"二人同声说道。张海东嘿嘿一笑,接着说:"一鸣哥,时间差不多了,是不是该吃晚饭了?"

"走,该吃饭了。"邓一鸣说着,双手搭在他俩肩膀上,朝校外走去。街灯亮了,闪耀着暖色。路灯为什么是暖色,大概就是为了照亮和温暖每一个晚归的人吧。

十六、周末加班

清晨,阳光携带着薄雾轻纱,清晰淡雅,夹带着丝丝格桑花和泥土的芳香，毫无顾忌地穿过一切空隙，照进每一个角落。照在身上，让人心情愉悦。鸟儿们站在树枝上、房顶上，仰着头，抖着翅膀，争相卖弄歌喉，悦耳的歌声似行云流水，在清新的空气里流动，余音袅袅。

邓一鸣难得一觉睡到天亮，直到被尿胀醒，看来完全适应高原环境了。他揉了揉眼睛，翻身下床，冲向厕所。一阵酣畅淋漓的排泄后，舒服多了。回到寝室，躺在床上，窗外悦耳的鸟鸣让人心旷神怡，他已无丝毫睡意。邻床的岳云峰仍旧在酣睡。邓一鸣坐起来，伸伸懒腰，下床拿来岳云峰带来的那本小说《逐梦彝乡》阅读起来，被书中的故事深深吸引住了。

电话铃声响起，邓一鸣放下手中的书，拿起床头柜上的手机，是刘凤知的来电。

接通后，刘凤知说："今天下午召开来藏后第一次工作会议，通知一下你们宿舍几个。另外，你们自身建设组（这是援建指挥部根据工作实际，自己成立的工作组的名称，自身建设组就是负责指挥部内部建设、管理、教育、宣传的职责。——作者注）上午布置一下会场。"

岳云峰醒来，询问情况。邓一鸣将事情告诉了他。岳云峰听后，带着抱怨的口吻说："唉，真烦，周末都不清静，还得加班布置会场。"

"云峰，别抱怨了，赶快起来！时间不早了。我去烧开水，泡方便面。"邓一鸣催促道，开始穿衣服。

"好的，听邓大部长的，不然，给我一双小鞋，吃亏的是自己。"岳云峰说着，极不情愿地从被窝里爬出来，故意一连打了好几个呵欠。

邓一鸣穿好衣服，走到岳云峰面前，严肃地说："哎，我说岳云峰同志，你别这么尖酸刻薄行不行？大气！大度！知道不？"说完转身走出寝室，在厨房接上一壶水烧上。洗漱后，从客厅一个角落的纸箱里拿出四盒方便面放在茶几上，来到顾晨明和张海东的寝室门口，用力敲了几下门。

寝室里传出顾晨明的问话声。邓一鸣告诉他下午指挥部召开工作会议，吃完早饭，一起去布置会议室。顾晨明答应马上起来。

邓一鸣回到座床边坐下，静等水开泡面。

三人先后走出寝室，看到茶几上的方便面，向邓一鸣表达感谢。

吃完泡面，四人来到指挥部会议室，刘凤知、余伟正在里面收拾。他们赶忙加入其中，整理桌椅板凳，扫地抹灰尘，忙得不亦乐乎。

大家很重视来藏后的第一次工作会，除邓一鸣带队的自身建设组布置会场外，肖义组队的后勤服务组负责食材采购、加工。会议结束后，晚上二人一组炒一份拿手菜，大家在一起简单聚餐。

　　蒋成斌和彭仕礼也赶来了，打过招呼后，端水清洗门窗。很快，地面清扫干净，桌椅摆放成椭圆形，铺上墨绿色的桌布。桌布是别的单位换下的，虽然陈旧，但洗得很干净，这是肖义的功劳。尽管场地简陋，但必须保持应有的庄严。要让大家感受干净、整洁，有家的那种味道，毕竟离家一千多里，指挥部就应该成为大伙儿共同的家。很快大功告成，大伙儿喘息着，坐下休息，毕竟是体力活，又是高海拔地区。尽管累、喘，却没出汗。

　　歇过一阵后，众人气息平缓下来，相互闲聊起来。刘凤知对蒋成斌和彭仕礼说："你俩是从乡村振兴一线回来的，下午要好好汇报一下此项工作的开展情况。其他同志尽管也在做这方面的工作，但毕竟只是间接接触，更多的是从事单位业务工作。"

　　蒋成斌脸上微微发红，拍拍额头说："刘县，我们其实也没做多少工作，还在探索之中，不知道汇报什么。"

　　彭仕礼嘿嘿一笑，着急地说："对呀，刘县，我们真不知道汇报什么。"

　　"那你们快回去，二人好好商量商量，准备一下噻。下午是刘县长召开的第一次工作汇报会，你们总不至于什么都不说吧。"余伟淡淡一笑，脸上挂着一丝不易觉察的不满，作为副指挥长，必须维护指挥长的权威。

　　"吱呀"一声，门推开了，肖义一手抱着一个塑料饮料瓶，瓶里插满盛开的格桑花。美丽的格桑花映衬着她那张瓜子脸，显得更加秀丽、娇艳。那细弯的眉毛如新月般镶嵌在眉头上，闪着青春的光彩；一对泉水般纯净的眼睛，蓄着柔和的光亮，带着一缕无瑕的童真。小巧玲珑的鼻梁直立在脸部中央，看上去是那么协调，如同雕塑家巧夺天工、精心雕刻的杰作。那红润的嘴唇好像两片带着晨露的花瓣，散发出沁人心脾的芳香。唇线明显，俊秀的嘴角挂着动人的笑意，轻盈的身段匀称、协调，充满高雅的气质。

　　两瓶格桑花带着晨露，娇艳欲滴，红的、白的、黄的，五彩斑斓。据说花的颜色还会随着季节的变换而转变。每朵花的花瓣中包裹着金黄的花蕊，上面带着毛茸茸的花粉，好似淡淡的夕阳之光，旁边多出了几只触角，又好似夜晚星空的弱光。格桑花是高原上最普通的花朵，它的骨子里也是平民化的，农舍边、小溪边、树林下，随处可见，就像守护神守护着勤劳善良的藏族人民。夏天，路边一团团格桑花紧紧地凑在一起，把高原装扮得异常漂亮。冬天，万物开始冬眠，树叶已经凋落，格桑花在高原上以一种傲视群雄、鹤立鸡群之势，依然盛开在美丽的草原上，把香甜的空气送到千家万户。藏语中，"格桑"是"美好时光"或"幸福"的意思，"梅朵"是花的意思，所以格桑花也叫幸福花，长期以来一直寄托着藏族人民对吉祥美好情感和幸福快乐生活的期盼。

众人站起来，纷纷向肖义打招呼。肖义挥舞着花瓶回应大家，来到圆桌前，将两瓶花分别放在桌子两头，询问大伙儿这花漂不漂亮。

"漂亮，人比花更漂亮！"众人异口同声地称赞道。

"谢谢大家的夸奖。"肖义脸上微微发红，露出了开心的笑容。

"肖义同学，人得到赞美了，你们后勤服务组采购的食材呢？不会还没去买吧？"余伟笑着问。

肖义潇洒地甩头回答："早准备好啦！我们在农贸市场买好东西，我让他们拿回来，自己才上山采摘的格桑花。他们现在正在二楼洗摘。"

邓一鸣竖起大拇指，赞叹道："肖义同学，厉害！想得周到。会议室不仅要庄严，更应该和谐、温馨，要充满朝气和活力。"说完，扭过头，笑眯眯地看着刘凤知询问："刘县，我说得没错吧？"

刘凤知淡淡一笑，没有作肯定回答，清了清嗓子说："好啦！战友们，一切准备就绪，我们下午两点准时开会。会议结束，你们就大显身手吧。愿意帮忙的可到二楼去，不愿意的可以继续休息。解散！"

听到刘凤知的宣布，大伙儿说笑着走出会议室，下到二楼，前去帮忙，自己动手，丰衣足食嘛。

单位食堂周末都不开火，中午自行安排。邓一鸣他们几个人在陈包子铺简单吃了碗面条，晚饭有好吃的，都等晚上再好好吃一顿。

下午两点，会议准时开始，由余伟主持。先由各位队员汇报近段时间工作开展情况，分享生活感悟。大家谈到共同的一点就是初来乍到的新鲜稀奇，对高原反应的不适应、恐慌，如今用心融入，全然成了香拉里人，努力树立鼓楼形象，为"悬天净土——幸福香拉里"作出更多贡献的信心。同时，对存在的问题提到共同的看法，因不同的观念造成认识的差异，部分单位干部误认为既然来援助，所有的工作理所当然就该来援人员做，因而做得更多的事情是与乡村振兴无关的日常业务工作；乡村振兴项目最突出的是县城基础设施改造，落实到乡村的太少；由于认识上的差异，又造成与当地干部交往的难度，工作开展中存在不小的阻力。

队员们汇报完，刘凤知开始讲话，他对大家真情付出、潜心工作所取得的成绩表示由衷感谢，对存在的困难表示理解，并承诺会给相关领导报告。他强调说："祖国每一寸土地，都是奋斗者的热土，无谓远近，毋言艰险。因而，无论有多大的困难，我们都要迎难而上，以满腔热情对待工作和我们的藏族同胞，以我们的真诚、行动改变他们的认知。大家说的那些遇到的困难，只能说明我们的工作还没做到位，方法存在问题，所以才没有被接受。近年来，香拉里县委、县政府团结带领全县广大干部群众，坚定以习近平新时代中国特色社会主义思想为指导，面对脱贫攻坚政治考验、稳步发展时代考验、生态环保重大考验、安全稳定使命考验，一件接着一件地干、一步接着一步地闯，不断推动事业蓬勃发展。同时与援建单位凝聚起了'一家人、一条心、一盘棋、一起拼'的共识，同心同德、同行同向，为建设'美丽幸福香拉里家园'不懈奋斗，也为进一步做好民族工作、宗教工作不断开创新局面，助推香拉里各项事业再上新台阶增添了信心，因此，我们更要满怀信念，克服困难，不辱使命，共创辉煌……"

刘凤知的讲话让邓一鸣心生敬佩！全局的把控，贴心的关怀，细节的强调，目标的督促，全是精准发力！

余伟接着作总结性发言，对刘凤知的讲话进行了高度评价，希望大家按刘指挥长的要求努力工作。他指出："我们的工作直白地说，就是两个24∶1。"说到这里，他有意停下来，扫了大家一眼，众人果然一脸茫然，不知道是什么意思。他微微一笑说："第一个24∶1就是二十四名队员，一个指挥长，我们就是要在刘副县长的领导下，拼命工作，完成两年时间的乡村振兴任务，不负青春韶华。第二个24∶1就是二十四名男同志和肖义一名女同志，肖义太不容易，我们必须像照顾亲姐妹一样照顾好她，这也是我们分内的工作。"余伟的话赢得了热烈的掌声，肖义更是激动不已。

接着选举产生了指挥部党支部，刘凤知当选为支部书记，邓一鸣当选为支部副书记，肖义、蓝天云、顾晨明为支部委员，他们将带领全体援藏党员强化支部建设，开展支部工作。

超市老板送来了预订的电热毯，由三名支部同志和老板分发到每一位同志手上。如果再降温下雪，正好用得上。

会议结束，所有人立即投入晚餐准备之中。二十四个大男人一半以上不会炒菜，但是在队友的帮助和肖义的指导下，做出了自己满意的菜肴。土豆红烧肉、尖椒回锅肉、干煸四季豆，十余份菜，盘盘像模像样。这顿晚餐虽然简单，但气氛热闹，让队员们告别故乡数日后，第一次找到了家的温馨……

十七、亲人问候

新的一天开始了。清晨，太阳从东方露出头来，跳出山峦，光线穿过如纱的云层，展露无与伦比的锋芒。不知不觉中，薄雾消失得无影无踪。四周的山脉清晰地显露出绿色的衣装，草木翠绿欲滴。湛蓝的天空如海似缎，飘浮着朵朵祥云，纯洁若白雪。

邓一鸣在单位食堂吃过早饭，到达办公室，将地面清扫干净，又把办公桌、文件柜擦拭了一遍，看着整洁的办公室，脸上露出了满意的笑容。然后打开电脑，开始了一天的忙碌。处理完日常事务后，起身捶了捶腰，准备休息一会儿。

突然，电话响了，是胡明军打过来的。暖心的问候、贴心的叮嘱、亲切的关怀，让邓一鸣倍感温暖。最后，胡明军平静地叮嘱道："一鸣，我给你写了一封信，发到邮箱里了，有时间去看一看吧。"

邓一鸣笑了，嗔怪道："胡老哥，有什么好事吗？现在网络这么发达，还非得写信。"

胡明军严肃地说："对呀，正因为网络太发达，鸿雁传书的那份真情却没有了，不觉得可惜吗？"

邓一鸣惭愧不已，连声感谢，再三说自己马上登录邮箱查看，然后认真回信。他又关心地问："胡老哥，你还好吗？现在在凉山还是回家了？"

"休假，已经回家，太累了。"胡明军嘿嘿一笑，开起玩笑说，"两个多月没有回家了，责任田不敢荒芜哦。兄弟，有机会别忘了回家，责任田需要精耕细作。"

邓一鸣哈哈大笑起来："胡老哥，看不出来，你够坏的啊！不过，确实如此。"胡明军的话还真刺痛人心，夫妇长时间不在一起，生理上得不到满足，肯定难受。感情好的可以忍忍，感情不稳的，难免出现差池。

"好啦，兄弟，你忙吧，我得陪老婆逛街，这段时间得好好表现。"说完，胡明军挂了电话。

邓一鸣无奈地摇摇头，心中不免一阵难受，不过，他对妻子一万个放心，因为他们在特大地震中经历过生死考验，这种感情坚不可摧，别人没有任何空子可钻。他们的爱天地可鉴，想到与妻子的甜蜜，他内心深处竟升起一股莫名的冲动，有了生理上的反应。好在办公室没有其他人，他赶紧控制住思潮，不敢再胡思乱想。他打开邮箱，胡明军的信件展现在电脑屏幕上。

一鸣兄弟：

今日收此信，你定会诧异不解吧，其实鸿雁传书，方能真情表露。欣闻前往悬天净土香拉里参与援藏，甚为动容，常为你之奉献精神和博大情怀而感叹，更为你骄傲和自豪。

你是把事业看得尤为重要的人，去藏区定会全身心投入乡村振兴之中，加班加点、昼夜奔忙必定会成为工作常态，让人既感动又心疼。我不得不以一个援彝人的身份提醒你，去高原藏区会有诸多不适应，尤其是高原反应，对身体影响很大，需高度重视。我查阅过资料，香拉里海拔超过三千米，比凉山高出了七百余米，对人的适应能力是一个挑战。我还查阅了藏族生活、习俗、舞蹈等方面的知识，知道为什么彝族舞蹈欢快、热烈、激情四射，而藏族舞蹈却有着特有的律动"慢搬山"，其舞姿柔美、轻慢。藏族同胞跳舞时，为什么会有这样的选择？因为海拔过高，不能贸然"释放激情"。彝族生活的地方相对海拔低得多，没有高原反应。

你在鼓楼就时有感冒，因而为你的身体担忧。我有一个表弟叫陈鹏飞，是我小姨的儿子，天妒英才啊！他是第一批援藏支教老师，为藏区的教育事业作出了巨大贡献，我只说说他离世的场景，你就能体会到他的付出。

一年的支教结束，放暑假，表弟准备离开时，将为孩子们准备的糖果全部分发给他们。孩子们心中明白，问他是不是要走了，还会不会来。他告诉孩子，肯定会来，但不一定是下学年。他坐上拖拉机走时，一名在地里种青稞的妇女吆喝了一声："陈老师走了！"吆喝声、回声从一个山头传到另一个山头，一直回响在他的耳边。

当天晚上，他在县城一家旅店住下。第二天早上，打开房门时，二十五个学生还有他们的家长齐刷刷地站在门口，满怀深情地看着他，眼里饱含泪花。他们居然步行一百多公里，半夜才走到县城，挨个儿旅店寻问，找到这里，一直守候在旅店房门口。表弟激动得热泪盈眶，与家长们、孩子们一一握手问好。他们深情地询问陈老师是否还回来，他只能说保证有生之年一定来，不敢保证下学期能来，但敢保证下学期有更优秀的老师来。他们从怀里掏出焐热的哈达披在他肩上，然后含泪离去。2008年汶川地震后，组织再次问他是否愿意到香拉里，他毫不犹豫地答应了。不仅他去了，还将他的父母，也就是我的小姨和姨父都带上了。他的父母一直在鼓楼开小饭店，生意挺好。他却让父母去香拉里县城开店，说不仅可以活跃当地经济，自己跟父母还可以相互照顾，关键是能吃上妈妈做的饭菜。一年后，他竟然申请调到了香拉里。

表弟虽然在香拉里留下了很好的口碑，但搞坏了身体，一身高原病。后来在送学生到鼓楼上学返回香拉里时，途中因暴雨塌方，客车冲下悬崖亡故。那天正好是他二十九岁生日，天妒英才，让人惋惜！

表弟出殡那天下午，阴沉的天色笼罩在县城上空，雾气丝丝游荡，淅淅沥沥的小雨让人感到压抑。街头站满了流泪的群众，他们撑着伞，捧着格桑花，看着他的遗像——那是一张年轻的脸，稚气青涩，还有点儿婴儿肥，照片是十年前上高原时拍的。

我之所以执意给你写这封信，只为一个小小的提醒，注意安全，保护好身体，身体健康非常重要，只有身体好，才能更好地工作，更好地奉献，一定要把"适应"两个字刻在心里，哪怕天天迈小步，也是时时在进步。期待你功成归来依然活力如初，更如你名，一鸣惊人！

不当之语，多多谅解。

你的胡老哥

胡明军的信字字真情，悉心关切，让邓一鸣甚为感动，他却不知怎么回信。不过，机缘巧合，他知道了陈鹏飞和他父母后来的故事。鹏飞那么年轻，花样的年华，生命却永远定格在了二十九岁。他将生命献给了他热爱的这片悬天净土，美丽的香拉里家园，让这块土地开遍了艳丽的格桑花。山川有情，必将铭记！鹏飞，你用生命染红的格桑花一定会更加美丽。邓一鸣决定好好想想怎么回复这封信。

索朗顿巴走进办公室，瞥了邓一鸣一眼，随意说了一句"来得挺早的呢",就直接在座位上坐下来,翻动着办公桌上的资料,不知找什么。

邓一鸣抬起头,微笑着向他问好,询问道:"索朗部长,你在找什么,需要帮忙吗?"

索朗顿巴不慌不忙地翻找着,头也没抬,冷冷地回答:"不用,我要找的东西,你怎么找得着?"

邓一鸣摇摇头,不再理会他,也许人家找东西不过是消磨时间呢,自己何必自作多情。心中继续想着陈鹏飞和回复胡明军那封信的事情。

索朗顿巴翻了一阵,停下来,不知道找到没有。他像是对邓一鸣说,又像是自言自语:"有时间,去各乡镇查看一下他们党群活动中心建设情况。"

邓一鸣看了他一眼,无奈地说:"行吧。"他不愿多说什么,只觉得眼前这人非常无聊。心中不免有怨气,可又不能随意发泄,很憋屈。不求尊重,最起码的相互理解、支持应该有吧。

一阵敲门声打破了憋闷的气氛,邓一鸣见是格桑旺姆站在门口,赶紧叫道:"旺姆主任,请进,有什么事情吗?"

格桑旺姆没动,满脸微笑,像一朵盛开的格桑花,轻言细语地说:"索朗部长,多吉部长安排你们两位部长十点半去他办公室参加部委会议。"

索朗顿巴毫无表情地回应了一声知道了。邓一鸣微笑着说:"谢谢旺姆主任。"

格桑旺姆恨恨地瞪了索朗顿巴一眼,向邓一鸣点点头,划出一个漂亮的比心后,转身离去。

时间到了,邓一鸣准时来到多吉顿珠的办公室。其他领导到齐后,多吉顿珠开始安排部委近期的工作。除日常工作外,特地安排邓一鸣对近期将提拔重用的几名干部进行考察,同时组织好全县预备党员培训。邓一鸣没有推辞,毕竟自己就是来做事的,这也说明组织对自己的信任。

会议结束,到了下班吃饭的时间,多吉顿珠与邓一鸣他们一起来到食堂吃午饭。不知是办公室提前跟食堂打过招呼还是改善了伙食,反正饭菜丰富,口味较之以前大有改善。

多吉顿珠竖起大拇指,称赞道:"味道不错,分量足。王大姐炒菜的手艺提高了不少啊,继续保持!"

王大姐听到赞扬,很得意,连声向多吉顿珠表达感谢,一个劲儿地表示,自己一定谨记部长的教导,发扬优点,做出更多美味佳肴。

索朗顿巴平时都是回家吃，这是他第一次来食堂吃饭。他跟随多吉顿珠附和称扬，说这是他吃过的最好吃的饭菜之一。

邓一鸣只是朝多吉顿珠笑了笑，点点头，算是认同吧。其他人默不作声，只管吃自己的。

多吉顿珠关心地问："邓部长，生活还习惯吗？高原反应适应没有？有什么困难一定要对我说，再大的困难也必须解决。"说着，扭过头，看着索朗顿巴吩咐道："索朗部长，今后邓部长的生活、学习、工作，你要多操一份心，邓部长来藏支援我们的工作，我们一定要尽到地主之谊，照顾好客人。两年后，不能让他们带着遗憾走。"

"没问题！部长，你放一万个心，我绝对做好这件事，不能让别人小瞧我们香拉里人。"索朗顿巴扯着大嗓门儿表态。

"谢谢两位领导的关心、厚爱。工作没做好，请多批评，毕竟以前没做过组织工作。今后一定多向你们请教，向同志们学习。"邓一鸣发表着感慨，但心里总感觉这二人说的话哪里不对劲儿，却又说不出来。

吃过午饭，众人散去，食堂恢复了平静。

十八、两封家书

下午，天空阴沉下来，闷热得让人透不过气来，远处不时传来隆隆的雷声，一大片浓密的黑云早早地横在远方的天边，像铅色的幕布一样，开始不断扩大，出现在山尖和树梢上。刮起了风，狂风揪住树冠撕扯着，发出呜呜的声音，浓密的黑云仿佛得到自由似的，突然浮动起来，飘过天空。天空阴暗下来，如同到了黄昏。不一会儿，雨点砸落下来，闪电突然间亮起一道红光，雷声沉重、愤怒地滚滚而来，雨，瓢泼而至。

邓一鸣来到办公室，利用上班前的时间给胡明军写了封回信，发到他的邮箱，心里如释重负。他站起身，捶了捶腰，扫了一眼对面的空座位，心里升起莫名的惆怅。平常没事时，索朗顿巴下午一般不会到办公室，就是有事，只要不重要，他也会找借口推脱。一般人管不了他，不敢说；多吉顿珠能管他，却装作没看见，不愿意说。邓一鸣的角色很尴尬，人家无视他的存在。

邓一鸣叹息一声，看着窗外的雨，如同滴滴落在心田，一股思乡之情油然而生,不知道妻子在干啥,工作忙不忙。妻子经历了那次地震,把一切都看淡了,唯独对工作达到了狂热的程度,竟然说,地震震醒了她,只有拼命工作才对得起第二次生命。儿子在校干什么呢?学习还是和同学嬉戏、打闹?唉,男孩子调皮、捣蛋是他们的本性,不可强硬扭转,尤其是处于青春叛逆期的孩子,教育成了父母最头疼的事情。他认为孩子是否成材不重要,重要的是成人。妻子的要求既要成人,更要成材,作为母亲,她有这样的要求可以理解。老母亲今年七十多岁了,一直跟自己生活,不知她老人家近来身体是否安好。也不知老岳父的胃病可曾犯过。

邓一鸣想到这些,决定像胡明军那样,给儿子和妻子写信,让他们体味一下读信那种满满的愉悦感。他坐下来,听着外面哗哗的雨声,开始在电脑上给儿子写信。

我亲爱的儿子:

你好!

你现在一定又投入紧张的学习生活之中了吧,我们父子俩又得周末才有机会在视频中相见。我们这边正下着雨,这雨总让人带着满腹的相思之愁,因而爸爸想和你说说心里话。

与你面对面相处的日子里,爸爸总愿静静地陪着你慢慢成长。我们虽是父子,但更似朋友。很欣慰你有许多心里话愿意主动与爸爸分享,很高兴你能从每一个平凡人的奋斗历程中汲取向上向善向美的力量。初中是人生重要的成长阶段,爸爸相信你会好好珍惜。因为你深知"宝剑锋从磨砺出,梅花香自苦寒来"这句话蕴含的深刻含义。每每爸爸看见你在深夜还为一道难题冥思苦想时,为掌握重难考点而反复默记时,感动之余又略有心疼!爸爸曾告诉你,学习尽力为好!父母不希望你最好,但只求你更好!对一个人来说,健全的人格和心智尤为重要!你已进入初中学习,这是人生的重要时期,希望你在人生奋斗的关键时刻,树立目标,坚强自我,携梦而行!

人生在勤,不索何获!愿你和爸爸一样,勇做一个攀登者,带上自己的爱心、信心和恒心,在风雨人生征途上,去书写属于自己的精彩故事!

爸爸相信你能如愿实现自己的梦想。

永远爱你的父亲

邓一鸣写完信，发送到儿子的邮箱里，又开始给老婆写信。

亲爱的俊梅，我的老婆：

你辛苦了！

在忙忙碌碌、琐琐碎碎、平淡无奇的日子里，很少静下心来向你倾诉。如今，远隔千里于川西高原，在这寂寥清冷、下着瓢泼大雨的日子里，一个人坐在办公室电脑前，想对你说说心里话。

人们常说，爱情是甜蜜的，婚姻是苦涩的。而我坚信前言，不信后语。记得地震获救后，我默默离开了你，不是我不喜爱你，而是太爱你，爱一个人就要为对方着想。因为不想让你和我过一贫如洗的苦日子。在物质欲望充斥的现实中，你却选择了爱情，开始了无结果的寻找。为了找到我，你居然写故事登报。

在地震后的废墟上，我们举办了一场寒酸简陋的婚礼，没票子、没车子、没房子，连洞房都是用塑料布搭建的。没有亲朋好友的见证，只有刚从地震中走出来的乡亲们的深情祝福。我当时甚至怀疑你也许是逢场作戏，逗我一时开心罢了。所以当天晚上，我以环境条件不允许，不敢对你有所造次。我不想勉强你，更不想你为我做不必要的牺牲。

你看出了我的顾虑，第二天硬拽上我去办理了结婚证。你让我相信世间有爱情，你嫁给了爱情。你的性格应该是柔弱的，但在生活困境面前，却无比坚强！儿子降临，母亲进城，身为儿子，我理应扛起赡养母亲的责任，但你毫无怨言，将我的母亲接到家里。那时，我刚进城，没有住房，也买不起商品房，我们一大家子只能租房过日子，你总是微笑面对。记得吗？在短短五年里，我们搬了七次家，有几次是房东把我们赶出来的，说我们人多，太嘈杂。有一次，是一个下雨天，房东硬要我们搬走，我央求几次无果，硬气搬离，结果衣物床被几乎被淋湿。夜里，你把仅有一床没有淋湿的被褥让给刚出院的母亲，让我感动得直抹眼泪。母亲生病时，你全力为我分忧，在医院悉心陪护，从不抱怨我的兄弟不出钱、不出力，还处处为他们着想，认为他们在农村，生活艰苦。

老婆，其实我们也因家里琐事争吵过，你因此赌气过，哭泣过。现在想想，我是多么愚蠢！还好，闹闹就过了。什么是生活？再苦再累，还得坚持；再难再痛，还得坚守。然而父亲地震被埋，岳母的离世，短短的岁月里，让我们经历了太多人世间的悲欢离合。在漫漫人生路上，你总是坚定地与我携手，无畏时艰、无畏风雨！

　　而今，你为支持我援藏的梦想，一个人默默扛起家庭的重担，既要照顾儿子，还要孝敬母亲和岳父。有时，我在想，如果两个老人能走到一起，或许是不错的选择。我刚提出时，被你骂得狗血淋头，说我没正经，乱点鸳鸯谱。这段时间，想着你成天两边跑，我心疼啊，更是满腹愧疚，却又帮不上忙。只能说一声，谢谢你，亲爱的老婆，我的爱人！

爱你的老公

　　邓一鸣写给老婆的信也发送了出去，心中感觉踏实不少。他抬起头，窗外的雨停了，天地敞亮，一道彩虹横跨空中，像一座七彩桥，云朵慢悠悠地飘着，瓦蓝的天空像刚用水洗过的玻璃，透亮透亮的。太阳扒开屏障，蹦出来，照耀着大地。鸟儿掸去羽毛上的水珠，或在半空中飞翔，或飞到房顶、街灯花瓣上欢唱，歌声清脆、婉转。树叶、花瓣上汇聚着一颗颗晶莹剔透的珍珠，反射着阳光，闪亮夺目。空气带着一股清新湿润的香味，吸入一口，清新爽快。

　　一阵急促的敲门声传来，邓一鸣扭头看过去，见岳云峰站在门口，正笑嘻嘻地看着他。邓一鸣立刻站起来，走过去，兴奋地问："云峰，你今天怎么有空，专门跑来看我吗？"来到岳云峰身边，抓住他的手，连声说进来坐。

　　岳云峰开心地说："一鸣哥，别太自作多情，我哪有时间专门来看你！到县政府开会，散会了，督察一下你在办公室没有，在干啥事。"说完，哈哈笑了。

　　"狗嘴里吐不出象牙！懒得管你来干啥，先坐呗！"邓一鸣拉着岳云峰在沙发上坐下，转身去给他倒水。

　　"一鸣哥，不用啦，刚才在会场上喝过了。"岳云峰坐在沙发上，挥挥手说道。嘴上虽然这样说，心里却是希望他倒杯水，享受一下被人服务的感觉。

　　邓一鸣用纸杯接上水，放在岳云峰面前的茶几上，拉来座椅坐在他的对面，微笑着问："岳大局长，来参加什么重大会议呢？"话语里明显带着一丝嘲讽的味道。

　　岳云峰眼珠子一瞪，翻白眼回答道："承蒙邓大部长关怀，参加县长组织召开的全县违章乱搭乱建整治工作会议。"

"这项工作任务重大而艰难哦！"邓一鸣感慨地说，又认真地问，"云峰，不会是让你来挑此重任吧？"

岳云峰为难地回答："唉，这任务就落到我的肩膀上，理由是我在仙游区就是从事违章整治工作的，有经验、有办法、有对策，非我莫属。"说着，脸上露出苦笑，无奈地摇摇头。

邓一鸣呵呵一笑，严谨地说："云峰，这项工作肯定困难重重，毕竟面对的是藏族同胞，涉及宗教、信仰、民族政策等多方面的问题，还有语言沟通障碍，你可得小心应对啊！真正考验人呢！不过，我相信你一定会迎刃而解的。这次整治主要针对乡村还是县城？"

"县城！"岳云峰回答完，端起茶几上的纸杯喝了一口水，然后放回原处，继续说，"一鸣哥，到下班时间了，走吧。"

邓一鸣掏出手机看了一眼，确实如他所说，于是站起身说："走，下班。"收拾好办公室，与岳云峰走出县委办公室大楼，朝宿舍方向走去。

十九、生命守护

邓一鸣和岳云峰并肩走进香拉里广场，雨后的广场较为湿滑，低凹处积起一凼凼雨水，反射着阳光，产生一个个五彩光环。一群群雄鹰在县城上空飞翔、盘旋，有的俯冲向四周的山岭，寻找猎物。山风吹过，有一股凉飕飕的感觉。川西高原的气候就像个多愁善感的小姑娘，却又十分可爱。

"一鸣哥，这么早，准备回宿舍？不如我们溜达溜达，去沿江苑小区走走如何？"岳云峰满脸堆笑征询意见。

邓一鸣盯着他问："一个小区有啥好看的？非得这个时间去瞎转悠？"

岳云峰笑了，嗔怪地说："怎么会是瞎转悠呢？我下一步工作的重点就在那里，第一个直接面对的战场。现在反正没事，先去侦察一下，探探情况嘛。"

邓一鸣一巴掌拍在岳云峰的屁股上，嚷道："龟儿子，老子就知道，你来就没安好心。"

岳云峰用带着教训的口吻说："一鸣哥，你说得太不中听了吧。瞧瞧你，这是啥思想觉悟！我们是来为香拉里乡村振兴作贡献的，整治好违章建筑，整座县城才会光鲜亮丽，那多美好啊。"

"哎，你臭小子说这话，找打是不是？不过，看在你一心想着工作的份儿上，陪你走走呗。"邓一鸣嘟着嘴，不满地说。

岳云峰开心地笑起来，拍着邓一鸣的肩膀，打趣他说："小鬼，真识相哈。晚上，请你在陈叔店里吃饭。"

"哎，你还真没大没小了！"邓一鸣又一巴掌拍在岳云峰腰间。岳云峰故作惨叫，二人就这样打打闹闹向沿江苑小区走去。

沿江苑小区位于杜柯河和则曲河交汇冲积形成的一块平地上，它是香拉里第一批拆迁易地安置房，经过多年的风吹雨打，已经成为县城里综合条件最差的小区。由于建成时间较早，楼顶经过长期雨水、积雪侵蚀，楼顶住户存在房屋漏水的情况。部分居民未经规划部门审批同意，便在楼顶搭建砖混或者钢架建筑物。看上去乱七八糟，一副破败相，不仅破坏了整栋楼的整体外观，还存在重大安全隐患。去年夏季一次狂风，吹掉的彩钢瓦差点儿伤人性命，因而多次被市民举报。

县委县政府关注到这一情况后，决定实施老旧小区环境整治提升项目，不仅要治理屋顶乱搭乱建的问题，还要加盖坡屋面，彻底解决房屋漏水问题。任务光荣，使命如山。下午的县政府办公会上，局班子综合考虑后，将这项重要任务交给了岳云峰，由他牵头开展沿江苑楼顶违建拆除和加盖坡屋面的工作。

鼓楼市是闻名全国的文明城市，岳云峰在鼓楼是综合执法部门的执法主力，在城市管理工作中具有丰富的工作经验。他可以发挥优势，展示所长。因此，县长十分赞赏这样的工作安排，鼓励岳云峰好好干，有什么困难可以直接找他。他是最坚实的后盾，全力支持工作。

岳云峰表态，将全身心投入工作中，想方设法完成这项艰巨而光荣的任务，为香拉里乡村振兴尽自己最大的努力，不辜负组织的信任。

电话铃声在岳云峰的裤兜里响起。

"电话响了！云峰，快接电话。说不定是县长要召见你哦。"邓一鸣催促道，脸上露出一丝怪异的笑意。

岳云峰白了邓一鸣一眼说："一鸣哥，你近段时间是不是受了什么刺激，怎么说话总是阴阳怪气呢？"

"我说的大实话，到你嘴里怎么就变成阴阳怪气呢？爱接不接，关我屁事。哼！好心当驴肝肺。"邓一鸣阴沉着脸，一副生气的样子。

岳云峰呵呵一笑，掏出手机瞟了一眼，扬了扬，得意地说："一鸣哥，失算了吧，是张海东打来的。"说完，接通电话，询问有什么事情。

张海东反问岳云峰："在干啥，晚上不吃饭吗？"岳云峰笑着回答："我和一鸣哥去一趟沿江苑小区看看，然后就去陈叔家包子铺吃晚饭。"

张海东开心地说："峰哥，你们走到哪里了？来快点儿，我和余主任、晨明哥刚好走到伸臂桥，我们过桥后等你们，陪你们一起去看看。"

岳云峰满口答应，抓住邓一鸣的手臂，催促道："一鸣哥，快走，海东他们在伸臂桥桥头等我们。"

邓一鸣只得加快步伐，嘴里嚷道："云峰，急啥急，不能走得太快哈。"

岳云峰才不管这些，拽上邓一鸣直往前冲。二人下到伸臂桥桥头，早已气喘吁吁，上气不接下气，停下脚步喘息着。邓一鸣双手叉腰，恨恨地瞪着岳云峰。岳云峰出着大气，摆手直笑。

余伟见二人下了台阶，走过去，心疼地说："一鸣、小岳岳，你们走慢点儿，这种走法，身体吃不消。"

"谢谢余主任关心。"邓一鸣的喘气平息了好多，拍拍胸口，抱怨说，"都是这姓岳的，生拉硬扯，被他强拽下来。"说完，与顾晨明、张海东问好。

"自己身体不行，怪谁也没用！"岳云峰满脸笑容，一副得意相，分别与三人打招呼。

余伟问："小岳岳，你们俩去沿江苑小区干啥？不会现在就去进行违章整治吧？"

岳云峰笑道："我们去侦察一下情况，把小区的位置找到，便于下一步开展工作。地方都找不到，岂不被人笑话。"

余伟竖起大拇指，称赞道："好样的！这才是我们鼓楼人应该有的样子！点赞！"余伟见他俩不再喘气，上前伸手拍着两人的肩膀说："我们走吧！晨明、海东你俩在前面带路。"

二人答应，沿着杜柯河堤道路缓步向前走去。道路两边种植的格桑花开出美丽的花朵，伴随河风送来阵阵芳香，吸一口空气，有一缕缕甜丝丝的味道。杜柯河湍急地奔流着，浪涛翻滚，发出哗哗的声响。

五人走到杜柯河和则曲河交汇处，河床宽敞了许多，水流量猛然增大，湍流飞奔，发出更响的轰鸣声。两河之间冲积形成一块面积较大的平地。当年精准扶贫时，鼓楼出资将两河石砌化改造后，利用平地建成附近村民们的易地安置点，被村民们称为幸福小区。整个小区楼栋外墙都是独具藏族特色的红黄两色，大气壮观。可是现在再抬头看楼顶，却是五花八门的彩钢棚，不仅影响房屋的整体美观，还真如居民举报的，随时存在大风掀彩钢瓦砸伤路人的严重隐患。

五人走进小区，在里面转了一圈。岳云峰边走边默默记下每栋楼的大致情况，时不时拍照留存。走出小区，夜幕拉起，遮盖了天际。幕布上撒满了星星，月亮俯瞰着大地，抛下冷艳的光。街灯亮了，散发出柔和的光。五人闲聊着，向陈包子铺走去。

吃过晚饭，回到宿舍，顾晨明又开始讲述陈鹏飞的故事。邓一鸣尽管已知晓结局，但仍然认真地听着。

鹏飞申请调过来后，就在这里安家落户，与同事洛桑央宗结为夫妇。自此，二人比翼双飞，共同为香拉里的教育事业辛勤付出。又过了一年，他们的孩子出生了，父母经不住儿子和儿媳的鼓动，放弃了鼓楼的生意，来到香拉里，照顾自己的大孙子。孙子上幼儿园后，夫妇俩又重操旧业，开起了包子铺。既可照顾家里，又有一定收入，关键是有事情做，人活得充实。

鹏飞去世后，夫妇俩本想离开这伤心之地，无奈孙子小学未毕业，担心孙子回老家读书，适应不了新的学习环境。因此干脆等孙子小学毕业后，再回去上初中。

今年七月放暑假后，他们就要走了，儿媳洛桑央宗调到陈鹏飞原来的学校。

顾晨明讲完陈鹏飞一家人的故事，大家默不作声，站起来，各自洗漱去了。或许这是一个美好的结局，没有遗憾，更没有失望，但陈鹏飞却永远留在了香拉里这块土地上。他太热爱这里了，要生死守护，看着用热血浇灌的格桑花遍地怒放，鲜艳而美丽。

二十、妻子回信

清晨，一阵尖锐的鸟鸣将邓一鸣从睡梦中叫醒，他起床拉开半边窗帘，只见一只红嘴山鸦停栖在卧室的窗棂上。长而弯曲的红嘴，鲜艳亮丽，通体乌黑的羽毛，闪动着金属般的光泽，鲜红的鸟爪如同穿了一双红色小皮鞋，显现出高雅的气度。一双灵动的眼睛警觉地扫着四周，时不时用喙梳理羽毛。它们善于模仿人言，容易人工饲养。驯熟后的红嘴山鸦能随人飞舞，跟人下农田，在犁后啄食昆虫的幼虫及蛹，收工后一起回家。

邓一鸣看着它，心中一阵激动，第一次近距离观赏这种鸟，心想，要是能收养它就是美事一件。它似乎洞悉了邓一鸣的心思，没有丝毫胆怯。邓一鸣拿起手机准备拍照，它依旧安稳地停留在原处，还自信地鸣叫了两声，振动了好几下翅膀，仿佛在讨好、在炫耀。

好可爱！或许这才真正体现出了"信赖，往往创造出美好境界"这句话的含义吧。邓一鸣想，这么可爱的小精灵，应该给它喂点儿吃食。虫子？肉块？青草？这些肯定没有。面包？蛋黄派？这些不知它吃不吃。

邓一鸣拿起一小包面包，扯开外包装，撕成小块放在手心，伸到窗外。红嘴山鸦机警地看着面包片，没有动。

"来，吃吧。"邓一鸣抖抖手，召唤着它，自己将剩下的部分咬了一小口。但红嘴山鸦不为所动，仍然站在原地。

邓一鸣估计红嘴山鸦可能不喜欢吃这东西，他有些失望，正准备收回手时，红嘴山鸦突然飞起来，嗖地叼起一块飞得没影了。邓一鸣立刻高兴起来，找出一个小碟子，撕碎两片面包片，将碟子放在窗台上，让它自由取食。

岳云峰起床了，见邓一鸣在忙碌，就问他在干啥。邓一鸣将刚才发生的趣事告诉他，自信地说，那红嘴山鸦一定还会来。太有意思了，他相信自己和红嘴山鸦肯定能成为好朋友。

岳云峰打趣地说："一鸣哥，你也太可爱了吧，像个小孩子。但愿梦想成真吧。"说完，自个儿笑起来，笑声中带着嘲讽的味道。

邓一鸣没有搭理岳云峰，他沉浸在自己的信念之中，期待红嘴山鸦再次来到宿舍。

洗漱完，四人离开寝室，去各自单位吃早饭。

太阳越过重雾，放射出耀眼的光芒，映照着生机勃勃的世界。邓一鸣来到办公室，将卫生打扫干净，思考着指挥部党支部的下一步工作。

响起敲门声，宋其霖拿着文件夹站在门口。

"请进！"邓一鸣叫道，眼睛仍然盯着电脑屏幕。

宋其霖走到邓一鸣身边，面无表情地说："邓部长，这是本次干部考察的方案，你审核一下，没意见，我们就按方案操作。"

邓一鸣抬起头，向宋其霖微微一笑，接过宋其霖手中的文件夹，亲切地说："其霖，谢谢你，辛苦了！我马上就看，争取明天就开展此项工作。"

"不辛苦，这都是我应该做的。邓部长，你先忙，审核完，叫我一声。"宋其霖说完，走出办公室。

邓一鸣拿起方案认真审核起来。没想到考察组成员中除县纪委党风室主任蓝天云，还有顾晨明，他不仅是县寄宿制小学副校长，还是县纪委派驻教文体局纪检组组长。邓一鸣仔细看了两遍，认为没有问题，便站起身，拿上文件夹，向宋其霖办公室走去。来到办公室门口，格桑旺姆和宋其霖二人都在电脑前忙碌着。他敲了敲门，走进去。

二人同时抬头，见是邓一鸣，赶紧站起来，热情地招呼。

邓一鸣向他们挥手问好，高兴地说："旺姆、其霖，辛苦了！你们做的方案很好，没问题，就按方案执行。这样，你们通知一下方案中参与考核的人员，下午两点到组织部开会，讲一下纪律和要求。我去给多吉部长汇报一下。"

"没问题！"二人异口同声地答应道。

邓一鸣微笑着朝二人挥挥手，拿着文件夹转身离去。

二人没想到邓一鸣对他们的方案这么满意，若是索朗顿巴，不知道还要修改多少遍。

邓一鸣来到多吉顿珠的办公室，将方案和自己的安排详细地给他作了汇报。多吉顿珠听完，很赞同，让邓一鸣放心去做。

邓一鸣从多吉顿珠的办公室出来，将方案交予宋其霖后，回到自己的办公室。妻子刘俊梅发来短信，告诉他，她已经回信，有时间去邮箱看看。邓一鸣兴奋地打开电子邮箱，阅读妻子的回信。

亲爱的老公：

见字如面。

你的来信，我看了一遍又一遍，不知道看了多少遍。你的每个字、每个词，甚至每个符号都让我感动、感激。感觉不过瘾，还将它打印出来，仿佛你就在我身边，向我娓娓道来。真正让我体会到鸿雁传书、真情告白的感觉，让我感动不已，甚至泪花连连。

十三年来，和你在一起的每个感动瞬间都像放电影一样从我脑海里跳出来。谢谢你出现在我的生命里，你的出现是我们最美好的相遇。你给我带来幸福、温暖的生活，说是第二次生命也不为过。好像还真应该感谢那次相遇，给我带来了一个好男人，送给我一个好丈夫，让我享受到快乐每一天，让生命的每个日子写满开心。

一个转眼，我们竟然已经携手走过了十三个年头，儿子也十二岁了。青春期的孩子情绪多变，时常烦躁，有时让我这个粗线条的妈妈束手无策，多希望聪明睿智、足智多谋的父亲"奥特曼"般出现在面前，几句温暖、充满力量的话语就能巧妙化解儿子的不良情绪，让他有个好心情面对枯燥的学习生活，为他的未来努力拼搏。

十三年，我们得到了很多，也失去了两位最亲爱的人，你的父亲和我母亲先后仙逝。但我相信他们走得没有遗憾。还记得我母亲临终时，迟迟不肯闭眼，直到你赶回来，她拉着你的手，尽管一句话也没说出来，却满脸笑容，最后带着幸福、满意闭上了眼睛。

老公，我知道，有时候我确实很霸道，喜欢争强好胜，我也想改掉这个臭毛病，但一着急，什么都忘到脑后了。没办法，毕竟是独生子女，从小被父母娇生惯养，只能请求你多多包涵。但是不管怎样，你在我心中的分量重于一切，你永远是我唯一的选择，若有来世，我仍然愿意做你的老婆。因为这辈子，我还没有把你欺负够，下辈子还得继续欺负。

老公，我佩服你在这个年纪做出援藏的选择。人，要会感恩，当年山东为我们新建了一个北川，广东重建了汶川，灾后的人民过上了幸福的生活。你去香拉里开展乡村振兴工作，也是一种感恩吧，因为你逃离安逸的工作和生活圈，奔赴高海拔低含氧量的地方，克服一切自身困难，战胜自己，到一个全然陌生的环境发挥光与热，实现人生价值，成就自己，为我们儿子树立了榜样。

只愿你在那边保重自己，身体健康，事事顺利！开心的事一起分享，遇事能一起沟通。我会用心照顾好两位老人，尽一个儿媳和女儿的孝心，让他们安享幸福晚年。我更会全力照顾好儿子，尽到做母亲的责任。照顾好我们温暖的家，期待你归航。希望我们一路花开！四季如春！

老公保重！

永远爱你的老婆

看完妻子的回信，邓一鸣心里久久不能平静，老婆虽然有时候很霸道，甚至还有些不讲道理，但不失温柔贤惠的一面，因而他仍然感到自己是幸福的男人。

二十一、尘埃落定

第二天一大早，两只红嘴山鸦飞临他们的宿舍，停栖在窗台上，等待邓一鸣给它们喂食。昨天早上放置的面包片，晚上回来时，发现全被吃光了。邓一鸣起床后，又给它们撕了大半碟面包才离去。

邓一鸣来到单位，按照计划，带上组织部格桑旺姆、宋其霖，还有援藏干部蓝天云和顾晨明，一行五人前往木南达镇考察干部。没想到五名考察组成员，竟有四名援藏干部，宋其霖也算是来援藏的。

宋其霖开上车直奔木南达镇，他对这条路早已是烂熟于心，而格桑旺姆去木南达镇就是回家，那是她的故乡。

汽车行驶在山路上，远远望去，连绵的山峰被染成一片黛绿墨青。簇簇盛开的格桑花开出艳丽的花朵，争妍斗艳。山涧的河流清澈碧绿，映照出初夏的蓝天和悠悠白云。汽车开上尕卡岭，岭上仍然是银装素裹，白雪皑皑，天空低垂，仿佛伸手就能触摸。汽车路过观景台，红军雕像在阳光的照耀下，依旧熠熠生辉，守护着祖国的大好河山。

邓一鸣让格桑旺姆再次给大家讲解一下考察内容和考察流程。虽然昨天下午开会时讲过一次，但他担心大家一觉醒来，统统还给旺姆了。毕竟包括他在内一半以上的人员是第一次参与这项工作，对干部考察十分陌生。格桑旺姆耐心讲解，反复核实，不敢出丝毫差错。

一个多小时的行程后，大家到达木南达镇。这几天，邓一鸣了解清楚了它的过往。这里是曾经的县城，尘埃落定后留下的静逸之地。二十世纪五十年代末期是香拉里历史上至关重要的岁月，木南达是当年行政委员会驻地，也就是县城。

在人们看来，这里是一片吉祥的圣地，它是香拉里的启程地，更是香拉里人民迎来高原曙光的希望之地。香拉里人民从此当家作主，标志着这片悬天净土扬帆起航。

1959年4月，中国人民解放军抵达木南达，驻扎在这片高原新城。一年后，县委迁至现在的地方，这不标志着木南达就此落幕。在香拉里的发展道路上，它依然扮演着重要角色，助推着香拉里的持续发展。

通过精准扶贫、牧民定居、乡村振兴、建设幸福美丽家园等国家政策，如今木南达已经成为一座正在冉冉升起的高原新城。

这里的每一处山山水水都透露着闲逸与宁静，日出而作、日落而息的生活在晨钟暮鼓中越发平静，这或许就是尘埃落定后的超脱，无论是曾经的县城还是如今的乡镇，木南达都以昂首阔步的姿态向新时代进发。

走进镇政府机关大院，四棵高大挺拔的白杨树直立在院子左侧，几乎占据了整个大院一半的面积。已经到了初夏，但白杨树仍然沉睡不醒，光秃秃的枝条没有芽苞，树梢顶端残留着没有融化的积雪。尽管艳阳高照，但刮过的风依旧寒冷刺骨。邓一鸣他们穿着厚实的冬装，没有一点儿发热的感觉。大院的另一半是水泥地坪，停放着不少车辆，正对面两栋并排的干部职工住房，一栋单元式宿舍，另一栋却是原来的旧办公室改造的单间寝室。左右两边是新建的四层办公楼，每层楼的外墙上悬挂着精准扶贫、乡村振兴的宣传标语，十分醒目。

蒋成斌站在办公楼前迎接，热情地与考察组成员握手，相互问好。

走进会议室，镇机关干部和村、社区书记、主任已等候在里面。考察组成员走上主席台，按照摆放的桌牌依次就座。会议由镇长次仁旺堆主持，他首先介绍考察组成员。接着，邓一鸣强调本次考察的目的意义，被考察人员的资格条件等。然后，考察组分成两个组，单独对每一名参会人员进行谈话。根据推荐情况，确定推荐人选，召开大会进行民主推荐，最后再次单独座谈听取参会人员的意见。考察就此结束，顺利实现组织意图。各地基层的干部考察大同小异，看似复杂，其实相似。

考察组告别木南达镇的村干部们，离开会议室。蒋成斌将他们送到楼下，来到大院，跟大家握手告辞。邓一鸣突然说：“蒋书记，走，带我们去参观一下你的寝室呗。”

蒋成斌勉强一笑，挠挠短发，为难地说：“邓部长，还是算了吧，太简陋，不值得一看。”

蓝天云听完，一脸严肃地说：“成斌，作为纪检干部，督察是我的工作职责，我就想看看简陋到什么程度。我们没有过高要求，但至少能维持最基本的生活吧。”

顾晨明嚷道:"对,情况了解清楚后,好给指挥部报告。如果指挥部没有动作,那就没完,自己的人不关心,还能指望谁?"

邓一鸣笑了,一把抓住蒋成斌的手臂就往前走,边走边说:"成斌,什么都不说了,我们不远千里来到这里,就是只要一个结果。"

蒋成斌迫于无奈,只得带着大家朝他的宿舍走去。他的房间在那栋旧办公楼改成的宿舍里。上到三楼,蒋成斌打开房门,一间不足十平方米的房子,除了一张床外,其他什么都没有,他的衣物要么堆码在床上,要么挂在墙边的一根铁丝上。床上收拾得很整洁,衣物叠放整齐,被子像豆腐块。地面打扫得很干净,鞋子有序地摆在床下。四周的墙体已经发黄、发黑,不少地方的涂料已经大块脱落。靠近窗户放了一张破旧的小方桌,上面按高矮顺序排列着瓶瓶罐罐,里面装着调味品。桌下的地面有序摆放着电磁炉、炒锅和电饭煲。

看着眼前的房间,众人相顾无言。邓一鸣轻声叹了口气,问:"成斌,就这么一间房子,厕所呢?"

其他人盯着蒋成斌,等待他回复。

蒋成斌嘿嘿一笑,一副不在意的样子,轻描淡写地回答:"有厕所,在单元住宿楼后面。"

"唉!"邓一鸣叹息一声,手一挥,无奈地说:"走,我们去厕所看看,顺便方便一下。"

众人走出蒋成斌的寝室,下楼,走过两栋住宿楼之间的通道,在单元宿舍楼后面有一个小青瓦盖的低矮厕所。

格桑旺姆和宋其霖说,他们不去厕所了,在车上等候。

走进厕所,蓝天云不满地说:"寝室距离厕所好几百米,白天无所谓,晚上天寒地冻跑这么远,够呛啊!而且,这厕所连灯都没有。"

邓一鸣生气了:"我必须给刘副县长和余主任汇报到位,若不做实质性解决,就直接找负责对口援助日常事务的副县长。"

蒋成斌感激地说:"谢谢大家对成斌的关心,我觉得没什么大不了的,忍忍就过去了。"

顾晨明愤愤不平地说:"不行,你愿意忍是你的事,我们不能忍!"

众人方便完,走出厕所。邓一鸣问:"成斌,平时晚上有多少机关干部在这里居住?"

蒋成斌不知道邓一鸣问话有何用意，老实回答："晚上基本没有人在这里住，他们有车，会回县城，宿舍是中午休息用的。"

邓一鸣"哦"了一声，点点头，没有再说什么。

蓝天云淡淡一笑，意味深长地说："我知道该做什么了。"

顾晨明被弄糊涂了，着急地问："你们俩什么意思？别打哑谜，我不想猜。"

邓一鸣跟蓝天云相视一笑，一副神秘相，说："纪委同志说，现在要保密。"

"好，好！你们保密吧，我不问了。"顾晨明撇撇嘴，又对蒋成斌说，"斌哥，今天周末，干脆跟我们一起回县城吧，免得下午赶车不方便。"

蒋成斌摆手推辞："顾哥，谢谢！你们已经有五个人，车子坐不下。"

"有啥坐不下嘛，大家挤一挤。邓大部长，你说是不是？"顾晨明有意说给邓一鸣听。

"晨明，你够老奸巨猾哦。成斌，走，没问题，让格桑旺姆坐副驾驶，我们四个大男人挤后排。"邓一鸣说着哈哈笑起来。蓝天云和蒋成斌跟着笑起来，顾晨明撇嘴，翻着白眼。

众人走到大院，格桑旺姆和宋其霖已经在车上等候。蒋成斌说："麻烦你们等一下，我去跟两位领导说一声。"说完，跑步离开。

蒋成斌很快从楼上跑下来，四个男人一前一后错开坐在后排，也不甚拥挤。汽车开出机关大院，行驶在场镇街道上。街道两边正进行风貌打造，颇具藏族特色。邓一鸣提议道："各位，反正快中午了，我们干脆在镇上随便吃点儿，下午参观我们蒋书记在建的悬天净土、幸福家园如何？"

众人纷纷赞同。汽车停在西山面馆门口，众人下车走进面馆。

二十二、得天独厚

众人吃过午饭，在面馆稍作休息后，蒋成斌带着大伙儿走上街头。街道不宽，路面铺着柏油，平整、光洁，车辆驶过，发出"唰唰"的声响，像一曲轻快的音乐。两边的居民住房整体外观是统一的藏族人民喜欢的黄泥土色，墙面由专业画师绘制上具有藏族特色的图画。红色琉璃瓦盖房顶，整个房屋大气，充满浓郁的民族色彩。部分街道已经完工，还有部分正在施工中，不久的将来，一座具有现代气息，又不失民族风情的藏区小城镇将屹立在川西高原上，成为香拉里旅游线路上一道亮丽的风景和网红打卡地。

一个宽阔的广场出现在面前，工人们正忙着整饬，虽显零乱，却已初具规模。小桥流水、楼台亭榭，应有尽有。两只拟人化的土拨鼠雕像，身着民族服饰，手捧哈达，笑迎八方宾客。广场正前方一面高高升起的五星红旗迎风招展，在阳光照耀下更加鲜红、艳丽。旗台三方装饰着像飘扬的红旗状的塑胶板，上面分别镌刻着入党誓词、怎么做一名合格的党员干部等内容。旗台四周摆放着鲜花，映衬着誓词和五星红旗，显得庄严、肃穆。旗台后面是一栋两层高的办公楼，楼顶竖立着一块汉藏两种文字的标牌——中共香拉里县木南达镇南塘村委员会，前面的那枚金黄色的党徽特别耀眼，在阳光下闪烁着迷人的色彩，指引着人们前进的方向。

"这是我们木南达镇最富裕的村子，我在联系这个村，也是村里的第一书记。"蒋成斌指着标牌，满脸自豪。接着，微微一笑，一脸神秘，继续说："这个村还有一个与众不同的特点。旺姆主任和小宋应该知道，你们别说，让邓部长他们猜一猜。"

格桑旺姆和宋其霖相视一笑，果然缄口不谈。

"斌哥，你不是为难人吗？我们又没来过，怎么知道？"顾晨明嘟着嘴嚷着。

邓一鸣嘿嘿一笑："成斌，猜什么哑谜嘛，直接说不成吗？非得故弄玄虚。要不稍稍提示提示？"

格桑旺姆不等蒋成斌开口，直爽地说："各位，我是藏族，你们都是汉族，答案就在这里。"

"啥？难道这个村的村民都是汉族？"邓一鸣睁大了眼睛，吃惊地盯着格桑旺姆，又瞅了瞅蒋成斌，希望能得到肯定答复。

顾晨明根本不相信，叫嚷着："不可能！一鸣哥，你想想，这里是藏区，怎么可能整村人都是汉族呢？"

蓝天云摇着头，一副不相信的表情。

邓一鸣淡然一笑，自嘲地说："也是！在场镇上，部分村民是汉族有可能，整村可能性太小了。"

"答案正确！"宋其霖十分肯定地回答。

邓一鸣他们吃惊了，纷纷表示不可思议。

"唉！"蒋成斌叹息一声，不满地说，"瞧瞧你们两位领导，本想难为一下他们三人，没想到，你们俩一个把答案说出来，另一个赶忙给予肯定。"

邓一鸣好奇地请求道："南塘村肯定有故事，成斌讲讲呗。"

蒋成斌点点头，讲起南塘村的过往和辉煌。

南塘村成立于1960年，是木南达镇政府所在地，村民们确实都是汉族。当时由于中国人民解放军入驻，因工作需要，部队从外地招收了一批民工服务队，从事喂马、做饭、卫生等后勤工作。后来部队撤离，这部分民工服从安排，就地定居。他们大多数有一技之长，种地、喂猪、采金、伐木，样样都能跟上时代步伐。老一辈人文化水平不高，但意识超前，非常重视孩子读书学习，送孩子读书参加工作、当兵保卫祖国是他们的共识。村里一个孩子考上大学或去部队当兵都会被视为全村的荣耀。村里的年轻人也能积极想出路，开拓新的生存技能，如学驾驶跑运输，学技能搞修理，学习经营开商店，从事餐饮行业，发展规模养殖等。他们不等不靠，实现了收入稳定增长，生活有了保障。目前，全村正迈步走在乡村振兴的道路上，建设着美好幸福的家园。

三人听完介绍，对南塘村赞叹不已，他们相信南塘村这块悬天净土未来一定会更加繁荣昌盛。

众人离开广场，继续往前走，在广场左前方出现一片白杨树林。整个林子面积足足好几百亩，令人难以置信，一个城镇的中心地带居然还有一片小森林。每棵树枝干挺拔、笔直，一丈以内绝无旁枝，像是人为加工修剪过似的，所有的枝丫一律向上，紧紧靠拢，成为一束。枝条光溜溜的，还没有发芽，已经初夏，很快就会枝繁叶茂，送给人们一个碧绿的白杨林。

"灵魂！整个镇子的灵魂！千万不能失去啊！"邓一鸣停下脚步，感慨道，其他人跟着称赞。

邓一鸣脑子中闪现出学生时代学习过的茅盾先生的《白杨礼赞》。老师讲课时，他没有领会到先生笔下白杨树的质朴坚强、不折不挠的品质，不知道为什么白杨树会象征北方的农民和守卫他们家乡的哨兵，更不理解为什么会是用血写出新中国历史的那种精神和意志。现在他懂了。眼前这些白杨树就是六十年前那些驻守的军人和外地迁来的人员栽种的，他们扎根高原，奉献青春热血，把美带到了边远山区。随着时代的变迁，白杨树有了新的内涵，它是精准扶贫、乡村振兴的见证者和践行者，为了让所有人跟上时代步伐，许多人不远千里来到这里，默默无私地甘洒热血，甚至是牺牲生命，值得礼赞。

"一鸣哥,想啥呢?别站着了,快走吧!"蒋成斌的叫喊声将邓一鸣惊醒,他赶忙跟着他们往前走。不一会儿,传来"轰隆隆"的河水咆哮声。蒋成斌带着众人来到了则曲河畔,这里是则曲河的上游,河床不宽,河水浑浊,湍急的水流冲击着两岸,溅起巨大的浪花。

一座水泥桥连接两岸。对岸是一片平坦的开阔地,零星散落着一些像厂房的房屋。走到十字路口,蒋成斌将大家带进场镇内,朝小面馆走去。回到小面馆,上车,宋其霖发动汽车,返回县城。

二十三、藏艺传承

汽车行驶在柏油路上,车轮发出"唰唰"的声响。大伙儿天南地北闲聊着。宋其霖专心开车,偶尔搭讪一句。

"上藏镇马上到了,大家打算去看一下不?"宋其霖随意问道。

蒋成斌兴致勃勃地说:"那里有家民族文化工艺制作中心,是非遗藏陶、藏纸、藏香传习所。时间还早,大家有兴趣不妨去看看。确实值得一看。"

"好,好!去看看,长长见识。"邓一鸣答应道。

汽车开到岔路口,宋其霖拐弯开往藏陶传习所。

很快,进入一望无际的大草原,成群的羊、牦牛行走在草原上,啃食着去年留下来的枯黄牧草。远处,牛羊变成了一个个斑斑点点的黑点,像一粒粒撒在金黄色毯子上的黑珍珠。放牧的藏族小伙儿和姑娘们或骑马尽情驰骋,奔驰在天地之间,或敞开嗓子放声高唱,传递彼此心中的情意,抒发着对幸福生活的向往和追求,这应该就是最本真的生活吧。

"旺姆主任,藏陶是不是藏族同胞制作的陶瓷?与汉族人生产的有什么不同?"蓝天云突然好奇地问。

格桑旺姆回答:"对,具体有什么不同,没研究过,不太清楚。听说藏陶主流就是黑陶,红陶、绿陶、蓝陶比较少。藏陶历史上只做大的,不做小的,小的在藏陶历史上很少见,所以藏陶还有一个特色就是很大,器形纹路也比较粗实。就知道这些。"说完,呵呵自嘲一笑。

汽车驶入草原上的山峦,连绵的山峦高低起伏,公路狭窄了不少,缓坡、弯道增多。宋其霖降低车速。

翻过一座小山包，远远看见天地之间，在一片金黄色的毯子中间，散落着几处灰墙红瓦的房屋，它们被五颜六色的经幡环绕着。山风吹过，那些经幡翻动，发出"唰唰"的声响，如同念诵经文，送来声声祝福。褐色水泥路面连通着那些房屋。房子左前方矗立着一座高大的白色佛塔，藏语叫"曲登嘎波（意为白塔）"，是用来装藏舍利和经卷等物品的宗教建筑物。它处于天地之间，略显孤单，却平添了一种幽深静谧。

宋其霖脸上露出了开心的笑容，说："前面就是藏陶传习所。"

坐在车窗边的人放下玻璃向那边望去，心中激动起来。山风刮过，带来一股股凉飕飕的感觉，风中有泥土和枯草的芳香。邓一鸣猛然想起刚到香拉里时，在县城偶遇一个得道高僧。当时，他说过藏陶的事，他开办的就是藏艺传习所。叫什么名字呢？邓一鸣怎么想都想不起来了。这里会不会与他有关呢？他胡乱猜测着。

汽车停靠在佛塔前侧一处空地上，众人下车，向院子走去。这里的院落全是开放式的，打着水泥地坪，没有围墙。三座房屋呈一字排列，中间那座用钢架搭建的两层楼房，盖着红色琉璃瓦，楼顶直立着一根旗杆，一面五星红旗迎风飘扬，猎猎作响。两边是灰墙红瓦的平房，色调搭配协调。

众人走进院子，一位身披枣红色僧袍的僧人已经从钢架楼房二楼下来，身后跟随四个年轻人，两个穿藏服，另两个穿汉服。估计他们在二楼，从窗户里看到了邓一鸣一行，也许他们认识宋其霖开的那辆车。邓一鸣看着僧人，觉得他应该就是在县城见到的那位高僧。

"索朗大师，扎西德勒！"蒋成斌上前，双手合十问好。格桑旺姆和宋其霖跟着走过去，双手合十虔诚问候，格桑旺姆说着藏语。大师赶忙合十向三人还礼，用藏语回应着。

邓一鸣他们听不懂藏语，学着蒋成斌他们的动作和样子，嘴里说着"扎西德勒"。

格桑旺姆热情地说："邓部长，给你们介绍一下。"邓一鸣微笑着向她点点头。格桑旺姆将他们相互介绍了一番。索朗堪布也将身边的四人介绍给大家认识，他们是传习所的藏族老师、汉族老师。

索朗堪布盯住邓一鸣，用汉语兴奋地说："原来你是邓部长啊，扎西德勒！"接着又是一段藏语，他身后两位穿藏服的转身小跑上楼去了。

邓一鸣很高兴，虔诚地说："大师，扎西德勒！好久不见了，没想到在这里见到你，真是有缘啊！"

格桑旺姆有些诧异，好奇地问："邓部长，你和索朗大师居然认识，你们怎么认识的？"

邓一鸣回答："我与佛有缘，刚到香拉里就遇上了大师，然后我们就认识了。"

索朗堪布真诚地说："邓部长，缘分让我们再次相遇，你与佛的缘，是冥冥之中注定的。"

邓一鸣说："佛讲究缘，因缘而起，也因缘而失，有缘注定相识、相知。还望大师多指教。"

那两位穿藏服的，一人双手托着金黄色的哈达，另一人捧着托盘，里面放着挂件，跑到索朗堪布身边。

索朗堪布取下一条哈达，双手敬献给邓一鸣。邓一鸣赶紧再次双手合十，躬下腰，口中念叨着"扎西德勒"。索朗堪布将哈达披在邓一鸣的肩上，又拿起挂件戴在他的脖子上。接着，将哈达和挂件给每一位来者披挂上，然后带着众人从钢架楼梯走上二楼，进了屋子。

房间很大，室内设施普通、简单。墙体四周摆放了一圈实木座床和茶几，正面墙壁上挂着总书记和蔼、可亲的画像。房屋中间摆着一张大方桌，周围安放着长条板凳，应该是吃饭用的。

索朗堪布安排众人在座床上依次坐下，亲自调泡茶水，给每人送上一杯后，自己倒上一杯坐在邓一鸣身边，亲热地说："邓部长，尝尝我们的藏茶，休息一会儿带你们去参观藏陶和藏香制作。"

"大师，谢谢！"邓一鸣说着，端起茶杯，立刻清香扑鼻。他抿了一小口，一丝淡淡的苦涩后，立刻一缕香甜回荡在口中。他赞叹道："大师，真是好茶啊！"

不一会儿，先前的四位老师端着糕点走进来，放在众人面前的茶几上，向众人微微一笑，转身离去。

邓一鸣、蓝天云、顾晨明面面相觑，不知如何处理，只好不经意间偷偷地观察格桑旺姆和宋其霖的举动。

格桑旺姆明白了意思，拿起一块糕点，撕开外包装，慢慢吃着，还特地向邓一鸣点了点头。

三人淡淡一笑，这才拿起一块吃起来。

索朗堪布见众人吃过糕点，起身说："请随我来，去看看藏陶制作。"

众人跟随索朗堪布走进对面的屋子，这是一个更大的房间，有两三百平方米。四周和中间全是货架，上面有序地摆放着各种藏陶成品，黑色居多。每件都十分精致，件件都是精品。物件下标着价位，几百上千过万者均有。一群十四五岁的孩子坐在地板上，专心制作着陶坯，那两位藏族老师和两位汉族老师正在悉心指导。原来还是一堆泥土，转眼在他们手里被旋转成了自己心目中的陶坯。

众人围着走了一圈，纷纷赞叹不已。参观完藏陶和孩子们制陶过程，索朗堪布便介绍藏陶的历史、特色、用途和演变。他动情地说："藏陶既是藏族人民的文化传承，更是我们华夏文化不可分割的一部分，将其传承下去是我们共同的责任。文化是一个民族的灵魂和血脉，是一个民族的集体记忆和精神家园，体现了民族的认同感、归属感，反映出民族的生命力和凝聚力。"听完索朗堪布激情的讲话，房间响起了热烈的掌声。

是啊！民族的才是世界的，每一个华夏儿女必须珍惜、传承好我们的民族文化，失去了民族文化传统，如同浮萍，没有了根，如同流浪者，失去了家园。文化认同与文化传承是民族赖以生存的基础和继续发展的前提，其重要性不言而喻。汉藏一家，华夏五十六个民族更是相亲相爱的一家人，传承民族文化是我们共同的责任。

随后，索朗堪布带领大家参观了藏陶烧制过程，藏香、藏纸制作和成品。最后，来到孩子们的教室，因为他们不仅要学会藏艺制作、传承，还要学习文化科学知识，要成为对社会有用的人才。

告别索朗堪布时，邓一鸣激动地说自己曾经是市里的优秀教师，非常愿意利用周末来给孩子上文化课。索朗堪布满心欢喜，十分感激，再三真诚邀请。

众人告别索朗堪布传习所，上了车，向县城急速驶去。

二十四、索朗堪布

邓一鸣心中一直有两点疑惑，索朗堪布在场，不方便询问，怕犯忌讳。

他记忆里羌族献羌红，为红色哈达，蒙古族哈达是蓝色的，藏族哈达是白色的，可是索朗堪布怎么献给他们的哈达是金黄色的呢？另一点是不明白堪布的意思。他带着困惑询问格桑旺姆。

格桑旺姆微笑着回答："藏族同胞敬献哈达是为了表达主人对客人的欢迎和尊重，的确是白色。金黄色哈达，则是表示主人对尊贵客人的友好之情、欣赏之意，寄托着主人的祝福。还与藏传佛教有关，寓意给客人带来幸福、好运和护佑。"

邓一鸣点了点头，其他人纷纷感叹哈达的深刻内涵。

格桑旺姆继续回答第二个问题："堪布在藏族文化里有三个方面的含义：一是藏传佛教中指佛学知识渊博的僧人，索朗堪布是这样的人；二是指藏传佛教寺院或各个学院的主持人；三是专指西藏地方政府僧官系统之职称。"

顾晨明赞叹道："旺姆主任，厉害呀，知识渊博哦！"

格桑旺姆淡淡一笑，没有开口。

蒋成斌说道："晨明哥，你真会拍马屁呀，旺姆主任是地道的藏族同胞，难道连本民族的东西都不知道吗？"

顾晨明挖苦说："呵呵，难怪某些人至今还是单身狗，看来是有原因的。"说着，不怀好意地笑了。

蒋成斌气鼓鼓的，但不想理他。

邓一鸣说："旺姆主任，你对索朗堪布肯定了解不少吧，讲讲有关他的故事如何？"

格桑旺姆意味深长地讲述起来。

索朗堪布小时候家里很穷，兄弟姐妹众多，没办法，他的父母按照我们当地的习俗，将他送到寺庙里做了一名喇嘛。他勤奋好学，不仅掌握了佛学知识，还游历全国各地，最终成为一名得道高僧，是名副其实的堪布。

我们藏族有许多独特的民间手工技艺，是中华民族宝贵的非物质文化遗产。索朗堪布游历时，被其他地方的经济、文化、观念所震撼。回到家乡，他开始思考文化与经济的链接，如果乡里乡亲能掌握一门技艺，他们就可以以此自力更生，自食其力。

经过数年调查研究以及对国内外文化市场的了解，他决心从传艺入手，帮助乡邻脱贫致富。综合主客观因素，最终确立复兴藏陶、藏香和藏纸的传承制作。

这三项技艺在藏族历史上都曾经辉煌过，但现在却濒临失传，尤其是藏纸，差一点儿就中断传承。他克服困难，自筹资金开办起了藏陶和藏纸手工工艺的传习所，请来了藏陶老师，又费尽艰辛，多方求访，得到了藏纸的传承。传承有了，学员招收方面，他遵从初衷，以艺带贫，吸纳贫困户家庭的孩子、孤儿到传习所学艺，开始了艰难的复兴路。

传习所所有费用全免，他亲自上课，邀请专业老师辅导技能，聘请汉语老师教孩子们文化课。

他时时检查食堂、寝室，嘘寒问暖，关心学员们是否吃得好、睡得香，学习之余安排各种活动，让学员们陶冶心性、学习礼仪、提高素质。有来自海外和国内高等学府的研究人员向他学习时，他让学员们跟他们一起相处，了解外面的世界。冬季因气温影响无法正常制作时，他带着学员们离开当地，换一种方式继续学习。孩子们不仅学到了知识，增长了见识，还开阔了眼界。

陶艺传习所在很短的时间内飞速发展。群众的眼睛是雪亮的，你做到位了，别人就会看到位，索朗堪布被选为政协委员，先后被州县授予"香拉里好人""优秀农村实用人才"等称号。

面对荣誉，他更感到自己肩头承担的责任，听说有人住院缺少药费，他马上带钱第一时间出现在患者身旁；知道有人没有住房，就帮助修建房屋，妥善安置；传习所学员家长来拜访，如果家庭贫困，临走时他定要送钱给物；一位孤寡老人，他给安排力所能及的工作，每月发放补贴；一位六个孩子的单亲妈妈，他想方设法予以资助；学员家里有难，他义不容辞，出钱出力，解决困难；附近周围有病人，他立即前往免费问症治疗。

"太难得了！没想到，大师如此仁义。"顾晨明感慨起来，打断了格桑旺姆的讲述。

格桑旺姆继续讲述。

陶艺作为濒临失传的非遗项目，传承之路不是一帆风顺的。很多家长觉得成天捏泥巴，能做出什么好东西，那么脏，那么累，又不能一心学文化，有些家长便想让孩子退学。怎么能让家长包括藏族群众了解藏陶的价值呢？大师苦苦思索，跟家长深入沟通，带他们看传习所学员的作品，给他们讲陶艺的价值，藏陶的前景，给他们讲陶艺在汉族地区如何备受青睐，一点点耐心细致地沟通。听着他的讲解，看到这么精美的作品，家长们开始怀疑自己是不是想错了。

辛勤努力换来传习所的发展提升。短时间内,香拉里藏陶从无到有,从简单粗糙到细致美观,从单纯原色到彩陶出炉,到黑陶的烧制成功,藏陶有了快速的发展。他把专业化的理念引入了藏陶制作,每个学员专攻一个样式的作品,做专做精,达到最完美最稳定的状态,彻底过关以后,才可以进行下一个样式的学习。他语重心长地告诫学员们:你们要成为艺术家、大师,而不是一个小小的工匠。

其实无论学员们成为什么,对他都不会有多大利益,因为他是一位出家人,世间的名利跟他没有多大瓜葛,家人也经常劝他:"不要太上心,对你有什么好?还会影响修行。"他笑着回复:"民族文化的保护,能尽一份力是一份力,这件事虽然对我没多大利益,但对大多数人有利益,家乡这么贫穷,很多人不识字,能让他们有一技之长,可以自食其力改变自己的命运,这让我很欣慰。"

电视台采访他的时候提出了这样的问题:作为喇嘛,当初怎么想起做这个?他说:"喇嘛学的就是菩提心,菩提心不是说在嘴上,它要落实到行动中。"短短的一句话道出了真谛,无论他怎么给予、付出,无论他如何辛苦艰难,只要是有益于他人的事,他都不会放弃。

格桑旺姆讲完,大家纷纷称赞。

索朗堪布是一个有慈心、爱心的人,他用行动践行大爱,他更是一个有责任担当、满满家国情怀的人,爱党、爱国、爱教、爱家乡的人,为家乡的脱贫和乡村振兴默默付出的人。

回到县城,已是华灯初上,柔和的灯光照亮了这座小县城,也温暖了每一个疲倦的归航人。

二十五、党建阵地

吃过晚饭,邓一鸣来到刘凤知的住处,敲门进屋子。见刘凤知和余伟坐在客厅座床上商量事情,他歉意地说:"刘县、余队,不好意思,打扰你们了。"

刘凤知微笑着说:"没事,一鸣,来坐!正好有事要找你。"

余伟起身,笑嘻嘻地说:"一鸣,坐呀,站着干吗。站客难打发。"边说边向热水器走过去。

邓一鸣挨着刘凤知坐下，说："刘县，想给你和余队汇报一下工作。这两天下乡考察干部，见到下面党组织阵地建设得不错，我们前线指挥部已成立党支部，阵地应该跟上，不然，显得我们支部工作不力。"

"不错，有想法，全力支持。"刘凤知赞许地说，"一鸣，打算怎么弄？心中有点儿眉目没有？"

余伟接上一杯茶水端过来，递给邓一鸣，跟着说："一鸣，先拿一个方案，我们一起研究研究，方便实施。"

邓一鸣拍着胸口说："没问题，我尽快拿出方案，请两位领导审定。另外还有件事，我不知道怎么汇报。"

余伟急了："一鸣，有什么不好说的，该怎么说，实事求是地说，如果涉及我个人，我回避。"

邓一鸣嘿嘿笑了："余队，多虑了，跟你没关系。今天我们去了一个陶艺传习所，他们不仅接收孩子们传习技艺，还聘请老师教授孩子们文化知识。与负责人索朗堪布接触交谈，他是一个富有家国情怀的僧人。我主要担心招聘的老师是否经过教育部门审核，他们教授的内容与国家的政策是否相符。听单位同事介绍，像这样的传习所县里很多，负责人是否都如索朗堪布一样有家国情怀？教育对孩子、对国家未来太重要了，我们必须高度重视这个问题，绝不能让不良东西，特别是不利于民族团结的思潮占据我们的教育领地。另外，我想利用周末休息的时间，去给孩子们上课，传递正能量。"

余伟竖起大拇指，称赞道："一鸣，厉害呀！有眼光，不但能及时发现问题，还通过问题探触事件本质。我们的教育阵地必须是我们的声音，绝不允许冒出杂音。"

"这确实是个很重要的问题。我们不仅要扶贫，更要扶智，必须培养爱党、爱国的有用之材。我会及时与负责鼓楼对口援助日常事务的副县长交流，必要时直接向县委书记汇报。"刘凤知一脸严谨，深有感触地说，"一鸣，你去给孩子们上课，指挥部全力支持，我会想法送你去。"

"谢谢刘县、余队！"邓一鸣很高兴，工作能得到认可就是一件幸福的事情。

刘凤知指着茶几上的水杯，笑呵呵地说："一鸣，喝水，还有其他什么事吗？没有的话，指挥部的工作该安排了。老余，你给我们邓部长讲讲呗。"

邓一鸣嘿嘿笑着说:"请刘县、余队安排,保证完成任务。"

余伟清了清嗓子,说:"一鸣,是这样,七一快到了,今年是百年大庆,指挥部准备搞一次主题党日活动,你考虑一下,准备一个方案。另外一件事情,也是阵地建设。写方案时,把指挥部准备建立'香拉里印记'微课堂增添进去。时间定在每周四晚上开课,改变周末开工作会的状况。你尽快拿出方案,好研究确定。"

邓一鸣爽快答应。

刘凤知接着安排:"还有一项很重要的工作,是乡村振兴的重要内容之一。具体由我负责,余队和一鸣配合,做好县城集中供暖项目实施。这是我们鼓楼对口帮扶香拉里立足县情民情实际、立足群众急难愁盼、立足民生重中之重的项目,必须做到用真情出真招解真难见真效。香拉里特殊的地理环境造成项目实施时间有限,从六月到十一月,仅有短短六个月的有效时间,所以必须抢时间,抓进程。明天,我把详细工作安排发给你们,好好研究研究。"

二人满口答应,坚决支持。

接受完工作,邓一鸣告别刘凤知和余伟离去。

回到宿舍,见顾晨明和张海东正背靠在座床上玩手机。

顾晨明放下手机,起身关心地问道:"一鸣哥,工作汇报完了?来,坐,坐!"

张海东也站起来打着招呼。

邓一鸣点点头,拍拍两人的肩。三人坐下,翻看起手机来。

很快,房门打开了,岳云峰拿着一桶泡面,疲惫地走进来。邓一鸣关心地问:"云峰,怎么这么晚才回来呢?"

"唉!"岳云峰长叹了一口气,喃喃地说,"没办法,违建整治这项工作太难了。任务重、时间紧不说,关键人生地不熟,风俗差异又特别大,居民的思想工作根本没法做。"

邓一鸣安慰道:"云峰,来,坐下休息。慢慢来,一次不行,两次三次,不信铁石心肠焐不热。"

"云峰,泡面给我,帮你泡上。"顾晨明起身接过泡面,不满地嚷起来,"一鸣哥,是不是太欺负人了,怎么啥事都成我们的了?他们干啥吃的?语言不通,让云峰如何做工作?"

张海东跟着愤愤不平地说:"感觉我们就是秋二帮工,他们是地主老财，只要是困难大、难以完成的任务，就统统该我们做，他们就像看热闹的一样。"

"好了，你俩不要说这种不利于团结的话。什么你们、我们、他们的，都是一家人，不能说两家话。"邓一鸣赶忙制止，"我们做好自己的事情，以我们的言行引导他们，改变他们的观念，树立鼓楼人良好形象。大家想想，所有人的观念一样了，我们还有必要跑到这里来吗？"

"谢谢大家的支持。"岳云峰点着头，自信地说，"一鸣哥说得有道理，我不相信，我做不下来这项工作。整治违建，我可是久经沙场，千锤百炼，经验丰富哦。"

顾晨明泡上面，放在茶几上，叹息一声，不再说什么了。

张海东还想说什么，被邓一鸣摆手阻止，他说："云峰，讲讲你上门做工作的事情，我们权当故事听。"说罢，自个儿笑起来。

岳云峰嘿嘿一笑，讲起来。

他接到任务后，立即组建了整治专班工作组。在专项工作动员会上，岳云峰强调：香拉里气候条件特殊，每年只有六个月具备施工条件，要想在今年内完成坡屋面加盖工程，保障老百姓秋冬季不再受房屋漏水的困扰，就必须保证在八月初开工建设。虽然困难多，压力大，但是我们必须变压力为动力，想方设法做好前期的拆除工作。我与大家一起入户做工作，为香拉里城市建设尽一份力量。会后，他一面组织研讨拆除步骤和策略，一面入户调研，有条不紊地忙活开了。

每一处违建的背后都有一个心酸的故事。沿江苑小区楼顶违建十五户，有十多平方米的柴房，也有九十多平方米的精装修住房。情况一目了然，真正的考验刚刚开始，现实的困难让人始料未及。

下午，他们去了名叫卓玛木准的大嫂家，她是十五户里家庭最贫困的。上有七十多岁的老母亲，下有三个十来岁的孩子，还有一个二级精神残疾的妹妹，这个妹妹是一个三岁孩子的单亲妈妈。房子不够住，在楼顶平台上搭建了一间三十平方米的屋子，自己带着三个孩子住在里面。看到这种情况，大家心里很难过，但是为了整个小区的升级改造，还是必须拆除。

岳云峰向卓玛木准说明来意，没等说完，她便叫嚷起来："我不拆，我搭建在房顶，这么多年了，又没影响到哪个，为啥要拆？"

大家耐心解释，可是她根本不听，继续叫道："我家有残疾人，还有娃娃，就这点儿房子，拆了我们怎么住？我带三个娃娃睡大街上还是去县政府大楼睡？"

不管怎么解释，她就是这两句话，最后干脆不理不睬。没办法，大家只能撤退，明天再上门。

岳云峰讲完今天的事情，开始吃泡面，最后连汤水都喝了。他将纸桶捏成一坨，起身扔进垃圾桶里，歉意地说："各位大哥，今天太累，我洗漱一下准备睡觉了。"

邓一鸣笑着说："时间差不多了，大家都早点儿休息吧！"

众人点头同意。洗漱完，上床休息。

二十六、暖心拆迁

新的一天开始了，香拉里笼罩着一层薄薄的轻纱。四周青山碧绿，远远望去，像绿孔雀羽毛织出来的地毯，厚实而柔和。晨光在轻纱上映出乳白、淡黄、粉红等各种迷离恍惚、朦胧醉人的色调。小区的树木、绿草带着露珠，在阳光的照耀下，更加翠绿欲滴，闪烁着五彩的光泽。太阳升上天空，色彩变得格外分明，像画家在画布上涂出的两种颜色，一片红色，那是天空，一片绿色，那是县城的青山绿水。早晨就是一首美妙的抒情诗，融合了四川人特有的热情和豪爽，使得诗意渗透人们的心灵。

两只红嘴山鸦栖息在窗棂上，放开喉咙唱起来。自从邓一鸣喂食后，从第二天开始，一只变成两只，估计它俩准备在这里安家落户、生儿育女了。

邓一鸣醒来，揉了揉眼睛，扫了一眼屋子，又闭上眼，准备再睡一会儿。很快，传来邻床岳云峰窸窸窣窣起床穿衣裳的声音。邓一鸣翻身坐起来，问道："云峰，今天周末，你起这么早干吗？"

岳云峰回答："昨晚跟大家约好的，今天继续去做违建户的工作。唉，工作一天没进展，一天不得安心啊！"

邓一鸣摇摇头，无奈地说："云峰，辛苦了，周末都不省心。可惜帮不上忙。"

岳云峰嘿嘿笑着，半开玩笑半认真地说："一鸣哥，要不跟我们一起去做工作，体验体验，如何？"

"体验啥哦，算了，我就不去了。再说，我去也不合适。"邓一鸣有些尴尬，自己随口一说，没想到他居然借坡下驴。

"没关系，你去给我们呐喊助威呗，偶尔帮忙敲敲边鼓啊。"岳云峰一脸认真，握住拳头一挥，好像邓一鸣已经答应了似的。

邓一鸣嘿嘿笑起来："云峰，你臭小子，故意挖坑。"

岳云峰一脸兴奋："一鸣哥，快起来吧，别磨蹭了，一起去陈叔家吃包子。大家约好在那里等。"

"唉！"邓一鸣叹了口气，不好再推辞，嘟囔一句，"又上当了，纯属绑架。"

二人洗漱完毕，来到包子铺。工作组成员陆续到了，岳云峰将邓一鸣介绍给大家认识，还特意说他是来给大伙儿鼓劲的。众人立刻鼓掌欢迎。邓一鸣抱拳向大伙儿示意。工作组有八个人，分成两个小组，一组负责难度小、居民思想工作容易做的，岳云峰负责啃硬骨头。

吃过早饭，岳云峰去结账。邓一鸣悄悄问："云峰，先去卓玛木准家，还是别人家？"

"先去木准大嫂家。怎么，有什么问题吗？"岳云峰不解地看着邓一鸣，满脸狐疑。

邓一鸣淡淡一笑，说："现在这么早，他们一家人肯定还没吃早饭，为何不给他们带点儿早餐？套套近乎，拉近关系。俗话说，伸手不打笑脸人嘛。"

岳云峰一听，兴奋地说："太好了！一鸣哥，谢谢，我怎么没想到这个办法呢？叫上你，真没有白叫啊！"岳云峰心中计算着卓玛木准家里的人数。打包六笼小笼包、十根油条和六大袋豆浆，与众人兴冲冲地向沿江苑小区走去。

众人走进小区，两个小组分头去做工作。岳云峰带上自己这一组人员来到最后一栋楼，向顶楼爬去。爬到六楼时，邓一鸣说："云峰，等一下，我们商量商量下一步该怎么做工作。"

四个人停下来，岳云峰问："一鸣哥，你肯定有好办法，说说你的主意吧。我们洗耳恭听。"

邓一鸣微笑着说："哪有什么好办法，我们集思广益，群策群力。我先谈一点看法，我们五人一起上去，不是办法，反而让人家反感，何况她住的地方才三十平方米，估计连坐的地方都没有。"

一个组员跟着抱怨道："就是，她家里不仅窄，而且脏乱差，进屋连放脚的地方都没有。"

岳云峰说:"干脆这样,我们两人一组,每两个小时一轮换,给她来个连番轰炸,我相信再坚固的城池也会攻破。"

邓一鸣点头说:"这个办法好,云峰,你带一个组员,我们任先上去。我不懂政策,只能敲边鼓。"

岳云峰叫上一名组员,又吩咐另外两人在此等候,手一挥,提着早餐朝楼顶爬去。

三人爬到八楼顶层,上面乱七八糟堆放着桌椅板凳、烂木柴火等各种杂物。挨着楼梯炮楼处,用烂砖头砌了一间一米多高的矮房子,屋顶盖着拼凑起来的彩钢瓦,破损的地方覆盖着彩色塑料布,用大大小小的石块、砖头压着,真不知道她家是如何扛住夏雨冬雪的。房门半掩着,门口墙边砌了一个简易灶台,灶上放了口铁锅。冷锅冷灶,还没有做早饭呢。在堆满杂物的地方生火做饭,万一发生火灾,后果不堪设想。

那名组员上前,准备敲门。邓一鸣赶忙摆手示意,让他不要敲。

岳云峰说:"我们在这里等,万一人家还没起床,进去不方便,大家尴尬。"

那名组员嘿嘿一笑,吐了吐舌头,做了个鬼脸。

三人靠在炮楼墙上,掏出手机翻看起来。

很快,那扇破旧的房门"吱呀"一声打开了。一个五十来岁的中年妇女端着一个塑料盆走出来,一股浓烈的尿臊味扑面而来。

三人强忍住,岳云峰笑嘻嘻地打着招呼。卓玛木准看到岳云峰,眼睛一瞪,没有理会,端着盆子从他们面前走过,下楼去了。三人相视一笑,揉了揉鼻子。

卓玛木准空手上来,怒气冲冲地问:"你们到底想干啥?告诉你们,说破天,我就是不拆,看你们能把我怎样。"她的汉语说得还算顺溜,能听懂。

邓一鸣满脸堆笑:"木准大嫂,我们不是来叫你拆房子的,是来看望你的孩子们,你瞧,岳局长还给他们带了早餐。"

岳云峰提起早餐袋子晃了晃,故意大声说:"木准大嫂,刚买的肉包子,还是热的,快叫孩子们一起吃吧。"

卓玛木准嘴巴一撇,说:"黄鼠狼给鸡拜年,会安好心?你们的东西,我们可不敢吃。"

"木准大嫂，有啥不敢吃呢，你怕我们下毒？这是刚从陈包子店买的哦。不信，我当着你的面吃，如何？"那名组员呵呵笑着说。

正说着，三个半大小子从屋里冲出来，估计闻到包子的香味了。岳云峰赶紧将手里的早餐递过去，他们接过袋子说声"谢谢叔叔"，转身跑回去了。

卓玛木准气急败坏地冲进屋里，接着是一阵乒乒乓乓的声响。

邓一鸣小声说："走，走，我们先下楼，等会儿再上来。俗语说拿人家的手短，吃人家的嘴软嘛。"说完，偷偷乐了。

岳云峰点点头，对着门口叫喊道："木准大嫂，你们先吃饭，我们走了。"喊完，挥挥手，三人快速往楼下走去。

来到六楼，与其他两位组员汇合。岳云峰将情况简单地跟他们说了，吩咐大家到楼下休息，半小时后再上来。

到了楼下，大伙儿坐在小区的座椅上休息。岳云峰拨通了土登俄机的电话，他是搭建面积最大、装修最精致的违章建筑户主，他们夫妻俩一直在外打工。据说当时修建这间房子时，夫妻俩硬是各兼职了两份工作。这一砖一瓦，都是血汗凝聚而成。因为房子投资大，所以岳云峰第一次电话联系时，土登俄机夫妇坚决反对，甚至用极端言语要挟，如果拆房子他们夫妻俩就从楼顶跳下去。岳云峰解释了半天，他们就是油盐不进。

对方接通电话，便出言不逊，叫嚷道："岳云峰，你啥意思？是真想死一个人给你看看吗？"

岳云峰笑着说："俄机大叔，瞧你说的啥话哦，怎么张口闭口就是死不死的呢，大清早多不吉利呀。大叔，能不能告诉我你的地址，我们当面聊，想说什么都行。"

"没空！你给我发工资啊！"说完，挂了电话。

岳云峰双手一摊，无奈地说："没说上两句话，电话就挂了！"

邓一鸣笑着说："云峰，别泄气，继续打！还有别光自己打电话，你们四人要轮流轰炸呀。"

一个组员笑着说："估计最后我们四人的电话，他都不接，还要被拉黑哦。"

"大家别灰心，他拉黑一个电话，就换一个号，我不信，他能拉黑所有的电话。"岳云峰自信满满。

邓一鸣担忧地问："云峰，要是他换手机号，怎么办？"

岳云峰打了一个响指，得意地说："一鸣哥，放心，在外打工的人，一般不会换号。再说他家的亲戚，我们仁增主任早已掌握，换号必定要对亲戚说。"

邓一鸣竖起大拇指，称赞道："云峰，你们未雨绸缪，厉害哦。"

岳云峰笑了，自豪地说："兵马未动，粮草先行嘛。"说着掏出手机扫了一眼时间，便安排另两人去木准家，叮嘱他们不说拆迁的事情，拉拉家常，关心他们早饭吃了没有，够不够……

两人答应着，上楼去了。

岳云峰掏出手机联系另一组，询问他们工作进展情况。对方告诉他，工作有了进展，答应尽快拆除。岳云峰又问是否需要增援，可派力量。对方回答可以暂缓。岳云峰道了一声辛苦，挂了电话。

电话铃声响起，邓一鸣摸出手机，是肖义来电。

肖义说："一鸣哥，你在干吗呢？下午指挥部召开工作会议，支部阵地建设这块，我们几个一起商量商量呗。"

邓一鸣开心地问："好啊，我马上过来，你现在在哪儿？"

肖义说她在融媒体中心。邓一鸣说马上到，然后将情况跟岳云峰说了，等那边的事情忙完后，再过来。

岳云峰一脸感激，微笑着说："一鸣哥，你去忙吧。这边不急，反正慢慢磨，有事第一时间联系。"

邓一鸣点点头，告别众人离去。他边走边拨通了顾晨明和蓝天云的电话，让他们赶到融媒体中心。

二十七、香拉印记

太阳挂在天空，发出强烈的光芒，行走在太阳底下，皮肤有灼热的感觉。周末，路上行人不多。邓一鸣顺着杜柯河河堤公路，到达香拉里广场与顾晨明会合后，向肖义的办公室走去。

二人来到肖义的办公室时，蓝天云已坐在里面，正跟肖义聊天儿。四人相互打过招呼，在旁边的小会议桌旁坐下。肖义为邓一鸣和顾晨明倒来茶，放在他俩面前的桌子上。

邓一鸣端起茶杯，捧在手里，真诚地说："各位，下午指挥部要开会，肖委员提议，我们一起议议支部阵地建设的事情，大家有什么想法，畅所欲言。"

肖义认真地说："这段时间，由于宣传报道，到各单位和乡村比较多，看了他们的阵地建设情况，我们也应该结合指挥部支部实际，把支部的阵地建起来，党员要有一个活动场所。今年是百年大庆，我们支部可不能连一点儿动静都没有。"

肖义的话让邓一鸣感到惭愧，他拍拍额头，难为情地说："不好意思，是我这支部副书记失职了，感谢肖委员的提醒，一定做好下一步的工作。"

蓝天云爽快地说："听从组织安排，做好分配的各项工作。"

顾晨明拍着胸口说保证完成任务，又询问现在要做什么。

邓一鸣说："我们现在要做的就是将大家的工作照片先收集起来，到时再甄选。我等会儿在工作群里通知，请晨明收集一下，肖委员会负责给支部的党员拍一张标准照，到时党员形象公示栏张贴用。蓝委员预计一下阵地建设所需经费，写一份请示。指挥部在三楼办公，楼道比较零乱，是否粉刷？各层楼口、活动场所如何布置？这样，下午开会，我们几个提前一个小时到指挥部，现场商量，便于蓝委员预算经费。坐在这儿，怎么弄还真不好说。"

肖义说："要得，下午一点准时到指挥部。一鸣哥，汇报工作时，顺便将拍照的事说一下，争取下午散会后搞定。"

邓一鸣爽快答应，顾晨明和蓝天云纷纷赞成。三人告别肖义，离开融媒体中心回去了。

走到街上，邓一鸣拨通了岳云峰的电话，关心地询问工作进展情况，是否需要增援，要不把顾晨明他们都叫上。

岳云峰回答："卓玛木准和家人们吃了送去的早餐，那三个娃娃对我们挺不错。去后，搬凳子，倒茶水，很热情。木准态度有所缓和，不吵闹，只是不搭理人。一鸣哥，感谢你，我们按照你的方法在进行，人员充足，暂时不用增援。你们休息吧。"

邓一鸣听完岳云峰的话，十分高兴，工作毕竟在向好的方面发展。他开心地说："行，那我们就不过来了，需要人手打电话说一声。"说完，挂了电话。

"一鸣哥，什么事情？居然还叫我们去帮忙？"顾晨明好奇地问。蓝天云脸上挂着笑容，看着邓一鸣。

邓一鸣将事情的经过简单地说了一遍，故意问："两位，云峰如果遇到什么困难，我们应不应该帮忙呢？"

蓝天云毫不犹豫地回答："理所当然的事情，为什么不帮？我们是战友，必须体现鼓楼人团结协作的精神。"

"好！说得好！点赞。"顾晨明竖起大拇指，大声叫好。

走到县纪委，蓝天云告辞离去。邓一鸣和顾晨明沿着罗藏中街继续往前走去。

吃过午饭，邓一鸣和顾晨明稍作休息，便赶到了指挥部办公室楼梯口。二人边等肖义和蓝天云，边从楼梯口开始仔细审视。

顾晨明指着楼梯口说："鸣哥，这楼梯口上面是不是少了一块我们指挥部的牌子，不然，谁知道这里是干什么的？"

邓一鸣点点头，笑着说："应该有块牌子，不过，估计不会挂，毕竟指挥部不对外办理业务，支部应该有牌子。我记下来，到时看刘县、余队和大家的意思。"

肖义和蓝天云准时赶来了。于是，四人便从一楼开始，一直到三楼，层层设计规划，安排部署，形成了一个初步的计划。四人走进会议室，认真观察、思考。这里将来既是会议室，还是党员活动室，属于主阵地，必须规划好。

四人察看着，思考着，坐下来讨论起来。一面墙一面墙激烈讨论后，达成共识。邓一鸣认为党员活动场所应该有一个书架，让大家通过学习提高自身能力和素质。

余伟、蒋成斌推门进来，见大家讨论得很热烈，问清情况后，加入讨论中来。讨论活动场所取名时，余伟说就叫"香拉里印记"微课堂。大伙儿细细一想，都觉得挺不错，一致赞同这个名字。

援藏干部们准时到达会场，会议正式开始。余伟主持会议，先由每一名干部在五分钟之内汇报上周工作和下周计划。余伟对大家的工作作点评，指出不足，提出合理建议。然后，刘凤知作总结讲话，他对大家工作取得的成绩给予肯定，对存在的不足提出整改意见，对今后的工作提出严格的要求，对指挥部的工作进行总体布置。他结合党史，阐述民族政策和藏族同胞希望过上幸福美好生活的热切期盼，表明乡村振兴的重要性、急切性。

余伟最后宣布："每周工作会议时间改在周四晚上进行。工作会议室结合指挥部支部阵地建设，改名'香拉里印记'微课堂。不仅要汇报工作，更要组织大家学习党章、党史、党规。我们要带头学党史知党情，带头感党恩颂党恩，带头听党话跟党走。同时，还要学习相关的法律法规知识，大家不仅仅要成为一名合格的援藏干部，还要做一名文化使者，党史宣传员，让藏族同胞和我们一起听党话、感党恩、跟党走，带领他们迈向幸福的康庄大道。"

刘凤知说："我非常赞同支部阵地建设的提议，争取'七一'前完成此项任务。大家还有什么想法，现在自由发言。"

蒋成斌站起来问："余队，我想问问，为什么把工作会议时间改在周四呢？我和仕礼在乡镇上班，周四下午回来，周五早上要回去，周末又赶回县城，这样来回跑，不利于我们安排时间，更增加了我们的经济负担。"

彭仕礼跟着站起来，说："余队，这样安排不合理，对我们在乡镇上工作的人不公平。"

余伟呵呵笑起来，指点着他俩说："成斌、仕礼，这是指挥部针对你们的情况作出的考虑呀，周四回来参加微课堂学习，第二天，你们可以在指挥部做些力所能及的事情嘛。我们不仅要做好乡镇上的工作，还要完成指挥部安排的其他工作。也可以协助其他同事完成工作，比如云峰的违章建筑整治、一鸣的支部阵地建设。"

蒋成斌挠挠头发，看着余伟，一副似懂非懂的样子。

彭仕礼没等蒋成斌开口，不满地嚷起来："刘县，余队这样安排太过分了，我们自己的事情都做不完，哪来的精力协助其他人嘛。"

邓一鸣瞟了刘凤知一眼，嘿嘿一笑，抢着说："成斌、仕礼，你们真没有搞明白吗？你们误会、曲解刘县和余队的意思了。比如，仕礼的头发都那么长了，周五做完事情，可以去理理发呀，修整一下自己的形象。成斌，你那地方上厕所都费事，为何不利用这天洗洗澡？本来是两个帅哥，却一副邋遢相。"

刘凤知摆摆手，示意蒋成斌和彭仕礼坐下。他微笑着说："两位书记，一鸣说得很对，还有什么不明白的，下来让他告诉你们吧。其他同志还有什么想说的？大家畅所欲言。"

蒋成斌和彭仕礼坐下。刘凤知突然想起一件事，接着问："蒋书记，有件事问问。上次一鸣部长说，你住在镇上，生活极不方便，镇上给你解决没有？"

蒋成斌回答："正在考虑之中，说争取尽快解决。不过，不解决也没事，克服一下就过去了。"

刘凤知严肃地说："解决情况及时跟我汇报，如果迟迟不解决，我就给主要领导报告。"

余伟接着说："如果没有其他事情要说，下面就请肖主任给大家拍标准照吧。"

"照相，照相！"大家嚷嚷着。

肖义拿出相机，挂上一块蓝色幕布做背景，安排大家在指定的位置坐好，有序拍照。

二十八、特大喜事

邓一鸣和顾晨明陪伴着肖义给大伙儿拍完标准照，收拾好会议室后，准备离开指挥部。

蒋成斌和彭仕礼一直等到最后才拍照。邓一鸣明白他们的意思，告别肖义，走出会议室，一边下楼一边说："成斌、仕礼，你俩是真没搞懂，还是故意装怪呢？这么简单的问题，被你俩弄复杂了。"

彭仕礼仍是一副生气的模样，愤愤不平地说："一鸣哥，你说说，我们凭啥要帮你弄支部阵地建设的事情？岳云峰自己的违章整治工作，关我们屁事？"

邓一鸣扭过头，瞪着彭仕礼，感觉好陌生，不敢相信他会说出如此不中听的话。邓一鸣朝他劈头盖脸地吼道："我什么时候说过要你帮忙做支部阵地建设工作？云峰又什么时候说过要你帮他做违章整治？你长的猪脑子吗？余队长和我在会场上说得那么清楚，难道你理解不到？我不想跟你再多说一句话。"

彭仕礼指着邓一鸣的鼻子，叫起来："邓一鸣，你什么态度？有什么了不起的？不就是一个狗屁组织部副部长嘛。你骂谁？再给我骂一句试试！"

顾晨明和蒋成斌见状，赶紧一人拉住一个，劝说着，生怕动手打起来。

邓一鸣平息着自己的怒气，鄙视地说："彭仕礼，从今往后，大路朝天，各走一边！彼此之间没必要有什么交集，形同陌路。"

彭仕礼不依不饶，叫嚷道："邓一鸣，老子不稀罕！你走你的阳关道，我过我的独木桥，老子倒霉，心甘情愿，有你瓜娃子屁事！"

邓一鸣指着彭仕礼叫道："你瓜货嘴巴放干净点儿，跟谁充老子？"说罢，挣扎起来："晨明，放手，必须让他说清楚。"

顾晨明紧紧抱住邓一鸣，丝毫不敢大意，抱怨起来："一鸣哥，冷静，千万莫冲动啊！唉，好好的事情，闹成这样，何苦呢？大家从千里外走到一起，多不容易呀。仕礼，你确实应该叫失礼！"

"唉！"蒋成斌叹息一声，抱住彭仕礼，劝说道，"仕礼，你确实错怪一鸣哥了，你想想，修改时间是指挥部的决定，跟一鸣哥一点儿关系都没有。人家是好心在给我们解释，你却说那么难听的话。"

邓一鸣冷静下来，感激地看了蒋成斌一眼，向他点点头。他对顾晨明说："晨明，松手，我们走，这种人不足以交往。"说完，挣脱顾晨明的束缚，向蒋成斌挥挥手，急匆匆往楼下走去。

"成斌，下来劝劝仕礼，遇事别冲动，好好听人家把话讲完。"顾晨明说完，又对彭仕礼劝说道，"仕礼，要学会克制。你虽然年轻气盛，但今后的路还很长。"

彭仕礼不以为然："没关系，各人的路各人走，不需要乌龟王八蛋指指点点。另外我失不失礼，跟你没有半毛钱的关系，用不着你来教训。"

顾晨明听完，气不打一处来，淡淡地说："不好意思，我收回刚才说的话，向你道歉。对不起！"说完，转身"咚咚"往楼下跑去。

蒋成斌看着顾晨明的背影，摇着头，心疼地说："仕礼，你不该把晨明也得罪了！他是一片好心，你说话确实欠考虑。"

"斌哥，别说了，顾晨明是跟邓一鸣穿一条裤子的。我怕过谁？未必还虚他们不成。"彭仕礼仍旧嘴硬。

蒋成斌摇摇头，无奈地说："我们走吧，回宿舍再说。"

"唉！昨晚梦没有做好，今天遇到鬼了，倒八辈子血霉。"彭仕礼发泄着，跟着蒋成斌朝楼下走去。

顾晨明在香拉里广场前撵上等着自己的邓一鸣，生气地将刚才发生的事情告诉了他。

邓一鸣拉住顾晨明的手，笑着安慰道："晨明，我们走吧！想开点儿，当什么事都没发生，今后不与他来往便是。你看，我一切都不放心上了。"

顾晨明推了邓一鸣一把，不满地说："一鸣哥，不够意思哈，我因你受委屈，你居然还笑得出来？"

邓一鸣嬉皮笑脸地说："晨明，那我给你哭一场行不？"

顾晨明一副认真相，要求道："哭啥哭？不吉利！晚上请我吃饭，安慰一下我受伤的心灵，多少给点儿补偿呗。"

邓一鸣叫嚷起来："敲诈！勒索！我告诉蓝天云，让他请你去纪委喝茶、品咖啡。"

顾晨明嘿嘿笑起来，刚才的不愉快一扫而光。

一抹殷红的夕阳照在西边的圣山上，湛蓝的天空浮动着大块的云朵，在夕阳的辉映下呈现出火焰一般的嫣红，映红了天空，映红了山川大地，也映红了邓一鸣和顾晨明的脸。

顾晨明说："天天从伸臂桥上经过，可是前面的廊道，还没走过。一鸣哥，去看看如何？散散晦气！"

邓一鸣答应了，他也没去过。二人饶有兴致地走下蜿蜒的下山台阶，跨过河水湍急的杜柯河，来到森林栈道。顺着台阶，二人渐渐步入丛林，曲径通幽，盛开的杜鹃花在夕阳余晖照耀下更加艳丽，高大挺拔的云杉直刺苍穹，傲然耸立于天地之间。林中不时传来鸟儿欢快的鸣叫声，呼唤晚归的伴侣。廊道两侧竖立着介绍本地动植物品种的标牌：白唇鹿、黑熊、兀鹫、秃杉、岷江柏……

天渐渐昏暗下来，再往里走，不由心怯起来。半个小时后，二人便打道回府。

二人回到香拉里广场，天已完全黑了，华灯亮起。邓一鸣说："晨明，为了安抚你受伤的心灵，去陈包子店，我请你吃面条。"

顾晨明不满地说："一鸣哥，你真是狗夹夹（四川方言，吝啬的意思。——作者注）哦，简直就是葛朗台、夏洛克，一碗面条把我哄骗了？太寒酸了吧！"

"喊！欧洲文学四大吝啬鬼还差泼留希金、阿巴贡。说吧，到底想不想吃？不想的话，心灵流血，我都不管了，别狗坐轿子不受抬举。"说着，故意转身往宿舍走。

顾晨明抓住邓一鸣的手腕，呵呵笑着说："想想某人穷酸潦倒的模样，愿请，我就委屈一下呗。"

邓一鸣笑起来，一脚踢在顾晨明的屁股上，快步向陈包子店跑去。顾晨明跟在后面追赶。

大老远，邓一鸣看见李秀英坐在路灯下和几个人笑逐颜开地谈笑着，不时传来开心的笑声。不知道遇到了什么喜事，这么久，见面无数次，这是第一次听到过他们两口子的笑声。

顾晨明感到很惊讶，自从陈鹏飞离世后，阴影一直笼罩在他们心头，毕竟中年丧子，白发人送黑发人，换成谁也难以承受。他冲过去，兴奋地向李秀英挥手打招呼，喘着气问候道："李孃，晚上好，今天有什么喜事吧，好久没见你这么开心了。"

李秀英站起来，满脸笑容，幸福地说："晨明，你们来吃饭了，想吃什么，直接说，让陈叔给你们做。今天高兴，李孃请客！"

邓一鸣走过来，兴奋地问："李孃，什么喜事，我们一起分享呗。"

李秀英眉飞色舞地说："我孙儿考上鼓楼普明中学甘孜班了！你们说，是不是大喜事？"

"哇！特大喜事，值得庆祝！"邓一鸣赞叹道，对着屋里叫喊起来，"陈叔，炒几个菜，一起喝两杯！"

陈兴全兴奋地跑出来，脸上挂着喜悦，问道："一鸣、晨明，想吃什么？叔给你们做。"

顾晨明回答："陈叔，老规矩，你的拿手菜。我一鸣哥请客，不用给他节省。"

陈兴全赶忙说："李孃说了，今天她请客，你们先坐，我这就去炒菜。"说完，转身忙活去了。

李秀英招呼二人坐下，真诚地说："李孃说话，说一不二。不叫云峰他们几个？赶紧打电话，你俩先喝水，我去帮忙。"

除了几个坐在门口陪李孃聊天儿的，店里没有吃饭的客人。邓一鸣起身，小声说："晨明，你给云峰、海东、天云打个电话，让他们赶紧过来，顺便请一下肖义和余队，看他们能不能来。我去把费用扫码预付上，陈叔和李孃不容易，决不能让他们请客。"

顾晨明惊异地睁大眼睛，动情地点点头，深情地说："一鸣哥，谢谢！"

邓一鸣没看清顾晨明的表情变化，嗔怪地说："臭小子，怎么一下子变得客气起来了？"邓一鸣走到吧台，预付了五百元，肯定有多没少。

听到收款的语音播报，陈兴全和李秀英跑出来，李秀英嚷道："一鸣，你什么意思，瞧不起李孃是不是？"

陈兴全很生气："一鸣，说好的，你怎么把钱付了？我不做总可以吧。"

邓一鸣满脸笑容，故意叫嚷起来："陈叔，厨房燃火了。"

陈兴全听到邓一鸣叫喊，赶紧回去了。

邓一鸣对李秀英说："李孃，你别急，这样吧，等一会儿，你转回给我就行了。"

"好！说话算话。你等着，我去拿手机扫码、转账。"李秀英的气消了一大半，转身拿手机去。

邓一鸣对着她的背影说："李孃，不用急，你赶紧给陈叔帮忙，把菜做好，我们都饿了。"

李秀英回过头，信任地说："那好吧，先炒菜。一鸣，你别哄我老婆子哦。"

邓一鸣回到座位上，顾晨明还站在外面打着电话。

不一会儿，顾晨明拿着手机走进来，告诉邓一鸣，云峰他们几个已经出发，余队和肖义也能来。

吃过晚饭，陈兴全加了邓一鸣的微信，将五百元钱转了过来。邓一鸣没有点接收，明天这个时候，钱会如数退回去。众人告别陈兴全夫妇，蓝天云负责将肖义送回宿舍，他们两个单位租的住房在一个小区。邓一鸣他们四人把余伟送到小区门口，相互告别。

二十九、促膝交谈

四人回到宿舍，吹牛聊天，邓一鸣和顾晨明只字未提彭仕礼之事。然后洗漱，准备休息。虽说庆祝陈兴全的孙子考入普明中学甘孜班学习，但毕竟在高海拔地区，都很节制，喝了一点儿啤酒意思意思而已。

邓一鸣洗漱完毕，回到房间上床休息，放在书桌上充电的手机却响了起来。他下床拿起电话，瞥了一眼，是蒋成斌打过来的。这小子，这么晚了打电话干吗呢？不会与彭仕礼有关吧？邓一鸣猜想着，接通电话，问："蒋书记，这么晚了，打电话有什么事情吗？"

蒋成斌迟疑片刻，喃喃地说："邓部长，不好意思打扰了。"说完，挂了电话。

什么意思？事情不说就把电话挂了。邓一鸣感觉莫名其妙，百思不得其解。这小子一定有事情要说，难道自己刚才的话说错了？他仔细想了一遍刚才说的话，发现确实不妥。平时，见面都是叫他成斌，刚才却叫他职务，还来了一句"这么晚了"，明显有反感的情绪，难怪他挂了电话。虽然他与彭仕礼因为在乡镇上任职，二人走得近，但他的为人处事跟彭仕礼完全不同。想到这里，邓一鸣觉得对不住蒋成斌，赶紧将电话拨回去。

蒋成斌接通电话，没有开口。

"哎，成斌，怎么回事？生气了？为啥不说话呢？刚才还把电话挂了。"邓一鸣呵呵笑着，一串探问。

蒋成斌停顿几秒，跟着笑起来，分辩道："一鸣哥，没生气呀，不小心把电话弄断线了。"

"是这样嗦！"邓一鸣嘿嘿笑着，人家都这样说了，没必要纠缠不放，他继续问，"成斌，刚才要说什么事情吗？"

蒋成斌笑着回答："也没什么大事，就是想利用明天休息的时间，跟你聊聊工作上的事。另外，你、晨明与仕礼之间的误会想跟你俩沟通一下，仕礼现在很后悔当时的鲁莽和冲动。"

"成斌，工作上的事多交流有好处，那天到镇上后，我还真有些想法和建议，就是一直没机会跟你说。时间定在明天上午如何？"

蒋成斌很高兴，连声答应："要得，要得！一鸣哥，打扰了，明天见。"

"明天见！"二人挂了电话，邓一鸣将手机放回书桌上，回到床上，躺进被窝里。

岳云峰洗漱完，走进房间，哼着小曲，开始脱衣裳。

邓一鸣侧过身子问："云峰，我有个问题没弄明白，拆除有没有补偿？像土登俄机的是精品房哦。"

岳云峰肯定地回答："有，虽然是违章建筑，毕竟是老百姓出资修建的，给予一定补偿，体现出党和政府对老百姓的关心、温暖。补偿标准按照房屋面积大小、装修程度确定，补偿范围在八千元至两万四千元不等，具体金额由第三方评审机构评估。"

"不错，不错！云峰，不说了，关灯，睡觉！"邓一鸣翻身面向里面，闭上眼睛。

岳云峰关掉灯，二人进入梦乡，房间里响起鼾声。

第二天，红嘴山鸦欢快的鸣叫声将邓一鸣吵醒，两只小精灵又开始催讨吃食了。它们不仅在窗台上落了户，还搭建起自己的窝巢，准备生儿育女呢。邓一鸣翻过身，睁开眼睛，阳光穿过窗帘间的缝隙照进来。他坐起来，瞟了一眼邻床的岳云峰，他仍在呼呼大睡。

邓一鸣掀开被子下床，从书桌上翻出一块面包，走到窗户边，拉开小半边窗帘，推开窗户，将撕碎的面包放在手心，伸到窗外。两只红嘴山鸦立刻飞过来，停在邓一鸣的手掌上，欢愉地啄食起来，边啄食边欢叫。邓一鸣与它们述说着，看向鸟巢时，惊喜地发现巢里有了四枚鸟蛋，两只小精灵就要做爸爸妈妈了呀。邓一鸣待它们吃完手中的碎面包，将剩下的撕碎后，放进那只小碟里，然后到厨房接上水，倒进供它们饮用的小水罐里，开心地对它们说："你们慢慢吃，早日做爸爸妈妈哦。"说完，双手托起下巴，看着它们吃食。不一会儿，他感觉内急，赶紧拉上窗帘，拿起手机，跑进厕所。

上完厕所，邓一鸣感觉畅快多了。他来到客厅，看见顾晨明不知什么时候已经坐在座床上拨弄手机了。

顾晨明看到邓一鸣，立即站起来，不满地叫嚷着："一鸣哥，你终于出来了，我快憋死了。"说着，跑向厕所。

邓一鸣在座床上坐下，一副幸灾乐祸的样子，对着顾晨明的背影嚷道："晨明，你不能怪我哈，我怎么知道你要上厕所呢。"

顾晨明哪还有工夫闲扯，跑进厕所要紧。

岳云峰打着呵欠从寝室走出来，问道："一鸣哥，厕所里有人啊！"

邓一鸣呵呵一笑，关心地说："顾晨明刚跑进去。你急的话，去催催他，他拿着手机，这一蹲不知道啥时间结束。"

岳云峰嘿嘿笑着，走到厕所门口，敲了敲门，催促道："晨明哥，你快点哈，别让人憋出毛病哦。"

"没问题！云峰，我很快就好，不会像某些人。"顾晨明大声答应着，还不忘记损邓一鸣一番。

邓一鸣听到顾晨明的诋毁，懒得理睬。岳云峰回到客厅，挨着邓一鸣坐下。邓一鸣放下手机，关切地问："云峰，今天还去加班，做木准大嫂的工作吗？"

岳云峰肯定地回答："去呀！夫战，勇气也。一鼓作气，再而衰，三而竭。彼竭我盈，故克之。得乘胜追击，还得送早餐。"说着，脸上露出自信的笑容。

邓一鸣竖起大拇指，又问道："需要我参加不？随时听你的召唤。"

岳云峰连声感谢，笑眯眯地说："一鸣哥，今天休息吧，暂时不用你亲自出马。如果需要的话，会第一时间求助。"

邓一鸣满脸笑容，豪爽地说："随叫随到！"

顾晨明走出厕所，叫喊道："云峰，快去吧！我已经结束战斗。"

岳云峰急忙起身，跑向厕所。

邓一鸣扫向顾晨明，嘲笑说："你小子，手脚并用，来得挺麻溜的嘛。不过，我怎么感觉你手上带有一股屄屄的味道呢。"说完，自顾哈哈大笑起来。

顾晨明居然信以为真，还真举起手在鼻子上闻了闻，自语道："没有什么味道啊。"看见邓一鸣幸灾乐祸的样子，猛然反应过来，上前给了他一掌，嚷道："果然是狗嘴里吐不出象牙啊！差点儿又上当。"

邓一鸣坐起来，笑着不理会。

顾晨明在邓一鸣身边坐下，认真地说："一鸣哥，别笑了，跟你说件正事。蒋成斌昨晚给我打电话，说今天想和我们聊聊，他说你同意了。"

"聊就聊呗，你还心虚不成？"邓一鸣盯着顾晨明反问。

顾晨明拍着胸口，理直气壮地说："我心虚？没做亏心事，不怕鬼敲门。虚啥呢？"

邓一鸣吩咐道："晨明，要不你跟他约个地方，我们吃过早饭就去。"

顾晨明满口答应，起身走到窗口联系去了。

邓一鸣站起来，去厨房洗漱。

吃过泡面，邓一鸣和顾晨明向约定的巴拉茶楼走去。二人走进茶楼，见蒋成斌已经坐在大厅窗户边的沙发上等候了。只有他一个人，没见彭仕礼的身影，估计他不好意思见面吧。

蒋成斌见到他俩，立刻起身打招呼："一鸣哥、晨明哥，在这儿。"

二人走过去，与蒋成斌亲热地问候起来。

蒋成斌开心地说："两位哥哥，我们去前面的雅间聊，清静，免得被人打扰。"

二人点头同意。蒋成斌又真诚地问："两位哥哥，来点儿茶还是咖啡？"

邓一鸣嗔怪地说："成斌，随便来杯茶就行了，干吗这么客气呢？太见外，我们就不好意思了。"

顾晨明跟着说："斌哥，怎么整得怪怪的。太热情了，我们不是外人吧?"

"两位哥哥，多虑了，我一直都是这样啊!"蒋成斌满脸堆笑，端起桌子上的茶杯，对着吧台叫喊起来，"服务员，格桑花雅间再来两杯飘雪。"

邓一鸣抱怨说:"成斌，一杯绿茶足矣，何必弄那么贵的?我们是来交流谈心的，不是品茶的呀!"

顾晨明附和着说:"其实，我有一杯白开水就足够了。"

蒋成斌微笑着说:"两位哥哥，走，走!我们既谈心，也品茶。千里之外能与两位哥哥交心，是一件幸事，我得洗耳恭听一鸣哥在工作上给我的建议呀。"

邓一鸣和顾晨明不好再说什么。蒋成斌将二人带进雅间，里面的环境、装修比大厅好多了。三人在沙发上坐下来。

一名男服务员右手用托盘托着两只茶杯，左手提着一壶水走进来，将茶杯分别放在邓一鸣和顾晨明面前的茶几上，说了声"先生慢慢用"，退出了房间。

蒋成斌端起茶杯抿了一小口茶，诚恳地说:"两位哥哥，感谢你们及时将我面临的困难报告给指挥部，这才引起镇上领导的重视。"

邓一鸣摇摇头，无奈地说:"成斌，你又客气了，这是应该的。从现在开始，我们有啥说啥，不许客套。你的住宿，镇上是如何解决的?"

"听两位哥哥的，不再客气。"蒋成斌嘿嘿一笑，"宿舍已调整到单元楼里，与另一位扶贫干部同住一套房子。电视、网络都有，洗漱也方便。"

顾晨明开心地说:"不错，不错!比我们宿舍还要好点儿。另外，我们昨天与彭仕礼发生的口角，跟你没有丝毫关系，我们一直当你是好兄弟，你可不能拿我们当外人哈。"

蒋成斌分辩道:"晨明哥，别误会，我从没有把你和一鸣哥当外人看待。昨天的事情的确是彭仕礼不对，连我的理解也出了偏差。"

顾晨明激动地嚷嚷道:"对呀，明明是指挥部为你俩着想，周四晚上回来参加学习，周五你们可以休息一天，能直接说让你们休息吗?彭仕礼就是狗咬吕洞宾，不识好人心。再说，是指挥部作出的决定，没想到彭仕礼像疯狗一样逮到我和一鸣哥一阵乱咬。"他越说越生气，好在彭仕礼没在场。

蒋成斌解释道:"昨晚，我已将他说了一通，他也意识到是自己不对，所以让我找你们谈谈，希望你们能原谅他的鲁莽。"

邓一鸣大度地说："成斌，没事，我和晨明根本就没放在心上。兄弟伙，能在一起就是缘分。其实，当时我也做得不好，不该发火，还骂了他，我向他道歉，请转告他一下。"

蒋成斌感慨道："一鸣哥，太仁义了，让我和仕礼羞愧难当，我以茶代酒敬你和晨明哥。两位哥哥，这辈子我认定了。"说着，起身捧上茶杯来敬。

邓一鸣和顾晨明跟着站起来，三个杯子碰在一起。

"我代表仕礼向两位哥哥表示感谢。坐，坐！"蒋成斌很激动。一笑泯恩仇，何况他们之间并没有仇恨，与彭仕礼也只是误会罢了。

三人坐下，邓一鸣说："成斌，那天到你们镇上，了解到一些情况后，我一直在想该怎样进一步搞好乡村振兴这块工作。精准扶贫已经完成，走向乡村振兴、建设美好家园，必然有一个较漫长的过程。这个过程有多长时间，谁也不知道，肯定不是一年半载能走完的路，所以必须要有长远规划。乡村振兴更不可能全面开花，必然有一个先后实现的问题。要经历以点带面、以点辐射、点面结合、摸索前行的过渡期，这与邓小平理论'允许一部分人先富起来，先富带后富，最终实现共同富裕'是一个道理。结合朋友胡明军在凉山的工作经验，想给你点儿建议，仅供参考。"说着，端起茶杯喝了口水，润润嗓子。

"一鸣哥，谢谢！受益了。请继续，我洗耳恭听。说实在的，我现在很迷茫，不知道该干啥。"蒋成斌诚恳地说。

邓一鸣放下茶杯，点点头，继续说："成斌，说实话，你们镇包括整个县要发展工业太难了，基本上不可能。交通、资源、技术、人才、市场这些条件基本没有。发展高效农业也不容易，除了青稞，我真不知道还有什么适合的经济作物可以种植。凉山那边海拔低得多，土豆、大棚西红柿、辣椒、苹果、青花椒等都能生长，因此凉山可以大力发展。我们这边虽然受条件限制，但是我们有自己的优势，'三藏'——藏陶、藏香、藏纸传统非遗产业和旅游业、畜牧业可大有作为。县里也看准了旅游业这块，你们特色小镇打造得很有特点，但还不够。比如，你们镇藏区唯一的汉族村——南塘村，这篇文章做得不足，可以充分用原籍和现籍走亲戚，带动旅游啊。没有利用好镇中心那片白杨树林，则曲河从镇上穿过，为何不打造成天然的漂流场地？完全应该把南塘村及相邻的村作为你们镇乡村振兴的示范点，通过这个点再向全镇辐射，最终达到目的。还有索朗堪布的传习所，政府明显支持力度不够，为何不可以打造成集参观、体验、吃住、购买于一体的旅游聚集地？从县城到你们镇，沿途还有很多辉煌的寺庙建筑，连成一片就是一条旅游黄金线路。对外宣传力度不到位，应该主动到成都、鼓楼等大中城市去宣传，吸引外地游客呀。"说完，又端起茶杯喝了一口。

蒋成斌受益匪浅，认真地在手机上记录着每一句话。顾晨明边听边思考着，感觉收获不小。

邓一鸣继续说："畜牧业这块发展不错，到处都是牛羊，但受传统观念影响，没有形成商品，可建食品加工厂，这样工业也有了。食品厂对牦牛、羊进行分割，深加工，销往大城市。则曲河对面建的房屋像是工厂，不知是如何利用的。成斌，你现在要做的就是深入实际，做一番详细的调查，着手就非遗产业、旅游业和畜牧业形成有分量的报告上报指挥部，取得指挥部的支持，争取明年列入乡村振兴项目，在你们镇形成点，起到示范、带动、推动作用。我会随时为你加油鼓劲。到时候，把肖义主任请过去，让融媒体中心进行强有力的宣传。"

蒋成斌激动地站起来，动情地抓住邓一鸣的手，用力握住，连声感谢："一鸣哥，谢谢！听君一席话，胜读十年书，令我茅塞顿开。"

邓一鸣拍着蒋成斌的手背，谦虚地说："纯属个人看法，仅供参考。"

顾晨明佩服不已，跟着说："一鸣哥，你让我大开眼界，居然把邓小平理论活学活用了。"

邓一鸣摇头，说不值一提。三人坐下，谈完正事，开心地喝茶，准备闲聊。"吱呀"一声，彭仕礼推门进来，气氛出现了短暂的尴尬。"嘿嘿。"邓一鸣一阵尬笑，算是打破了僵局。彭仕礼上前一把抱住邓一鸣，说："一鸣哥，我错了，谢谢你让我长了见识。"原来他一直在门口偷听！

"没事，都是好兄弟，兄弟哪有隔夜仇，何况本没有仇。"邓一鸣拍着彭仕礼的后背说。尽管和好，毕竟心里还存在一丝芥蒂，就让时间冲淡一切不愉快吧。

三十、负重前行

新的一周开始了。清晨，两只红嘴山鸦准时鸣叫催促。邓一鸣起床后，第一件事情就是拿面包喂它们，待它们吃饱喝足，自己才去洗漱。其他三人陆续起来，四个人已经达成默契，上厕所、洗漱有序进行。然后，去单位食堂吃早餐，再到办公室上班。

香拉里六月的天气终于有了夏季的味道。早上，太阳早早地就从东边的山头冒出来，将县城上空飘荡的那袭薄纱一扫而光，洒下万道金光。行走在阳光下，有了暑热的感觉，不过，一旦踏进阴凉处，仍旧是凉飕飕的。还得穿上厚实的外套，街道上仍有人穿着羽绒服。真切让人享受一番"早穿皮袄午穿纱，围着火炉吃西瓜"的味道。

邓一鸣走进县政府机关大楼，组织部办公室的门已经打开，走到门口，见宋其霖正在埋头打扫办公室卫生，便向他打招呼。

宋其霖停下来，笑眯眯地回应道："邓部长好！你都来了，我们理应赶在你前面到办公室啊。"说着，拿着扫把来到邓一鸣面前，热情地询问："邓部长，我们今天到城管局把延伸考察进行了吧。尽快结束，好写考察报告。"

"没问题！"邓一鸣满口答应，对他吩咐道，"其霖，你跟旺姆主任商量一下考察步骤，与城管局做好对接，我们争取早点儿去。"

"好！邓部长，您放心，我马上联系。"

邓一鸣点点头，放心地离去。他打开办公室的门，开始清扫卫生。经过这段时间的接触，他对宋其霖有了深入的了解，觉得他挺不错。

他是巴中人，大学毕业经过公招考入香拉里，成为当地一名乡镇干部。工作不到两年时间，因能力出色借调到县委组织部工作。多个岗位的历练，让这位不满二十五岁的小伙儿获得了较为丰富的工作经验。

邓一鸣清扫完卫生，打开电脑，忙碌起来。

敲门声响起，邓一鸣扭头见是宋其霖，问道："小宋，可以出发了？"

宋其霖回答："准备就绪，邓部长，你看什么时候走？"

"马上走！"邓一鸣保存好资料，关闭电脑。

邓一鸣带着格桑旺姆和宋其霖来到城管局，蓝天云已经在局办公室等候。邓一鸣将人员分成两个组分别展开工作。延伸考察简单多了，只需要找与被考察干部共过事的同事进行座谈了解。

一切很顺利，转眼到了中午，他们各自回单位食堂吃午饭。

吃过午饭洗碗时，邓一鸣对着墙上的镜子，发现自己头发凌乱、偏长，看上去憔悴、苍老，缺少精气神。这还是那个英俊、潇洒的自己吗？邓一鸣有些伤感，他瞅了一眼窗外，决定趁着今天的好天气，赶紧去理发店修剪一下，不能愧对自己的帅气。

邓一鸣走上街头寻找理发店，尽管来了这么长时间，也逛了若干次县城，但平时没有想到理发这件事，因而没留意理发店。走到罗藏前街中段，看到了一家叫"秀城"的理发店，他如释重负。走进店里，中午的原因，没有其他顾客，店主和一个年轻人正在吃午饭。

看见来客，二人立刻起身，热情地打招呼。店主立马安排徒弟先给邓一鸣洗头，然后亲自出马为他修剪。店主手艺不错，邓一鸣对他熟练的技艺由衷称赞。很快，一个藏式小平头便诞生了，他感觉似乎比以前帅气许多，只是黑些、瘦点儿。

邓一鸣告别店主，走出店铺，抬头看见对面有一家广告公司。他赶忙掏出手机，拨通了肖义的电话，问道："肖同学，支部阵地建设的广告公司落实没有？我在罗藏前街看到一家，规模还可以。"

肖义认真地回答："一鸣哥，我们单位楼下有一家，和他们进行了简单沟通，价位、质量还不错。而且他们给不少单位做过，有经验。有时间你们来考察一下，尽快确定吧。"

邓一鸣大大咧咧地说："义姐，你办事，我们放心，你直接敲定呗，我们就不操心了。"

肖义一本正经地说："别，该走的程序，必须走。到时候，我可不背锅，纪委的茶、咖啡不好喝哦！"

邓一鸣嘿嘿笑了："随时听你的安排。义姐一声令下，我们立马冲过来。"

"好了，过两天，邀请你们。还有其他事情没有？"肖义咯咯笑着问道。

"没事啦！拜拜。"邓一鸣回答。

傍晚，天空飘起了小雨，在柔和的灯光照耀下，密密斜织着。刘凤知打来电话，让邓一鸣去指挥部弄一个项目建设进展汇报材料，第二天召开县长办公会议用。邓一鸣二话不说，借着昏暗的路灯，冒着细雨赶到指挥部。

到达时，刘凤知和余伟已经在等候了。

邓一鸣跟他们打过招呼，三人一起商议，讨论写作方式。邓一鸣快速将相关内容在文档里写出来。深夜十二点，一篇满意的汇报材料完成。

邓一鸣回到宿舍，岳云峰已经睡下，发出轻微的鼾声。窗外雨停了，夜，一片寂静。太困了！

哪有岁月静好，只是有人为你负重前行。香拉里如今迈上康庄大道，藏族人民安居乐业，缘于无数各族儿女前赴后继、舍身忘我地奋力建设。

第二天早上醒来，邓一鸣感觉有点儿头晕，偶尔咳嗽几声，痰里带有血丝。估计昨晚淋雨，感冒了。听人说在高原最怕感冒，会出现肺水肿等一系列并发症。不知是否可信，他感觉不是很严重，决定挺一挺！在高原生活，像感冒这样的小病只能靠自己去恢复。若身体好，扛扛即可痊愈，体质差的不容易好，治疗效果也不明显。邓一鸣相信自己的身体，肯定没事。

出门时，天空又下起了小雨，大热天室外温度才三摄氏度，感觉很冷，想运动一下增加热量，但不行，只要快走几步，马上就会气喘吁吁。

香拉里的天气总是让人猜不透，不是在冬季，就是大约在冬季。雪、阴雨、酷热交替出现，让人疲于应付，不知道该如何穿衣裳，如何度过每一天。

许多朋友私信邓一鸣，惊诧于他援藏的选择。其实，他也常常问自己，为什么人到中年还抛弃眼前一切优越的工作和生活条件，义无反顾地到这陌生的地方从零开始奋斗。有时，他也不能回答自己。但是，当他行走在异乡的街道，望见面前那一座座圣山时，忽然觉得这一切好像在梦中亲历过一般，一切都像生命特意安排的，无须探究，也无须纠结，冥冥之中答案已在眼前——在那漫山遍野盛开的格桑花里，在那热情奔放的歌声和动感轻慢的舞蹈节奏里，在那醇浓香甜的酥油茶和甘冽醇厚的青稞酒里。情满香拉里，汗洒悬天净土。

三十一、项目实施

时间过得真快，转眼又到了周末。下午，刚刚还是风和日丽，霎时阴云密布，天空又下起了细雨。中午准备脱外套的想法被这雨带走了。指挥部在工作群里发出通知，三点钟在发改局召开参与援藏项目的单位会议，了解项目进度。

邓一鸣提前半个小时赶到发改局会议室，按照桌牌坐在自己的位子上，翻看手机等待开会。参加会议的人员陆续到达会议室，相识的打个招呼，不相识的点头示意，然后坐下玩手机。

会议按时开始，由余伟主持。依据项目排列顺序，由项目单位负责人汇报进展情况。全县干部培训等其他八个项目由于难度不大，正在有序进行之中，而县城集中供暖建设项目虽然已经在计划的时间开工，但因所需资金量大，工程推进缓慢，施工单位基本上处于停工等资金购买材料的状态。

该项目单位负责人说："香拉里从2017年开始实施城镇集中供暖项目。因需求资金量大，受财政转移支付时间因素影响，项目进展缓慢，楼内供暖系统和庭院管网迟迟无法推进。"

施工单位负责人的发言，除了诉苦，就是说困难，根本不以大局为重，不自己想办法解决问题，话语中含带威胁的语气，让人听后很不舒服，甚至想骂人。

刘凤知针对集中供暖项目存在的实际问题，让大家发言，探寻解决办法。

余伟首先发言："作为一家正常运行的企业，且带有公益性质，所从事的项目稳赚不赔，经营却如此惨淡，说不过去，不得不从自身找一下原因。如何经营，如何管理，这两方面解决不好，企业如何发展？存在的价值何在？"

施工单位负责人听到余伟的发言，心里很不爽，暗暗咒骂。

邓一鸣接着说："从事政府基建项目，短时间内垫付部分资金是肯定的事情。指挥部上次购买办公设备，好像是我个人暂付的，事后凭票报销。因此，企业在承接项目时就应该考虑到这个问题，绝不能有政府拨付多少资金就做多少事情的想法，更不允许动不动就有撂挑子的思想。其实各地从事这方面施工的公司还真不少，尤其在目前疫情状况下，能有工程做就是最大的幸事。负责人同志，我没有说错吧？"

施工单位负责人眼神瞬间变冷了，恶狠狠地瞪着邓一鸣，阴沉的脸都能拧出水来。

邓一鸣才不理睬他呢，反而冲他怪异一笑。

其他援藏干部纷纷发表着与余伟和邓一鸣相同的看法。

那位负责人哑口无言，无言以对。

指挥长刘凤知强调："我们会科学安排资金，但必须高质量推进项目建设工作。指挥部将立足项目实际，进行详细调研论证，积极与双方党政班子沟通汇报，想方设法将项目和资金重点投向群众最需要的供暖项目，助力推进早日建成，让更多群众享受惠民福利。前提是，施工单位必须将项目推动起来，决不允许停摆、撂挑子。"刘凤知说完，停顿片刻后问道："大家还有什么要说的？"

那位负责人本来还想辩解几句，被众人你一言我一语抢白得无言以对，没了生气。

余伟宣布散会，该说的已说到位，没完没了的诉苦已毫无意义。事后，刘凤知对余伟和邓一鸣在会场上的表现大为赞赏，工作就应该这样相互配合，团结一心，心往一处想，劲往一处使，共同努力，坚决抵制那些不良风气。

散会后，邓一鸣告别刘凤知和余伟。刘凤知叫住了他，让他等一会儿，自己还有些事要交代一下。

邓一鸣点头答应，走到会议室后排坐下。刘凤知等其他人走后，把邓一鸣叫到身边，叮嘱道："一鸣，今后跟余队抽时间多到公司和公司施工现场去督促，无形中要给他们增加压力，迫使他们抓紧时间干。今年已经剩下不到四个月了，再不抓紧，就又一年了。"

余伟和邓一鸣表态，保证完成任务。

刘凤知信任地拍拍二人的肩膀，感慨地说："感谢对指挥部和我工作的支持，辛苦两位了。"

"应该的！"二人异口同声地说。三人走出会议室，从电梯下到楼梯口。雨已经停了，橘红色的夕阳映红了西边的半边天。瞻巴拉圣山更是金碧辉煌，一幅壮美的日照金山图。

邓一鸣挥手与他们告别，没走两步，电话在裤兜里响起。他掏出手机，一看是索朗堪布来电，心里就明白是有关去传习所讲课的事情。他接通电话，仍询问有何事。

索朗堪布真诚地说："邓部长，你答应的事忘了？明天周末，你有空没有？我安排人员来接你，给孩子们上课。"

邓一鸣爽快地答应下来，告诉索朗堪布，自己明天坐客车过来，不用专门来接。

索朗堪布笑了："客车太少了，能不能赶上都难说，何况，下了车，还有十多公里的山路，赶到我们传习所，估计午饭都吃不上了。邓部长，为了孩子们，接一下你，不违反纪律吧？更何况你是放弃休息时间哦。"

邓一鸣只得听从索朗堪布的安排，约定好接人的时间和地点，便挂了电话。他拨通了刘凤知的电话，将情况跟他做了汇报。

邓一鸣回到宿舍，岳云峰他们三人还没有回来。他靠着座床坐下，心里思考着明天去传习所讲课的内容。第一课就以党史中的小英雄和红军长征路过香拉里发生的故事，结合当今精准扶贫、乡村振兴、建设美好家园的事情，来给他们讲课。想好主题后，邓一鸣用手机在网上查询相关资料，有用的全部保存下来，觉得差不多了，便起身准备去办公室打印出来。

走到楼梯口，迎面碰上回来的岳云峰。岳云峰好奇地问："一鸣哥，天都快黑了，你匆匆忙忙干啥去？"说着，指点道："哈哈，我知道了，想跑出去吃独食，结果被我逮住了。"

"一边去！谁要去吃独食？"邓一鸣故意面带怒气，瞪了他一眼，笑着解释，"我去办公室打印资料，走，陪我去呗。"

岳云峰嘿嘿笑起来，挠挠短发说："原来不是去吃好吃的呀，搞错了，搞错了。唉，倒霉，陪你去呗。"

邓一鸣一巴掌拍在岳云峰的屁股上，嚷着："云峰，别不耐烦哈，叫你陪是看得起你，给你面子哦。"

"喊！"岳云峰鼻孔里哼了一声。

邓一鸣朝他翻了一个白眼，笑嘻嘻地问："云峰，木准大嫂和俄机大叔的工作做得怎样了？"

岳云峰来了精神，兴奋地回答："为了说服木准大嫂拆违建，这段时间，我们坚持天天去她家，具体去了多少次，记不得了。给孩子们带零食，给她母亲带营养品，我们不谈拆除，纯粹拉家常。她开始认可我们，理解政府的政策，距离实现拆除为期不远了。至于俄机大叔，坚持给他们夫妇二人打电话，这个号码被拉黑了换一个，再拉黑再换；同时，联系上他所在的乡镇，请镇干部帮忙找人，帮忙做工作。俄机大叔终于答应和我们拆违组下周一见面，只要答应见面就好谈了。"

"祝贺，祝贺！好像是不是可以庆祝一下呢？"邓一鸣一脸怪笑，狡黠地说。岳云峰只是嘿嘿笑着，并不表态。邓一鸣哼了好几声，他当没听见。

二人走到小区门口，遇上顾晨明，打过招呼后，邓一鸣故意说："晨明，走，云峰想去吃独食，被我逮了个正着。"

顾晨明兴奋地叫嚷起来："真的呀？妈耶，我运气太好了吧。走，走！"

岳云峰急忙狡辩道："哎，一鸣哥，你太狡猾了吧，明明是你被我逮住了，你反而猪八戒倒打一耙，不够朋友哈。"

顾晨明迷糊了:"我说两位,你们这唱的是哪一出,到底是怎么回事?"

"走,走!你不管是哪一出,先跟我去办公室打印资料,或许真有人请客。当然,实在没人请,晨明哥,你请请我们岂不是美事一桩吗?"邓一鸣笑着调侃道。

岳云峰竖起大拇指,连声称赞:"一鸣哥,好主意,点赞!"说罢,用手肘顶了顶顾晨明,调侃地说,"晨明哥,这样的美事要好好珍惜,不可错过哦!"

顾晨明不满地嚷道:"搞了半天,你俩合伙来欺负我呗。"

邓一鸣叫喊道:"说那么多废话干吗!云峰,一起把晨明架走!"

"好嘞!"二人抓住顾晨明的手臂,架起他往前走。

"不就是吃饭嘛,怎么还绑架呢?放手吧,我请,我请!"顾晨明深感委屈,连忙讨饶,答应请客。

邓一鸣和岳云峰松开顾晨明,二人的手却搭在他的肩膀上,并排缓步前行。

三十二、教书育人

男人的快乐就是这么简单,一句话,一个动作,只要感到开心,就是快乐。邓一鸣打印完资料,三个男人在陈包子铺一人吃了一碗面条,便高高兴兴地回去了。费用当然是顾晨明结的。不过,邓一鸣可是经常请他们吃香喝辣的。

三人回到宿舍,见张海东脱了鞋子靠在座床上,兴致勃勃玩手机游戏。顾晨明故意咳嗽了两声。

张海东明白过来,拍拍额头,嘿嘿一笑,赶忙穿上鞋子,关心地问:"你们跑哪儿去了?吃晚饭没有?水刚烧开,没吃的话,我给你们泡方便面。"

邓一鸣感谢道:"海东,谢谢!加班请他俩帮我打印资料。我们吃的也是面条,晨明这个狗夹夹、吝啬鬼,你不是不知道。"说着,在座床边坐下。岳云峰挨着坐在一起。顾晨明翻着白眼,抱起双肘站在一边。

张海东嘿嘿笑着:"好像是这么回事。不过,他大方的时候还是挺多的。"

岳云峰抢白道:"我好像就没有见他大方过哦!"

"我冤啊！比窦娥还冤！是你们自己说的今晚偶感风寒，不吃荤腥，只吃面条。"顾晨明委屈地叫喊着冤枉。

邓一鸣调侃说："晨明，我们说吃面条，只是客气，总不能直接向你要鱼、要肉吧，你得主动点菜呀！"说完，瞅了瞅岳云峰，向他眨眨眼。

岳云峰故意挖苦道："晨明哥，你得学会懂事嘛，不能连三岁小孩都知道的事情，你却不知道，绝对揣着明白装糊涂。"说着，笑起来。

"去，去！懒得理你们，反正我孤军作战，说不赢你们，我躲，总行了吧！你们继续打击我、诋毁我吧，我洗漱去了。"顾晨明双手一摊，一副不在意的样子，转身走了。

三人看到顾晨明的样子呵呵笑了。随后，闲聊起来。

顾晨明洗漱完，回到客厅，搬来一个塑料小方凳，坐在茶几前，认真地问："一鸣哥，问一下，你明天去讲课需要人陪不？"

邓一鸣笑了，心中有了数，嘴上却故意说："我倒是想让人陪呀，可是有谁愿意呢？晨明，你愿意？你肯定吃不了这份苦，在寝室里躺平是多么惬意的事情嘛。"

顾晨明"哼"了一声，扭过头，眼睛盯住天花板，一副趾高气扬的模样，抱怨道："一鸣哥，你请我了吗？我是躺平的人吗？凭什么说我不愿意？你凭啥说我吃不了这个苦，太小瞧人了吧。告诉你，我好歹也是市优秀数学教师哈。"

邓一鸣哈哈笑起来，得意地说："我最亲爱的晨明同学，请你明天跟我一起去索朗堪布的陶艺传习所给孩子们上一堂数学课呗。"

顾晨明扬扬得意地说："这还差不多，好啦，我答应了。"

张海东不明白，好奇地问："两位，你们这没头没脑的是什么意思？"

岳云峰替他解释了一番，张海东这才搞明白，不满地反问道："你们不带我玩玩？我的市级优秀教师难道是浪得虚名的？"

邓一鸣赶紧解释："海东，今后机会多，下次去吧，优秀资源不能一次用完哦。"

"行！一鸣哥，我随时等着你的召唤。为更多的藏族孩子传授知识，也是我张海东义不容辞的责任。"张海东慷慨激昂，拍着胸口说。

"海东，谢谢。"邓一鸣感激地说。四人闲聊一阵，便轮流洗漱，准备睡觉。

第二天，天刚蒙蒙亮，红嘴山鸦还没叫唤，邓一鸣便起来了。他拿起面包来到窗口，两只红嘴山鸦趴在窝里，紧紧地挤在一起，翅膀相互交叉搭在对方身上，一副亲密状。此情此景让他不得不思念远方的妻子，小鸟尚知亲密相拥，何况正值青年的大男人呢！"唉！"邓一鸣长叹一声，带着一丝怨气撕碎面包，扔进碟子里，然后洗漱去了。

不一会儿，顾晨明也来洗漱了。二人打过招呼，各自忙碌着。洗漱完，匆匆下楼，赶到小区大门口，看见街道对面停放着一辆黑色越野车。

车门打开，穿着枣红色僧袍的索朗堪布从副驾驶下来，他兴奋地叫喊一声，向他们挥手示意。邓一鸣和顾晨明赶紧小跑过去，二人双手合十，身体微微前倾，说："大师，早上好，阿弥陀佛，扎西德勒！"

索朗堪布合十回礼，嘴里叨念着藏语，最后的"扎西德勒，阿弥陀佛"他们总算听懂了。

开车师傅托着金色哈达从上车下来，走到索朗堪布身边。索朗堪布从师傅手中接过哈达，分别披在邓一鸣和顾晨明的脖子上。

邓一鸣给索朗堪布介绍了顾晨明，当他听说顾晨明是市优秀数学教师时，激动得连声向邓一鸣表达感谢，不停地向顾晨明表达敬意。

众人上了车，师傅发动汽车飞速返回。

路上车辆、行人不多，师傅对路况熟悉，很快就到了。孩子们穿着节日的盛装，手持国旗，捧着洁白的哈达，早已站在道路两旁迎接。孩子们唱着旋律优美的藏语歌，虽然听不懂歌词，但是邓一鸣和顾晨明感觉旋律非常熟悉，而且经常听到，可一时记不起歌名。孩子们用汉语唱起来：

太阳和月亮
是一个妈妈的女儿
她们的妈妈
叫光明
藏族和汉族
是一个妈妈的女儿
我们的妈妈叫中国
……

原来唱的是才旦卓玛的《一个妈妈的女儿》啊！邓一鸣和顾晨明跟着一起放声唱起来。唱完歌曲，孩子们纷纷围上来，将手中的哈达披在二人肩上。洁白的哈达随风飘逸，闪烁着圣洁的光晕，传递着团结友爱的民族之光。是啊，我们都是一个妈妈的女儿，妈妈的名字叫中国！

二人被孩子们簇拥着就要去教室。索朗堪布赶紧叫住他们说："孩子们，别急！等两位老师吃点儿早饭，才有力气给你们讲课！"

孩子们天真地"咯咯"笑着，把两位老师送到二楼，然后转身回教室。索朗堪布带着邓一鸣和顾晨明走进他们上次来的房间，那张大方桌上已经摆好了各式藏族早餐。

两碗汤色油亮的藏面摆放在方桌上，精心熬好的骨汤表面漂着一层薄薄的油，汤质浓厚醇美，芳香四溢，恐怕只有在这个地方才能喝到这么浓郁的面汤吧。藏面用独有的青稞面粉做成。收获后的青稞经过脱皮、磨粉、和面、压制等过程，最终变成青稞面条。青稞面条虽说表面不是很美观，但口感却出奇地好，面条送入口中，略硬的面质筋道可口，青稞的清香弥漫口中，慢慢嚼下去，面条逐渐变得软和起来，是其他地方吃不到的口感。

桌子中间放着两把精致的铜壶，一壶是香醇可口的甜茶，另一壶则是浓烈醇厚、稍带奶腥味的酥油茶。不少汉族人喝不习惯酥油茶，邓一鸣却特别喜欢那浓而醇厚的味道，如同藏族同胞宽厚、纯真、质朴的性格，越喝越有味道。

吃完藏面后，喝一口甜茶或酥油茶，中和一下藏面的辛辣味和萝卜的酸咸味，便回味无穷。

桌子中间还有一盘牛肉饼和一碗凉粉。牛肉饼是香拉里必不可少的早餐，凉粉也是早餐的备选之一，外焦里嫩的牛肉饼加晶莹剔透的凉粉总是让人食欲大增。

还有用筲箕盛得满满的糌粑，金黄的色泽，散发出清纯的麦香。糌粑是藏族传统主食之一。糌粑是炒面的藏语译音，它是藏族人天天必吃的主食。平日，去藏族同胞家做客，主人一定会给你端来喷香的奶茶和青稞炒面，醇香的酥油、奶黄的"曲拉"（干酪素）和糖层层叠叠摆满桌。

糌粑以青稞磨成粉为原料，经炒熟后，以酥油为黏合剂制作而成。其做法是先将酥油溶化在热奶茶中，然后加上适量的青稞粉，搅拌成团状后，用手捏成形状后直接进嘴吃。邓一鸣和顾晨明望着满桌的藏式食品，心里的馋虫开始蠕动起来，勾引着味蕾，偷偷吞咽起口水来。

索朗堪布热情地招呼他们坐下用餐，自己吃的是另外准备的素食。

吃过早餐，邓一鸣和顾晨明跟随索朗堪布来到教室。黑板上方悬挂着一面鲜艳的五星红旗，老师板书、学生抬头的时候，国旗就会映入眼帘，告诉他们，自己是中国人！传习所只有一个班，二十余名学生，第一堂课由邓一鸣主讲，顾晨明坐在教室最后一排当"学生"。索朗堪布则纹丝不动地坐在最前面，眼睛盯着孩子们，像一位严厉的执法者守护着自己的孩子们。他怕几个调皮捣蛋的男孩子扰乱课堂纪律，影响邓一鸣讲课。不过，索朗堪布坐在那里，也让邓一鸣感到有压力。邓一鸣也不管那么多了，按照自己的计划开始授课。这一刻，他仿佛回到了从前，回到那个教书育人的岁月。

邓一鸣作完自我介绍后，便从党史中的小英雄开讲。刘胡兰、王二小等一个个小英雄的故事被邓一鸣绘声绘色地讲出来，孩子们听得热泪盈眶。讲完党史里的英雄，他话锋一转，讲起了孩子们身边的英雄——扎东、机它、曲州、更斯穷这四位英烈的故事。他们是这片土地上的英雄，他们用生命守护着脚下这片美丽的土地。

那一年，蒲西乡尤日村普降暴雨，尤日沟河上游的洪流奔泻而下，形成百年不遇的山洪泥石流，整个村寨民居点、老年活动中心成为堰塞湖，威胁着村民的生命财产安全。

发生灾情后，村民参与到抗洪抢险中。为保障留守在村中的老人、小孩的安全，扎东、机它、曲州三人用绳索做了简单的防护，跳入堰塞湖中用钢钎撬开泄洪口处的石块。石块撬开了，三人却被肆虐的洪水卷走，不幸牺牲。同年，汶川突发洪水，群众被困，接到出警命令后，专职消防队员更斯穷一行七人前往救援。在离开水磨镇仅两公里后，车辆被洪水围困。洪峰越来越高，将两名消防队员冲走，抢险救援班班长更斯穷不幸牺牲。

讲完四位英雄的故事，邓一鸣又含泪讲述起援藏老师陈鹏飞的事迹，将他们的故事与精准扶贫、乡村振兴巧妙结合起来，给孩子们打开了一片新的天地。最后，他鼓励孩子们好好学习，增强本领，将来建设美好家园和幸福美丽的新香拉里，建设好我们的祖国。邓一鸣这一节课足足讲了两个多小时，他用心讲，孩子们用心听，达到了预期效果。

三十三、以情治理

　　顾晨明根据孩子们的实际情况，讲授四年级的数学知识，深入浅出，理论与实际巧妙结合，孩子们不仅听得懂，更能明白里面的道理。到了中午吃饭的时间，孩子们都不愿意下课。

　　邓一鸣和顾晨明的讲课受到了孩子和家长们的热烈欢迎。下午，邓一鸣为孩子们上了一堂作文课，带着孩子们来到大草原上，贴近大自然，感悟大自然，描写大自然，达到爱党、爱国、爱家的目的。孩子们被这种新颖的教学方式吸引，上课还可以不在教室，简直闻所未闻。他们格外认真、用心，连索朗堪布也赞叹不已。下午放学，邓一鸣和顾晨明离开时，孩子们依依不舍，直到二人答应下周还会来时，他们满含深情的眼眶里才露出欢喜的笑容。

　　邓一鸣和顾晨明回到县城已是黄昏，二人在香拉里广场前下了车，告别师傅，缓步向前走去。

　　没走几步，邓一鸣的电话响了，他掏出手机，是岳云峰来电。岳云峰兴奋地告诉他，卓玛木准同意拆除违章建筑，已经签订拆除协议。

　　邓一鸣开心地向他表达祝贺，表示愿意给他庆祝，叫他过来喝一杯。岳云峰求之不得，立马爽快答应，说等一会儿就赶过来。邓一鸣挂了电话，对顾晨明说："我们去陈包子铺为岳云峰取得成功庆祝庆祝！"

　　顾晨明好奇地问："一鸣哥，为云峰庆祝什么呢？"

　　邓一鸣回答："这么久的辛苦付出，终于与违建者签下拆除协议，你说应不应该庆贺嘛。"

　　顾晨明"哼"了一声，不满地说："明显偏心眼，我们今天的教学难道是失败的？"

　　邓一鸣一巴掌拍在顾晨明的屁股上，大笑起来："晨明，你小子怎么还吃醋呢？酸不拉叽的，不是顺便一起的事情吗！快，给海东打电话，把他也叫出来。"

　　顾晨明笑起来，朝邓一鸣做了一个鬼脸，到一边打电话去了。

　　邓一鸣站在原地等候，其实他不是偏心，毕竟岳云峰从事的工作确实太难了。从第一天到香拉里工作开始，每天奔波在县城大街小巷，面对的都是一个个棘手的难题。挨家挨户做工作，一个问题一个问题解决，磨破嘴皮，踏破鞋底，他像一只不知疲倦的"啄木鸟"穿梭在县城的每个角落，专治城市管理中的"疑难杂症",为高原秀城香拉里建设挥洒青春的汗水。

每天高负荷运转,压力就像一块巨大的石头压在他身上,想喘口气的机会都没有。他只能变压力为动力,依法以情治理违建。

整治沿江苑小区开始之后,就是白加黑、五加二连轴转啊!岳云峰不仅要做卓玛木准的思想工作,还要根据她的家庭情况,向局里和县上争取给予切合实际的补偿和社会帮扶,经过不懈努力,不知道多少次沟通交流,晓之以理、动之以情,卓玛木准最终同意拆除,太不容易了。晨明一直在学校,对学校以外的事情又如何明白?事后,卓玛木准还专门到城管局来感谢。

顾晨明打完电话,走到邓一鸣身边,告诉他,张海东马上就到。他又不放心地问:"一鸣哥,你不会又绑架我吧?"

邓一鸣一拳擂在他的腰杆上,瞪眼嚷道:"难道会让你这个泼留希金出钱吗?我们就在这里等他。"说着,又开玩笑地问:"晨明,你小子打个电话居然还背着我,说我坏话了,是不是?"

顾晨明呵呵笑了,回答说:"鸣哥,我哪儿敢呢?你请我们吃饭,我感激还来不及呢。不过,我只是顺便说了一句,你有那么一丁点儿偏心眼。"说完,伸出小拇指比画着。

邓一鸣鼻孔里"哼"了一声,狠狠地瞪着顾晨明。这时,他的电话又响了,他嘴里说:"你先给我等着,接完电话再跟你算账。"说着,掏出手机,是蓝天云打来的。他接通电话问:"天云,你好,有啥事?"

蓝天云开心地说:"一鸣哥,我下周一准备回一趟鼓楼,走之前,想和几个兄弟坐一下,你有没有空?半小时后来陈包子铺吧。"

邓一鸣听到蓝天云的话,既高兴,又为难。高兴的是蓝天云终于可以回家与老婆孩子短暂团聚,为难的是自己也准备请几个兄弟去那里坐坐,可是毕竟没有打算请他!邓一鸣想了想,回答说:"天云,没问题。谢谢啊!我和晨明陪云峰在沿江苑小区做拆迁户的工作,正说等一会儿随便找家面馆吃碗面条呢,这下好了,有好吃的了。我跟他俩说,不跟他们吃面条了,天云请我吃好东西。"

蓝天云听完,哈哈笑起来:"一鸣哥,你够狡猾哟,我明白你的意思,不用打启发,你先跟他俩说一声,我等一下打电话请他们。"

邓一鸣赶忙分辩:"天云,你什么意思呀?我没说啥呀!我只是跟他俩请假嘛。"

蓝天云笑着说："一鸣哥，你赶快跟他们说吧，一会儿见。"说完，挂了电话。

邓一鸣给岳云峰打电话过去，把情况一五一十说了，一再叮嘱他，等会儿说话时莫说漏嘴了。最后叫他快来，在香拉里广场等他。叮嘱完岳云峰，又打电话给张海东一阵吩咐后，才松了口气。然后，将事情跟面前的顾晨明说明白，再三强调不准乱说。

顾晨明嘿嘿笑着，一副心不在焉的样子。

邓一鸣见他吊儿郎当的模样，气不打一处来，恨不得"啪啪"给他两个嘴巴子。他严肃地说："晨明，你别不当回事，要是弄砸了，看我怎么收拾你！"

"喊！"顾晨明一扭头，不理会他，见着走过来的张海东挥手叫喊起来。

等岳云峰来后，四人向陈包子铺走去。路上，邓一鸣再一次提醒他们俩等会儿与蓝天云见面后，不要说错话。

顾晨明不耐烦了："婆婆妈妈，真唠叨！别拿我们当小孩儿好不好。"邓一鸣抢白道："哼！我最不放心的就是你！你以为我在说云峰和海东吗？打铁惊砧凳，懂不？"

顾晨明停下脚步，不服气地争辩道："一鸣哥，你太过分了哈，我在你眼里难道就是这个形象？门缝里看人，别把我看扁了哈。"

邓一鸣怕顾晨明生气，嘿嘿笑着说："那就如你所愿，门缝里把你看成一个圆人，不是扁人。"

岳云峰和张海东跟着与顾晨明开起玩笑，四人说说笑笑来到陈包子铺。李秀英仿佛知道他们到了似的，走出店铺前来迎接。她满脸笑容，热情地与他们招呼着，将他们迎进店里。

肖义已经坐在那张大圆桌旁了，看见来人，她立刻起身道："一鸣哥，这儿！你们太磨叽了吧，缠裹脚布，半天出不了门。"

岳云峰抢着解释："义姐，没办法，做工作，他们必须帮忙，有福同享，有难同当，不然怎么做兄弟。"

顾晨明附和着说："就是嘛，卓玛木准的工作太难做了，天天跑上门，今天终于把工作做通了。趁热打铁，把拆迁协议一并签了。"

二人的配合天衣无缝，邓一鸣放心了。他反问道："义姐，请客的主人家怎么还没来呢？一看这家伙就不是诚心待客，对不对？"

"对！不诚心！"张海东配合着吆喝起来。

"一鸣哥，你别瞎胡闹，还有你们跟着瞎起啥哄？人家都等了你们半小时，刚才办公室打电话，去核实村纪检委员核酸检测情况，马上就回来。"肖义赶忙制止，替蓝天云解释道。

邓一鸣笑着问："义姐，这么晚了，核实村纪检委员核酸检测情况是啥意思？"

"鸣哥，你是真不知道还是假装不知道？"肖义反问道。

邓一鸣嘟着嘴，不满地说："义姐，我知道个啥哦，再说纪委的事情，我能随便打听吗？"

"也是哈。"肖义咯咯笑起来，然后将蓝天云在县纪委工作的情况简单地作了一番介绍。

从2012年起，鼓楼全域结对帮扶香拉里，给予了全方位支援。严酷的高原反应让人生畏，却仍有许多人奔赴高原。2021年，随着新一轮全域结对帮扶协议的签订，开启了新一轮帮扶工作。蓝天云是结对帮扶工作开展十年以来赴藏支援的首名纪检干部，他的到来在结对帮扶探索之路上投出了一块响石。

他常说："算一算，我在香拉里支援的时间确实有限，既然来了，就要把自己的价值发挥到极致，要在有限的时间创造无限的价值，这样才不负我两年的援藏青春。"

蓝天云到县纪委工作后，依据鼓楼的做法，想方设法将村和社区纪检委员纳入常职干部。如何调动他们的工作积极性，让这些纪检员真正"敢管、能管、会管"成了摆在县纪委监委面前的难题。走出去，请进来，培训是最佳选择，他的建议得到了县纪委的全力支持。他主动与鼓楼相关单位和部门对接，多次协商，最终达成了首次针对香拉里县纪委监委的培训意向。确定以富城高水廉政文创基地、"清风游仙"阳光监督平台、魏城铁炉村新农村建设等十个点位为课程的培训方案。下周一，他们就出发。

邓一鸣听完肖义的叙述，好奇地问："义姐，你怎么知道这么多？连纪委的事情都一清二楚？"

肖义得意地说："一鸣哥，你难道忘了我的身份？县融媒体中心，记者！正在写报道《纪检干部蓝天云：在悬天净土画一抹援藏'蓝'》。"说完，又咯咯笑起来。

"标题大气、响亮哟！不过，又是一个明显偏心眼的人，我们做了那么多事情，竟然视而不见。"顾晨明撇着嘴，一脸的不满。

"义姐，晨明说得没错。他和海东一心扑在教育事业上，扶智扶贫。可贵的是，他是二次上高原。还有云峰依法以情做违建治理工作都可以大书特书哦。"邓一鸣用略带抱怨的口气跟着说。

岳云峰连忙自谦地说："一鸣哥，我的工作还没做好，不值一提。"

肖义笑着不理会，右手食指和中指敲打着饭桌，思考一阵后问："一鸣哥，你觉得'援藏干部岳云峰：新婚别妻上高原 挥洒青春香拉里'这个标题如何？"

邓一鸣赞许地说："不错，不错！准备写云峰，啥时候写晨明和海东？"

岳云峰摆手拒绝："义姐，别写我，我的工作做得孬，不值得写。先写一鸣哥、晨明和海东吧。"

"云峰，放心，他们的英雄事迹采访后再写。一鸣哥、晨明，明天请来指挥部办公室，先把今天的事情老老实实交代一下。'不忘初心智帮扶 真情育人传习所'，你们觉得这个标题如何？"

"厉害，厉害！义姐不愧是我们鼓楼的大记者啊！"岳云峰连声称赞，又调侃地说，"一鸣哥、晨明赶紧去交代吧！用天云的术语，那叫'坦白从宽，抗拒从严'哦。"

"别，别！义姐，不能写这个，话题有些敏感。"邓一鸣赶忙摆手回绝。

顾晨明故意阴沉着脸，一副不高兴的样子："云峰，你把我们当什么人了？还坦白从宽！"

"一鸣哥，扶智有啥敏感的？"岳云峰一本正经地说，又解释道，"晨明，开玩笑的，你可别往其他方面想哈。不管怎么说，我们都是兄弟加革命战友哦。"

"你们在说啥呢？这么热闹！"蓝天云走进来，笑嘻嘻地询问，然后分别与大家打招呼问好。

肖义争着回答："等你呀，半天不来，肚子都咕咕叫了。大家没事，开玩笑，减轻饥饿感呗！"

"不好意思，不好意思。"蓝天云连声表达歉意，高声叫喊道，"李孃快来点菜。"点完菜，蓝天云真诚地说："各位哥老倌、姐老倌，你们需要给家里带点儿香拉里的土特产不？要带的话，明天赶紧去采购，我保证给你们送到家。"

大家听后很感动，纷纷向蓝天云表示感谢。

这顿饭，大家吃得很开心，但还是有那么一丝羡慕和伤感，蓝天云有机会回家，他们却不知何时才能回去。

三十四、党日活动

到了六月下旬，秀城香拉里翠绿的主色调中多了另外一种色彩，那就是红！一抹抹鲜艳的中国红汇成一道道亮丽的风景。火红的党旗挂满华灯灯柱、街面店铺，凡是能悬挂的地方就有一面飘扬的党旗。一组组红色主题景观搭建在街头巷尾，中国共产党百年庆祝标语随处可见，一幅幅红底金黄色文字的"庆祝中国共产党成立100周年"和"中国共产党万岁"的横幅悬挂在街道建筑物墙体上。香拉里广场更是装扮一新，一组大型红门景观直立于广场中央，那红门如心状托着党徽和"1921"与"2021"两个数字。又如同双手捧着党徽，更像盛开的格桑花，象征着藏族人民心向党，永远跟党走的豪迈激情。

早晨，在东方，山峰与天边接壤的地方渐渐泛起了光亮，从杜柯河、则曲河水面上升起的雾气飘浮在县城上空，县城有了海市蜃楼般的梦幻。很快，远处的山顶上，出现了一些粉红色耀眼的云片，渐渐地，那些云片连接成一块块五彩斑斓的云彩，最后竟然神奇地演变成耀眼的党徽图案，引领着香拉里前进的方向。慢慢地，太阳从瞻巴拉圣山顶上升起，散发出轻柔的光芒，县城上空的雾气散去，空气中飘着泥土的芳香和格桑花的香味。

吃过早饭，邓一鸣、顾晨明早早来到县委会议室。很快，肖义、蓝天云也到了，四人将前一天布置的会场检查了一遍。主席台正面墙壁贴着一枚巨大的党徽，在灯光的照射下，闪耀着金色的光芒，左右各五面红旗映衬着党徽，党徽照耀着红旗，党徽更加辉煌，红旗更加鲜艳。主席台前悬挂着"鼓楼市对口援建指挥部党支部庆祝中国共产党建党一百周年大会"的横幅。他们将用真情向党告白，为党的华诞献礼，发挥先锋作用，筑牢战斗堡垒。

"起来，不愿做奴隶的人们……"

九点三十分，庆祝大会在国歌声中拉开帷幕。会议由副指挥长余伟主持。第一项议程是重温入党誓词。刘凤知宣布：请邓一鸣捧上党旗，由顾晨明和蓝天云擎旗。邓一鸣双手捧着党旗，郑重地交到顾晨明手上。顾晨明和蓝天云小心翼翼地缓缓展开，擎起。鲜红的党旗在灯光照耀下，熠熠生辉。

二十五人走上主席台汇集到党旗之下，面对党旗，纷纷举起右手。援藏指挥部支部书记刘凤知走到大家前面，有力地举起右手，开始领誓："我志愿加入中国共产党，拥护党的纲领，遵守党的章程，履行党员义务，执行党的决定，严守党的纪律，保守党的秘密，对党忠诚，积极工作，为共产主义奋斗终身，随时准备为党和人民牺牲一切，永不叛党。"刘凤知没有用邓一鸣为他准备的入党誓词稿件，一字不差地背了出来。

大家跟着刘凤知朗诵起誓。每一名中共党员都毫无例外地经历过庄严的入党宣誓仪式，而今天再次重温入党誓词，就是要每一个共产党员能回头看看自己一路走过的脚印，正者更正，歪者纠偏扳正，迷路者速返，警钟长鸣。每一个人再一次得到了心灵的净化和升华，增强了为人民服务的光荣感、责任感和使命感，更唤醒了共产党员的奋斗意识，牢固树立了全心全意为人民服务、为党和人民的事业奋斗终身的信念，砥砺廉洁奉公的品质，既要干活又要干净。这一刻，所有人心潮澎湃，人人感到了肩上的重任。

众人回到座位上，刘凤知开始讲话。他的声音铿锵有力，他说："同志们，沧海桑田，神州巨变，100年征程岁月峥嵘，100年征程金光灿烂，穿越血与火的历史烟云，历经建设与改革的风雨洗礼，伟大的中国共产党迎来了她的100岁生日……我们指挥部党支部已经成立，就必须坚持党管一切，切实发挥党支部的战斗堡垒作用，切实发挥好支部的引领带头作用，切实发挥好党员的先锋模范作用，充分发扬"地处偏僻思想不保守，条件艰苦工作创一流"的香拉里精神，立足岗位职责，务实开展工作，为续写好鼓楼对口帮扶香拉里新篇章贡献力量，建功新时代。"

学史明理，学史增信，学史崇德，学史力行。随后，进行了党史学习教育辅导。刘凤知以"汲取党史营养，凝聚奋进力量"为主题，为支部全体党员作辅导报告，脉络清晰、主题鲜明，让大家系统接受了一次党史知识学习。大家纷纷深受鼓舞，责任感、使命感进一步增强。

吃过午饭，大家早早守候在香拉里广场前，等车出发。香拉里的天空好像永远是蔚蓝的，太阳变得火辣辣起来。站在太阳底下，裸露在外的皮肤有阵阵灼痛感，只好躲在阴凉处闲聊。

一辆中巴客车开过来，停靠在广场前的街边。邓一鸣走上去，热情地跟师傅打招呼，然后站在车头叫喊："诸位，上车，准备出发。"又电话联系在多吉顿珠办公室商量事情的刘凤知。

师傅打开车门，大家依次上车坐好。

刘凤知接到电话，快步从县委办公楼出来。待他上车后，汽车直奔吾伊乡章腊村党史教育基地。

邓一鸣脑海里浮想出八十多年前，红军走过阿坝州的场景。辽阔的草原铺陈着大地原初的色调，但还有另一种色彩铸就了阿坝州，那就是红！途经阿坝州的红军，用鲜血和生命将这片土地染红，用信仰和意志将这里的人心染红，用飘扬不倒的旗帜将天空染红。在这片红色的土地上留下了他们的铮铮铁骨，向世人展示了中华民族的伟大精神，红军在香拉里期间的点点滴滴汇聚成当年可歌可泣的光辉岁月。红军的革命足迹遍及香拉里的山山寨寨，留下了宝贵的精神财富，为阿坝描绘出一幅美好的画卷，勾勒出一张幸福的蓝图。

八十多年后的今天，鼓楼人来了，他们来实现红军当年勾画的蓝图，不忘初心，对口精准帮扶，开展乡村振兴，继承和发扬不畏艰难的长征精神，感念汉藏兄弟情怀，珍惜民族团结互助的真挚友谊，用真心、真情、真招帮助香拉里，把悬天净土建设得更加美好。

吾伊乡章腊村党史教育基地是昔日的革命圣地，如今一栋栋崭新的藏式小楼拔地而起，牛羊在牧场悠然吃草，幸福的笑容洋溢在农人脸上，一幅新农村的美好画卷已徐徐展开，红军勾画的美景已经实现。回首历史，见证变化，崇高的革命精神激荡胸怀，新时代长征路在脚下延伸。参观过程中，向党员赠送图书，激励大家不忘初心、坚定信念，在为民服务中担当作为。党员干部纷纷表示，要为香拉里乡村振兴书写光辉的青春篇章。

党日活动结束，车上大家纷纷谈论着自己的感受，每个人均表示一定要努力工作，不辱使命，为藏族同胞早日完成乡村振兴尽职尽责。

"同党同心同行，知恩感恩报恩，爱党爱国爱家——做新时代党的好儿女"文艺汇演于六月三十日晚上在香拉里广场举行。一首《唱支山歌给党听》将活动推向高潮，激发了现场群众报恩的情怀，为迈向全面小康征途上的人民注入感恩的源泉，让人民吃水始终不忘挖井人，大家随着节拍唱起这首充满感恩之情的歌曲。在演员们一支支舞蹈、一首首歌曲的预热下，观众纷纷上场跳起了香拉里锅庄舞，活动气氛拉满。

接下来，一系列建党百年庆祝活动在香拉里拉开序幕，全县的庆祝大会在七月一日当天隆重举行，邓一鸣荣幸地被县委组织部推荐评为优秀党务工作者，与其他援藏干部一起参加大会。邓一鸣感到无上荣光，这是对他在组织部工作的认可。

百年庆典，豪情满怀，跟党走，建设我们幸福美好的家园。悬天净土，大美香拉里明天必将更加绚丽多彩。

三十五、振兴计划

雨，淅淅沥沥下了一整夜，早上越下越大。房顶、道路上，溅起一层雨雾，宛如缥缈的白纱。一阵风刮过来，那袅袅白纱飘来荡去。雨点击打在地面的积水上，激起朵朵水花。四野里被雨水洗涤过的花草树木显得更加清新、青翠。

两只红嘴山鸦欢快的鸣叫声惊醒了邓一鸣的美梦，他睁开眼睛，侧身朝窗户望去，一缕阳光透过窗帘之间的缝隙照进屋内，房间有了光亮。岳云峰睡得挺香的，山鸦的欢叫声、照在脸上的阳光丝毫不影响他。邓一鸣坐起来，揉了揉眼睛，随意抹了两把脸，光着上身，穿着短裤，趿着拖鞋，缓步向窗台走去。每天早上，那两只精灵都会准时叫醒他，向他讨要吃食。邓一鸣拉开小半窗帘，将头伸出去，两只红嘴山鸦立刻从巢中飞起，兴奋地扑棱着翅膀，在它们的鸟巢上盘旋。巢里传出"啾啾"的鸣叫声，它们的孩子破壳而出了。难怪它们这么欢快，是急于把做爸爸妈妈的喜悦告诉邓一鸣呢。

邓一鸣兴奋地向它们表示祝贺，对它们说自己这就去拿吃的。邓一鸣转身拿来面包，撕碎放在手心上。两只山鸦飞过来，一只栖在邓一鸣手上啄食，另一只啄起面包向它的孩子飞去，这只肯定是山鸦妈妈。小山鸦张开小嘴，欢叫着。山鸦妈妈将面包塞进一张小嘴里，得到食物的小山鸦品尝着食物的美味，而没得到食物的其他山鸦叫得更响了。山鸦妈妈又飞过来了，叼起食物飞过去了……

红嘴山鸦一家子吃饱后，站在窗台上欢喜地歌唱起来。邓一鸣双手撑着下巴，欣赏着它们一家子的歌声。

"一鸣哥，你在干吗呢？和谁说话呀？"岳云峰坐起来，好奇地问道。邓一鸣扭过头，笑嘻嘻地回答："跟红嘴山鸦一家呀，快来看，它们的小宝宝破壳而出了，毛茸茸的羽毛，好可爱哦。"

"真的呀？"岳云峰兴奋地下床，趿着拖鞋走过来，拉开窗帘，开心地和它们一家子交流起来。

宁静、和谐、友善的气氛弥漫在房间里。

山风吹来，一股股凉飕飕的感觉，尽管已是盛夏，却没有夏天的味道。真可谓一年无四季，一日见四季呀！

这天周末，外面下着雨，没有什么事情，岳云峰乱建治理工作有了新的进展，可以放松一下。顾晨明和张海东还没有起床，不知道他们要睡到什么时候。邓一鸣和岳云峰洗漱完，烧水泡方便面。

吃完泡面，二人坐在客厅的座床上，望望天花板，又相互瞅瞅，没事可干，反而无聊起来。

岳云峰无奈地说："一鸣哥，好无聊哦，找点儿什么事情打发一下这时光呗。"

邓一鸣笑着说："你真是一个累命人，稍稍空闲点儿，反而受不了，你想干点儿啥？唉，我也感到很无聊，又不知道该干啥。"

岳云峰开玩笑道："一鸣哥，要不我们跑到街上去淋雨，享受一下高原雨中情趣呗。"

邓一鸣坚决反对："亏你想得出，在这里稍不注意就感冒了，那是要命的。我不去，你也不准去！要不我们继续去观看红嘴山鸦一家子呗。"

岳云峰嘿嘿笑了，调侃地说："一鸣哥，你这么好骗啊，还信以为真哦。你要去看红嘴山鸦，就去看呗，我才懒得去。瓜眉日眼、傻不愣登的，我有你那么傻吗？"

邓一鸣翻了白眼，不再理睬岳云峰，掏出手机心不在焉地翻看起来。他心中后悔了，自己可是二胡高手，高难度曲目《二泉映月》也能够顺利拉完。来时，老婆让他带上，没事可以拉上一曲，自娱自乐一番，但是他嫌麻烦，没有带。下次回家一定得带上，享受音乐，消除无聊。

岳云峰见邓一鸣不理自己了，厚着脸皮说："一鸣哥，怎么生气了？别那么小家子气嘛，男子汉大丈夫，心胸开阔，不要小肚鸡肠哦。"

邓一鸣一巴掌拍在岳云峰大腿上，嚷嚷道："去，谁像你那么心胸狭窄，我可是大丈夫，胸襟坦坦荡荡。"

岳云峰呵呵笑着，叹息道："唉！真无聊！一鸣哥，要不，我出去买一副扑克，把顾晨明和张海东叫起来，我们玩升级，输家贴胡子，贴上五根就烧。好多年没玩扑克了。"

邓一鸣看着岳云峰坐立不安的样子，淡淡一笑，说："去吧，去吧！把伞带上。"

岳云峰兴奋地站起来，拿上雨伞，屁颠屁颠地跑出去了。

邓一鸣看着岳云峰的背影，叹息一声，将手机扔在座床上，靠在靠背上，双手抱着后脑勺，眼神呆呆地望着天花板。脑子里什么都不想，也懒得想，发发呆也是一种难得的享受。

顾晨明打开房门，揉着眼睛从寝室走出来，见邓一鸣一副傻呵呵的样子，关心地问道："一鸣哥，你在干吗呢？发什么呆呀？"

邓一鸣笑着回答："无聊中，发会儿呆，也是一种享乐呗。"

顾晨明呵呵笑起来，问："云峰这个懒虫还在睡觉？"

邓一鸣回答："因为无聊，他买扑克去了。你和海东快洗漱，有开水，泡桶方便面吧，等会儿好一起玩扑克。"

顾晨明答应下来，泡上两桶方便面，站在寝室门口，叫醒张海东，洗漱去了。

张海东从寝室走出来，连打了好几个呵欠，笑呵呵地招呼道："一鸣哥，周末没事，怎么不多睡会儿？"

邓一鸣脸上挂着笑容，淡淡地说："时间也差不多了。海东，快去洗漱吧。"

岳云峰提着塑料袋开门进来，边走边询问晨明他们起床没有。

"起来了，在洗漱！"邓一鸣回答，扫了一眼岳云峰手中的袋子，明知故问道，"云峰，你提了一大包啥东西？"

"当然是好吃的东西呀！"岳云峰一副得意相，将手中的袋子放在茶几上，打开，全是零食。他抓起几袋泡椒凤爪递过来，继续说："一鸣哥，尝尝，你的最爱，泡椒鸡爪！怎么样？够四个人吃一天时间吧？"

邓一鸣接过一袋鸡爪，撕开包装，挤出一块，放进嘴里，酸辣可口，满口生津。

顾晨明和张海东端着泡面从厨房出来，边走边吃，在茶几旁坐下。顾晨明感叹说："云峰，买这么多零食啊！"说着放下面桶，翻找自己喜欢的。

岳云峰吃着鸡爪，说："随便拿着吃，管够。你俩赶快把方便面吃了，好玩扑克哈。"

电话铃声响起，邓一鸣放下鸡爪，掏出手机，扫了一眼，是蒋成斌来电。他接通电话问："成斌，你好！有什么事吗？"

蒋成斌说："一鸣哥，你在办公室加班还是在宿舍？不好意思，我和仕礼有点儿小事情，想麻烦你。"

邓一鸣尽管对彭仕礼还心存反感，却没推辞，诚实地说："没有加班，我们都在宿舍，你们过来吧。"

"谢谢！我们马上过来。"蒋成斌说完，挂了电话。

岳云峰盯住邓一鸣问："谁呀？啥事呢？"

邓一鸣回答："蒋成斌和彭仕礼，不知道他们找我有啥事。"

岳云峰"哦"了一声，没再说什么。

顾晨明撇着嘴，不屑地嚷道："彭仕礼，他还好意思呀！脸皮真厚。"

邓一鸣赶紧制止："晨明，别瞎说！等会儿他来了，你要是乱说，看我不踢死你。千里之外，能走到一起实属不易，大度点儿呗。"

张海东好奇地问："你俩神神秘秘的，啥意思？在说啥事？"

邓一鸣淡然地说："没什么，一些鸡毛蒜皮的小事。海东，快吃。"

外面响起了敲门声。张海东起身打开房门，微笑着与蒋成斌和彭仕礼相互打招呼。邓一鸣等三人从座床上站起来。

二人走进房间，向大伙儿招呼着。只是彭仕礼脸色有些不自然，尤其见着顾晨明那冷若冰霜的面孔，脸色立刻难堪起来。

邓一鸣见状，恨恨地朝顾晨明瞪了一眼，嘿嘿笑着抓住彭仕礼的手，热情地招呼道："仕礼，来这儿坐！你和成斌今天是第一次过来吧？今后多走动！大家都是好兄弟，可不能见外哦。"

彭仕礼更不好意思起来，脸上微微发红，自我检讨道："一鸣哥，都是我不好，格局小，太执拗，太小家子气。"

邓一鸣拍着他的手背，劝说道："仕礼，其他什么话都不要说，只说你们找我的事情。"说着，将他拉到座床上坐下，然后拍着身边的座床对蒋成斌说："成斌，坐这儿来。"

岳云峰提起茶几上的零食袋，真诚地说："成斌、仕礼，喜欢什么随便拿着吃哈，不要客气。"二人赶忙感谢，随便拿了一袋，撕开外包装，吃了起来。

蒋成斌放下手中的零食，从外套内包里掏出一份资料，双手递给邓一鸣，诚恳地说："一鸣哥，这是我和仕礼写的乡村振兴计划，涉及的振兴项目有旅游、食品加工和环境治理等内容，请你帮我们斟酌一下，提点儿宝贵意见。"

邓一鸣双手接过，翻了翻，诚实地说："成斌、仕礼，谢谢你们对我的信任，只是现在人多事杂肯定没法仔细看，我抽清静的时间好好看看，再跟你们谈谈感想，如何？"

"肯定没问题呀！一鸣哥，谢谢！"蒋成斌说。

彭仕礼坦诚地说："一鸣哥，太感谢你了！我都不知道该说什么好。"

邓一鸣摇摇头，说："瞧你俩，把我当外人了吧，都是兄弟伙儿，大家相互学习，共同进步。"

顾晨明从袋子里掏出扑克，心急地说："好了，该说的话都说了，是不是该玩扑克牌了？"

岳云峰提议："来，我们六个人玩两副牌！"

大伙儿同意，开心地玩起来。

三十六、共同家园

中午时分，雨停了，太阳挂在空中，散发出炽热的光芒，照在身上，让人痒痒的。瞻巴拉山顶的雾气散去，露出雄伟、俊岸的身影，终年不化的积雪反射着阳光，闪耀着金色的光芒。山坳里的雾气仍在游弋飘荡，如纱，似水，轻盈飘逸，带着树木花草散出的清香，空气有了浓浓的香甜味，吸上一口，沁人心脾。

众人边玩扑克边吃零食，也不觉得饿，午饭一人一碗方便面。吃完泡面，蒋成斌和彭仕礼告辞回去休息，剩下的四人各自上床午睡。

电话铃声在枕头边响起，邓一鸣起身拿起电话，是胡明军打过来的。胡老哥这个时候打电话有啥事呢？他光着膀子，赶忙下床，来到客厅，站在窗户边，接通电话，亲热地问道："胡老哥，下午好！有什么事吗？"

"一鸣好！好事啊！你猜猜！"听得出，胡明军很高兴，话语中满是喜悦。

"胡老哥，你直接说呀，我怎么猜得出来嘛！"邓一鸣笑呵呵地说道。对胡明军除了尊重，更多的是佩服。他在大凉山从精准扶贫开始，到目前的乡村振兴，已经付出了整整四年的精力和心血，把自己的汗水洒在了大凉山贫瘠的土地上，逐梦彝乡，浇灌出了幸福的索玛花。

凉山和阿坝一样，都是从奴隶社会"一步跨千年"迈向社会主义，都是我们共同的家园。奋斗者的脚步、耕耘者的汗水、志愿者的善良……一群援彝援藏干部在苦寒之地开辟出一条五彩斑斓的小康路。全面建成小康社会，是中国共产党人为我们古老的国度鸣奏的最壮丽的交响曲。一个大而强、富而善、新而美的强国梦，成为这个时代最温暖的图景。

用温暖驱散苦寒是一项艰苦的事业，而越是艰险越向前永远是共产党人义无反顾的选择。作为一名退伍军人，胡明军主动申请前往大凉山开展精准扶贫、乡村振兴和建设美好家园。他引进蔬菜大棚、中药材种植，创办扶贫车间，创立"道德银行"和"美德超市"，让当地彝族同胞走上了脱贫和乡村振兴之路。

无论是历史的原因，还是自然条件的艰苦，脱贫都是一场艰难的战斗。胡明军那些依靠现代化模式发展生产、从文明生活习惯入手抓扶贫的做法，让我们看到当代共产党人的现代化意识和眼光。他用坚定的信念，用保证完成任务的决心去行动，带着梦想，在最好的年代，最好的年华，投身到最光彩的事业之中，完成了人生的辉煌。

胡明军继续说："一鸣，你再猜猜！"

邓一鸣胡乱猜了一阵。

胡明军无奈地说："一鸣，想见我吗？我和你嫂子已经到了马尔康，在城里吃午饭。三小时后，到达香拉里。"

"真的呀，不会哄我吧？"邓一鸣惊喜万分，就是脑壳想破，也不会想到胡明军会来香拉里呀。他开着玩笑问："胡老哥，你是来视察还是检查我们的工作？需要我们指挥部接待不？"

胡明军哈哈大笑起来："一鸣，别抬举我了，我可没有那么大的脸面，更没有其他想法，我们只是来接小姨一家人回去。"

邓一鸣惋惜地说："原来是接陈叔和李孃啊！唉，今后少了一个吃饭的地方，这里再也吃不到家乡的味道了。"

胡明军调侃说："一鸣，别叹气。晚上，叫上你们几个经常照顾小姨生意的同事，一起在我小姨店里聚聚，吃最后的晚餐，算是跟我小姨告个别吧。好了，不说了，晚上见。"说完，挂了电话。

听了胡明军的话，邓一鸣心里不由升起一缕酸楚的味道。陈兴全夫妇就要回去了，少了故乡的两个亲人，没了家乡的味道，实在可惜。不过，对两位老人来说是好事，落叶归根是亘古不变的真谛。家，是任何一个在外的人必归之处和向往的地方，更是要驶往的彼岸，有家才不会孤独。好几个月了，不知道家里怎么样，母亲可好，妻儿又怎样，应该抽时间回去一趟了。长期孤居在这里不是办法，毕竟都是三四十岁的大男人，精力旺盛，生理上的需求长久不能满足是很大的问题。他觉得憋屈，有种说不出的难受。晚上问问胡明军，他们那边是如何安排的。然后，向两位指挥长好好摆谈摆谈。援藏干部这方面必须关心到位，否则就是失职。邓一鸣拉开窗户，向外望去，青山葱绿。阵阵凉风吹进来，让他感到惬意。

"一鸣哥，你老年人睡不着，起来了？"顾晨明光着上身，穿着短裤，站在寝室门口怪嗔着说。

邓一鸣回过头，微微一笑说："起来接胡老哥的电话，他们夫妇来接陈叔和李孃回家，今晚，请我们去陈叔店里吃最后的晚餐。"话里明显带着伤感。

顾晨明拍着额头问："一鸣哥，哪个胡老哥，我认识吗？"

"你可能不认识，他叫胡明军，李孃的外甥，是富城区派往大凉山的援彝干部。"

顾晨明"哦"了一声，自言自语地说："确实不认识，上厕所去了。"说完，向厕所跑去。

邓一鸣走进房间穿好衣服，回到座床边坐下，翻看手机新闻。

不一会儿，岳云峰和张海东先后走出来，围着茶几坐下。邓一鸣把胡明军说的事情告诉了他俩，二人也觉得可惜，却又无可奈何。二人摇着头，掏出手机或玩游戏或刷小视频。

顾晨明出来，嚷着："各位哥老倌，今天在宿舍里待了快一天时间，出去走走，透透气噻。"

岳云峰提议："我们沿着杜柯河往上走，河岸是打造过的，景观不错哦。"

众人纷纷赞同，起身下楼，走出小区，来到杜柯河岸。河水奔腾湍急，发出轰隆声响。河堤由鹅卵石、水泥砌成，高出水面三至四米，靠近河面的一边是一排用水泥浇灌的护栏柱子。另一边是连接公路的一道缓坡，上面种植着格桑花，各色的花朵鲜艳、娇美。行人走在河堤上，闻着花香，听着水声，看着两边的翠绿，心旷神怡。

时间在他们的欢声笑语中流逝，当他们沿着杜柯河回到小区大门口时，已近黄昏。太阳收敛起刺眼的光芒，变成一个金黄色的光盘。万里无云的天空，瓦蓝瓦蓝的，像一个明净的天湖。慢慢地，颜色越来越浓。远处巍峨的瞻巴拉圣山和近处的高楼，还有一处处建党百年庆典组合景观，在夕阳映照下，涂上了一层橘黄，显得格外瑰丽，庆典景观更是富丽堂皇。

四人缓步朝陈包子铺走去，也许是最后晚餐的原因，大伙儿默不作声，仿佛整个街道都变得沉默了。街上行人不多，连香拉里广场也没有跳舞的人。

来到包子铺，店门半掩着，门楣上的招牌已经摘下，门上贴着不再营业的告示。岳云峰他们看着眼前的景象，又看了看邓一鸣，眼里满是疑惑。邓一鸣向他们淡淡一笑，上前推开店门，朝里面叫喊起来："陈叔、李孃，店里有人吗？"

"有！一鸣，你们来啦！"李秀英答应着从里屋走出来，"快进屋坐！"她身后跟着一个十来岁的小男孩，既有藏族汉子的高大壮实，又不失汉族人的英俊清秀，不用介绍就知道小男孩是李秀英的孙儿，陈鹏飞的儿子。

小男孩看到顾晨明和张海东立刻紧张起来，吞吞吐吐向他俩问好："顾校长好，张校长好。"

顾晨明指着小男孩说："哈哈，是你小子啊，叫陈……陈星，对！陈星。"其实顾晨明也不认识，学校上千名学生，如何认得过来？他只是瞎猜的。

小男孩低着头，小声分辩："顾校长，我不叫陈星，叫陈洛桑。"

"对！陈洛桑！我就知道叫陈洛桑！"张海东弯腰抚摸着小男孩的头，显得很兴奋。

"都别站在门口，快进来坐呀！"李秀英催促道。待众人进店后，她顺手将店门半掩上，打开电灯，屋内明亮起来。果然不再接待其他客人了。她将大伙儿安顿在那张大圆桌旁坐下，桌上已经摆放好餐具，茶水也倒好了。

邓一鸣端起茶杯，抿了一小口，滚烫滚烫的，淡淡地问道："李孃，陈叔呢？明军还没到吧？"

李秀英回答："明军马上到，你陈叔到城外路口接去了。儿媳央宗还在学校移交工作。你们先喝点儿水，我得去准备准备。"说着，脸上露出了开心的笑容，叫上孙子小洛桑，向里屋厨房走去。明天就回家了，李秀英理所当然高兴啊！

邓一鸣看着婆孙俩的背影，心中五味杂陈，都不容易啊！为了我们共同家园默默付出，甚至付出生命的代价。边防线上"清澈的爱，只为中国"的那些卫国戍边英雄用生命捍卫我们脚下的每一寸土地，宁洒热血，不失寸土是他们的铮铮誓言。陈鹏飞用心血、生命滋润这片贫瘠的土壤，格桑花开出了美丽的花朵。家是最小国，国是千万家，舍小我，成大我。他的生命已在小洛桑身上得以延续，相信小洛桑长大后，一定会成为对国家、社会有用的人才，会为他父亲奉献生命的这片土地作出自己应有的贡献。

三十七、有缘相聚

天已经彻底黑下来。街灯亮了，散发出柔和的光芒。

四人喝茶、闲聊时，"吱呀"一声，店门推开，一个身着艳丽民族服饰的年轻妇女迈着轻盈的步子走进来，她笑盈盈地向在座的人热情地挥手问好："扎西德勒！"

"扎西德勒！"四人赶忙起身回应，别的也不知道说什么好。他们知道，她就是陈鹏飞的妻子洛桑央宗。

"各位领导，你们请坐，不用客气。"她的脸上带着真诚、纯朴的笑容，说完作了一番自我介绍。

四人坐下。洛桑央宗扫了一眼，提起旁边桌子上的茶壶，将四人面前的茶杯续上水，说："各位领导，你们喝水，我去厨房给阿妈帮忙。"

"洛桑老师，太麻烦你们了。"邓一鸣微笑着说。

"没事，应该的。"洛桑央宗咯咯笑起来，"只是过了今天晚上，你们想吃我阿爸阿妈做的饭菜，只有回鼓楼才有机会了。前提还得看他们回去后，是否还继续开餐馆。"

张海东笑着说："洛桑老师，让你阿爸一定要继续开下去，陈叔炒的酸辣猪肝太有诱惑力了，回鼓楼一定要去吃，不然太可惜了。"

洛桑央宗微微一笑，没再说什么，转身向厨房走去。

岳云峰看着洛桑央宗的背影，感叹道："藏族服饰真漂亮啊！身材显得更加修长，婀娜多姿。"

"藏服确实漂亮。"邓一鸣称赞道，又笑着问，"晨明、海东，都是一个学校的，你们怎么好像不认识洛桑老师似的？"

张海东回答："我们不是一个学校,洛桑老师是城关镇小学,我和晨明是寄宿制学校。平时没有接触,肯定不认识。"

"到了,到了!"门外传来陈兴全兴奋的说话声。"吱呀"一声,门推开了。陈兴全热情地说:"明军、铃儿,快请进!"

邓一鸣站起来,兴奋地向他们走去,叫喊道:"陈叔、胡老哥、嫂子,你们好,辛苦了!"

其他三人跟在邓一鸣身后,热情地打着招呼。

"一鸣,能在这里见到你们,真高兴啊!"胡明军一把抓住邓一鸣的手,开心地说。

邓一鸣握住他的手激动地说:"是啊,胡老哥,做梦都没有想到能在这里与你相逢。看来只要有缘,在哪儿都能相见啊。"

陈兴全向大伙儿问好后,又客气地说:"明军,你陪他们聊聊,我得赶紧去厨房。"说完,转身兴冲冲地走了。

金铃微笑着,矜持地向大家打着招呼。

"嫂子好!"岳云峰、顾晨明和张海东异口同声地向金铃鞠躬问候,他们早已听邓一鸣讲过她在2008年特大地震中舍身勇救学生的故事。

邓一鸣将岳云峰等三人介绍给胡明军认识。胡明军握住三人的手,感谢他们平时对他小姨父的关心、照顾。随后,大家坐下闲聊起来。

金铃直接到厨房帮忙去了。她在地震中为救学生被垮塌的房屋砸伤,失去了右腿,后来安装了义肢,因而行走有些不便,但从没改变乐观向上的态度,一直是孩子们心目中最美的老师。

邓一鸣淡淡地说:"胡老哥,有件事情想问问你。"

胡明军笑着说:"一鸣,什么事?随便问,知无不言,言无不尽。"

邓一鸣拍拍额头,认真地说:"老哥,是这样的,你们大凉山那边援彝干部个人生活上的问题是如何解决的?"

"个人生活问题?个人生活有什么问题呀?"胡明军丈二和尚摸不着头脑,怪异地看着邓一鸣,没弄明白他的意思。

"就是除了国家法定假日,平时休假不?能不能回家?"邓一鸣嘿嘿笑着问。

胡明军哈哈大笑起来:"我以为什么事呢,吓了一跳。"他停顿了一下,严谨地说:"我们那边两到三个月可以休几天假,回家一次,难道你们这边不允许休假回家？"

岳云峰呵呵笑着说："还没有人休过，也没人安排，估计都不清楚吧。"

邓一鸣接着说："就是，像我们云峰这种新婚宴尔就上高原的人，生理方面的需求不解决，确实是问题。"

"正常生理需求不能解决是不人道的，和谐家庭才是工作最大的动力。把你们指挥部领导的电话告诉我，我跟他们说。"胡明军态度坚决，军人的那种豪爽展露无遗。他曾戍边十余载，把自己最美好的青春年华献给了军营，用脚步丈量祖国大地。

邓一鸣赶紧说："胡老哥，没事，我们先给领导汇报后再说吧！你直接打电话说不妥当。"

顾晨明一副幸灾乐祸的样子，自得地说："还是我们当老师的安逸吧，很快放暑假就能回家了。"

"吃饭了！"李秀英一手端着一盘菜，叫嚷着从厨房走出来，又歉意地说道，"不好意啊，大家久等了。"

邓一鸣赶忙说："李孃，不要这样说，不好意思的应该是我们，给您和陈叔添麻烦了。"

岳云峰他们三人跟随邓一鸣的意思说起来。

李秀英将盘子放在桌子上，豪气地说："都不要客气了，你们能来，李孃就高兴，回鼓楼别忘了来看我们老两口哦。"她满是皱纹的脸上露出了开心的笑容。

众人纷纷答应。李秀英满意地点点头，又回厨房去了。

洛桑央宗和金铃也端着菜出来，金铃问："老公，你们喝点儿酒不？"

胡明军想了想，认真地说："一鸣，你们喝点儿哈，我喝饮料陪你们，毕竟高海拔，一时半会儿还没适应。等回去后，陪你们喝个够。"说完，笑起来。

邓一鸣说："理解，理解！我们也只能少喝点儿啤酒。"

胡明军对金铃："铃儿，就按他说的办吧。"

金铃点头准备离去，洛桑央宗右手一把抓住金铃的手臂，左手拍着胸口，豪爽地说："姐，别急，喝啤酒怎么行！哥，你不喝可以理解。其他人我作陪！何况顾校长、张校长是我的领导，虽然不是直接领导，但是间接领导。"

邓一鸣连忙说："洛桑老师，还是喝啤酒吧。高海拔确实不宜喝白酒。"

岳云峰跟着说:"洛桑老师,理解一下,就喝啤酒吧。"

顾晨明解释道:"洛桑老师,我和海东也不是什么领导,只是我们有人民教师这个共同称谓。"

洛桑央宗兴奋地说:"对,我们仨是同战壕的战友,该怎么做,明白噻。好了,什么也不说了。大家稍等,我去拿鹏飞留下的酒。"说完,她拉着金铃的手,朝里屋走去。

夜深了,清冷的月光毫无保留地倾泻一地,和着温情的街灯,柔情似水。月色是淡然的,也是无瑕的,在幽静的夜里更显得高雅与清艳。不过,今晚的月亮似乎多了一份温柔和飘逸,平添了几多幸福和安详,时不时偷窥一下这美好的人间。

吃过晚饭,胡明军和陈兴全将邓一鸣他们送到小区门口才离去。虽然喝的是白酒,但很理智。尽管洛桑央宗十分豪爽,也适可而止。大家纷纷相约鼓楼见,那时再一醉方休。

三十八、暖心工程

一大早,太阳就升上天空,洒下万道金光,炙烤着大地。邓一鸣被手机闹钟吵醒,他睁开眼睛,揉了揉,感觉有些奇怪,今天怎么没听到红嘴山鸦的鸣叫呢?它们一家子都睡着了吗?邓一鸣坐起来,握紧拳头在胸口拍打两下,开始穿衣裳。

岳云峰坐起来,随口问:"一鸣哥,你今天怎么不去喂山鸦呢?它们可是你的心肝宝贝哦。"

邓一鸣穿好衣裳下床,回答道:"它们一家子今天居然悄无声息,还没睡醒吗?"边说边走向窗台,拉开窗帘,鸟巢里空无一物,这一家子招呼都不打一个,悄悄飞走了呀!邓一鸣回过头,遗憾地说:"可惜,山鸦一家子飞走了,不知道到哪里安家落户去了。"

岳云峰嘿嘿笑起来,戏谑说:"一鸣哥,有啥可惜的呢?迁徙本身就是鸟儿们的生活习性,过段时间,说不定又飞回来了。再说,鸟往高处飞,水往低处流。何况你又不是什么高枝,干吗非得在你这棵歪脖子树上吊死?"

邓一鸣白了岳云峰一眼,鼻孔里连哼好几声,撇着嘴说:"云峰,你怎么也变得尖酸刻薄起来了呢？唉！懒得跟你说，洗漱去了。"说罢，转身走出寝室。来到客厅，见顾晨明已经坐在座床上玩手机了，便好奇地问："晨明，今天太阳从西边出来了，怎么起来得这么早呢？"

顾晨明抬起头，感慨道："今天是这学期最后一天班，明天开始放暑假，终于可以回家了。但是不知为啥，想着突然要离开你们那么长一段时间，心中竟然有些不是滋味。"

邓一鸣一脸苦笑，摇摇头，羡慕地说："晨明，还是你们安逸呀，羡慕嫉妒恨。你们啥时候走？"

顾晨明呵呵笑着，嗔怪地说："一鸣哥，羡慕、嫉妒可以有，但是别恨啊！毕竟，再怎么恨也是徒劳。再陪你们两天，等刘县长回来，打声招呼就走。"

"哼！谁稀罕你陪似的。"邓一鸣嘟囔一句，边往厕所走边说，"不过，我觉得你和海东倒可以去索朗堪布的陶艺传习所多待几天。"

"一鸣哥，你老人家放心，我们早有计划，跟索朗大师商量好的，回家待段时间就回来，去传习所。"顾晨明带着自傲的语气说。

邓一鸣停下脚步，转身向他竖起大拇指："晨明，为你和海东点赞！"

顾晨明憨憨一笑。

张海东正在厕所外间洗漱，听见脚步声，本能地回头，见到邓一鸣，由于满口的牙膏泡沫，只能微笑着点点头。

邓一鸣向他打声招呼，拍了拍他的屁股，进了厕所。

张海东漱完口，说："一鸣哥，我们明天就放暑假了。你赶紧给刘县长汇报休假的事情啊，回鼓楼后，好一起去陈叔那里喝酒哦。"

邓一鸣蹲在厕所里，有些无奈地说："唉，只有等刘县长从浙江招商回来才能报告哦。争取在你们暑假期间回去。"

刘凤知是在胡明军来香拉里前一天走的，已有四五天了，不知道什么时间回来。胡明军是第三天带着陈兴全一家人走的。走时，什么也没有要，全部留给了房东。想开餐馆，开门就可以挣钱。第二天，邓一鸣还带胡明军去了木南达镇，了解了那里精准脱贫、乡村振兴工作的开展情况。由于同为鼓楼帮扶的两个县，好孬不便说。最后结束时，他才说学到不少经验，又真诚地邀请邓一鸣和蒋成斌去大凉山看看。大家多多交流，取长补短。

"一鸣哥，你慢慢拉屁屁，我们上班去了。如果想给家里捎带土特产，今明两天准备准备哦。"张海东对着厕所门大声说。

"好的！海东，谢谢！"邓一鸣从厕所出来，简单洗漱了一下。收拾妥当，与岳云峰下楼，走出小区，各自去单位食堂吃早饭。走在太阳底下，感觉暖烘烘的，强烈的紫外线照射在头和颈脖上，有一股股灼热的感觉。

吃过早饭，邓一鸣直接到了办公室，将卫生清扫干净后，打开电脑，开启新一天的忙碌。

响起了一阵敲门声。"请进！"邓一鸣嘴里叫着，眼睛仍旧盯着电脑桌面。

"你好，邓部长。你登一下微信，我将各单位庆七一建党材料电子档发给你了，请你审核修改一下。"宋其霖说着走进办公室，站在邓一鸣面前，递过来一个文件夹，继续说："邓部长，这是纸质的内容。"

邓一鸣接过文件夹，笑眯眯地说："其霖，谢谢你，辛苦了。请坐！我马上登录微信。"

宋其霖满脸笑容，舒心地说："没事，应该的。邓部长，我就不坐了。你还有其他事没有？"

邓一鸣打开文件夹，翻了翻，满意地点点头，说："其霖，你先去忙，我看完后，再和你交流。"

"好的，邓部长，你忙。"宋其霖转身离开。

又过了一阵，索朗顿巴提着早餐袋走进办公室，瞟了邓一鸣一眼，将袋子放在办公桌上，故意挪动了两下座椅，整出响声来。

邓一鸣抬起头，笑嘻嘻地向他打招呼问好，关心地说道："索朗部长，又忙到没吃早饭啊！辛苦哦。"

索朗顿巴呵呵笑着说："没办法，一切都是为了工作。"

邓一鸣嘿嘿一笑，没有开口。明明就是贪吃贪睡，还好意思说为了工作。

索朗顿巴不再理会邓一鸣，打开塑料袋子，取出里面的食物吃起来，时不时还吧唧几下嘴巴。

邓一鸣厌恶地瞅了他一眼，心里非常反感，怎么也该分分场合吧，这样肆无忌惮地吃东西，还一副理所当然的样子，怎么就不考虑一下其他人的感受呢？故意为之还是没有素质，真不好说，也懒得猜测。唉，忍忍吧，眼不见心不烦，继续修改党建材料。

电话铃声响起，邓一鸣掏出手机，是余伟来电。他接通后故意提高声音说："余队好，有何安排？尽管吩咐。"

余伟说:"一鸣,你现在有空不?我们去处理一下集中供暖项目问题。"

邓一鸣立马回答:"没问题,我在一楼大厅等候你。"正好借机离开面前这位食神。他站起来,向索朗顿巴说了一声,走出办公室。

邓一鸣在一楼大厅等上余伟,二人并肩走出办公楼,向南苑小区施工点走去。余伟边走边告诉邓一鸣,南苑小区一家商户不让施工,说影响他做生意。

邓一鸣不满地嘟囔道:"这人怎么这样呢?天大的好事,暖心工程怎么就暖不了这些人的心呢?目光短浅,只看到眼前一丁点儿蝇头小利啊!"

余伟也生气地说:"对呀!真不知道他们是怎么想的。算了,不说了。"

香拉里平均海拔高达三千五百米,常年气候寒冷,冬季漫长且极寒。集中供暖项目完成后,将结束县城烧柴、用电、燃煤取暖的历史,大大提高居民的生活质量,改善城市环境。明年底,三期项目全面完成后,县城集中供暖覆盖率将达到98%,到时候,林海秀城之冬,将不是春天胜似春天。

来到现场,肖义和岳云峰都在,四人相视一笑,一种怪怪的、莫名其妙的感觉同时在四个人心中升起。因为除了他们四人,就是城管局两名工作人员。相互打过招呼后,岳云峰将余伟和邓一鸣拉到一边,简单地把事情的经过给他俩作了介绍。其实问题并不复杂,由于施工单位工作方式方法过于简单,甚至粗暴,让商家生气了,因此才阻挡施工。

余伟了解清楚情况后,吩咐道:"走,我们直接上门做老板的工作。晓之以理,动之以情,就是代施工单位道歉也无所谓,不信我们的真诚打动不了他。"余伟脸上挂着无奈的表情。

邓一鸣摇摇头说:"明白!余队,放心吧。到时,我来道这个歉。简单的事情被施工单位整复杂了。"

岳云峰点点头,带着余伟和邓一鸣来到商家门市,肖义和城管局的两名工作人员跟在他们身后。商家是经营摩托车、电瓶车的,封闭开挖这段时间肯定没法做生意,加上施工单位盛气凌人,换谁也会阻挠。

众人走进商店,岳云峰找到老板,将余伟和邓一鸣等人介绍给他。老板叫邓强,是个三十来岁的小个子汉族男子,微胖,有些秃顶,眼神里流动着狡黠的光芒。

余伟满脸笑容,伸出手,和悦地对他说:"邓老板,能不能找个地方,我们坐下来,好好聊聊。都站在你店里,这可不是我们的待客之道,也影响你做生意嘛。"

邓一鸣脸上带着笑容，附和道："我们五百年前就是一家人，今天也算是走亲戚吧。"

邓强握住余伟的手，尴尬地笑了笑，赶忙说："领导，不好意思。走！到我办公室吧。"他松开余伟的手，带着众人走进办公室。办公室很简陋，就是门市后面用玻璃隔了一个十来平方米的小间，放着一张办公桌、一张沙发、一个茶几。

众人在办公室坐下。邓强拿起办公桌上的一只茶叶筒，从饮水机下面取出纸杯，泡好茶水后，放在大伙儿面前的茶几上。

余伟端起茶杯，抿了一口，说："邓老板是当兵出身？"

邓强一脸惊喜，问道："领导，你是怎么知道的？"

余伟笑着说："我曾经也是一名军人，从军校毕业分配到部队，服役十年，副团转业。所以看一眼你走路的姿势和坐下的姿态就知道了。战友，老家在哪儿？在哪里当的兵？"

邓强一下子站起来，向余伟敬了一个标准的军礼，高声回答："报告首长，老家富城，在这里武警中队当兵。八年老兵，驻地木南达镇。退伍后，难舍这份感情，便在县城开了个摩托车、电瓶车销售店。"

余伟立马站起来回礼，两双手紧紧地握在一起。余伟赞叹说："战友，你厉害呀！不过，你对第二故乡这份情感更让人感动。不仅增加了自己收入，解决了当地人员就业，更为繁荣当地经济作出了贡献。为你点赞！"

邓强激动起来，感慨地说："首长谢谢！谬赞了。今天能见到你，三生有幸。什么都不说了，首长一句话，我决不含糊。"

一阵交流，二人变得亲热起来，大有相见恨晚的味道，几乎成了无话不说的老友。邓一鸣准备妥妥的道歉词用不上了，岳云峰和肖义更是连话都插不进去。后面的事情没有费什么口舌，迎刃而解了。暖心工程必将温暖每一个香拉里人的心。

三十九、坚守初心

邓强阻挡施工的事情处理妥当后，余伟带着邓一鸣、岳云峰和肖义直接来到施工单位负责人办公室，四个人轮番披挂上阵，将负责人狠狠地批评了一通。负责人被说得面红耳赤，无言以对，只得连连认错，表示一定加强相关人员教育，杜绝类似问题再次发生。

四人离开后，走在杜柯河堤上，聊闲着。阳光直射下来，全身热烘烘的，终于有想脱外套穿短袖的意思了。

肖义赞叹地说："余队，你真够厉害呀！我们连说一句话的机会都没有，就被你搞定了。不过，我有那么一点儿困惑，记忆中，你好像没有当过兵吧，有点儿掺假的成分哦。"说罢，咯咯笑起来，话语中带着一丝调侃的味道。

邓一鸣附和道："余队，我觉得也有水分，怎么证明你当过兵，你得有证据呀！"

岳云峰笑而不语，只是满脸疑惑地看着大家。

余伟不在意大家的说法，淡淡地说："是不是军人不重要，做好工作就行。来吧，我把军官证照片和军装照给你们瞧瞧，让你们长长见识。"说完，掏出手机，翻出以前的照片让大家看。

岳云峰和肖义接过手机看了照片，确信不疑，纷纷称赞余伟当年英姿飒爽，长得帅。

余伟一脸得意，反问："以前帅，难道现在不帅吗？"

肖义说："以前是青涩、原始的帅，现在是成熟、老辣，还有点儿油滑的帅。"

岳云峰老实地说："余队，你现在胡子拉碴，头发凌乱，皮肤黝黑，你的帅被掩盖没了。"

邓一鸣呵呵笑着，故意戏谑说："余队，帅啥呢？你确信照片上的人就是你？你如何证明你就是自己？"

余伟翻了一个白眼，平静地说："一鸣，先证明你就是你，再证明你是男人。不要开这种玩笑，更不可把有些部门的官僚作风，华而不实、高高在上的做派在我面前'作'。不然，看我怎么收拾你。"说完，拍拍邓一鸣的肩膀，瞬间一个反手擒拿捏住他的右手腕，稍微带力一按，邓一鸣双腿发软，竟然不由自主地单膝跪在地上。

余伟笑嘻嘻地盯着邓一鸣问道："一鸣，我是不是军人，可信否？能证明否？"

邓一鸣领教了余伟手法的厉害，赶紧承认："余队，全信了，能证明，能证明！快松手吧！"

余伟松开手，用自豪的语气说："一鸣，实话跟你说，我当年可是全团散打冠军哦！"

邓一鸣捏了捏手腕，竖起大拇指，称赞道："余队，厉害呀！名副其实，让人不佩服都不行啊！"他心中明白，余伟确实有几下子，他还没有用力，自己就缴械了，真动起手来，估计五个自己都不是他的对手。

余伟将手搭在邓一鸣的肩上，亲热地说："一鸣，都是为了证明我就是我，没有任何恶意，你别放在心上哦。"说完，嘿嘿笑了。

"余队，没事，我这人最大的优点是不记仇。但是今天被你治了，这个记下了。"说着，邓一鸣哈哈大笑起来。

余伟跟着笑了："臭小子，你想记住也行，我不介意。"

肖义指着前面的融媒体中心，邀请道："各位，到我们单位了，进去坐坐，喝点儿水吧。"

余伟说："肖义，大家都忙，就不去了。"

邓一鸣和岳云峰也表示不去。三人告别肖义，继续往前走。邓一鸣关心地问："云峰，这段时间太忙，你违建治理进行得怎么样了？土登俄机的工作做通了没有？"

岳云峰开心地回答："我们已经在一起商谈了五次。商谈期间，随时向领导报告情况，尽可能地帮他争取补偿；又联系他所在县的政府，帮助他妻子争取到一个公益性岗位。依靠真诚和努力，最终打动了夫妻俩，同意拆除，大获全胜。"

经受住考验，守初心再奋进，几多汗水，几多付出。经过一个多月连续奋战，到目前，岳云峰带领的拆违组共完成了沿江苑小区十五户近千平方米的楼顶违建拆除，按期完成阶段性任务。

连日的奔波，岳云峰皮肤晒黑了，鞋底磨破了，但他收获了成长和情谊。年轻的面庞多了几分风霜，更多了几分坚毅。

余伟握住岳云峰的手，连声说："云峰，祝贺祝贺，你的成功，让人刮目相看，完成了很多人不敢做、做不了的事情。明天晚上，刘县回来，必须庆祝一番。"

岳云峰摆摆手说："余队，谬赞了，不是我一个人的功劳，很多人付出了努力。做卓玛木准的工作时，一鸣哥亲自上门，他的锦囊妙计拉近了我们与她的关系，攻破她的防线是一鸣哥的功劳。"

"云峰，别说啦，跟我没关系哈，我不过是呐喊助威罢了。"邓一鸣打断岳云峰的话，不让他说。

余伟感慨道："你们别推让了，这是我们援建干部队伍精诚团结的结果。两年的援建刚刚开始，未来的路还长，我们更应当坚守初心继续前行，真正做到铜头、铁嘴、橡皮肚、飞毛腿（铜头指做工作要能吃苦耐劳；铁嘴指能说、善于做思想工作；橡皮肚指大度，受得了委屈；飞毛腿指群众有困难要跑得快，及时解决。这些是援藏干部们在工作之中总结出来的经验。——作者注），方能不辱使命。"

邓一鸣感叹道："还必须做到以真心换真情，学会换位思考，想对方之所想，急对方之所急。这方面，余队给我们树立了榜样。今天能顺利拿下邓强的阻挠，拆违工作能有序推进，其奥秘无不在此。"

余伟淡淡一笑，没有接话，询问岳云峰下一步工作如何推进。

岳云峰信心满满地说："紧接着还要进行加盖坡屋面施工，整治房屋漏水，提升小区环境，任务依然艰巨繁重，但我会和同事一起努力，圆满完成任务。"

三人走到香拉里广场，岳云峰告别回单位。邓一鸣和余伟走进县委办公楼，各自回办公室忙去了。

邓一鸣路过组织部办公室，见格桑旺姆和宋其霖正在电脑前忙碌。他悄声进去，站在他们身后，格桑旺姆在撰写党建信息，宋其霖在修改组织建设文件。邓一鸣没有打扰他们，又无声地退出去，走进自己的办公室。索朗顿巴已经离开，不知去向，他懒得过问。

邓一鸣开启电脑，继续修改党建材料。

敲门声响起，邓一鸣扭头看过去，宋其霖站在门口。他微笑着说："邓部长，该吃午饭了。"

"好的，其霖，谢谢哈！"邓一鸣说着，扫了一眼电脑桌面的时间，已经十二点半了。他赶紧保存好文档资料，起身活动了两下身子，捶了捶腰，朝门口走过去。

宋其霖带着责备的语气说："邓部长，你老这样废寝忘食地工作，不叫你，可能要忘记吃饭哟。"

邓一鸣拍拍宋其霖的肩膀，感激地说："其霖，谢谢。"二人并肩走到组织部办公室门口，叫上格桑旺姆，向食堂走去。

格桑旺姆感叹道："邓部长，这些年来，你是我见过的工作最认真的部领导，值得我们好好学习。"

宋其霖接着说："就是！邓部长，和你同办公室的那位副部长除了发号施令外，真不知道他在干什么。"

邓一鸣连忙制止："其霖，别说这些，我们做好自己的事情就行了，至于其他人，我们没必要去议论。旺姆主任，我也只是做了自己应该做的事情而已。让我们共同努力，坚守初心，为香拉里的乡村振兴尽一份力量。"

二人信服地点点头，异口同声地说他们会努力的。

邓一鸣又说："旺姆、其霖，我有一个想法，以前精准扶贫时，我们开展党建扶贫。现在进行乡村振兴，建设美好家园，我们同样可以开展党建振兴啊。"

格桑旺姆兴奋地说："邓部长，这个主意不错，我们就应该随时走在时代前列。"

宋其霖激动地说："邓部长，我这就草拟实施意见。把你的想法和要求，先给我说说呗。"

邓一鸣想了想，说："旺姆、其霖，我觉得党建振兴的目的和意义，就是要体现坚守初心，不忘使命。新时代要走好乡村振兴之路，党建引领是根本，让老百姓有获得感是核心。因此，我们必须聚焦'治理好、保增收、农村美'这一目标，强堡垒、育头雁、兴产业、优环境、育文明，把党建优势转化为乡村振兴优势，推动基层党建与乡村振兴同频共振。两位，我还是党建新兵，刚才说的也不知道对否，你们仅作参考。方案弄好后，我们共同商量、完善。"

格桑旺姆赞叹道："邓部长，你说得太好了，没有问题呀，目的意义、目标任务、内容要求全有了，再增加一项考核运用就完美了。"

"好，就这么办！"邓一鸣很高兴，又笑呵呵地问，"其霖，刚才说的都记住了吗？"

宋其霖脸上挂着自信，笑着回答："邓部长，尽管放心，都记住了，我的记忆力挺不错的哦。"

三人很开心，谈笑着继续往食堂走去。

四十、家的向往

　　吃过午饭,邓一鸣回寝室稍作休息,便来到办公室,继续修改党建材料。完成修改后,从抽屉里拿出蒋成斌和彭仕礼草拟的乡村振兴项目申报方案,认真阅读起来,边看边思考,标注上需要修改的问题。

　　邓一鸣激动起来,方案的规划、内容,达到的目的、效果,就是自己那天跟蒋成斌、彭仕礼交流的东西,更是他希望达到的效果。他心中竟涌动起一股莫名的冲动,有一种跃跃欲试的感觉。有了好的振兴项目,自己去实施能否实现呢?或许有实现的可能,毕竟自己在乡镇上待过,尽管时间不长,但还是有乡镇工作经验的。也许根本不现实,自己又算啥?理想很丰满,现实太骨感。教师出身,书生意气太重,对于重关系、讲交往、懂联络、谈感情的现实,他显得心有余而力不足,往往难以应付,因此,面对很多事情无能为力。但想到目前总感觉憋屈的工作环境,他竟然冒出了想换环境,去乡镇工作的念头。他打算好好考虑考虑,有机会征求一下朋友们的意见,特别是向在大凉山有着丰富扶贫经验的胡明军请教。

　　邓一鸣看完内容,总体感觉不错,但从精准脱贫到乡村振兴这个过程不明晰,乡村振兴的点位,以点带面,再全方位辐射不突出,这些不能欠缺,必须完善。他又从头到尾再看一遍,认真思考了一番,发现项目建设后,缺乏如何达到、怎样达到理想效果的有效方式、方法。当今社会就怕身在深山无人知,好酒也怕巷子深。宣传太重要了,宣传的方式更重要,宣传的手段很多,必须灵活运用。具体的东西就让蒋成斌和彭仕礼他们去添加吧,邓一鸣将自己的看法加在了需添加的地方,并简单说明添加的理由。修改完毕,邓一鸣开始忙碌其他事情。

　　落日余晖映晚霞,一抹夕阳美如画。邓一鸣收拾好办公室,走出办公楼。香拉里广场上人不多,估计人们在家里准备晚饭。自从陈兴全夫妇离开香拉里后,邓一鸣他们去过几家餐馆,但总感觉不如意,人毕竟是感情动物,喜欢念旧。因而他们更多的时候以方便面为主,凑合一顿是一顿。

　　电话铃声响起,邓一鸣掏出手机,扫了一眼,接通电话问:"晨明,有啥事吗?"

　　顾晨明在电话里说:"一鸣哥,你给家里准备的土特产买了没有?我们明天准备回去了。"

邓一鸣问："晨明，你们不是要等刘副县长回来，给他汇报后才走吗？怎么不等了？"

顾晨明回答说："不等了，我们今天上午跟他联系过，他在成都还要待几天。他让我们不用等，如果有机会，到成都后，我们可能去见见他。"

邓一鸣笑着说："晨明，谢谢，我这就去超市买点儿，有那个意思就够了。买多了，你们赶车不方便。好了，待会儿见。"

顾晨明听后，赶忙说："一鸣哥，话都没有说完，你着啥急呢？明天走了，将近两个月才能见面，你不打算举行个什么仪式，或者安排点儿啥实质性内容？"

邓一鸣呵呵笑着说："晨明，赶紧打住！司马昭之心——路人皆知，别打启发，我不吃你那一套。你马上能回家，跟婆娘娃儿享受天伦，而我却孤单一人，苦守煎熬，你于心何忍，良心可安？"

"喊！"顾晨明嚷嚷起来，"一鸣哥，你是怨妇吗？喋喋不休！我安排你，这下没意见了吧？给你半个小时，赶快去买东西，待会儿，我和海东在香拉里广场等你。"

"怨妇？比你泼妇强！"邓一鸣哈哈笑着，继续说，"后面说的才像句人话。遵命！顾大校长。"说完，赶紧挂了电话。邓一鸣将手机塞进裤兜，朝香拉里最大的超市赶去。

在超市拐角处，邓一鸣看到提着购物篮子正在挑选物品的蓝天云。他走上去，一巴掌拍在蓝天云的后背上，叫喊一声："天云，你也在购物啊！"

蓝天云被邓一鸣这一拍一叫着实吓了一跳，回过头，抱怨道："一鸣哥，不带这么吓人的吧。"

邓一鸣乐了，关切地问道："你买东西也是让晨明他们带回去吧？"

蓝天云点点头，感慨道："回家不容易，捎带点儿东西回去就是表达对家的牵挂和思念，让老婆娃儿得到一丝安慰，知道有人一直惦记他们。"

邓一鸣摇摇头，没说什么，心想：你还不知足，前不久才回去过，而自己到香拉里好几个月，就没有回过家，虽然有时晚上与老婆娃儿视频，但是有啥用呢？思念、躁动只能压制在心底，那烦躁让人难以控制。"唉！"邓一鸣叹息一声。必须跟刘副县长汇报到位，不能再这样下去，必须像大凉山的援彝干部那样，到一定时间就回家探亲，不然要出问题。

二人挑选了一些当地的特色物品，向收银台走去。邓一鸣突然问："天云，你们纪委这段时间有什么动作？"

蓝天云微微一笑说："正在准备制作一档'阳光问政'节目，将聚焦全县工程进度缓慢和资金拨付滞后等县委重点关注问题进行问政。"

邓一鸣竖起大拇指，称赞道："好！功德无量的大动作，就该好好问问。有机会可以问一下我们组织部，相关人员是如何从事、怎么开展党建振兴的。再问问如何看待援藏干部，必须让某些人明白，他们才是主体，援藏干部只是协助，不能本末倒置。"

蓝天云嘿嘿一笑，不置可否。其实这个问题普遍存在，不是个别现象，但是他也无可奈何，有些事情不是想象的那么简单。能将这档节目制作出来已经很不容易了。

近年来，香拉里干部队伍作风虽然有了明显转变，但"庸懒散浮拖"等作风顽疾依旧时有发生，蓝天云到岗后，县委、纪委监委主要领导多次指示，要求针对全县重点领域和中心工作进一步加强监督，进行干部作风提振。对于纪检监察工作所面临的新任务、新目标、新挑战，想要从固化的日常监督中守正创新，发掘出有新意、有力量、有效果的监督新手法，该如何破题？蓝天云立足党风室职能，向领导建议采用"阳光问政"的方式进行破冰。

"阳光问政"节目在各地屡见不鲜，但在香拉里尚属首次。对于香拉里这样的"小地方"来说，"好面子""讲人情"是日常监督工作中一条难以逾越的鸿沟，如果能将阳光问政搬上香拉里舞台，这不仅对于全县干部职工，甚至对于纪检干部自身来说也是一次突破和警示。因此，曾参与过鼓楼仙游区作风问诊节目制作的蓝天云成了牵头节目筹备人员的首选。他格外珍惜这次机会，要办成一档高规格的节目，根据效果再推精品力作。

二人在收银台结完账，提着物品回到宿舍，岳云峰已在客厅等候了。相互打过招呼，邓一鸣和蓝天云将袋子放在茶几上，然后，三人下楼向香拉里广场走去。

此时已近黄昏。太阳坠入西边两峰之间的山坳里，开始越变越小。落日留下长长的影子，一片血红。街灯亮了，闪耀着柔和的光，温暖着匆匆行走的路人。黄昏的余光被夜幕渐渐吞没，一弯明月挂在深蓝的幕布上，散发出清冷的光，晶亮的星星撒满苍穹，大地一片银灰。四周的山峰由墨绿变成漆黑，变得扑朔迷离，给人神秘感。

三人来到香拉里广场，顾晨明、张海东和肖义已经站在街边等候。明显看得出顾晨明和张海东特别开心。其他四人有些郁闷，特别是一直未回去过的邓一鸣、岳云峰和肖义，怎么也高兴不起来。

大伙儿跟着顾晨明和张海东沿罗藏前街向前寻找饭店。最后，在一家叫常乐的饭店简单点了几个菜。吃过晚饭，众人将肖义送到小区楼下。肖义上楼将自己给家里准备的土特产，还有特地写的一封家信，送到顾晨明手上，一再向他表示感谢，然后含着泪离去。她真的想家，想念丈夫和孩子了。

蓝天云跟随四人来到宿舍，将自己的东西整理好，放进顾晨明事先准备的一个大包里，给家里交代了几句话，眼神黯然，独自离去。

夜深人静，孤独的月亮悬挂在空中，散发出清冷的光。明月夜，思乡夜，不知有多少文人骚客写进了诗词里，成为千古绝唱。邓一鸣躺在床难以入睡，思念着家乡的亲人，向往着与家人团聚的美好时刻。

四十一、梦里家园

邓一鸣怀着对家乡的思念进入睡梦，眼前是家乡静静流淌的安昌河以及两岸的一草一木。他纳闷儿了，分不清这一切到底是心中念盼还是梦境。

安昌河是涪江的支流，在南山脚下两河汇聚。他小的时候，安昌河原始、自然，没有堤坝。没涨水时，宁静的水面上，微风拂过，泛起细小的涟漪，犹如一块巨大彩绸泛起的褶皱，河水清澈见底，河床布满大大小小的鹅卵石和沙砾，螃蟹在上面横行霸道地爬来爬去，清晰可见；水中的鱼、虾在水里窜来窜去，唾手可得。成群结队的白鹭时而在空中翱翔、盘旋，时而在水面浅滩上悠闲徜徉、觅食，时而翩翩起舞、"唳唳"长鸣。一群群鸭子、白鹅浮在水面上，拨弄着清波，留下一道道长长的波纹；或"嘎嘎"鸣叫，演奏一曲热闹的大合唱。一年四季，风光旖旎，气候宜人，尤其是冬季，天气不寒冷，这里成了白鹭等候鸟越冬的场所。

每到夏季，安昌河就成了孩子们的游乐场，成群结队、呼朋唤友来到河边，脱掉衣裳，"扑通扑通"相继跳进水里，欢畅地游起来。此时，鱼虾也赶来凑热闹，在孩子们身边窜来窜去，不时叮咬孩子们的屁股。孩子们玩累了干脆就站在水中，任凭鱼虾叮咬。

最大的乐趣还是抓螃蟹烧着吃，捉"五香虫"烤着吃。一个猛子下去，看见螃蟹立刻追过去，一只手压在螃蟹的背上，螃蟹张开两只大钳子，另一只手顺势抓住大钳子拖出水面，扔在岸上。另几个小孩爬上岸，抓住它，装进事先准备好的竹篓里。然后，烧上一堆火，扔进去烧着吃，特别香。

到了冬季，河滩上的那些石块下躲藏着又肥又大的"五香虫"。"五香虫"又叫"打屁虫"，因为当人们抓它们时，它们为了不被捉住，趁你不备，喷射出一种气体，沾在手上很臭。孩子们可不管这些，翻开石块就捉。肥大的"五香虫"飞不起来，随便拿一个东西就可以装它们。差不多了，用一个铁皮罐头盒子，烧一罐开水，将"五香虫"倒进去，"五香虫"在开水中挣扎，几乎可以听见它们"扑哧扑哧"放屁的声音，水面浮起一层淡黄色的液体，带着丝丝油花。倒掉水，用一块铁片或瓦砾盛着在火上烤，立刻散发出扑鼻的香味，让人忍不住直流口水，吃在嘴里更是喷香无比。

这一夜，邓一鸣在这似梦非梦、似现实非现实里度过。

第二天，天还没亮，顾晨明和张海东便出了门。邓一鸣默默地将他们送到汽车站，眼巴巴地望着他们检票进站，最终一滴不争气的思乡泪滚落下来。他仰天一声长叹，缓步往回走去。

冷艳、孤独的月亮终于隐去，一缕阳光从东边山峰的凹槽间斜射过来，染红了天边，浸红了山川大地，万物生灵披上红装，变得灵动。晨雾似乎有些疏松，有些缥缈，渐渐地漂移，反射出七彩光晕，在阳光的催促下，渐次隐去。一切变得清晰起来，一切显得明朗起来，那山、那水、那树、那旷野披上的红装变成了一层朦胧的金黄。

邓一鸣掏出手机看了一眼，时间还早，他不打算回宿舍，来到杜柯河边，背靠着护栏，双手搭在上面，聆听着哗哗奔流的水声，从对岸森林里传来欢悦的鸟鸣声，不失为一种享受，治愈着失落的情绪。

吃过早饭，邓一鸣来到办公室忙碌起来。

星期三晚上，刘凤知终于回来了。邓一鸣没有第一时间去找他，因为心中明白，从成都回来，几百公里的路途，好几个小时的车程，够累的，要先让他休息，明天再找他汇报相关事情和诉求。

第二天上班，邓一鸣直接来到刘凤知的办公室门口，门虚掩着，他敲了两下。

"是一鸣吧，请进！"刘凤知坐在沙发上等候。

邓一鸣提前给刘凤知发了信息，希望他抽点儿时间，自己给他汇报一下工作。邓一鸣推开门，热情地向他问好。

刘凤知拍拍坐着的沙发，微笑着说："一鸣，来，坐这里。"

"刘县，你终于回来了。盼星星，盼月亮，终于盼来东方出太阳。"邓一鸣满脸笑容，乐呵呵地开着玩笑说。挨着刘凤知坐下后，他接着说："领导，虽然一路风尘，够辛苦的，可是有些事情，不得不向你汇报哦。"

刘凤知满脸笑容，嗔怪地说："臭小子，别废话！来，先喝口水，慢慢说。"说完，指了指茶几上的水杯。

邓一鸣斜着看了刘凤知一眼，点了点头，端起水杯，杯口飘浮着丝丝淡淡的水汽，水汽里带着浓郁的芳香。他抿了一小口，细细地品味着，赞叹道："好茶！刘县，挺香啊。"说着，清了清嗓子，又一本正经地说："刘县，我就直说吧，也没有什么不好意思的。自从到香拉里援藏工作以来，快五个月了，除在学校工作的顾晨明等几个人回去了，其他人也就一两个由于工作原因回过家，剩下的人根本没有机会回去。这样的后果是什么？刘县你应该知道，它涉及援藏干部身心健康和家庭稳定。目前，很多人都出现了不同程度的焦虑、烦躁、肝经火旺，稍不注意就恼怒。因此，指挥部必须高度重视这件事，切不可视若无睹，更不能当作儿戏。"

刘凤知满脸疑惑，不相信地问："一鸣，有这么严重吗？危言耸听吧，别扰乱军心哦。"

"刘县，你觉得还不严重吗？真要出点儿事情才算严重？"邓一鸣不满地反问道。说什么狗屁话，有你这样当领导的吗？你因工作原因，回鼓楼时间多，当然体会不到别人的苦衷。

刘凤知见状，赶忙解释："一鸣，不是，我不是那个意思。"

"那你是什么意思？"邓一鸣打断了刘凤知的话，怒气冲冲地说，"刘县，不管你怎么认为、怎么想，这两天我必须休假回去一趟。同样都是援助干部，凉山那边人性得多，每两至三个月就能休假，回去一趟。而我们这边呢，还有点儿人情味吗？"

刘凤知一下子体会到什么叫肝经火旺了，嘿嘿笑起来："一鸣，我说过不让大家休假？不准你们回家吗？没有吧。"

邓一鸣抢白道："可是你也没有说我们可以休假呀！"

刘凤知分辩说："我没说你们可以吃饭，大家不是顿顿都在吃吗？不过，我确实对大家关心不够，忙于工作上的事情，对大家个人生活忽略了，晚上'香拉里印记'微课堂上，我作检讨。大伙儿可以根据工作情况，进行轮休。"

邓一鸣激动起来，连声问："刘县，真的吗？是真的吗？"

刘凤知微笑着点了点头。

"太好了！我最迟周六早上就赶客车走。"邓一鸣憧憬在回家的希冀里。

刘凤知见状，心中一阵难受，自己确实不是一个合格的领导，只谈工作，对他们的个人生活确实关心不够啊。他淡淡一笑，关切地问："一鸣，还有别的事情吗？"

邓一鸣幡然醒悟，连忙说："这几天，我帮蒋成斌他们看了一下明年的振兴项目计划，突然有和他们一起去干的想法。是否可行，想征求一下刘县的看法。"

刘凤知呵呵一笑，平静地说："下个月，是县里每年的驻村工作月活动，你先下去试试，再考虑是否到乡镇上工作。"

"好的，谢谢！刘县，不好意思，我刚才说话有点儿冲，正式向你道歉！"邓一鸣说着站起来，向刘凤知深鞠一躬，继续说，"其他没有啥事情，打扰了。"

刘凤知赶忙扶起邓一鸣，拍着他的肩膀，深情地说："一鸣，别这样，是我对你们关心不够。到时，填份休假审批表，批一下，交到余主任那里。"

邓一鸣点点头，走出刘凤知的办公室，迅速给岳云峰、肖义发了短信，将这个好消息告诉他们。他们竟然纷纷打来电话，询问详细情况。得到满意答复后，大家激动地向邓一鸣表达感谢，说他为所有援藏干部做了一件大好事。

邓一鸣也不多说，对每人只说了一句话，赶快填写休假审批表，争取本周六早上一起走，大家有个照应。然后，哼着小曲回到办公室，争取将所有的事情早点儿了结，好放心离开，回到梦里家乡。

四十二、回家之路

周四晚上，指挥部"香拉里印记"微课堂准时开课。余伟主持，刘凤知主讲。开讲之前，正如跟邓一鸣说的那样，他真诚地向大家表达了歉意，告诉大伙儿根据工作进展情况，每两至三个月可以休假一周。

"哇！"会场立刻沸腾，所有人几乎蹦跳起来，拍打着桌子。欢呼声，叫喊声回荡在会议里，久久不能平息，大伙儿如同久旱逢甘霖，他乡遇故知，那种兴奋无以言表。

刘凤知理解众人的心情，明白了邓一鸣说的那些话。要懂得关心他们的生活，人性化关怀比什么都重要。等大家欢呼得差不多了，刘凤知才开始讲课，主要讲这次浙江出差的所见所闻、自己的感悟以及乡村振兴项目引进工作开展情况。

近两个小时的授课，让大家受益匪浅。最后讨论时，纷纷表示一定努力工作，全力做好香拉里乡村振兴，为藏族同胞建设美好家园贡献鼓楼和自己的力量。

散会后，邓一鸣叫住蒋成斌和彭仕礼，将修改后的项目规划方案交给他们。他建议他们有机会去大凉山那边看看，相互学习，取长补短，才有更大的提升。二人非常感动，连声表达谢意。

邓一鸣笑着淡定地说："都是兄弟伙，力所能及的事情，不必言谢。"

蒋成斌感慨地说："一鸣哥，还是你大气，值得我们学习，值得交往。"他的话更多的是说给彭仕礼听的。能到这里来工作不容易，大家理应精诚团结，相互帮衬，这样才能在乡村振兴中有所作为。

彭仕礼尴尬地笑了笑，自我检讨说："成斌，我知道错了，我会努力改进。"

邓一鸣谦和地说："成斌，过奖了。仕礼，你别听成斌乱说。都是好兄弟，啥也不准说了，我们出去走走，边走边聊聊如何？"

"好，好！"二人满口答应。

三人从指挥部会议室出来。街灯以及安装在街道建筑物外墙上的装饰灯亮了，闪烁着五彩的光芒。天空却是阴沉沉的，月亮、星星都隐藏起来了，没了踪影。灰暗的云朵大片大片地堆积在天际，压得很低，远处的山峰完全淹没在云层中。不一会儿，雨滴撞击地面、窗户玻璃，发出清脆的声响，随后便是玉珠般破碎的声音。

三人不敢再溜达，只得说声明天见，各自散开，急步走回宿舍。

雨越下越大，邓一鸣赶回宿舍时，头发已经淌水，外套也湿透了，一股冷飕飕的感觉。他赶忙脱掉衣裳，重新换上，用毛巾擦干头上的雨水，总算暖和了。

顾晨明和张海东走了，岳云峰也不知道到哪里去了，邓一鸣感到一丝从未有过的孤单。他无聊地坐在座床上，靠着靠背，右手放在扶手上撑着头，眼睛盯着窗外，聆听着雨落的声音。

邓一鸣裤兜里的手机响起，他坐起来，掏出手机，是老婆视频的请求。他赶紧接通，亲热地问候道："亲爱的老婆，你好吗？在忙啥呢？儿子本周末是不是该放暑假了？我好想你们啊！"

刘俊梅咯咯地笑着说："老公，我也想你啊！吃完饭，陪母亲散步刚回来。儿子就是周末回来。你托人捎带的东西，已经送来了。五个月了，你怎么不回来呢？"

邓一鸣嘿嘿笑着解释："老婆，不好意思哈，我确实没有机会。天云是工作需要，晨明和海东是学校老师，放暑假。"他没有告诉妻子自己马上可以休假回家，主要想看看她的态度，更想到时候给她一个惊喜。

"唉！"刘俊梅无奈地叹息了一声，摇了摇头，收敛起脸上的笑容，伤感地说，"你们这援藏工作，援得家都不能回了。我打听过，凉山援彝干部两三个月都能够休一次假，你们怎么不行呢？国庆大假应该会回来吧？"

邓一鸣没有直接回答妻子，只是说国庆大假肯定回家。说完，他看见妻子脸上露出了期盼的笑容。于是，二人卿卿我我开启了属于他们的二人世界。

不知过了多长时间，门口传来开锁的声音。邓一鸣急忙对妻子说："老婆，不能聊了，同事加班回来了。"

"好的！"刘俊梅答应一声，将视频关闭了。

"唉！这老婆子，敏感话题不能聊，其他话可以说嘛。"邓一鸣带着抱怨的语气，自言自语地说。摇摇头，将手机收起来。

岳云峰打开房门，见邓一鸣坐在座床上，问道："一鸣哥，这么晚了，还没休息？"

邓一鸣呵呵笑着说："云峰，你不也是才回来吗？老实交代干啥去了！"

岳云峰笑着回答："准备周六休假，得把事情干完才安心嘛。"

"有头脑！争取明天去把车票买了。不然，买不到车票麻烦就大了。"邓一鸣说着，站起来，"洗漱，准备睡觉啦！"

"一鸣哥，还有一件特别重要的事情别忘了，明天到医院把核酸检测做了哦。"岳云峰提醒道。

邓一鸣停下脚步，回头向岳云峰做了一个鬼脸，调皮地说："妈耶，这么重要的事情居然忘了。云峰，谢谢提醒。"

岳云峰嘿嘿一笑，没有说什么，倒了杯白水，抿了一口，放在茶几上，在座床上坐下，拿出手机翻看起来。

夜已深沉，雨停了。邓一鸣和岳云峰收拾妥当，躺在床上，进入了梦乡。

第二天上班，邓一鸣来到多吉顿珠的办公室，向他说明准备休假的情况。

多吉顿珠非常理解，满口答应，让他放心回家。

邓一鸣连声感谢，回到办公室，填写好休假审批表，打印一份，找刘凤知签好字，送到余伟办公室。

余伟接过审批表，认真看了一遍，满眼羡慕，祝贺道："一鸣，恭喜！终于可以回家与亲人们团聚了！"

邓一鸣问："余主任，你打算什么时间休假？"

余伟苦笑着回答："等你们休完，我再看看有没有机会吧。"

邓一鸣"哦"了一声，又问："余主任，这次有几个人休假，我们好一起来回，相互有个照应。"

余伟叮嘱邓一鸣注意安全，照顾好弟弟妹妹。邓一鸣点头应允，因为他是年龄最大的那一个。告别余伟，就马上去做核酸检测。

第二天，天还没亮，邓一鸣和岳云峰背着大包小包，来到肖义居住的小区门口，蒋成斌已经等候在那里了。三人打过招呼，闲聊起来。

肖义背上背着、双手提着走出来。邓一鸣和岳云峰赶忙上前，接过她手里的行李包，向汽车站快步走去。

月亮还挂在灰色的天空上，洒下皎白的光芒，启明星耀动着光亮，迎接即将到来的黎明。街上的路灯闪烁着，散发出橘黄的光芒，照亮渐渐离去的黑幕。街道上没有行人，也没有行驶的车辆，人们如同这座小县城一般，还沉浸在睡梦中。终于，瞻巴拉山顶上的天边有了一缕亮光，慢慢扩散开来。启明星完成了迎接任务，隐退了。月亮还在坚守最后一道班，只是它的光芒弱化了。

四人来到车站，在候车室座椅上坐下候车。车站不大，位于县城前端，在沟口一块小平坝上。每天早上和中午共两个班次开往阿坝州马尔康市，没有直达鼓楼的客车，只好在马尔康转车。马尔康直达鼓楼也只有早上一个班次，只能从马尔康坐车先到成都，到达成都后，乘客车、动车就方便了。

回趟家太难、太麻烦了，尽管如此，再难也是绝对要回去的。家，是每一个游子的必归之地，有家，人才会有更大的追求。

开始检票，赶车的不多，除邓一鸣他们四人，另外还有五个人。师傅打开车肚门，四人将大大小小的行李包塞进车肚子，回到车上，坐等发车。

汽车准时发车。邓一鸣平静的心情激动起来，终于踏上了回家的路程。离家五个月，时间看似不长，然而对他们这些援藏人员来说，感觉好长好长。相思久久，思念长长，不用站在道德制高点看待他们，更不要道德绑架，因为他们只是有血有肉、普普通通的平常人，有着七情六欲、儿女情长的平凡人而已。

四十三、家的温馨

夜幕笼罩在鼓楼城市上空，整个天空如同一张深蓝色的幕布，笼盖天际，远处天地相连，浑然一体。幕布上撒满了明亮的星星，一弯明月挂在空中，闪耀着冷艳的光芒。

四人回到鼓楼已经深夜，走出火车站，整座城市灯火辉煌。道路上，车灯闪烁穿梭；人行道上，人来人往；商场、饭店里熙熙攘攘。建筑物墙体上霓虹灯闪烁，与月光交相辉映。望着久别的故土，他们竟然双眼迷茫。

回来了，回来了！

鼓楼，一座有着两千余年历史的古老城市，如今仍旧焕发着青春和活力。

四人随着人流走到车站广场。广场很大，停满了各式大小车辆。广场正前方耸立着一座高大的马踏飞燕铜雕，铜雕碑座四周是大型浮雕，分别是这座城市最具盛名的人物及其故事。

广场前是鼓楼有名的临园干道，宽阔的大道上，车水马龙，车辆飞速奔驰着，大道两边高楼林立，高高低低参差不齐。四个人分住不同的方向，打上出租车各自回家。说好的一起吃点儿东西再回去，结果下了火车宁愿饿着肚子也急着回家。他们中午一点钟到达马尔康，为了不耽搁赶车，在车站吃了碗泡面，到成都已经是晚上九点，直接去了火车站。

邓一鸣将大包小包塞进出租车后备箱，上了车，车子飞快地向家的方向急驶。

　　回到小区，路上已无行人，院内静谧安详，只有夏虫不知疲倦地"啾啾"吵闹着，偶尔传来几声不知名的鸟鸣。道路两旁的行道树耸立着高大黝黑的身影，给人惊悚的感觉。路灯闪烁着星星点点柔和的光辉，装饰在灌木、树枝上的彩灯闪耀着五色的光芒。楼栋窗户大多漆黑一片，只有少部分窗户里还透射出亮光，邓一鸣家里窗户黑漆漆的，估计老婆和大部分人一样，已经进入梦乡。

　　回到家门口，邓一鸣摁响门铃，可是半天没有回应，他又摁了下去。过了一阵，里面传来惊异的询问声："你是谁？想干啥？"

　　邓一鸣听到妻子惊恐的问话声，心里感到有些好笑，于是决定捉弄一番她，捏住喉咙，阴阳怪气地回答："美女，是我呀，快开门，我们聊聊呗。"

　　妻子生气了，怒骂道："滚，臭不要脸的烂贼娃子！老子告诉你，我老公和儿子都在家，你再喳喳哇哇，信不信，我让我老公打断你龟儿子的狗腿。"

　　邓一鸣心里乐开了花，虽然被妻子臭骂了一顿，却感觉幸福满满，特别开心。他松开捏喉咙的手，兴奋地叫着："老婆，快开门，我是你老公！"

　　"我呸，瓜货，再不滚老子要叫人了。"妻子劈头盖脸将邓一鸣一顿臭骂，这一次骂得那个厉害，让邓一鸣心惊肉跳、胆战心寒，他没想到妻子竟然如此泼辣。不过，川妹子的秉性如此，可以柔情似水，也可以凶猛如虎。四川男人在她们面前都是耙耳朵——当然，是幸福的耙耳朵。

　　邓一鸣赶紧打断妻子的叫骂："俊梅，别骂了，我真是你老公一鸣啊。你别光顾着骂人，从猫眼里看看呗！"

　　刘俊梅停止叫骂，伴随"吱呀"一声，门打开了，她扑上来。

　　邓一鸣扔下手中的行李包，张开双臂抱住妻子，激动地说："老婆，看清楚没有，是不是你老公？别搞错了哦。"

　　妻子扑在邓一鸣怀里，双拳捶打着丈夫的胸口，嗔怪地骂道："你个砍脑壳的，想吓死我呀！明明知道我胆子小，还这样做，你是何居心啊？"

　　邓一鸣赶紧赔不是，讨饶道："老婆，对不起啊，主要是想给你一个惊喜，顺便调戏你一下。善意的，没恶意哦。"说完，嘿嘿笑起来。左手搂住她，将她紧紧贴在自己怀里，右手轻轻抚摸着她的后背。

　　妻子双手搂住邓一鸣的脖子，眼睛盯住他的脸，娇滴滴地说："老公，怎么这么久才回来？五个月了。不想家吗？不想我吗？"话语中带着一丝怨气。

邓一鸣将额头顶在妻子的额头上，充满柔情蜜意，十分肯定地回答："想啊，怎么不想，朝也想，暮也想，想得我心慌头痛脚发麻啊，可是一直没机会休假嘛。前两天与指挥部争辩后才争取到的。老婆，赶快进屋吧，一直站在门口是个啥意思呢？"

"臭男人，尽说哄人的鬼话。进屋，进屋！"妻子松开丈夫，挽住邓一鸣的手腕，往屋里走。

"臭老婆，东西不要啦？"邓一鸣说着抽出手，弯腰拾起地上的行李包，顺手关上房门。

妻子接过，另一只手挽住丈夫的手腕。刘俊梅关心地问："老公，还没吃饭吧？你先去洗个澡，我马上给你做饭。"

邓一鸣感到温馨、幸福，开心地说："老婆，煮碗面条吧，这么晚了，懒得麻烦。"

刘俊梅满口答应，她太了解丈夫了，知道邓一鸣特别喜欢吃面条，兴冲冲地去厨房了。

邓一鸣放下身上的背包，扔在沙发上，走进卧室去拿换洗的衣裳。出来时，母亲已经站在客厅里等他了。

母亲见着自己的儿子，激动地说："鸣娃，你回来了。"母亲叫着邓一鸣的乳名。

邓一鸣动情地叫起来："妈，我回来了，你怎么也起来了？你身体还好吗？"说着，将手上的衣裳扔在沙发上，上前，双手搭在母亲孱弱的肩膀上，感觉母亲似乎已承受不起自己的双手了。但是他没有拿开，因为挨着母亲的身子，他感受到了温暖和幸福。母亲在，家就在，能听到母亲的唠叨就是莫大的慰藉和享受。他端详着母亲，几个月不见，发现母亲似乎又苍老了不少，青丝已变银灰色，如同蒙上了一层岁月的尘埃，似斧凿刀划过的深壑布满额头，眉毛已经苍白，清瘦的脸颊上长着一小块一小块的老年斑，掩盖了母亲那张曾经漂亮的脸蛋。落花流水似有意，岁月无情催人老啊！

母亲深邃、浑浊的眼睛里流动着慈爱的光芒，她兴奋地回答："鸣娃回来了，我能睡得着吗？你看我身体不是挺好的吗？"

邓一鸣伸手理了理母亲额头的白发，笑着说："妈，我去洗个澡，路上折腾一天，身上发臭了。"

母亲摸了摸邓一鸣的脸，慈爱地说："鸣娃，去吧！妈等你。"

邓一鸣听着母亲的话，心中不由一酸，向母亲憨憨一笑，调皮地做了个鬼脸，拿起沙发上的衣物向厕所走去。

母亲看着儿子的背影，脸上露出了幸福的笑容。儿子在母亲眼里永远是长不大的宝，尽管邓一鸣已四十岁了，依然是个孩子，而且是永远没有长大的孩子。母亲缓慢地在沙发上坐下，眼睛却一刻也没离开通往厕所的过道。

刘俊梅从厨房里走出来，笑着劝说道："妈，这么晚了，快去睡吧。"

母亲喃喃地说："俊梅，没事，妈高兴，不困。只想看看一鸣，五个月零三天了。"

刘俊梅咯咯笑了，调侃地说："妈，你真够用心，时间竟然记得这么清楚，我自愧不如啊。"说着，转身又进了厨房。

邓一鸣走进厕所，脱光衣裳，惊奇地发现，自己瘦了不少，肚子上的赘肉没了。不过，什么胸大肌、胸小肌、肱二头肌这些肌肉确实没有，毕竟没经过专业训练。他清洗完穿好衣裳走进客厅，挨着母亲坐下。

母亲侧身，双手捧起邓一鸣的脸，细细打量着，心疼地说："鸣娃，你怎么晒得这么黑，瘦了这么多哦！没吃饭吗？还是饭不好吃、吃不饱？或吃不惯？"

邓一鸣听着母亲的唠叨，心里暖暖的，有母亲的关心就是人生中最大的安慰，当你疲惫地回到家里，听到这样的话，不少人也许会嫌弃，但是一旦长时间没听到，就会感到孤独，甚至难受。只有母亲的唠叨，才会有家的温馨。邓一鸣伸手捧着母亲粗糙的手背，解释说："妈，主要是那边太阳紫外线太强，再白的人一两天也晒黑了。饭菜口味跟这边差别不大，都是四川嘛。"

"鸣娃，你自己还是要注意保重身体，别太累了，身体是自己的，最重要。"母亲松开邓一鸣的脸，随手疼爱地拍了一巴掌，拉住儿子的手，又唠叨起来。

邓一鸣认真听着，时不时地点头配合，表示认同。

刘俊梅端着一碗面条走进来，放在茶几上，说："老公，来吃饭。"

母亲放开儿子的手，心疼地说："鸣娃，快吃，别等成一坨了。"

邓一鸣点点头，嘿嘿一笑，端起碗狼吞虎咽吃起来，他确实饿了。

吃完饭，收拾好，母亲回自己房间休息去了。邓一鸣和刘俊梅进入房间，关上房门，共度二人温馨、幸福的时光。

四十四、真心撮合

这一晚上,邓一鸣睡得很沉、很香,睡到了自然醒,若不是被尿胀醒,估计睡到中午都不成问题。因为这是家,是疲倦后停泊的港湾。他翻身起床,赶紧穿上背心和短裤,冲向厕所。

邓一鸣上完厕所,在房间转了一圈,发现家里没人。今天周末,老婆可能买菜去了,母亲应该在时代广场跳舞。广场舞大妈成了中国中老年大妈的代名词,含有多少贬义的意思,真不好说。确实有些大妈太过分,扰民、凶恶、自私,还没人敢说。好在时代广场远离小区,再大的噪声也无妨,大家相安无事。邓一鸣走进厨房,揭开灶台上的锅盖。老婆将煮好的饭菜放在锅里用热水温着,还冒着热气。

吃过早饭,收拾好锅灶,邓一鸣坐在沙发上,打开电视等老婆和母亲回来。

不一会儿,门打开了,老婆一手提蔬菜,一手挽着母亲的手,说说笑笑走进来。母亲果然一身舞蹈装扮,手里还拿着绸扇,时不时走出舞蹈的脚步。

邓一鸣扭过头,满脸堆笑,笑眯眯地问:"妈,老婆,你们回来啦,买了啥好吃的?"

刘俊梅松开母亲的手,笑盈盈地问:"老公,吃早饭没有?在锅里热着呢,都是你最喜欢的。"

母亲关切地催促道:"鸣娃,快去吃饭,都十点多钟了。"

邓一鸣笑着回答:"吃了,刚吃过。"

二人异口同声"哦"了一声,母亲回自己房间去了。刘俊梅朝邓一鸣莞尔一笑,说:"老公,那你看电视,我去准备午饭。"转身向厨房走去。

邓一鸣觉得老婆话里有话,赶紧嬉皮笑脸地问:"老婆,需要帮忙不?我非常乐意哈。"

"不用,不用!反正时间还早,我慢慢弄。"刘俊梅没有回头,继续往前走。

邓一鸣放心了,继续看电视。

电话铃声响起,邓一鸣掏出手机,是岳云峰的电话。

岳云峰问道:"一鸣哥,过两天去看看陈叔和李孃他们,怎么样?顺便瞧瞧他们的餐馆开张没有。"

"没问题，这么久没吃到陈叔做的菜，还挺想念的。"邓一鸣说着，呵呵笑起来。

"好，过两天约起。"岳云峰挺高兴的。

母亲换好衣裳，走出来，说："儿子，你看电视，我去帮忙。"说着直接去了厨房。邓一鸣憨憨一笑。

门口传来一阵敲门声，邓一鸣起身开门，见是老丈人，忙招呼道："爸，你来啦！赶快进屋。"说着，退到墙边，让开路。

岳父微微一笑，迈步往屋里走，亲切地问："一鸣，啥时候回来的？昨天中午，俊梅叫我来吃饭，都没有听她说你要回来呀！"

邓一鸣跟在岳父身后，幸福地回答："昨晚回来的，到家快十二点了。俊梅不知道我会回来，我没有提前跟她说，想给她一个惊喜。"

岳父回过头，笑着心疼地说："原来是这样。一鸣，你还是应该提前跟我们说一声，我可以开车到车站接你呀！"

邓一鸣难为情地说："爸，时间太晚，不好意思麻烦你老人家。"

岳父生气了："臭小子，说什么狗屁话，难道我不能来接你吗？你是我女婿，也是我的儿子，俗话说一个女婿半个儿，我是把你当整个儿子看待的哈。"

邓一鸣嘿嘿笑了，挽起岳父的手，将他扶到沙发上坐下，歉意地说："爸，你别生气，下次回来，其他人都不说，我就告诉你。"

岳父拍拍邓一鸣的肩膀，乐呵呵地笑了。

邓一鸣挨着岳父坐下，关心地问："爸，你最近身体如何？还胃疼不？"

岳父回答："身体其他地方还行，就是胃时不时会疼。"

邓一鸣叹了口气，说："爸，肯定与你的饮食有关，自从岳母走后，你的生活就没有规律，一天三顿没有定时定量。饥一顿，饱一顿，胃不疼才怪呢。"

岳父哈哈笑起来，分辩说："没办法，一个人的生活不好弄，有时也懒得麻烦。"

"哎，老爸，给你说件事。"邓一鸣向岳父招招手，嘴对着他的耳朵，小声说，"爸，要不你考虑一下再找个老伴如何？这样你们相互有个照应。"

岳父小声回应："一鸣，这样不好吧，再说一时半会儿去哪儿找哦。还有，俊梅肯定会反对的。"

邓一鸣拍着胸口保证道："爸，你放心，只要你愿意，我绝对支持你！俊梅的工作，我来做。"

岳父一把抓住邓一鸣的手，激动得连声感谢。看来岳父早有这心思呀。不过也正常，毕竟岳父才六十多岁，不算上年纪。

邓一鸣朝岳父眨眨眼，呵呵笑着，作出一副神秘相，故意问："爸，你是不是已经有意中人了？她是谁？趁这几天休假，我去帮你撮合撮合。"邓一鸣希望岳父中意的人是自己母亲，如果他们有缘走到一起，两家人变成一家人，彼此方便，大家少了磨合期。

岳父松开邓一鸣的手，脸上开始泛红，望了一眼厨房走廊，欲言又止，支支吾吾，点了点头，又摇了摇头。

邓一鸣看着岳父，心中嘀咕：岳父大人，你到底是什么意思呢？往走廊看，是担心俊梅和我母亲突然走出来，还是中意的人就是我母亲呢？他犯难了，却又不便直接问，万一不是，难免彼此尴尬。邓一鸣淡淡一笑，催问："爸，你究竟喜欢谁呢？我们认识她不？是我们小区还是其他地方的？"

岳父神秘一笑，挠挠自己的短发，半天没开口，正要张口时，传来了刘俊梅的叫喊声："老公，出去买袋盐，家里盐不够了。"

"好嘞！"邓一鸣答应着，站起身来，朝岳父双手一摊，无奈地说，"爸，你看看，这下好了，我得听令买盐。要不，我们一起出去，边走边谈，怎么样？"

岳父一脸兴奋，满口答应，起身拉上女婿就往外走。

二人进入电梯，邓一鸣呵呵笑着说："爸，这下没人了，想怎么说就怎么说，反正只有我们爷俩。"

岳父小心翼翼地说："一鸣，我说了，你可别笑话我，还有要是有不妥当的地方，你别生气，一定要原谅我哦。"

邓一鸣心里已经猜中了几分，却做出什么都不知道的样子，说："爸，有啥说啥。尽管放心，绝不笑话你，更不生你的气。再说，你是我爸，我干吗要生气。"

岳父放心地笑着说："一鸣，其实我挺喜欢亲家母，你的母亲。"

邓一鸣哈哈笑了，看着岳父说："好啊，爸，你居然喜欢我母亲，这有点儿违背常理哈。老实说，什么时候开始喜欢的？"

岳父见女婿没有生气，反而笑出声来，心中那块压着的石头总算落地了，但还是挺难为情的。他低下头，喃喃地说："自从你岳母去世后，俊梅为了照顾我，经常做好饭把我叫过来，在一起时间多了，慢慢产生了好感，最后就喜欢上了。"

邓一鸣问:"爸,那我妈知道你喜欢她不?她是什么态度呢?"

岳父老老实实地回答:"应该不知道吧,我不敢有半点儿冒失,怕闹出笑话,更怕亲家变仇家呀。一鸣,请原谅我的冒失。"

"唉!"邓一鸣叹息一声,故作为难。他虽然心里希望母亲和岳父能走到一起,彼此有个照应,但不能明显让他感觉到这一点。

岳父见状,赶忙问:"一鸣,怎么了?有什么问题吗?"

邓一鸣双手一摊,回答:"我也不知道该怎么办,一边是母亲,一边是岳父。关键是我不好意思做母亲的工作,开不了口。"

电梯到一楼,二人出来,并肩往小区外走去。

"一鸣,不行!这个任务只有你能完成,你说过要帮忙的,不能说话不算数哈。"岳父像小孩子一样耍起无赖,说,"再说,肥水不流外人田,我只有俊梅一个女儿,知道你可能看不上我的遗产,但毕竟有。如果我去找外人,百年之后,你难道希望有人来和俊梅争夺遗产不成?"

邓一鸣扫了岳父一眼,笑而不答,加快了步伐。

"一鸣,别跑啊,到底如何,你给句话呀!"岳父追上来恳求道,"好女婿,算我求你了,帮帮忙,我会好好对待你母亲的,绝不让她吃半点儿亏。若有半点儿亏待,天打五雷轰,我不得好死。"

邓一鸣见岳父把话说到这个份儿上了,确信他是真心诚意喜欢母亲的,便朝他淡淡一笑,说:"爸,我答应你,但只能试试,成与不成只能看你们是否有缘分了。"

"好,好!一鸣,谢谢!但你必须拿出诚意,付出百分之两百的努力。"岳父很激动,更像对邓一鸣下达命令一般。他抚摸了一圈胸口,自言自语地说:"总算有着落了,希望皇天不负苦心人。"

邓一鸣无话可说了,只能当任务去完成。但愿如岳父所愿,也如自己的心愿吧。

岳父边走边喋喋不休地教邓一鸣如何去提及,如何做思想工作,如何表达他的真情实感。

邓一鸣只得听着,时不时点头配合。

四十五、父母爱情

下午,儿子放假回来。儿子长大了,与邓一鸣之间有了明显的代沟,打过招呼后,跑进寝室,关上房门,享受自己的专属空间。邓一鸣只能尊重他,不过多干涉、打扰。

盛夏的傍晚,天边最后一块晚霞消失了,只剩下一抹光亮,一轮浑圆的明月已经挂在天际,渐渐显出冷艳的光辉。

吃过晚饭,岳父就独自回家了,母亲全副武装去跳广场舞。妻子挽着邓一鸣的手,漫步走上安昌河堤坝,阵阵河风拂来,给酷热的季节送来清爽、凉意,让人心情满是舒适、惬意。河堤上,人们三五成群,来回行走,闲聊。堤边,垂柳纤柔的枝枝蔓蔓在河风吹动下,轻盈、飘逸地舞动着,飞舞的枯叶飘飘洒洒。安昌河只剩下河心尚有一小股水在流淌,很多地方裸露出了河床,昔日波涛汹涌、蔚为壮观的场景已不复存在,更没了儿时光着屁股畅游的场景,不知河中是否尚有小鱼小虾和横行霸道的螃蟹。河床泥土淤积的地方已生长了各种野草和灌木丛,一片葱绿。忙碌了一天的白鹭开始返巢,一只只白鹭从面前飞过,在安昌河上空飞旋,做着最后一次表演,"唉唉"鸣叫着,形成一幅生动的山水画卷。

夜幕开始笼罩鼓楼,华灯初上,点亮了鼓楼城,整座城市立刻灯火辉煌。安昌河恢复了平静,二人上了前往南山公园的阶梯。

走进公园,园内庄严肃穆,充盈着强烈的刚毅勇猛气息。苍翠挺拔的香樟直立在道路两旁,空气中弥漫着樟树的香味,合着阳刚气息,笼罩、守卫着鼓楼这座古老而又年轻的城市。橘黄色的路灯闪耀着柔和、温暖的光芒,照亮脚下的路。邓一鸣和妻子漫步在园内道路上,路上行人不多,却没有丝毫阴森恐怖的感觉,反而让人心中充满力量。

邓一鸣和妻子走了一圈,原路返回,出了公园。他拍拍妻子的手背,乐呵呵地说:"老婆,告诉你一件大喜事,你爸我老丈人确实有心上人了。"

妻子嘟囔着嘴,很不高兴地说:"老公,别瞎说,他都多大年纪了,还啥心上人?你妈、我爸,他们二人就够我累的了,还想找一个后妈让我侍候,想累死我不成?"

邓一鸣嘿嘿笑着问:"老婆,你是不愿意岳父大人找老伴,还是嫌累着自己?"

妻子短暂地停顿后，喃喃地说："老公，说实话，我很矛盾，如果真有你说的那事，我不知道自己到底该如何面对，一时半会儿肯定没法接受。"说完，扭过头盯住丈夫的眼睛，疑惑地问："老公，你什么意思？支持我爸吗？"

邓一鸣点点头，肯定地说："为了父母爱情，我完全支持。老年人也有追求自己幸福生活的权利，我们子女要理解，不应该反对。父母养育我们不容易，现在他们老了，不仅需要孝顺的子女，更需要有人陪伴。少时夫妻老时陪，就是这个意思。我们无法做到对他们真正陪伴！我们和他们毕竟还存在一些代沟，有些话无法沟通，他们需要与同辈人交流。"

"唉！"妻子叹息一声，说，"这些我都理解，但是在你原有的生活中突然出现一个陌生人，而且还得叫妈，心中总觉得别扭。"

邓一鸣嘿嘿一笑，说："老婆，如果这个人不是陌生人，而是熟人，不就没有心理障碍了吗？"

刘俊梅有些吃惊，惊奇地问："老公，你什么意思，难不成我爸所谓的心上人，你认识，我也认识？"

邓一鸣得意地笑了："当然认识！还记得我写信跟你说的事情吗？没想到，你爸真喜欢上我妈了，而且已经很长时间了。"

刘俊梅惊讶地说："不可能哦，我怎么一点儿都没有看出来呢？老公，你怎么知道的？我爸亲口跟你说的？"

邓一鸣伸手摸了摸妻子的脸，自夸地回答："你老公多聪明，你爸的心思全给套出来了。今天上午，我和你爸交谈了很久，他什么都跟我说了。你成天大大咧咧的，怎么看得出来？再说，这事你爸怎么好意思跟你说嘛！"

刘俊梅没了主张，有些慌乱地问："老公，那现在怎么办？"

邓一鸣头一扬，自得地吩咐道："你爸现在应该是单相思，我妈可能还不知道。为了你爸，也为了他俩晚年生活更加幸福，接下来，就要想方设法做我妈的工作。你和我妈在一起的时间比较多，你有意无意打探一下我妈的口风，看看她是什么态度。就算她反对，你随时也可以灌输这方面的思想嘛。"

刘俊梅无奈地说："怎么能这样呢？我哪敢问嘛，要是老妈没这方面的想法，还不把我骂死！"

邓一鸣看着妻子无助的样子，感觉好笑，忍不住哈哈笑出声来，用带着教训的口气说："为了我老丈人，你做女儿的就不能试试看吗？"

刘俊梅抓住邓一鸣手腕的皮肉用力一揪，嘴里愤愤不平地嚷道："我让你笑！你干啥不去试试！"

邓一鸣痛得跳起来，咧嘴叫道："哎哟！老婆松手，不能这么狠心吧。错了，不笑了！"

刘俊梅一副得胜的样子，松开手，带着嘲弄的口吻说："老公，什么事情别太嚣张，更不要小人得志猖狂！记住，螳螂捕蝉，黄雀在后。"

邓一鸣看着被妻子揪红的手腕，一阵苦笑，抱怨道："我要告诉老丈人，他女儿不仅反对，而且还对她男人施暴！看看被你揪得多惨！"说着，他抬起手腕让妻子看。

"老公，怎么，还想让我再揪一次吗？我不会客气的哈。"妻子说完，便又要来抓手腕。邓一鸣赶忙收回来，继续对妻子劝说道："老婆，不开玩笑，为了父母的晚年幸福，我们共同努力如何？说不定还会成为一段父母爱情的佳话呢。"

"我可不希望有什么父母爱情佳话哦。唉！"妻子为难地点点头，答应了。二人谈论着，继续向前走去。

来到时代广场，只见广场上散步的、跳广场舞的、打太极拳的、唱歌直播的，好不热闹。广场很大，呈椭圆形，一条塑胶跑道环绕在外围，跑道两边绿树成荫。其余地方依次栽种着矮化的桂花树、栀子花丛、万年青丛和草坪。广场中央是一个圆形小广场，中心位置耸立着一根三十余米高的灯柱，顶端高能圆盘灯组放射的光芒，几乎照亮了整个广场。母亲带领着上百人的婆婆大爷舞蹈队伍正跳得热火朝天。邓一鸣和妻子看了一阵，离开了。

二人回到家，儿子开着房门，在房间里玩游戏，似乎故意示威。

刘俊梅生气了，准备进屋教训他。邓一鸣赶忙一把抓住她，小声劝说道："老婆，算了，毕竟刚放假，让他玩几天吧，盯得太紧，适得其反。"

刘俊梅长叹一声，无奈地说："老公，你就惯着他吧，将来成为无用之人，有你好受的。"

邓一鸣朝刘俊梅淡淡一笑，上前站在寝室门口说："玩游戏的，把门关上，免得影响别人哦。"说完，顺手关上房门。

"谢谢老爸！"房间里传出儿子的声音。

邓一鸣隔着房门嚷着："臭小子！别高兴得太早，就给你两天时间哈，这两天让你玩个够！"说完，走到客厅沙发边坐下，拿起遥控器打开电视。

刘俊梅陪着丈夫坐了一会儿，突然站起来，自言自语地说："差点儿忘记了，我得把你家少爷拿回来的衣裳洗了，这狗东西衣服攒了两个多月。"

邓一鸣一把拉住妻子的手说："老婆，明天让他自己洗。你坐下休息，别老惯着。"

刘俊梅带着抱怨的语气说："算了吧，这狗东西懒得蛇钻屁眼儿喊大爷。他要是勤快，在学校就洗了。唉！反正洗衣机洗，顺便把你的衣服也洗了。你俩爷子有种像种，瓜不弄怂，一个模样。"

邓一鸣只得松开妻子的手，抱怨道："老婆，你不识好歹哦，我好心帮你，却被奚落一番，真是狗咬吕洞宾——不识好人心，随便你。"

刘俊梅朝邓一鸣翻了一个白眼，阴阳怪气地说："老公，你不要猫哭耗子假慈悲，黄鼠狼给鸡拜年，能安什么好心嘛。"妻子说完，哈哈一笑，向丈夫挤了挤眼，忙自己的去了。

邓一鸣望着刘俊梅的背影，叹息道："妈耶，臭老婆子太厉害了，骂人都不带一个脏字。唉，真是一个累命人啊！不忙碌心里不舒服吗？"邓一鸣说着，脱掉拖鞋，背靠着沙发靠背，双脚盘在沙发上。突然想起岳云峰昨天打电话说去陈兴全餐馆喝酒的事情，得问问他的饭店开张没有。想到这里，邓一鸣掏出手机，翻找电话号码，可是找了半天居然没存他们的手机号码，加的微信号却忘了备注他的姓名，只能拨通胡明军的电话询问。

"你好，一鸣，有什么事情吗？"电话里传出胡明军亲切的问话声。

邓一鸣回答："胡老哥好，没别的事，就是想问一下陈叔的饭店开张没有，我们回鼓楼了，想去那里喝酒。"

胡明军兴奋地说："你们回来了呀，太好了，明晚在一起聚聚，给你们接风洗尘。小姨的饭店正在装修，还要过段时间才营业。"

邓一鸣惊讶地说："胡老哥，十多天了，你还在休假呀？"

胡明军哈哈笑着说："我半年时间没有休息呀，肯定该休假两周嘛，后天回大凉山。这次回去，要等国庆大假才回来。明天晚上，你帮我通知回来的兄弟伙一起参加，我没有他们的电话。等会儿我把位置发给你。"

"好！谢谢胡老哥，明天晚上见！"

挂了电话，邓一鸣马上拨通了岳云峰等人的号码，将胡明军的安排告诉他们。他们爽快地答应了。

邓一鸣将手机放在茶几上，走到厕所门口，见妻子还在忙碌，便亲热地问："亲爱的老婆，需要我帮忙吗？你老公很乐意与你分担家务哦。"

"去，去！你还分担家务，我怎么感觉是虚情假意呢？算了，不需要帮倒忙的。"妻子一口回绝，咯咯笑起来。

邓一鸣自觉没趣，但没生气，呵呵笑了："看电视！"头一扬，双手后背，哼着小曲，转身离开。

四十六、前往凉山

雨，下了一整夜，也没有停下来的意思。

邓一鸣睁开惺忪的眼睛，揉了两下，伸了伸懒腰，坐起来，光着上身，握紧双拳拍打几下胸口。他穿上短裤下床，推开房门，来到阳台上，深吸一口气，眼睛盯着窗外，前面的住宿楼挡住了视线。一切笼罩在朦胧的雨雾中。

昨天晚上，几个援藏的与援彝的见面后，大家特别高兴，找到了共同话题。只有一个目标，让藏、彝同胞迈步走上小康之路，实现乡村振兴，为悬天净土添一抹光彩。所以酒喝得非常开心，最后，邓一鸣和蒋成斌接受胡明军的邀请，前往大凉山参观学习、取经。肖义和岳云峰的工作性质和内容不一样，他俩不必同行。

"老公，还在想啥呢？吃饭了。"刘俊梅的话打断了邓一鸣的思绪。她走过来，站在丈夫身边，双手抱住他的腰，头低垂在他的背上。

邓一鸣回过头，双手捧着妻子的头，伸手理了理她额前的秀发，在额上深情地吻了一下，将妻子搂在怀里，愧疚地说："老婆，对不起，刚回来，又要离开你去大凉山。"

妻子无奈地叮嘱道："老公，你去吧，自己开车，路途遥远，一定要注意安全，我会把家里照顾好的。"

邓一鸣点点头，松开妻子，牵着她的手向屋内走去。

吃过早饭，邓一鸣告别妻子，提上行李箱，开上私家车分别赶到胡明军和蒋成斌家的小区门口。接上他俩后，一同前往遥远的大凉山，去那索玛花盛开的地方。

索玛花是杜鹃花的彝语名，迎客之花。古代诗人留有"水蜂岩蝶俱不知，露红凝艳数千枝"的佳句。索玛花或灌木，或小乔木，是我国三大天然名花，中国十大名花之一，称为"高山玫瑰"。索玛花有别于藏区的格桑花，格桑花没有专指某一种花，草原上各种野花都可称为格桑花。

雨下大了，砸在车窗玻璃上，"叭叭"作响，雨箭飞射，外面朦胧一片。邓一鸣中速行驶，来往车辆溅起的水花四射。邓一鸣和蒋成斌是第一次去大凉山，脑子里对大凉山没有一丝印迹，只是听说过而已，不由心绪如鼓似潮。胡明军和蒋成斌闲聊着，邓一鸣专心开车，偶尔搭一两句。

汽车经成绵高速、成雅高速、雅西高速，行经一千二百余里，近九个小时，傍晚抵达西昌。到妮姆昭觉县城还有两百多里路程，只能夜宿西昌。胡明军选择离邛海不远的地方住下，待第二天前往自己任职的乡政府。

胡明军是一名退伍军人，在凉山妮姆昭觉县日哈洛莫乡挂职任党委副书记。经历了 2008 年特大地震，与教师金铃相知、相爱，走到了一起。二人又携手抚养孤儿张杰，后来张杰成了栋梁之材，研究生期间主动前往大凉山支教。

胡明军到任后，深入彝族同胞家中走访，了解村民的贫困情况，寻找扶贫项目。积极开展扶志教育，帮助贫困群众摆脱思想贫困、树立主体意识，增强立足自身实现脱贫的信心；组织贫困家庭开展实用技术和劳动技能培训，增强脱贫致富本领；以典型示范，用榜样力量激发贫困群众脱贫斗志和脱贫能力。经过全体援彝干部不懈努力，彝族同胞与藏族同胞一道脱贫后，又踏上了振兴之路。

吃过晚饭，雨还在下，三人撑着雨伞，向邛海走去。路上没有行人，湖面吹来的风，带着浓郁的鱼腥味，吹到身上凉飕飕的。来到邛海边，岸边的垂柳，经雨水的清洗更加青翠鲜亮，岸上的三角梅争相怒放，开出艳丽的花朵。

三人立于邛海岸，极目远眺，细雨如烟，宽阔的湖面上风平浪静，湖对岸的村落、田野、群山全都沉睡在雨雾的梦中，没有了生气。

夜幕降临，华灯初上，霓虹闪烁，忽明忽暗，交相辉映，照亮了高楼、街道。远远望去，仿佛天上瑶池和繁星落入人间。

三人闲聊着，走了一段路程后，邓一鸣盯着湖面，淡淡地说："胡老哥、成斌，我们回去休息吧，明天还要赶路。成斌，回来时，有机会我俩再尽兴游邛海吧。"

"好，回去休息。"胡明军哈哈一笑，揶揄道，"一鸣，今天一个人开车累惨了吧，几次说轮换开，你就是不答应。生怕我开车出什么问题一样，其实，我也是老司机嘛。今天路况不错，都是高速公路，明天到县城全是山路。我熟悉路况，我来开哦！"

蒋成斌跟着数落道："胡老哥说得对，一鸣哥就是一个地地道道的小气鬼，我虽然算不上老司机，但技术也还行啊。"

邓一鸣分辩道："胡老哥，别乱想，也别听成斌胡说八道，我只是觉得不好意思麻烦你们嘛。明天，你们俩想怎么开就怎么开，我啥也不说。"

回到旅店，邓一鸣懒得洗漱，直接走进房间，倒在床上就睡，很快就发出鼾声。

胡明军和蒋成斌却毫无睡意。白天，他俩在车上睡了不少时间。二人来到旅店大厅坐下，泡了杯茶，闲聊起来。胡明军将这几年在大凉山精准扶贫的经历、所做的事情和遇到的困难以及如何克服的情况详细讲述了一遍。

蒋成斌认真听着，不时点头，口中啧啧称赞。不清楚的地方又详细地询问明白，感到受益匪浅，启发颇深。

二人聊到很晚才回房间休息。

第二天一大早，吃过早饭，邓一鸣把车钥匙交了出来。胡明军开车，继续向县城快速行进，城市街景一晃而过。

汽车驶出市区，进入山区林间公路，路是精准扶贫时期改建的柏油路，平整、光亮，路况不错。不足之处，因为处于山区，弯多、坡陡，比较狭窄，车流量也不小。邓一鸣和蒋成斌不再闲聊，怕影响胡明军开车。其实隔着车窗看看外面的风景也不错。胡明军专心致志，谨慎驾驶。

四十七、见到布哈

胡明军驾驶着汽车沿 348 国道向东北方向缓慢行驶。爬上尔乌山顶，山涧苍松翠柏，云雾缭绕。蜿蜒的国道如同一条黑色的绸带，被人随意扔在山腰，曲折、延绵。山下，邛海如同一个巨大的蓝色聚宝盆，盛满了金银珠宝，在阳光照耀下，闪动着迷人的光彩。或许它就是一颗蓝色的夜明珠，从仙界落入凡尘，装扮这生机勃勃的川蜀大地，点缀大凉山这片美丽、神奇的土地。

前方山顶上，出现了一些橘红色的耀眼的云片，那些云片渐渐地连接成一块块五彩斑斓的云彩，映红了半边天。慢慢地，太阳从山顶上升起，散发出缕缕轻柔的光芒。邓一鸣放下车窗玻璃，一阵山风刮过，空气中浸润着泥土气息和树木青草的芬芳。

汽车驶过一段平缓的山路后，又开始盘旋而上。汽车就这样时而爬坡上山，时而行走山顶，时而又在谷底的坝子上行进。不同的路段给人不一样的风景，其实前行在风景里的汽车，在别人眼里也是一道美丽的风景。

一小时后，又到达一座山的山顶。胡明军兴奋地说："一鸣、成斌，你们看前面山脚，那座彝家村落漂不漂亮？村子叫梭梭拉达村，部队在帮扶，派来的扶贫第一书记叫布哈。有意思的是，布哈是一名地地道道的彝族汉子。"

邓一鸣来了兴趣，微笑着说："确实有意思，彝族汉子帮扶彝族同胞，肯定有感人的故事。胡老哥，这次一定要带我们见见这位彝族汉子哦。"邓一鸣对军人有着特别的情感。当年，他也曾希望当兵入伍，考上师范学校后，只能按照父母的要求放弃了军人梦，可是对军人的那份情感却从未改变。随着年龄的增长，那份情感越来越浓烈。

蒋成斌跟着说："一定要看看，向人家取经，好好学习学习，不枉这次出行。"

胡明军满口答应："行！没问题，到山下村口时，我跟布哈联系，看他今天在不在村里。"

邓一鸣和蒋成斌谢过胡明军后，大家不再闲聊。二人将玻璃摇下来，仔细地观看着，要将整个梭梭拉达村印入脑海里。

转过一座山包，整个村寨尽收眼底，村子四面环山，形成了一个闭合的圆。圆心是一个较大的广场，村民们崭新的黄墙青瓦房屋围绕圆心向四周呈梯次散开，井然有序。

国道环山向山脚延伸而去，带着部队橄榄绿元素的太阳能路灯柱有序排列在公路边。这种路灯白天自动熄灭，吸收太阳能，转变为电能储存起来，晚上又自动点亮。青瓦黄墙的房顶上飘荡起袅袅炊烟，随风传来饭菜的香味。彝族同胞穿着他们的民族服饰走出屋子，或悠闲地行走在院子里、公路上，或席地坐在公路路基上，披着查尔瓦（彝语，指披肩）一动也不动地凝视着前方。不知道他们在看什么，也不知道他们在等待什么。四周山林里传来鸟儿清脆的鸣叫声，和着寨子里的鸡犬声，整个山寨充满生机。

胡明军将汽车停在村寨门口，扭过头说："梭梭拉达村到了。走，下去参观参观。我顺便联系布哈，看他在哪里。"

"好，好！"二人兴奋地答应着，开门下车。二人站在山寨门前，所谓的寨门其实只是象征意义上的门而已，它更像一座高大的牌楼，矗立在广场之前，由四根钢筋混凝土柱子作为主柱，中间留下五米左右宽的通道，供行人和车辆通行。主柱两侧再各辅以两根钢管辅柱，共同支撑起具有彝族文化特色的牌楼。牌楼上镌刻着梭梭拉达村五个鲜红大字。一条溪水从广场前流过，发出淙淙的水声，宛如天然演奏着一曲高山流水。溪流两岸硬化后，溪水清澈见底，一座石拱桥连通国道和广场。

邓一鸣和蒋成斌站在太阳底下，炽热的阳光烘烤着身体，强烈的紫外线照在裸露的皮肤上，有如针扎。全身上下开始燥热，汗水从额头渗出来，顺着脸颊往下流淌。这里的天气与香拉里不同，香拉里没有这种炙热的味道，再热也是不会出汗的。二人赶紧走过石拱桥，站在牌楼下的阴凉处。瞬间，那种炽热感没有了，取而代之的丝丝凉意、清新、爽快。

二人一边闲聊，一边等待胡明军。邓一鸣脑子里开始绘制布哈的形象，想象了半天，却画不出任何图画来，毕竟他对彝族同胞没有一丝印迹。

不一会儿，胡明军握着手机走过来。蒋成斌询问道："胡老哥，联系上布哈没有？他在村里吗？"

胡明军摇着头回答："布哈部队有事，今天不在村里。"

邓一鸣叹息道："哦，太可惜了。"

胡明军走到二人面前，站在阴凉处说："布哈听说你们是从香拉里过来的，十分高兴，他在县城等候，中午请我们在他们部队食堂用餐。现在时间比较充足，我带你俩看看部队和布哈在梭梭拉达村的乡村振兴成果。当然，只能看点儿皮毛。"

虽然只是表面上的东西，但通过表面却可以发现内在的本质。二人非常高兴，尤其是邓一鸣，做一名军人曾是儿时的梦想，然而事与愿违。没有想到今生还能有机会走进军营，更没想到还能吃上军营的饭食，这是多么荣耀的事情啊！

胡明军领着邓一鸣和蒋成斌穿过寨门，走进文化广场。广场面积足足有一千多平方米。广场后面有一栋崭新的两层青瓦黄墙楼房，前面竖立着一块标牌，上面镌刻着汉彝两种文字的"爱民幼儿园"。凡是村上的孩子，全部免费入学，生活费、书本费、服装费、聘请老师的费用等，均由部队承担。

幼儿园的隔壁是村上电子商务服务点，透过窗户玻璃可以清晰地看见货架上摆满了彝家的特色农产品。村里的特色农产品通过这里走出大凉山，走向全国。房屋后的小山包上竖立着彝汉双文的红色大字"幸福都是奋斗出来的"，它时时提醒人们，只有不断奋斗，才能得到幸福生活，天上不会掉馅饼。

大凉山位于祖国西南边陲，闪耀着长征的精神火把，曾经实现"一步跨千年"的社会变迁。

太阳更加毒辣了。蒋成斌说："胡老哥，时间差不多了，我们还是先走吧，到时候专门过来看。"

"好，走吧！"胡明军答应了。

三人转身向公路边走去，上车后，直奔县城。

不一会儿，邓一鸣和蒋成斌靠在座位上睡着了。不知过了多久，邓一鸣和蒋成斌被胡明军叫醒，布哈所在的部队到了。汽车停靠在县城近郊的公路边，前面不远处，耸立着一座威严、肃穆的大门，一道电闸门紧闭着。门口的立柱上悬挂着"妮姆昭觉县看守所"的牌子。四周是高大的围墙，围墙上拉牵着铁丝网。邓一鸣下车，看着那块挂牌，诧异地问："胡老哥，我们怎么到看守所来了？"

蒋成斌也困惑地盯着胡明军，等待答案。

胡明军笑起来："你俩真是少见多怪，不会以为是送你们进看守所吧？"

邓一鸣开玩笑说："我还真以为你想送我们进看守所呢。不过，胡老哥，你还没这个能耐吧。"说罢，呵呵笑了。

蒋成斌忍不住问道："胡老哥，到底是怎么回事？我确实没搞明白哦！"

胡明军回答："布哈他们部队与看守所共用一个大门。至于为什么会这样，我就不知道了。部队有纪律，所以不明白的事情也不用问清楚。等会儿，你们也别乱问哈。"

电闸门打开了，从里面走出两名威严的军人，他们迈着铿锵、坚实的步伐，整齐划一地摆动着手臂，向他们走过来，让人瞬间生畏。

邓一鸣和蒋成斌看着两名军人，脸上闪过一道惊慌，显现出莫名的畏惧，站在那里手脚不知如何摆放。胡明军不愧有十多年军旅生涯，表情镇定自若，一副威风凛凛的模样。

两名军人来到他们面前，敬了一个标准的军礼，喊道："老兵你好！欢迎两位来自香拉里的同志来这里视察工作。"

胡明军郑重地回敬了一个军礼，邓一鸣和蒋成斌赶忙学着他们的样子回礼。

放下手，胡明军将四人相互介绍认识，四人又纷纷握手问好。邓一鸣终于认识了这两名军人，年龄稍长的是布哈，另一个叫邱鹏。

布哈个子不高，皮肤黝黑。一身得体的军装显得英俊威武，充满军人特有的气质和魄力。一张棱角分明的古铜色的国字形脸庞，浓黑的剑眉下一双清澈的大眼睛，流动着坚毅、纯朴的神光，那神光中透射出威慑力，令人肃然起敬。但只要微微一笑，那双眼睛又特别有光彩，满是亲和力，给人温暖。轮廓清晰的嘴唇上刮得干干净净，现出泛青的胡根；筋肉明显的脖颈中央，凸起的喉结随着他那粗犷的声音上下滑动。

邱鹏也是一名彝族人，但是他的彝族特征不明显，皮肤不那么黝黑，如果不说那一口流利的彝语，绝对让人以为是汉族人。他中等个儿，偏瘦，宽阔的额头，一对浓黑的眉毛下长着一双有神的大眼睛。左脸因训练受伤留下一道小指头大的疤痕，因为脸上时常挂着笑容，伤疤反倒被掩饰了。

两名军人带着三人走进大院。邓一鸣这才明白，一道围墙将两个单位分开，布哈所在的部队在两个单位之间的围墙处又建了一道进军营的大门，有威严的哨兵值守在门口。

走进军营，严肃、神圣的气氛立刻迎面而来，让人不寒而栗。营房是一座三层的楼房，房顶竖立着"听党指挥、能打胜仗、作风优良"十二个鲜红的大字。这是习近平总书记提出的新时代强军目标，也成为军队行动的指针。

布哈、邱鹏和胡明军走到营房旗台前，同时抬起头，仰视着五星红旗。鲜艳的国旗在阳光的照耀下，闪烁着迷人的光彩。山风吹动下，国旗迎风飘扬，展示出无穷的魅力。三人同时敬了一个军礼。邓一鸣和蒋成斌注视着国旗，心潮随之澎湃起伏。许久，三人才慢慢放下手，又凝视了好一阵子才走进营房。邓一鸣跟着他们走进了神圣的军营，走进了曾经梦寐以求的地方。

四十八、棱棱拉达

傍晚，天边最后一抹晚霞消失了，东方天际一轮浑圆的明月渐渐显现出冷艳的光辉。点亮的华灯如同散落在黑暗天际的群星，闪烁着璀璨的光芒。

援彝指挥部处于近郊一个安置小区，四周是幽幽丛林，虫鸣啾啾，安然幽静。小区背后平缓的小山坡上，彝家院落依次而建，一盏盏橘黄的灯光在院落里闪烁，与天上的繁星连成一体，无法区分哪颗是星星，哪盏是彝家的灯火。

胡明军带着邓一鸣和蒋成斌在指挥部吃过晚饭，回到自己的宿舍。援彝干部的宿舍与援藏干部的宿舍相差不多，都是两室一厅带厨房和卫生间，每个房间也是住二人。不同的是援彝干部统一住在一个小区，便于管理；寝室里电视机、洗衣机等电器设备较齐全；指挥部有自己的食堂，一日三餐有吃饭的地方。而援藏干部不具备这些条件。

三人在客厅的沙发上坐下，胡明军告诉邓一鸣和蒋成斌，2020年年底，妮姆昭觉县通过国家脱贫验收后，从那时开始，根据中央统筹东西部协作结对帮扶地点调整的考虑，浙江省由原来的一省对接多省，调整为一省结对一省，直接结对四川。浙江将通过产业协作、劳务协作、消费协作、人才支援和数字化转型等五个方面助力巩固拓展脱贫攻坚成果，全面推进乡村振兴。而鼓楼将从直接全面精准帮扶转为协助宁波开创浙川山海情，甬凉一家亲的新局面。从主角变为配角，因此，很多人员满两年后，已经回撤。同寝室的已经走了两位，现在是一人一间寝室。年底，他将告别大凉山，回到鼓楼。胡明军说着，脸上满是不舍，甚至还有几许遗憾。其实，他已经竭尽全力，在精准扶贫的事业上做了很多有益于彝族同胞的事情，老百姓会铭记于心的。

邓一鸣这才明白刘凤知为何三番五次去浙江温州招商引资。原来，温州肯定将派工作队入驻香拉里。他明白了某些人难怪待人态度那样冷淡、无趣，明白了工作上怎么会有那些奇奇怪怪的事情，看来自己没有摆正位置。唉！不瞎想，认真做好自己应做的事情，但求无过错，对得起良心。

胡明军起身泡了两杯茶水，放在邓一鸣和蒋成斌面前的茶几上，微笑着请他们喝茶。

二人连声感谢。邓一鸣端起茶杯抿了一小口，盯着胡明军的脸，淡淡地问："胡老哥，我想问问，我们现在应该怎么做呢？"邓一鸣将面临的困难和心中的疑惑全盘说了出来。

"唉！"胡明军叹息一声，许久才缓缓地说，"有些事情大家心知肚明，看破不能说破，自己把握吧。"说罢，呵呵笑起来。这让人家怎么说呢？实事求是地说，有些话就有消极之嫌。

三人不再说工作上的事情，闲聊起来。

时间差不多了，胡明军安排邓一鸣和蒋成斌住一个房间，他住另一间。告诉他俩厕所有热水可以冲洗，洗漱用品是新买的，随便用。

　　蒋成斌洗漱去了。邓一鸣走进房间，拉起窗帘，推开窗户，一股股凉风吹进来，凉飕飕的，让人感觉特别爽快。他望着窗外，脑子里却不由自主地回到了中午，在军营跟那群士兵共进午餐的美好时刻，着实体验了一回做军人的荣耀，那顿饭他将终生难忘，永远铭刻在脑海之中。

　　中午吃饭的军号响起后，军人们立即军容严整、整齐有序，快速集合到军营门口，布哈带着战友们唱起《强军战歌》等军歌，一首接一首。唱完好几首后，才迈开有力的步伐，分班次走进食堂，打上饭菜，各班坐在一起用餐。

　　邓一鸣他们三人待在部队三楼接待室里喝水聊天儿，军营的肃静、威严让邓一鸣和蒋成斌从内心有一缕恐慌感，别说随意走动，连说话都小心谨慎，生怕说话声音大了，造成不好的影响。

　　邱鹏敲门走进接待室，微笑着请大家下楼吃饭。

　　三人跟着邱鹏来到一楼食堂。布哈和部队的两名领导已经坐在餐桌边等候，餐桌上摆放着六套碗筷。布哈见着他们三人，立刻站起来，热情地招呼，请他们入座，然后将两名领导介绍给他们相互认识。

　　邱鹏到厨房招呼炊事员准备上菜后，便回到自己班里。他是班长，得跟战友们一起用餐。战士们安静地吃着，没有其他任何声响。

　　炊事员端上饭菜，是几样家常菜，简单、简洁、不复杂、不奢侈。大家默默地吃着，偶尔小声交流两句。

　　吃过午饭，布哈告诉大家，下午他有重要的事情要处理，无法相陪，邀请他们三人明天去梭梭拉达村，在村里与大家好好交流，实地察看村里的振兴项目，这样才有实际意义。

　　三人辞别布哈，直接去了胡明军所在的日哈乡，参观了他们的彝家新村，大棚蔬菜种植场、扶贫车间、"道德银行"、"美德超市"、圆根榨菜加工厂、黄芩中药材种植基地、无公害养殖示范牧场，通过实地参观和胡明军的详细讲解，邓一鸣和蒋成斌受益颇多，感觉这次来得太值了。

　　"一鸣哥，快去洗漱吧！"蒋成斌光着上身，穿着短裤走进来，站在邓一鸣身后说道。

　　邓一鸣回过头，向他微微一笑，点了点头。他上下扫了蒋成斌一眼，见他光着的身体显露出块块肌肉，健壮有型，肤色黝黑，上身呈现倒三角形，隆起的两大块胸肌，肩膀上的三角肌，胳膊上的二头肌和三头肌，块块匀称，坚硬而富有弹性，扁平的腹肌、宽阔的背肌又像锻造出来的钢坯，那身肌肉让邓一鸣羡慕不已。

邓一鸣来到厕所，脱光衣裳，看着自己虽无肚腩却无肌肉的身体，感到自惭形秽，得加强锻炼了。

第二天，太阳从山顶上升起，散发出柔和的光芒，抚慰着梭梭拉达村这座古老而又年轻的村落。梭梭拉达村在朦胧中醒来后，立刻热闹起来，遍地鸡鸣犬吠，一切显得那么和谐、安详。阳光照耀在文化广场前的牌楼寨门上，村名耀动着红色光晕。一阵山风刮过，空气中荡漾着湿润的泥土气息。

胡明军开车来到部队，接上布哈和邱鹏，来到梭梭拉达村文化广场。梭梭拉达村属于典型的彝族村寨，是彝语地名，意思是长满杉树的沟谷，国道穿村而过。布哈作为驻村第一书记，同为彝族的优势，让他开展工作如鱼得水。

大家下车，跟随在布哈身边。他告诉大伙儿，梭梭拉达村精准扶贫前穷困潦倒，眼前的这一切都不存在，村里只有四间破败不堪的小青瓦平房作为村委会办公室和幼教点教室，一条泥泞小路与国道相连。

他第一次来到村委会，办公室连门都没有，里面全是零乱的杂物，乱七八糟的木棍柴火、破旧衣裳和烂拖鞋，四周墙体被熏得漆黑，墙角残留着一大堆燃烧后的木炭灰，简直不敢相信这竟然就是村委会的办公室。而村民的住房全是摇摇欲坠的土坯房。"土墙草顶垒空房，三块石头围火塘。门前粪泥没双脚，屋内同居猪和羊。家徒四壁没有窗，人气不比畜气旺。"出行的道路更是"天晴一把刀，下雨一团糟"。这就是当时大凉山彝族同胞生活的真实写照。离村委会不远的梭梭河边有两棵古树，一棵野梨子树，一棵核桃树，曾经被村民视作神树，上面挂满了祈福的布条，但村民没有祈来幸福的生活。

布哈对自己的故乡有着特别的乡愁与牵挂。他是一个地道的彝族汉子，三十多岁的青春好年华，朝气蓬勃，赶上了好时代。在部队的领导、支持下，他拉开了扶贫帷幕，开启了精准扶贫的大动作。围绕党建、教育、医疗、智力、设施、产业、文化、暖心等八类工程展开扶贫，重点办好"八件实事"。至此，梭梭拉达村脱贫攻坚战全面打响。四年时间过去了，如今梭梭拉达村已经走上了富裕的小康之路，美丽乡村、幸福家园已经基本建成，形成了乡村振兴辐射点，以点带面，正起着示范、带头作用。

布哈带着众人先参观电商平台、爱民幼儿园、村委会和入户水泥路等基础设施建设项目，接着来到乡村振兴产业基地——全兴水业、天府黑兔、凉乌一号乌金猪、爱民大棚、中华蜂蜜。去年底，全村五百余户村民，每户分红高达一万两千元，让附近的其他村民羡慕不已。梭梭拉达村在美丽乡村建设道路上续写着"彝海新结盟"，乡村振兴的画卷已经展开，将建设得更加绚丽多彩。

四十九、离别凉山

从梭梭拉达村回到县城已近黄昏，太阳变成了一个金色的圆球挂在天边。万里无云的天空，瓦蓝瓦蓝的。远处的山峦和近处的高楼，在夕阳映照下，显得格外瑰丽。街道上行人匆忙奔走，车流量也不小，餐馆里飘荡着浓郁的烤羊肉串的香味，西昌烤肉全川出名。这里比起香拉里确实繁华多了。

邓一鸣和蒋成斌在凉山学到了实战工作经验，他们打算次日离别凉山，准备回家，利用最后几天假期再陪陪家人，然后返回香拉里，开启新的乡村振兴工作。临别前，二人商量决定要请胡明军、布哈和邱鹏在一起坐坐，感谢他们。经过部队驻地时，布哈和邱鹏叫胡明军停车，邓一鸣却直接让他将汽车开进县城，停在指挥部小区里，再走回县城，找一家烧烤店小酌一杯。

布哈和邱鹏没有办法，只得同意，却一再申明坐坐可以，但滴酒不能沾，最多喝点儿饮料。邓一鸣表示理解，毕竟军人有严厉的纪律约束。

胡明军带领众人走进一家颇具彝族风情的烧烤店。服务员身着民族服饰，满脸堆笑，站在店门口，身体微微前倾，齐声甜甜地叫着："帅哥，欢迎光临。"

胡明军点点头，笑眯眯地问她们："还有雅间吗？一共五个人。"

服务员热情地回答有，做出一个标准的邀请动作，带着众人走过大厅，进入后面的雅间。另一名服务员捧着彝族特有的黑红黄三色漆碗筷跟在客人身后，等客人坐定，将碗筷放在他们面前的餐桌上。桌椅板凳也是三色漆漆绘，色彩鲜艳、亮丽。她又转身提上一只铜壶，将客人面前的茶杯倒上茶水。

邓一鸣点好菜，叫服务员搬一件啤酒过来。

布哈赶忙笑着劝说道："一鸣哥，搬一件酒是不是太多了？你们少喝点儿，明天要开车，上千里路程哦。"

邱鹏跟着说："一鸣哥，路上安全太重要了。"

邓一鸣脸上堆满笑容，说："没事，喝不完退了便是。"

蒋成斌笑嘻嘻地跟着说："布哈书记、邱班长，你们尽管放心。实在不行，反正休息，我们可以晚一天再走。"

布哈和邱鹏笑了笑，无话可说。

胡明军向布哈和邱鹏征求意见："你俩少喝点儿，意思意思怎么样？"

二人赶紧拒绝。胡明军不再勉强，叫服务员拿来饮料，以饮料代酒。

吃过晚饭，布哈和邱鹏告别他们，打车回部队。

胡明军带着邓一鸣和蒋成斌向指挥部走去。街道上，行人、车辆明显少了很多。柔和的街灯闪烁着，人、物看上去一片昏暗。偶尔传来几声不知名的鸟叫声，县城多了另一番情趣。回到寝室，胡明军烧上水，三人一起走到窗边，胡明军打开窗户，三人并排伏在窗台上。一轮明月已经悄然爬上树梢，皎洁的月光给大山深处的县城镀上了一层银灰色，增添了一抹神秘的色彩。月光里总是夹杂着思念和乡愁的味道，透过窗户照射进屋里，照在他们身上，聆听他们心灵的倾诉。的确，他们想家了。

第二天早上，天还没亮，邓一鸣被尿胀醒了，起床才发现下雨了。雨越下越大，老天爷仿佛铆足了劲儿，要全部释放出来一般。这是什么意思？难不成下雨天，留客天？天留，我不留，还得走。

再睡一会儿，等天亮了再说。邓一鸣屙完尿，跑回寝室，倒在床上，埋头继续睡。

电话铃声将邓一鸣从梦中惊醒。

"一鸣哥，你这电话够忙的哦！这么早就有人骚扰了呀。"蒋成斌笑着，戏谑地说。

邓一鸣呵呵一笑，下床拿起书桌上的电话，扫了一眼，是顾晨明打来的，时间已经八点半了。他连忙说："是晨明的电话。快起来，八点半啦。"说完，接通电话问道："晨明，有啥事情吗？"

顾晨明不满地嚷嚷道："一鸣哥，你什么骚操作，悄悄跑回鼓楼，不但不说一声，居然又偷偷摸摸跑到大凉山去了。果然没有把我和海东放心上。唉！伤心了。"

邓一鸣嘿嘿笑起来，连声解释："晨明，不好意思，我一直把你放在心里的，从不敢相忘。记住，伤心会伤身哦。还有，我们是好几个人光明正大回来的，到大凉山走得太匆忙，加之云峰、肖义因为工作上没有关联，都不愿来，所以我们想，你和海东更不会来，就没有叫你们。"

顾晨明继续抱怨道："去不去大凉山，是我们的事，说不说就是你的事情。你没告诉我们，那得负全部责任。走的头天晚上，你们还在一起喝酒了，也没通知我们吧？怎么办？给个说法呗。"

邓一鸣哈哈笑了，骂道："晨明，我就知道狗嘴里吐不出象牙来，黄鼠狼给鸡拜年——没安好心。我们前两天从香拉里回来，今天跟成斌又从大凉山回来，应该是两次荣归故里，有些人是不是该给我们接风洗尘？"

"说的比唱的还好听呢！猪八戒真会倒打一耙哦。不过，没关系，不就是接风洗尘嘛，没问题，小意思！晚上在鼓楼等你们，不见不散。"顾晨明慷慨地说。

邓一鸣赶忙推辞道："晨明，谢谢，改时间吧，一千多里的路程，今天晚上回来肯定太晚了。"

"哈哈，你主动放弃的哦！"顾晨明得意地笑了一阵，又严肃地说，"一鸣哥，开车慢点儿，路上注意安全，千万莫疲劳驾驶，你和成斌最好轮换开车，累了、困了，在服务区歇一歇，不要抢时间。"

邓一鸣被顾晨明的叮嘱感动了，虽然他有些婆婆妈妈，但是有人关心真幸福。他连忙答应："好的，晨明，谢谢！我记住了。明天联系！"等顾晨明说"拜拜"后，他才挂电话，然后对蒋成斌叫道："成斌，时间不早了，赶紧起床，准备回家。"

"好！"蒋成斌答应着。

两人穿好衣服，走出寝室，洗漱去了。

雨，仍旧下着，只是比先前小了许多。胡明军将邓一鸣和蒋成斌送到小区停车场，抓住他俩的手，深情地说："一鸣、成斌，欢迎有机会再来大凉山。"

邓一鸣满脸不舍，真诚地说："胡老哥，那是肯定要来的。到时候，别忘了来香拉里看看，我们的工作虽然比你们要差点儿，但值得看，毕竟那是一片悬天净土。"

蒋成斌苦笑着说："胡老哥，我们在悬天净土等你。"

胡明军点点头，松开蒋成斌的手，拍着邓一鸣的手背叮嘱道："一鸣，开车小心点儿，安全第一，一千多里的路，累了就休息半个小时，不要急于赶路。"

邓一鸣感激地说："好的，明白，谢谢胡老哥关心。"说完，二人来了一个深情的拥抱。

胡明军拍着邓一鸣的后背，诚心实意地祝福道："一鸣，好好干吧，争取在那边干出点儿名堂来！虽然很难，尽力了也不后悔。"说着，脸上显露出无奈的笑容。他松开邓一鸣，又与蒋成斌拥抱在一起，拍了拍他的后背，没有说什么。

蒋成斌真诚地说："胡老哥，谢谢你这次对我们方方面面的关照，让我学到了真本事。我会结合我们当地的实际，走出一条振兴的新路子。"

胡明军松开他，点点头，微笑着说："成斌，早日成功！路上，多提醒提醒一鸣，小心驶得万年船。"

邓一鸣挥挥手，深情地说："胡老哥，我们走了，好好保重身体，身体是革命的本钱。再说你已经功成名就，就等早日荣归故里吧。"说完，自个儿呵呵笑起来，然后打开车门，上了车。

蒋成斌上车后，放下车窗玻璃，向胡明军挥动双手，大声叫道："胡老哥，保重身体！"

邓一鸣启动汽车，从后视镜里明显看到胡明军眼里含着泪花。他不由得心中一酸，或许这一生再也没有机会来大凉山了。不过，来与否，大凉山、香拉里必将同国人一道走上幸福之路，建设好自己美好的家园。因为习近平总书记说过，全面建成小康社会，一个不能少；共同富裕路上，一个不能掉队。汽车离开了小区，向县城驶去。

五十、母亲重怒

回到鼓楼已是深夜，整座城市安静下来。街道上行人寥寥无几，除了奔驰的出租车，几乎没有其他车辆。没了白天的繁忙和喧嚣，唯独霓虹闪烁，灯火辉煌。邓一鸣把蒋成斌送到他的小区门口，才驱车回到自己的小区。

小区非常安静，除了邓一鸣的脚步声，就是躲藏在草丛里虫子的啾啾声。回到家里，客厅里的壁灯竟然还亮着，电视还在播放，刘俊梅半卧在沙发上，已经入睡。看着老婆的样子，不由得阵阵心疼。他估计今天回家时间会晚，为了不打扰老婆休息，让老婆先睡，自己回来在儿子房间睡一晚上。没想到老婆竟然一直在等自己，他放下背包，走到老婆身边，在她身旁坐下，拍拍她的手臂，轻轻地叫道："老婆，醒醒！老婆，醒醒！"

刘俊梅猛然惊醒，坐起来，看到面前的丈夫，一把抓住邓一鸣的手，激动地说："老公，你回来啦！什么时候到的？吃晚饭没有？我怎么睡着了呢？"

邓一鸣一把将妻子搂进了自己的怀里，动情地回答："俊梅，我刚到家。难为你了，去床上睡吧，我冲个澡就来。"

刘俊梅将头埋在丈夫怀里，脸贴他的胸口，听着他怦怦跳动的心，感到安全、幸福，甜甜地问："老公，还没吃饭吧？给你留着的，我去热热。"说完站起来，在丈夫脸上亲吻了一下，往厨房走去。

邓一鸣一把抓住妻子的手，劝说道："老婆，你去休息，不用麻烦。晚上在回家的路上吃了碗泡面，再吃，长肥就不帅了。"说着，站起来，拉着妻子的手走进房间，将妻子摁在床沿坐下，在她脸上深情地亲吻了一下，笑眯眯地说："老婆，睡吧，我洗漱去了。"

刘俊梅点了点头，甜蜜地笑着。邓一鸣向妻子抛了一个飞吻，转身离去。等他洗漱完回到房间，妻子还没睡。邓一鸣反锁上房门，关掉灯，上床搂住妻子，开始了他们的二人世界。

第二天早上，邓一鸣一觉醒来，已经是上午十点，他赶忙起床。简单洗漱一下，吃完妻子留在锅里的饭食。没有什么事情，反而感觉有些无聊，只好打开电视看起来。

不一会儿，母亲打开房门，提着购买的蔬菜走进来，将菜放在厨房里，怒气冲冲地来到客厅，黑着脸，指着邓一鸣的鼻子叫骂道："鸣娃子，你个砍脑壳的，烂私娃子，你啥意思？想干啥子？"

邓一鸣莫名其妙地看着母亲，丈二和尚摸不着头脑，站起来，诧异地问："老妈，你怎么了？谁惹你生气了？谁敢欺负你，我绝不轻饶他。"

母亲仍旧怒不可遏，继续叫骂道："就是你！你这个忤逆不孝的东西，不怕天打五雷轰吗？亏我一把屎、一把尿把你养大。现在倒好，说不要我，就往外撵啊！"说着，竟然嘤嘤地啼哭起来。

邓一鸣心中憋屈，委屈地叫道："妈，到底怎么回事？我昨晚半夜三更才回来，啥时候惹到你了嘛？又啥时候要撵你了？"很快，邓一鸣心中觉察到了事情的缘由，肯定是因为老岳父的事，母亲不能接受。她毕竟是从农村出来的，思想保守啊！这下完了，好事办砸了，只能老老实实地接受母亲的痛骂了。

母亲哭泣道："你个短命鬼，还在装？是不是你想把我嫁给刘家那老东西？我告诉你们，我死也不跟那老不死的。要不然，我明天就回老家。"

邓一鸣尴尬地笑着，走过去扶着母亲的肩膀，笑容可掬地说："妈，你多心了，那是开玩笑的。我和俊梅怎么舍得你呢？"

母亲一把推开邓一鸣，怒吼道："还真有这么回事，还真就是你这私娃子的主意呀！"

邓一鸣后退了一步，又赶忙上前扶着母亲的手腕，真诚地说："妈，别生气呀！来，坐下，我们慢慢说。说得不对，你想怎么处置你儿子，都由你。要打屁股，像小时候那样，我自己去拿黄荆条子，趴板凳，自己脱掉裤子，如同当年老爸那样，任你抽打，我保证绝不会像小时候那样喊天叫地。"

母亲被邓一鸣的话逗乐了，笑骂道："滚，你个没心没肺的东西。"

邓一鸣将母亲扶在沙发上坐下，倒来一杯水，双手捧着递给她，调皮地唱道："啊呀呀，母亲大人，你辛苦了。来来来，喝口水，消消气呀。"满口的川剧腔调，咿呀咿呀，还像那么回事。

母亲盯住邓一鸣，眼睛一瞪，翻了翻眼珠子，迟疑片刻，还是接了过去，放在茶几上，怒气未消地说："说吧，我倒要看看，你能说出一朵什么花来。"

邓一鸣嘿嘿笑着，挨着母亲坐下，拉住母亲的手，动情地说："妈，是这样的，我当时想，我老爸和岳母先后去世好几年了，剩下你和岳父孤孤单单地生活，俗话说，少时夫妻老时伴，你们俩如果有缘，能走到一起，彼此不是有个伴吗？你们也能相互照顾，说说话。毕竟我和俊梅白天要上班，你和岳父都是一个人在家呀，连说话的人都没有。你们如果在一起了，俊梅早晚照顾不是更方便吗？"

"唉，道理虽然是这样，但是就不怕别人笑话吗？他们在身后指指点点，光口水就能淹死人。"母亲的语气缓和了许多，但口气中却透露出许多无奈，人言可畏啊！

邓一鸣安慰道："妈，我们都不怕，你有啥好怕的？只要自己觉得幸福、开心就行，又何必在乎别人怎么说呢？他们只能说说罢了，还能做什么！只能说明他们心灵肮脏，羡慕嫉妒恨而已。"

"唉！时间差不多了，不跟你胡说八道，我做午饭去了。"母亲说着，站起来，朝厨房走去。邓一鸣看着母亲的背影，偷偷乐了，他觉得有戏，假以时日，必将大功告成，成为一段佳话。

电话铃声响起，邓一鸣掏出手机，是老婆来电，他赶紧接通。

电话里传来妻子柔柔的声音："老公，你还没有起床吗？这么晚了，该起来吃早饭啦，你打算早饭和午饭一起吃吗？"

妻子噼里啪啦说着，等她说完，邓一鸣才嘻嘻作答。妻子听完邓一鸣带着抱怨的回答，咯咯笑起来。

邓一鸣机警地扫了一眼厨房，站起来，一边朝房间走一边小声将刚才自己和母亲的谈话告诉了妻子。

妻子听后，笑得更开心了，居然连声向丈夫表示祝贺。

邓一鸣故作生气，指责道："你还笑，我都快被骂死了。接下来，叫你爸有事没事多过来，多献献殷勤。男子汉大丈夫能屈能伸，低声下气不丢人。"

妻子信心满满地说："明白！这个就不用你操心了，下面就看我的精彩表演吧！"

邓一鸣"哼"了一声，用带着挖苦的语调说："王婆卖瓜——自卖自夸，别把好事搞砸了哦。"

"去，去！狗嘴里吐不出象牙。不跟你瞎胡说，我得忙事情了。"妻子说完，挂了电话。

邓一鸣揣上手机，走到窗台边，推开窗户，一股热浪扑面而来。听妻子说，鼓楼今年夏天热得出奇，半个多月了，天天都是毒辣辣的太阳，好几天的温度超过了四十摄氏度。农田里不少旱作物干枯而死，水稻田因干涸裂开长长的口子，稻子承受着濒临死亡的煎熬。唉，这是怎么回事呢？天不遂人愿啊！

五十一、重返高原

几天后，假期结束，邓一鸣辞别家人踏上重返高原、回归悬天净土的路程。这次回去，蒋成斌开上了私家车，他在乡镇上班，经常下村，没有车不方便。为了提高工作效率，他成了私车公用的典型。燃油费、维修费、保养费都是自掏腰包解决。

邓一鸣坐在后排，望着车窗外飞速后奔的景物，心中油然升起一丝说不出的惆怅——离别的惆？思念的怅？好像都是，又好像都不是。时间稍长，便迷糊起来，靠在座椅上，闭上了眼睛。"鸣儿！"一个苍老的声音在邓一鸣耳边回响，父亲步履蹒跚走来。他扑上去，扶着父亲的臂膀。父亲喃喃自语："我家世代中医失传了！失传了！"瞬间，父亲消失不见。邓一鸣急了，大声呼喊着父亲。

"一鸣哥，醒醒，你怎么了？"岳云峰拍着邓一鸣的手臂叫喊着。邓一鸣睁开眼睛，莫名其妙地问："云峰，什么事？"

岳云峰哈哈笑起来："一鸣哥，你做噩梦了吧？一直在大喊大叫你爸。"肖义咯咯笑着附和说："一鸣哥是孝顺儿子，日有所思，夜有所梦，他是白日做梦想父亲啊！"

蒋成斌专心开车，只听着他们的交谈，呵呵笑了一声。

邓一鸣拍拍额头，淡淡一笑，喃喃地说："昨天回了一趟老家，祭祀了父亲，没想到，他老人家就托梦来了，估计收到烧去的纸钱了。只可惜我家世代中医失传了，我因读书，没法跟父亲学习，只知皮毛，未懂精髓。"

昨天，邓一鸣带上妻儿给父亲上坟，所谓的坟就是一座垮塌的山体。地震时，父亲在地里干活，被山体掩埋，长眠于大山之中。烧完纸钱，他坐在山前，向父亲汇报了自己的工作，对中医失传深感痛惜，又委婉地向他述说了岳父对母亲的那份真情。没想到今天父亲就到梦中来了，只说中医失传，没提及岳父之事，看来父亲是支持的呀！

从鼓楼到马尔康近四百公里的全高速公路，四个多小时就到了，正好吃午饭。

邓一鸣是第三次与马尔康相遇。城名因城镇后面山上的"马尔康寺"得名，藏语意为"火苗旺盛、兴旺发达之地"。这是一座清秀的城市，林立的高楼分布在狭长的山谷之中，奔流不息的梭磨河穿城而过。有水的城市，总会增添几多灵气。艳阳下，群山俊秀，山顶的寺庙随处可见，五彩经幡、藏家木楼，彰显着地域特色。

马尔康比香拉里的海拔要低五百多米，比鼓楼又高出两千多米，鼓楼暴晒暴热时，这儿却一片清凉。山风携带着泥土、牧草的芳香，沿梭磨河顺流而来，平添了缕缕清凉，夹带着丝丝鱼腥味，让人不由神清气爽。

肖义提议，来阿坝州工作半年多时间了，竟然没有在它的州府马尔康停留过，不如休息一下，顺便溜达一圈。

岳云峰十分赞成，极力支持肖义的提议。大伙儿商量后，决定逛逛这座高原上的城市。前两次路过，没有进城，不知道这座城市到底长什么模样。

蒋成斌将车停靠在路边，四人打开车门，虽然坐车很困倦，但下车后顿感舒爽。

今天是周末，假日里的马尔康本应该人流如织，但实际上有些冷清。按照惯例，这个季节应该人头攒动，外地人纷至沓来避暑纳凉的时节。但是由于疫情的原因，几乎看不到外地游客。或许中午时间，人们在吃饭休息吧。

四人缓步闲逛，整个城市与汉族聚居的城市区别不大，不同的只是店铺招牌上除了汉字，上面多了一排藏文。尽管他们已在藏区生活、工作了近半年，但是一个藏文也不认识。通过导航来到美食街，这里店面很多，一整条街全是川内川外各式各样的美食，没有游人，吃饭的人极少。老板、服务员不得不站在自家店门口，看见路过的人便争先恐后地大声叫喊进店消费。

四人就近走入一家餐馆，简单用完餐，休息一阵后，蒋成斌建议："我们还是走吧，早些回去，早点儿休息。接下来全是山间公路，弯多，路窄，速度肯定慢多了，遇上塌方，就一个'惨'字。"

"好！"肖义立即赞成，问邓一鸣道，"一鸣哥，你没意见吧？"

"没意见，走吧，走吧！"邓一鸣满口答应。

四人闲聊着向停车位置走去。

蒋成斌启动汽车，驶上回香拉里的公路。公路顺着山间狭窄的谷地向大山深处延伸而去，两边巍峨嶙峋的高山，似巨人倾斜而来，足以摧毁任何从它身旁经过的生命。蒋成斌降下车速，缓慢地向前行进。众人紧张地盯着前方或窗户两侧，双手抓住能把控的地方，寻求一丝心灵上的慰藉，生怕出点儿什么意外。汽车顺着山势开始螺旋上升，翻过一座山，又盘旋而下，一面是陡峭的悬崖，另一面是奔腾的河流。刚平静下来的心，又紧张起来。前两次坐客车来回经过，没什么感觉，现在感受深刻。手抓得更紧了，甚至十个脚趾都紧紧地扣住鞋底，恨不得死死抓住车厢底板，大气不敢出一口。

汽车终于下到谷底，道路平缓了，众人的心跟着平静下来。车速也明显加快了不少。紧张的神经一旦松弛下来，就很容易疲倦。肖义打起瞌睡来，岳云峰吹响了呼噜号角。

邓一鸣关心地说："成斌，我来开一段，你休息休息吧，开了一上午，太累了！"

蒋成斌毫不在意地说："一鸣哥，没事！你尽管放心，今天这点儿时间不算啥，我曾经连续开过24小时没休息哦。"

邓一鸣呵呵一笑，不好再说什么。很多人都喜欢自己的车自己开，不让其他人上手。他只好说找个宽阔地，停车休息一会儿，反正时间还早。

蒋成斌却说没事，自己精神颇佳，一点儿也不困。

邓一鸣没办法，只能随他。很快，倦意袭来，他靠在座椅靠背上，也迷迷糊糊地进入了睡梦。

"呼嘣！"一声巨响将三人炸醒。他们惊恐地睁大眼睛，询问怎么回事。随着响声，汽车开始摇摆，右边一下子低矮了很多，发出"吧嗒吧嗒"的声音。

"糟糕，爆胎了！"蒋成斌赶紧将汽车停靠在公路边，痛苦地说，"从山上滚落下来的石头掉在公路上，刚才避让了不少，最终还是没有躲过，轮胎被扎爆了。"说完，熄火下车查看。其他三人跟着下了车。

右边前轮胎已经完全瘪了，无法再行驶。

"这可怎么办？前不挨村，后不着店的！"肖义自言自语地着急起来，又看着蒋成斌问，"成斌，车上有备胎没有？"

蒋成斌双手一摊，苦笑着回答："有倒是有，可是我不会换啊！"他打开后备箱，询问道："一鸣哥、云峰，你俩会不会换？"

岳云峰老老实实地回答："我刚学会开车，肯定不会。"

邓一鸣为难地说："我也是开老爷车的，会开，不会修。没事，大家不用急，这里离县城应该不远了，我马上给余主任打电话，请他在县城帮我们找一个修车师傅过来帮忙。"说完，掏出手机，拨通了余伟的电话。

肖义指点着三个大男人，不满地数落道："你们一个个大老爷们，连车胎都不会换，只会开老爷车！"

三人嘿嘿一笑，无人反驳。

余伟接通电话后，邓一鸣赶紧示意大家不要再说了。余伟问道："一鸣，今天怎么想起给我打电话呢？有什么事吗？"

邓一鸣呵呵笑着说："余队，想你了呗，所以打电话来了。当然，还有一件光荣但不艰巨的任务等你完成。"

"哼，哼！"余伟连哼了好几声，没好气地说，"臭小子，我就知道，你打电话绝对没有什么好事情。说吧，什么光荣的任务？不过，完成了，你得付出点儿代价才行哈。"说罢，他自个儿乐了。

邓一鸣满口应承下来，所谓代价不外乎请吃饭嘛。他说："余队，是这样的，我们四个人已经回到离县城很近的地方了，可是汽车前胎却被扎爆了，想麻烦你在县城找一个修车师傅，帮忙换一下轮胎。"

余伟哈哈笑起来："臭小子，有没有搞错，客车师傅自己不会换轮胎？还要你们找人帮忙？"

邓一鸣赶紧解释："我们没有赶客车，是成斌开的私家车，正好我们都不会换胎。"

余伟止住了笑，好奇地问："一鸣，是你们自己开的车？挺不错嘛，开了这么远的路程。好！你们等着，我这就去给你们找修车师傅。"说完，挂了电话。

邓一鸣长吁了一口气，笑嘻嘻地将事情告诉了其他人。

众人开心地笑起来，终于可以放心等候。大伙儿找来几块石头，放在路边，坐在石头上休息，聊天。

一辆摩托车从香拉里方向飞驰而来，车上坐着两个人，他们看见坐在路边的四个人和旁边的汽车，迅速减速，将摩托车停在邓一鸣他们面前，人骑在车上，关心地问："你们怎么了？车坏了吗？"

邓一鸣站起来，微笑着回答："轮胎爆了，已经打电话请县城的修车师傅过来帮忙。"说罢，仔细打量起来面前的二人，尽管他们身穿汉族人的流行服饰，但从长相一眼就看出来，他俩是地道的藏族人，皮肤黝黑，头发自然微卷，额头宽阔，鼻梁坚挺，看面容年龄可能三十多岁。邓一鸣不由得紧张起来，心中发虚，不明白他俩到底要干什么。不会拦路抢劫吧？尽管有三个大男人，但光看身板就知道不是人家的对手。

蒋成斌、岳云峰和肖义跟着站起来，蒋成斌满脸堆笑，真诚地问道："两位帅哥，你们会换轮胎吗？"

"会啊！当然会！"骑摩托车的高个儿自信满满地回答，扭过头对身后稍矮的同伴说，"下车，我们帮他们看看。"二人几乎同时从车上下来，架好摩托车，走到汽车前，仔细检查起来。

邓一鸣拉着蒋成斌的手走到一边，担心地小声问："成斌，有没有问题？我们还是等县城的修车师傅吧！"

肖义也忧虑地说："他们到时会不会敲竹杠，狠宰一刀？这样，我去探一下价钱，以免上当吃亏。"没等蒋成斌开口，肖义便向二人走过去。

岳云峰跟着说："小心为好，我们可不是人家的对手。"

蒋成斌淡淡地笑着说："放心吧，没问题。你们在县城，下基层接触群众少了，所以才有这些怪异的想法。"

邓一鸣仍然不敢掉以轻心，跟着肖义走过去。

肖义开心地问道："帅哥，你们是修车师傅吧？"

"不是呢！"高个子诚实地回答，"不过像换轮胎这样的活儿还是会的。"

肖义"哦"了一声，继续问："帅哥，你们换一个轮胎收多少费用？"

邓一鸣心中不由得咯噔一下，这不是开玩笑吗？不是修车的，逞什么能？修不好不打紧，要是再弄坏什么，岂不更麻烦？

矮个子扫了肖义一眼，淡淡地回答："美女，我们帮忙，不收钱！"

两位藏族小伙儿检查完轮胎，高个子叫喊起来："帅哥，把备胎和工具箱给我们，马上换。"

"好！"蒋成斌答应着，让岳云峰帮忙从后备箱里取出备胎。

邓一鸣裤兜里的电话响了，是余伟打来的。他走到一边，接通电话问道："余队，怎么样？修车师傅找到没有？"

余伟得意地回答："那肯定是手到擒来。换轮胎一百元，另外根据距离要另加一定的工时费。"

"好的！我马上跟成斌商量一下，因为现在有两个路过的藏族小伙正主动帮忙弄呢。"

"商量好了，赶紧打电话过来！"余伟说完挂了电话。

邓一鸣走过去，也不回避，当着两个藏族小伙的面说："成斌，指挥部余队打来电话说，修车的师傅已找到，一百元修车费，另外根据距离加一些工时费，你看现在怎么弄？让修车师傅来还是不来？"

岳云峰和肖义看着蒋成斌，等待他做决定，毕竟是他的私家车，不便替他作主。

蒋成斌微笑着向两位藏族小伙询问道："两位帅哥，你们看换轮胎有困难不？"

高个子放下手中的活儿，诚实地回答："放心吧，我虽然不是修车的，但我会开大货车，我兄弟在州里开出租车，这点儿小事，它就不叫事！相信我们，再有二十分钟就搞定，如果不相信，我们马上走人。"高个子的话语中已有怨气。

蒋成斌赶紧表达歉意，真诚地说："帅哥，对不起，我们没有不信任你们。只是我们从鼓楼过来，开了这么远的路，现在胎爆了，有些急，说错了话，请原谅。"

高个子淡淡一笑，没有开口，继续忙活去了。

矮个子松着轮胎上的螺丝，脸上挂着笑容问道："刚才听你们说，是从鼓楼过来的，你们是援藏老师吗？"

蒋成斌回答："我们不是援藏老师，老师们已经放暑假回去了，我们是鼓楼抽调的援藏干部。"

矮个子"哦"了一声，继续问："援藏老师，应该认识吧？"

邓一鸣笑着说："肯定认识啊！我们跟援藏老师都是一起的。你认识哪个援藏老师？"

高个子回答："陈鹏飞老师，我们是他的学生。好多年前的事情了，你们肯定不认识他！"

邓一鸣不再说什么了，默默走到一边拨打了余伟的电话，让他不用再请修车师傅，待会儿去他那里修补轮胎就行了。

岳云峰哈哈笑起来，激动地说："帅哥，你错了，我们怎么可能不认识鹏飞呢？虽然没见过他本人，但是我们昨天还和他的父母妻儿在鼓楼一起喝酒呢。"

矮个子急忙问："陈叔、李孃，他们身体还好吗？一个多月没见到他们了。以前他们在县城开餐馆，还有机会去看看，现在想见见都难了。"

肖义回答："身体挺不错的，他们在鼓楼的餐馆也快开张了。"

高个子高兴地说："太好了，到时候，一定去看看两位老人家。"

邓一鸣感慨地说："帅哥，你们真是鹏飞的好学生啊！有情有义。"

肖义问："帅哥，你们叫什么名字？家住哪儿？"

矮个子哈哈笑着说："美女，查户口啊！不过，告诉你也不妨事。我叫次仁桑吉，我哥叫才旦桑杰。我俩是堂兄弟，家住雪达尔村。"

肖义赞叹道："不错的名字，挺好听的，意义也深刻。"

闲聊中，轮胎换好了。大家兴奋地握住两位藏族小伙的手，连声感谢。蒋成斌掏出两百元现金强行塞给他俩，二人坚决不收。僵持之下，肖义转身上车打开自己的旅行包，拿出两袋鼓楼带过来的特色食品，分别递给哥俩，真诚地说："两位帅哥，不收钱能理解，但这两袋食品没必要再拒绝吧！成斌，把钱收起来呗。"

蒋成斌只好收起来。邓一鸣和岳云峰跟着劝说哥俩。

兄弟俩相互看了一眼，只得接过肖义手中的袋子，然后骑上摩托车，告别离去。

邓一鸣望着他们远去的背影，心中感慨万千，自己过于世俗，沉浸于世态炎凉之中，以至于不相信任何人，认为所有人都有目的、有企图。但是桑杰兄弟今天的做法，让人相信世上大公无私、品德高尚者大有人在，他们就在藏区，他们在继续传承着这千年中华美德。

众人收拾好车子，蒋成斌开动汽车继续向县城驶去。

五十二、滨海来客

黄昏时，汽车到达县城。蒋成斌将众人分别送到居住的地方后，将车停放到自己暂住的小区里。大家将旅行包箱拿回宿舍，一起前往刘凤知的住地，向他报告情况，也算销假。

告别时，刘凤知让邓一鸣和蒋成斌等一下，他有其他事情安排。

邓一鸣和蒋成斌相互看了一眼，不知道刘凤知还有什么事情，又不便问，只好留下来。

岳云峰和肖义二人扫了他俩一眼，调皮地眨巴了几下眼睛，尤其是岳云峰目光中还流露出一丝幸灾乐祸的眼神。

邓一鸣恨恨地瞪了他一眼，没说什么。

等岳云峰和肖义走出房间后，刘凤知来到邓一鸣和蒋成斌身边，笑呵呵地说："让你俩留下，晚上一起陪陪浙江温州鹿城区的客人，他们也是援藏干部，将在香拉里开展为期三年的乡村振兴工作。"

"哦，是这样啊！我们这次去大凉山，那边浙江宁波的援彝干部已经入驻了。"蒋成斌一副恍然大悟的样子。

邓一鸣淡然一笑，征询地问道："刘县，今晚有几位客人？我有一个小小建议，如果客人不多的话，干脆把云峰和肖义叫上，也算作为我们接风洗尘，一举两得，何乐而不为？"

刘凤知笑了，指点着邓一鸣说："你小子心眼儿不少，想得挺多的哦！好吧，你跟他俩联系一下，晚上在格桑花火锅店吃火锅。"说着，掏出手机，看了一眼时间，继续吩咐道："现在时间六点半，估计他们要七点半才能到，你们八点准时赶到火锅店。"

"没问题！保证完成任务！"邓一鸣拍着胸口说，"刘县，没其他事，我们就先回去了，跑了一天，得清洗一下。"

"好，去吧！"刘凤知点头答应。

邓一鸣和蒋成斌起身离去。下楼后，邓一鸣立马拨通了肖义的电话，将晚上的安排告诉了她。

肖义迟疑了一阵，答应了。

邓一鸣告别蒋成斌，回到住处。打开房门，见岳云峰坐在座床上，低头玩手机，头发湿漉漉的。适应川西高原环境、气候后，什么高原反应、能否洗澡等一系列问题就不存在了。邓一鸣开口说道："云峰，刘副县长安排，等会儿一起到格桑花火锅店吃饭，给我们接风洗尘。"

岳云峰眼睛盯住手机，头也没抬，不相信地反问道："真的吗？骗人的吧？刚才为什么不直接说，偏偏要让你带话？值得怀疑。"

邓一鸣哈哈笑着说："我反正只是带话而已，你去不去，跟我好像没有什么关系吧。"

岳云峰仍然不太相信，嚷嚷着："一鸣哥，到底是怎么回事？说实话。"

邓一鸣怎么可能说实话，他鼻孔里哼了一声，说："云峰，你过分了哈，领导安排你吃饭，难道还要打破砂锅问到底吗？实话告诉你，我们向刘县详细汇报了凉山之行。他听后，很高兴。于是我们顺水推舟，让他接风洗尘。他同意了，你跟我们一起参与，占便宜呗。"

"喊！"岳云峰撇着嘴，嘀咕道，"好像我还得感谢你这位大恩人似的，哼，想得美！"

"玩你的游戏吧，我洗澡去了，懒得理你！"邓一鸣说着，走进寝室，找出换洗的内衣，去了厕所。

晚上八点，邓一鸣他们准时来到格桑花火锅店。服务员热情地将他们带到预订的雅间门口，他敲了两下门，然后推开房门。余伟一个人坐在里面的沙发上喝茶，四人纷纷向他打招呼问好。说实在的，一周多没见，还是挺想念的。

余伟放下手中的茶杯，唰地站起来，兴奋地向他们叫喊着，三步并作两步奔过来，抓住邓一鸣和岳云峰的手，用力握了握，又拍了拍蒋成斌的手背，给每人一个深情拥抱。对肖义不敢放肆，只能热情地握手问好。他开心地对站在门口的服务员吩咐道："帅哥，麻烦帮我们再泡四杯茶来！"

服务员答应了一声，转身关上房门。

余伟拍拍邓一鸣和岳云峰的肩膀，亲热地说："刘县他们还有一阵。来，我们坐下，慢慢聊。"

众人在沙发上坐下，开心地闲聊起来。

房门终于被推开，刘凤知带着二人走进房间。余伟起身，向来人走过去。邓一鸣几人也站起来，跟在余伟身后。

"来，各位，给你们介绍一下。"刘凤知热切地招呼道，他指着身边的中年男子说，这位是吴明全副县长。又指着另一位年轻的男子说，这位是陈海滨副主任。他们接受浙江省委、省政府的安排，离开家乡，不远千里来到香拉里，将在这里开展为期三年的乡村振兴工作。吴明全将挂职担任香拉里县委常委、副县长；陈海滨担任县政府办公室副主任。今后，将携手共进，完成香拉里乡村振兴任务。

听完刘凤知的介绍，众人立即鼓掌欢迎。刘凤知又将自己的人分别介绍给两位来自滨海鹿城的客人。大家相互握手问候，希望共同努力，完成党和国家交给的光荣任务。

"来，时间不早了，大家请入座，边吃边聊。"刘凤知招呼着，将两位客人迎到贵宾席坐下。其他人依次而坐。

余伟打开房门，对站在门外的服务员叮嘱道："帅哥，上菜。"

刘凤知关心地问道："吴县长、陈主任，你们能否吃麻辣味？如果吃不习惯，可以吃清汤。不过，吃火锅不吃麻辣，等于没吃火锅的灵魂。"说罢，呵呵笑起来。

吴明全跟着笑了："吃！吃火锅，就要吃灵魂！没有吃到灵魂岂不等于白吃了。"

陈海滨表示可以吃麻辣味。

刘凤知点点头，吩咐道："一鸣、成斌去帮两位客人兑一下调料，少放点儿花椒油和辣椒。"

"没问题！"二人答应着，起身准备离开房间，去大厅兑调料。

吴明全赶紧挥手制止，说："刘县长，不用客气，怎么能麻烦他们呢？我们自己去兑。"

刘凤知拉住吴明全的手劝说道："吴县长，放心吧，他们会兑来令你满意的调料。"

邓一鸣和蒋成斌走出房间。

陈海滨说我去学学如何调兑，便跟在他俩身后。其他人纷纷起身，向大厅走去。

鼓楼援藏指挥部用自己的方式接待了来自远方的客人，没有酒，也没有大鱼大肉，就是普通食材的火锅。虽然简单，却是诚心实意的。滨海的客人很开心，尽管还不习惯川味的麻辣，但是他们说从现在开始就要入乡随俗，做一名四川人，把这里当成第二故乡，和鼓楼一道建设悬天净土、幸福家园。

吃过晚饭，大家相互留下电话后，握手告别。

刘凤知拉住邓一鸣的手叮嘱道："一鸣，明天上午，你和余主任一起陪吴县长和陈主任去木南达镇看看。顺便将你们上次撰写的明年项目申报计划准备一份，交给陈主任。我本来要陪伴他们的，但是吃饭前接到县委办通知，明天参加书记办公室会议。我已经向吴县长他们说明了情况。"

"没问题，一定做好！保证完成任务。"邓一鸣拍着胸口肯定地说。

刘凤知松开邓一鸣的手，拍着他的肩，点着头，放心地说："一鸣，你办事，我放心。我们共同努力，争取将木南达的项目列入明年的计划。"

邓一鸣告别刘凤知，跟岳云峰回到宿舍，二人分开，各自与家人视频聊天，报告平安。邓一鸣与妻子聊了很长时间才依依惜别。他感到疲倦了，走进寝室，脱下衣裳，准备入睡。

岳云峰结束跟老婆的卿卿我我，走进寝室，衣服未脱，便倒在床上，好奇地问："一鸣哥，这一周多时间，你跟嫂子做了几次？"

"什么做了几次？"邓一鸣知道他在问什么，却故意问。

岳云峰猛然坐起来，嚷嚷道："一鸣哥，你有意装是不是？明明知道我在问啥。"

邓一鸣嘿嘿笑起来："四十多岁的中年大叔了，不敢和你们年轻人比，适可而止，不能当干饭吃。"

"唉！"岳云峰叹了口气，无奈地说，"两边父母特别想要孙子，回去这一周时间，天天讲，时时催，恨不得这一周时间就要怀上，可有那么容易吗？"

邓一鸣起身，双腿盘起，坐在床上，指着岳云峰说："臭小子，难怪今天早上看到你时，精神萎靡不振，就知道那种事做得过度了。"

岳云峰嘿嘿笑了："希望这次播种成功，老婆能顺利怀孕，也好早日满足父母的愿望。"

邓一鸣真诚地说："云峰，祝福你，希望如你所愿！好了，早点儿休息吧，累了一周时间。"

岳云峰关掉灯，室内一片漆黑。二人躺下，进入梦乡。

五十三、滨海深情

香拉里的夏天非常短暂，不知不觉，仿佛瞬间的事，天气渐渐凉爽起来，太阳虽然挂在天空，却没有燥热的感觉。早晚已经有了丝丝寒冷的味道。四周连绵起伏的山峰黄绿相错。天空低垂，山尖似乎刺破苍穹，直插云霄。杜柯河清澈碧绿，映照出不是秋日却胜似秋日的蓝天和白云。

邓一鸣吃过早饭，来到香拉里广场，站在街边，等候浙江援藏干部吴明全和陈海滨。此时，广场已经热闹起来，人们在《格桑拉》的音乐声中跳起欢快的舞蹈。音乐结束，人们开始自娱自乐，跳香拉里锅庄舞，它是一种藏族民间的集体歌舞，边歌边跳。慢板时，舞姿自然悠摆，快板时，动作豪迈雄健。不会跳的，只要往旁边一站，就会吸引你情不自禁地跟着舞起来。邓一鸣跟随他们的节奏，有模有样地扭动着身姿。尽管不标准，还有点儿僵硬，但也像那么回事。

"嘀——"一阵车喇叭声在邓一鸣身边响起。他停止跳动，朝喇叭声看去，见余伟从副驾驶室的车窗里伸出头来，正笑眯眯地看着他呢，好像对他的舞姿挺欣赏的。邓一鸣赶紧走过去，招呼道："余队早上好，这么早啊，你们吃早饭没？"然后开着玩笑对蒋成斌说："成斌，你今天又亲自驾车呀！辛苦你老人家了。"

余伟风趣地说:"一鸣哥,跳得不赖嘛,有点儿康巴美少女的味道。你继续跳,反正还要等吴副县长和陈副主任。"

蒋成斌带着讥讽的语调附和道:"余主任,我怎么觉得是老奶奶的遗风残韵,还带着一丝苟延残喘的气息呢?"说罢,得意地笑了,对着邓一鸣说道:"一鸣哥,要不,你老人家来开呗!"

"喊!"邓一鸣朝他俩翻了一个白眼,撇着嘴,不满地嚷嚷着,"懒得和你们争辩,不就是吃不到葡萄说葡萄酸嘛。"说完,拉开车门,在后排坐下。伸手拍拍蒋成斌的座椅靠背,关切地问道:"成斌,项目申报计划书准备得如何?"

蒋成斌满不在乎地说:"放心吧,没问题。到镇上,在办公室电脑上出两份就行了。"

邓一鸣仍不放心地追问道:"镇上会不会停电,如果停电怎么办?"

蒋成斌乐了:"那我也没办法呀!不过,电脑是死的,人是活的,活人还能让尿憋死不成?来电了,我转发给你,你打印出来,送给陈主任不就成了吗?"

邓一鸣愤愤地说:"哼,我狗咬耗子——多管闲事呗。"

余伟回过头,看了邓一鸣一眼,笑嘻嘻地说:"你就是一个操心劳苦的命。诸葛亮怎么死的?累死的!另外,县上马上要开展驻村助力乡村振兴活动。一鸣,你可以考虑参与噻。说实在的,守在机关,真没什么意思。成天忙得要死,却成就感不高。"

邓一鸣听了余伟的话,立刻心动了。

蒋成斌没等邓一鸣开口,抢着说:"一鸣哥,来木南达,我们正好一起做事,完成那份描绘的蓝图。"

邓一鸣嘿嘿一笑:"成斌这主意不错,确实值得好好考虑。"

"嘀——"车后响起喇叭的声音。

"吴县长他们到了,下去跟他们打声招呼吧。"余伟说着,打开车门下车。邓一鸣和蒋成斌跟着下去。

吴明全和陈海滨从车上下来,大家热情地打着招呼,相互握手问好。余伟说:"吴县长、陈主任,你们等会儿跟在我们车后,到木南达镇需要一小时左右。"

"好!出发吧!"吴明全点头答应。

余伟安排道："一鸣，你干脆坐吴县长他们的车吧，你去过木南达，路况比较熟悉。"

邓一鸣爽口答应，跟着吴明全和陈海滨上了车。陈海滨发动汽车，跟在蒋成斌的车后，向木南达出发。

吴明全扭过头，微笑着说："邓部长，听刘县长说，你们整理了一个明年的项目申报计划，到时候给我们一份，争取促成这个项目，我们共同实施完成。"

"没问题！刘县长已经安排了，到镇上，蒋成斌副书记就打印出来。"邓一鸣笑眯眯地说，又征询道，"吴县长，要不我先简单地给你和陈主任汇报一下？"

"好啊！洗耳恭听！"吴明全一副开心的样子。

于是，邓一鸣将那份乡村振兴项目申报计划形成的来龙去脉、实质内容、实现效果等进行了较详细的汇报，顺带将鼓楼市近十年来的精准扶贫情况作了简单介绍。

吴明全和陈海滨听完，感慨万千，他们被鼓楼仙游区真扶贫、扶真贫以及无私奉献的精神感动了。觉得下一步，他们有责任扎实巩固香拉里脱贫攻坚成果，全面推进乡村振兴工作。

"吴县长，说实话，我孤陋寡闻，真还不知道你们温州市鹿城区呢，从没听说过。"邓一鸣挠挠短发，嘿嘿笑着说。

吴明全将头转回去，眼睛看着前方，平静地说："一鸣部长，那我就给你简单介绍一下我们鹿城的情况以及这次前来香拉里的工作规划吧。"

鹿城始建于公元 323 年（东晋太宁元年），相传筑城时有白鹿衔花之瑞而得名，是温州市的政治、经济、文化中心。

鹿城是一座充满时尚、富有商业气息的魅力商城，中国商业文化的发源地之一。它更是一座充满秀气、富有底蕴的山水名城。中国山水诗鼻祖谢灵运等历史文化名人在此留存遗迹。鹿城人敢为人先，率先进行市场化取向改革，创造了全国第一张个体户营业执照、第一家批发市场、第一家股份合作制信用社、第一家无区域民营财团，是中国市场经济的发祥地之一，鹿城更是一座充满温情、富有大爱的和谐之城。

吴明全的脸上充满自豪、自信，他们的成就摆在那里，是不容置疑的。

邓一鸣满脸羡慕，感叹道："吴县长、陈主任，你们鹿城太了不起啦，我们望尘莫及，只能望洋兴叹啊！"

陈海滨淡淡地说："你们会迎头赶上的，走共同富裕的道路是我们国之根本啊。"

"但愿吧！"邓一鸣显得信心不足，尴尬地笑着说，"吴县长，请你接着讲讲民之根基吧。"

吴明全继续侃侃而谈，真诚地说："我们巩固帮扶成果和开展乡村振兴工作主要从以下五个方面入手：一是共建产业园区，引导企业投资落地，建立利益联结机制和群众受益机制；二是帮助开发公益性岗位，协助农村劳动力特别是脱贫人口到东部省市稳岗就业；三是以搭建平台、开设专馆，销售当地农特产品和协助开发乡村旅游，吸引游客前来消费等措施开展消费协作；四是选派党政干部人才和专业技术人才到香拉里挂职，帮助培养当地乡村振兴干部人才队伍；五是发展数字经济、推进数字化治理，提升便民服务，建设数字政府，积极推动数字产业化和产业数字化。明年东西部协作项目计划投入资金六千万元，围绕党建合作、产业提升、消费帮扶、劳务协作、社会事业协作、村容村貌提升等项目签订结对协作，实现共同富裕，开创东西部协作新局面。"

邓一鸣听完吴明全的介绍，心中十分高兴，他们的工作规划对木南达镇的乡村振兴十分有利，对村民们早日过上幸福生活有很大的助推作用。一定要想方设法将项目计划纳入鹿城的振兴盘子，实现共振。

蒋成斌带着陈海滨将汽车开进木南达镇政府机关大院。书记扎西多吉和镇长次仁旺堆带着镇班子部分成员迎候在院子里。众人下车，扎西多吉领着镇干部们手捧哈达迎上来。"扎西德勒！"大家相互问候着。主人们将哈达披在来宾的肩膀上。

余伟上前，将吴明全和陈海滨介绍给扎西多吉和次仁旺堆等镇机关干部彼此相识。扎西多吉双手合十，真诚地说："吴县长、陈主任，你们不远千里来到我们这偏远乡镇，帮助我们开展乡村振兴工作，我代表全镇人民向你们表示热烈的欢迎和衷心的感谢。"

吴明全也学着扎西多吉的样子，双手合十，身子微微前倾，亲热地回复道："多吉书记，谢谢！不用客气，我们温阿是一家人，应该的。"二人的手紧紧地握在一起，不停地说着客套话，那份亲热劲，仿佛见着久别的亲人。

次仁旺堆和陈海滨也亲热得像兄弟。余伟和邓一鸣平静地看着。蒋成斌尴尬地站在一旁边，手足无措，不知干什么好。

扎西多吉松开吴明全的手，回头朝余伟和邓一鸣微微一笑，礼节性地挥挥手，领着众人上楼向会议室走去。

走进会议室，众人按照自己的座位牌坐下，座谈会由次仁旺堆主持，扎西多吉致欢迎辞。

接着，吴明全讲话。他深情地说："温阿一家亲，共叙山海情！这里是鼓楼仙游区精准扶贫、脱贫攻坚的主战场。在他们真心实意帮扶下，已经成功脱贫。根据党和国家的安排，现在将是巩固拓展脱贫攻坚成果，推广乡村振兴浙江经验的主阵地！我们将一如既往出色地完成党和国家赋予浙江的光荣使命！"

座谈会结束后，扎西多吉带着客人们前往镇上参观。参观完小城镇建设、风貌打造，以及南塘村基础设施、产业项目后，回到镇政府。吴明全向扎西多吉等镇干部辞行。尽管他们一再热情挽留，希望能一起吃顿便饭，但吴明全等人还是婉言谢绝了，尤其是余伟和邓一鸣态度坚决，坚持要走，强调还要去其他乡镇看看。

蒋成斌将打印的项目申报计划交予陈海滨，自己留在镇上。余伟和邓一鸣上了陈海滨的车，离开镇政府。他们在镇上的西山面馆吃了碗面条后，直奔索朗堪布的陶艺传习所。

众人受到索朗堪布、众僧侣和学员及他们家长的热烈欢迎。索朗堪布手捧金色哈达，学员及他们的家长手持小国旗，口里说着藏汉双语："欢迎，欢迎，热烈欢迎！"

余伟、邓一鸣与索朗堪布早已成为好朋友，邓一鸣更是那些学员崇拜的偶像。吴明全和陈海滨被这场面感动了，他们知道，只有发自内心深处自然流露的真情才会真正打动人心。

吴明全、陈海滨与索朗堪布进行了深层次的交流，二人被他的家国情怀深深打动。

大家相信，藏族人民必定会紧跟时代的步伐，搭上时代的列车，在全国人民的支持下，建设自己的幸福家园。藏族人民一定会看到那一幅"产业旺、百姓富、生态美、乡风纯"的美丽乡村画卷，他们就在那幅画卷里生存、繁衍，过着幸福、祥和的生活。他们定将张开怀抱，迎接四面八方的客人，感受那"曾经一步跨千年，而今跑步奔小康"的豪迈气概，体会那"吃水不忘挖井人，致富不忘谢党恩"的感激之情。阿坝一定会迎来最美的明天！藏族人民一定会走上幸福之路！乡村全面振兴的香拉里画卷已经徐徐展开。

五十四、驻村雪达

第二天早上，邓一鸣早早地来到办公室整理资料，准备工作移交。昨天傍晚，陪吴明全、陈海滨回到县城后，便和余伟去给刘凤知汇报白天考察、调研的情况。

刘凤知听完汇报，满意地点点头，说声辛苦了，接着对邓一鸣说："昨天召开县政府办公会，只有一项内容，要求各单位安排人员驻村助力乡村振兴工作。我们援藏指挥部的职责就是这项工作，因此除学校老师、女同志和有特殊情况的人员外，都要无条件地下派到村上去。一鸣，你是怎么想的？"

"去，我肯定去！"邓一鸣没有片刻思考，欣然答应。既然主动申请援藏，就应该到最需要的地方去，何况在单位也有些不开心。

余伟跟着认真地说："刘县，我也去吧。"

刘凤知摇摇头说："余主任，你走不脱，你不仅是副指挥长，还是县政府办副主任，得统筹、协调指挥部和全县的乡村振兴工作。你的工作不轻松。"

余伟无奈地摇摇头，一脸苦笑。

邓一鸣嘿嘿笑着，开玩笑说："伟哥，你是后勤部长，我们的靠山，一切都指望你。"说完，扫了刘凤知一眼，问："刘县，我去哪个乡镇？到哪个村呢？"

刘凤知淡淡地笑着回答："听从多吉部长的安排吧，你虽然是指挥部的人，但更是组织部副部长。估计是蒋成斌所在的木南达镇，因为组织部负责联系那个镇。"

邓一鸣惨淡一笑，心中有说不出的酸楚。不知道为什么，他觉得镇上那些领导对他们这些援藏干部总是区别对待，包括昨天在对待他们与吴明全和陈海滨就是两种截然不同的态度。时间长了，态度有所变化也属正常，但没必要表现得如此明显吧。这些事情，他和余伟都没跟刘凤知汇报，因为他们相信，刘凤知一样体会得到。

邓一鸣整理好资料，坐下来休息，专等多吉顿珠来安排他的工作。

"一鸣部长，到我办公室来一下，跟你商量一件事情！"门口传来多吉顿珠的声音。

邓一鸣扭过头，朝他微微一笑，答应着，起身向门口走去。他跟随多吉顿珠来到办公室，二人在沙发上并肩而坐。

多吉顿珠满脸堆笑，和蔼可亲地说："一鸣部长，是这样的，根据县政府总体工作部署，要求县上每个部门都必须派两至三名机关干部到所联系的乡镇驻村助力乡村振兴工作。昨天下午，部里召开了部委会，大家一致同意由你带队前往木南达镇。你怎么看，有什么想法？"说罢，眼睛盯着邓一鸣的脸。

邓一鸣脸上风平浪静，没有丝毫波澜，淡定地说："既然部委会已经作出决定，个人服从组织，我还有什么可说的？还有什么意见？唉！"说罢，双手一摊，一声长叹，作出一脸无奈样。

多吉顿珠看了邓一鸣一眼，暗暗出了一口气，伸手拍了拍邓一鸣的肩膀，关心地说："一鸣部长，谢谢理解。为了方便工作的开展，部里决定派宋其霖协助你。你还有什么要求？部里一定满足。"

邓一鸣扭头看了多吉顿珠一眼，平静地说："未到村上，我也不知道会遇到什么困难，只是希望今后有困难时，请多吉部长及时给予帮助、解决。要求之类，暂时也无法提出。"

"一鸣部长，你尽管放心，遇到任何困难，只要你提出来，我们绝对处理好。"多吉顿珠拍着胸口，信誓旦旦地保证。

"多吉部长，谢谢！"邓一鸣的脸上总算露出了一丝笑容，平静地问，"部长，我们什么时候到村上去？"

多吉顿珠回答："今天下午吧，我安排人送你和小宋到村上。上午，你俩将手上的工作移交一下，你的工作暂时由副部长索朗顿巴接替。昨天，有些事情与他交流了，他会积极配合的。"

邓一鸣点点头，站起来说："好吧。多吉部长，我这就去找索朗部长进行工作移交。"

多吉顿珠点头同意，又招手叫道："一鸣部长，等一下。"说着，起身打开身后的文件柜，从里面拿出一个小纸箱，递给邓一鸣说："这是一箱酥油茶，香拉里的冬天说来就来，每天喝点儿，增加热量。"

邓一鸣摆手谢绝："部长，这怎么行呢？不用，不用！"

多吉顿珠有些生气了："赶紧拿着，什么不用哦，又不是啥值钱的东西。我个人的一点儿心意而已，小宋也有！"

邓一鸣只好收下，说声感谢，捧着纸箱回办公室了。

索朗顿巴已经到了，正坐在座位上等候着。见邓一鸣进来，立刻站起来，笑容可掬地打招呼问好。

邓一鸣呵呵笑着回应他，心中升起一缕莫名的滋味，他在内心安慰自己道：都是兄弟姐妹，何况两年之后天各一方。他认真地说："索朗部长，感谢这段时间对我生活、工作的关照。下午，就要到村上去了，我将工作跟你交接一下吧。"

索朗顿巴点头答应。

邓一鸣移交完工作，感觉特别清爽，到部里各办公室走了一圈，与大伙儿叙叙旧，聊上几句，算作告别。

午饭后，邓一鸣收拾好行李，和宋其霖直奔他们所联系的雪达尔村。或许冥冥之中机缘巧合吧，这个村正是索朗堪布的出生地。

驱车一个多小时来到雪达尔村，村委会办公楼是精准扶贫期间仙游区资助改建的两层楼房，一楼为党员活动室和便民服务中心，二楼是办公室。楼顶挂着一块用党徽和藏汉两种文字制作的雪达尔村支部活动室标牌。一圈低矮的围墙环绕着办公楼，围墙墙体外贴着一个个圆形的呆布（牛粪饼），散发着牧草的清香，没有一丝异味。院内的地坪已经用水泥硬化，平整而光洁。楼前建有一座旗台，鲜艳的五星红旗在旗杆上迎风招展。办公楼前面是一片辽阔的大草原，后面是起伏的山峦，生长着茂盛的牧草。披着黑色绸缎的牦牛和穿着洁白衣衫的羊群悠闲地漫步在草原上，啃食着牧草，藏獒们奔跑着，警惕地守护着它们。放牧的姑娘、小伙儿放开嗓子唱着他们心中的情歌。

村民们的住房在村委会左右和道路对面有序散开，房顶上那一面面五星红旗在秋风里猎猎作响，构成了一道亮丽的风景。他们的房屋俗称碉房，大多数为三层或更高的建筑。底层为畜圈及杂用，二层为起居室和卧室，三层为佛堂和晒台。四周墙壁用毛石垒砌，开窗甚少，内部有楼梯以通上下，易守难攻，类似碉堡。窗口多做成梯形，抹出黑色的窗套，窗户上沿砌出坡檐。碉房具有坚实稳固、结构严密、楼角整齐的特点，既利于防风避寒，又便于御敌防盗。

　　村民碉房外的围墙上贴满了牛粪，藏语中称久瓦。贴在墙上晾晒干后的牛粪饼叫呆布，呆布用作烧茶做饭的燃料，在高原牧区已有千年的历史。生活在雪域高原的广大农牧民至今视其为最佳燃料。久瓦除了用作燃料外，在藏民族日常生活中还有着特殊的用途与含义，藏民族传统生活与久瓦息息相关。甚至有人认为久瓦里熔铸了藏民族独特的人文色彩、风俗民情，体现着民族心理和审美情趣等深层内涵。这种说法虽有些夸张，但仔细品味，也不无道理。

　　藏族人素有这样的说法："阿妈唐久瓦拉坐卓门。"意为子不嫌母丑，人不嫌牛粪脏。难怪藏族祖先们为牛粪取名久瓦，它与粪、尿无任何关系。一排排整齐的呆布打在自家房院的墙壁上晒干，这不仅能起到保护作用，冬季还可防寒。

　　藏民族的祖先把经济、实惠的牛粪循环利用，不仅解决了燃料问题，给生活带来方便，更主要的是节省了树木，为保护藏区的生态环境作出了巨大贡献，体现了藏民族对大自然博爱的精神。

　　邓一鸣和宋其霖背着自己简单的行囊走进村委会院子，这里院落的围墙不用安装大门，修建围墙的目的只为晾晒呆布方便。

　　村支部书记旦真曲扎和村组干部们已在一楼党员活动室等候。旦真曲扎看见邓一鸣和宋其霖，立刻走出来。"扎西德勒！"他热情地招呼着。其他干部跟在他的身后。

　　"扎西德勒！"大家纷纷问候着，旦真曲扎双手捧着洁白的哈达敬献给邓一鸣和宋其霖，披在他们的肩上。一双粗大的手握住邓一鸣的手，激动地说："邓部长，欢迎到我们雪达尔村指导工作。"

　　邓一鸣动情地说："旦真书记，谢谢你对我们的关心、支持！我们不是来指导，是来协助工作的。"这是一位标准的康巴汉子，看样子只有三十多岁吧。

　　康巴汉子无疑是原生态之美的典型。在康巴汉子身上，可以看到未经雕琢的自然之美，好比上帝派到人间的"使者"，散发着超脱于凡俗社会的原生态特质，既纯真，又野性，不带一丝杂质,，恰似一块璞玉，"清水出芙蓉，天然去雕饰"，用"自然之子"形容康巴汉子，真的一点儿也不为过。

　　众人上前，热情地取下二人身上的行囊，簇拥着走进党员活动室。

康巴汉子特有的特征在他们身上淋漓尽致地展现出来。他们身上充满野性的色彩和粗犷的豪爽，这与他们的成长环境密切相关。康巴汉子延续着藏族人骑马放牛的牧民生活方式，日出而作，日落而归，每天朝夕相伴的只有牛、羊，骑行在茫茫大草原上，望着苍茫的大地，蓝天上白云在眼前自在地流淌，不由得心生对大自然的渴望与追求，更会产生对自然环境的无限眷恋之情。

　　旦真曲扎指着活动室里间的门，真切地说："两位领导，我们这儿条件有限，只能将党员活动室里面这间屋子作为你们的宿舍。"

　　邓一鸣微笑着说："旦真书记，不用客气，有地方住就行了，用不着那么讲究。"

　　早已有村干部打开了那扇门，大家走进去，里面摆放着两张折叠式钢丝床，窗口摆放着一张书桌、一把电脑椅，桌上还有一台电脑，书桌旁边立着一个衣柜。脱贫后的雪达尔村早已今非昔比啊。

　　村干部们将邓一鸣和宋其霖的行李包放在钢丝床上。旦真曲扎热情地介绍着室内设备的来源和办公楼改建时的情境。

　　邓一鸣和宋其霖认真地听着，不时点头。介绍完，旦真曲扎领着邓一鸣和宋其霖回到党员活动室，组织了一个简单的见面会。康巴汉子们的名字，赋予了神奇的含义，而这含义是要用心去体会、去消化的。因此，村干部的名字连同他们的长相一样，邓一鸣一个都没记住。宋其霖待在藏区的时间长了，他确实能够准确记住和区分。

　　邓一鸣最后表态，自己驻村雪达尔，一定要做一个合格的雪达尔人，与大家一起建设美丽幸福的家园。

五十五、汉藏一家

　　见面会结束，正是夕阳西下时分，远处的山峦披上晚霞的彩衣，勾勒出柔美、飘逸的线条，就像只用绿色渲染，不用墨线勾画的中国画那样，到处翠色欲流，一碧千里，轻轻流入云际。天边牛乳般洁白的云朵变得火带一般鲜红，天地相连，浑然一体。草浪平息了，放归的牛羊群从天边走来，如同点缀在绿色绸缎上的黑白珍珠。四周的碉房上升腾起的炊烟变成了金黄色，携带着燃烧呆布散出的浓浓的牧草芳香。很快，又飘来浓烈的酥油奶香、青稞麦香和牛羊肉香，整个雪达尔村被包围在醇香的空气之中。

汉子们挥手告别，陆续离去。

旦真曲扎来到邓一鸣和宋其霖面前，满脸笑容，真诚地邀请道："一鸣部长、小宋主任，走，今天晚上去我家吃饭，到时就在家里住。"

邓一鸣赶忙摆手婉言回绝："旦真书记，谢谢，我们带有方便面，不给你增加麻烦。"

旦真曲扎嘿嘿笑起来，嗔怪地说："什么叫增加麻烦呢？我们藏汉一家，是兄弟呀！再说昨天下午，组织部给你们送来的生活必备物资还放在我家里，你们不打算要吗？"

邓一鸣扭头盯着宋其霖，寻求真相。

宋其霖笑着说："邓部长，确实像旦真书记说的那样，是我和单位扎西师傅一起送过来的。"

邓一鸣勉为其难地点头答应，走出党员活动室。旦真曲扎锁上房门，从钥匙串上取下四把钥匙，递给邓一鸣，说："一鸣书记，给，这是活动室和里面房间的钥匙。"

邓一鸣笑着说声谢谢，接过钥匙，分出两把不一样的，交给宋其霖，然后跟随旦真曲扎向他家里走去。

天边最后一丝光亮被夜幕吞噬了，一轮明月挂在天幕上，闪耀着皎洁的光芒，大地一片皎白。天幕上撒满了星星，一闪一闪眨着眼睛，俯看着这安静、祥和的大地。道路两边的太阳能路灯亮了，和着皓月的光亮。家家户户碉房里的电灯也亮起来了，跟路灯、月光交相辉映。

旦真曲扎的家在村子西端，远远看见二楼的户外灯将整个院子照亮了。走到院子门口，从院门口到碉房门口站着一队穿着民族盛装的藏族妇女。领队的三名妇女站在队伍最前面，两个妇女双手端着托盘，上面放着一副精美的黑陶酒具——一个酒壶，三只盛满青稞酒的杯子。

邓一鸣到过白马藏区，见识过这种敬酒方式，心里不由得产生一丝担忧，却又无可奈何。藏族同胞的规矩，不论任何场合，只要妇女敬酒，被敬者纵有万般理由，都不能拒绝。邓一鸣走过去，还没走到她们面前，她们的祝福酒歌便唱起来。她们唱的是藏语，歌声的旋律时而婉转悠扬，时而热烈高亢。虽然听不懂，却明白她们唱的是祝福、吉祥的歌。最后，她们用汉语唱起来:"阳光为什么这样明媚?是因为菩萨洒下了吉祥;我家为什么这样欢乐?是尊贵的客人来到帐房。哈达是敬礼上师的赞扎,这杯中的美酒请我最知心的朋友品尝……"

伴随酒歌,藏家女儿翩翩起舞,轻歌曼舞,婀娜飘逸。三位领队的身子也跟随节奏扭动起来,但杯中的酒却没有溢出一滴。藏族同胞敬酒时,绝不允许洒出。

霸气、豪爽是藏族酒文化的特征,生活在巍巍雪山、莽莽草原的藏族人民,豪放、热情;长期受佛教思想的影响,他们养成了仁爱、礼貌、节俭的美德。因此,藏族人普遍爱饮酒,但绝不酗酒;平时一般不饮酒,但饮起来却总要酣畅尽兴;酒对藏族来说是喜庆的饮品,绝无消愁解闷的用途。藏族有着悠久的历史和灿烂的文化,早在一千多年前就已开始酿酒,在漫长的历史进程中,形成了独特的藏族酒文化。

在歌声中,托盘递到邓一鸣面前。邓一鸣对藏族酒文化有所了解,他端起托盘中的酒杯,唱起李光羲演唱的《祝酒歌》回敬,他不会唱藏族敬酒歌,而这首歌是他的拿手曲目。

美酒飘香啊歌声飞,
朋友啊请你干一杯,请你干一杯;
胜利的十月永难忘,杯中洒满幸福泪。
……
十月里,响春雷,
八亿神州举金杯;
舒心的酒啊浓又美,千杯万盏也不醉。
……

邓一鸣的歌声高亢嘹亮,现场的人都被他的声音迷住了,他当年在鼓楼地区被称为李光羲第二。此唱彼和,气氛十分热闹,将迎接仪式推向高潮。邓一鸣唱完《祝酒歌》,将三杯酒全部喝完。院子里立刻响起热烈的掌声。

邓一鸣将酒杯放在托盘里。另一名藏家女儿端上托盘挡在宋其霖面前。宋其霖用藏语唱起了敬酒歌回敬,喝完酒。三名藏家女儿给邓一鸣和宋其霖让开道,二人并肩朝前走去,旦真曲扎跟在他俩身后。藏家女儿们簇拥着他们，边唱边跳，气氛热烈。这种众星捧月的架势让邓一鸣感到惭愧，手足无措。自己算什么呢？什么都算不上，却被人家当贵客相待，这可是藏家最高规格的接待方式啊。在大多数藏区，平时倘有客至，敬茶不敬酒。逢年过节和喜庆时，如果客人来到家里，则必须敬酒，但没有迎接仪式。敬酒也只是在饭桌上进行，主人先斟满一碗，捧献于客人面前，客人双手接过后，必须先喝三口，但不能喝完，等主人再斟满，这时客人才一饮而尽。

此后，客人有酒量的继续喝，无酒量的可以到此为止，主人也不强劝。倘若客人喝不完那碗酒，那就是严重的失礼行为，主人会很不高兴。至于客人醉酒，主人绝不会讥笑，反而认为是坦诚的表现。四川的嘉绒藏族较特别，平时对进屋的客人先敬一壶酒，随即将食物用盘奉上，一客一份。黑水地区的藏族，凡见熟人从门前经过，必请进屋内敬一碗酒。如客人坚决不进屋，主人要把酒拿到路边请客人喝，以示慰劳。藏族人民热情好客、和善友睦的风尚，在这些酒俗中得到充分展现。多么朴实、纯洁的藏族人民啊！

邓一鸣走到碉房大门口，一位老者手捧哈达站在门口迎接。邓一鸣猜想，老者肯定是旦真曲扎的父亲。他几步走过去，右手抚胸，身子微微前倾，低首真诚地说："大叔，祝你老人家身体健康。扎西德勒！"

"扎西德勒！"老者热情地说着，将哈达分别披在了邓一鸣和宋其霖的肩上。然后，就是一串听不懂的藏语。尽管听不懂，但无须翻译，那份真情早已写在老人家纯朴的笑容里。

跟随老者顺着木制楼梯上到二楼客房，在旦真曲扎的招呼下，大家围着餐台坐下。餐台上满了热气腾腾的酥油奶茶，纯厚甘冽的青稞酒，一大盘手抓牛肉，两盘烤羊排，两笼硕大的藏包子，两碟烧青椒酸辣子。喜欢吃辣的，可用包子蘸酸辣子吃。

藏包子特别诱人，晶莹透亮，肉嫩油丰，色白味美，伴有青葱的浓郁甜味，油旺而不腻，鲜嫩而爽口。

宋其霖悄声说，藏包子的制作工艺独特，讲究肉馅，选用新鲜羊肉，四成肥肉，六成瘦肉，不像汉族将肉置于案板上用刀剁，而是放置于藏语称为香哇的小木槽内，两手各持一把藏刀往来交错切割。技术高超的人刀快如飞，使人眼花缭乱，顷刻间，一堆羊肉便成了肉泥。羊肉切碎后，加适量切成丁的羊板油，调以葱花、精盐和花椒水，临包时再加少许水搅拌。

包子皮的制作方法也很特别，不是用擀面杖擀，而是把核桃大小的面团置于掌心，两只手压捏结合，一个熟练的家庭主妇，捏得底厚边薄，动作柔韧，包子吃起来浓香四溢。

邓一鸣听后惊叹不已，恨不得马上吃一个。忽然间，敬酒歌唱起来，一领众合。邓一鸣和宋其霖按照藏族同胞的习俗饮下敬来的酒。

邓一鸣一时来了兴致，在这群民间艺术家面前又回敬了一首《欢聚一堂》，声情并茂的歌声引得一阵叫好。

夜幕笼罩着草原，一轮圆月从鱼鳞般的云隙中闪出，草原上弥漫起朦胧的月光。而草原上的夏天更是短得像兔子的尾巴，一闪便不见了，风里总是携带着丝丝寒意。

吃过晚饭，美妙的音乐响起。院子中央，熊熊的篝火燃烧起来，村里的小伙儿姑娘们赶过来了，他们围着篝火尽情地唱起来、跳起来。他们就是天生的歌者，声音浑厚高亢，能够穿透天际，响彻大地，成为天地之间最美妙的音符。在大自然中浸润着自然的气息，形成了与天地共融的精神气质，这是专属于康巴汉子的"独特性"，无与伦比，无法复制，独树一帜。哪怕历经岁月的洗礼，康巴汉子依然保持着自己的本色，用灵魂去歌唱，将自己的心灵与自然、与社会完美融合，达到"天人合一"的状态。

他们更是自然的舞者，健壮、灵动的身体中心偏前。姑娘们前倾、含胸、垂臂、解胯，运动中让多流动、多变化的下身动作与上身动作相随，形成自然悠摆的舞蹈动作。她们全身姿态柔软，体态轻捷，舞姿柔软，动作含蓄典雅，给人健康、优美的感受。

小伙子们身体前倾，呈现垂臂的体态，结合下肢动作的主动，带动上肢动作的随动，形成特有的舞蹈动作，上身动作讲究，不论手持道具与否，其上身动作像雄狮威武雄壮，极富高原人彪形壮汉的气质，给人战胜一切艰难险恶环境的信念。

邓一鸣和宋其霖被热情的小伙儿姑娘们拉进了舞蹈的圈子。邓一鸣的舞姿机械僵硬，让人一看就知道是混进队伍里滥竽充数的主儿。宋其霖的动作刚毅飘逸，满满康巴汉子的味道，若是穿上藏族服饰，就让人难以区分出来。

这一夜激情四射，跳出了家的亲情，舞出了藏汉兄弟姐妹的深情厚谊。这一夜温情似水，舞出大美柔情，跳出了民族团结一家亲的情深意长。

夜深了，小伙儿姑娘们告别离去。篝火熄灭，热闹的院子恢复平静。整个草原安静下来，只留下秋虫"啾啾"的低吟和潺潺的溪流声，如同演奏的一首催眠曲。

来到这海拔更高、气压更低、氧气更稀薄的村子里,无疑是对身体素质和意志力的又一次严峻考验。邓一鸣本以为会失眠,结果出乎意料,在窗外的催眠曲中,沉沉地进入了梦乡。

五十六、美丽草原

第二天一大早,此起彼伏的鸡鸣犬吠声将邓一鸣从睡梦中叫醒。他翻身坐起,伸了伸懒腰,穿好衣服,下床推醒宋其霖。邓一鸣先行下楼,站在路边,看向太阳升起的地方,长吸了一口这香甜的空气,顿感心旷神怡。

秋日的草原,早晨的空气格外清新,村民们的房顶上飘荡的袅袅炊烟,携带着酥油茶的奶香,还有幽幽的草香混合着新鲜牛屎的那一丝味道迎面拂来,让人感觉惬意舒坦。太阳从地平线上冉冉升起,为辽阔的草原镀上了一层金黄色。草叶上的露珠,像镶嵌在翡翠上的珍珠,闪着五颜六色的光华。草丛中夹着红色、白色、黄色和蓝色的不知名的野花,于是,凡是不认识的野花,在邓一鸣心里都有了一个统一的美妙名字——"格桑花",它们把草原装扮得亮丽多彩。一群小鸟叽叽喳喳吵闹着在草丛中跳跃、踱步、觅食。憨态可掬的土拨鼠捧着前肢,站立在土丘上,警惕地巡视着四周,在阳光下形成了一道美丽的剪影。

宋其霖走过来,站在邓一鸣身边,跟他看向同一个方向——东方,那是他家的方向,有父母和儿时的一草一木。

邓一鸣感慨地说:"其霖,草原的早晨简直太美了。为了这美丽的景色,付出啥都值。"

宋其霖略带伤感地说:"确实美,不过,只是他乡非故乡啊!"

邓一鸣听着宋其霖的话,扭过头看了他一眼,摇摇头,淡淡地说:"其霖,想家了?说实在的,谁又不想呢?"

宋其霖一脸痛苦,无奈地说:"想,可是有什么用。邓部长,你们还好点儿,两年之后可以回去,我也许这辈子都只能待在这里了,想想就让人心生不安啊!"

邓一鸣不知道如何安慰他,只能不痛不痒地说:"其霖,既来之则安吧。哎，对了，我听同学说过，好像在藏区工作八年可以调回。不知有无这个政策？"

宋其霖嘿嘿一阵苦笑，也不再说什么了。邓一鸣只得劝说道："其霖，别想这些糟心事。开心是一天，烦恼也是一天，不如开心过好每一天！我相信，你会有一个美好的未来。"

"但愿吧！"宋其霖的脸上露出了一丝苦笑。

邓一鸣将手搭在宋其霖的肩膀上，用力压了压，说："其霖，国庆大假时，可以回去看看父母啊！"

宋其霖点点头，眼睛看着太阳升起的地方，长出了一口气。

"邓部长，小宋主任，你们别看了，吃早饭啦！"旦真曲扎站在碉房门口高声叫喊着。

二人答应着，转身往回走去。

吃过早饭，邓一鸣和宋其霖从旦真曲扎家里拿上单位送过来的日常生活用品，步行回到村委会党员活动室，将日用品扔在钢丝床上。来到院门口，只见旦真曲扎骑着一匹乌黑发亮的大黑马，右手还牵着一匹枣红马从草原深处飞驰而来，动作威武、洒脱。他驰骋在阳光下，闪耀着火一样的光芒，融入天地之间，宛如一幅活生生的水彩画。

旦真曲扎来到邓一鸣和宋其霖面前，喊一声"吁"，两匹马猛然收住奔跑的四肢停下来，打着响鼻，喘着粗气，前蹄刨着地面。旦真曲扎笑嘻嘻地说："邓部长，知道你还不会骑马，可以跟我骑一匹，小宋主任没有问题，可以自己骑一匹。邓部长，你得赶紧学会哦。下次，肯定不会带你骑了。"说罢，哈哈大笑起来，还朝邓一鸣挤了挤眼，那意思很明显，在大草原上不会骑马就如在别的地区不会开车，是要被人嘲笑的。

邓一鸣拍着胸口说："旦真书记，你别小看人，只要有马，学会骑马那是分分钟的事情。"

"邓部长，你就吹牛吧。"旦真曲扎不屑一顾，将枣红马的缰绳递给宋其霖，叫道，"小宋主任，来，牵马！"

宋其霖上前，接过缰绳，踩着马镫，轻身飞跃，一跃而上，从容地骑上马背，催促道："邓部长，快上马呀！马上出发。"

邓一鸣看着旦真曲扎胯下这匹高头大马，不知如何是好，他悄声询问："旦真书记，我坐你前面还是你身后？拉我一把呗，这马太高了。"

旦真曲扎收起笑脸，认真地说："肯定是身后，你坐前面，严重影响我操控马儿。"说着，将手伸向邓一鸣。

邓一鸣抓住旦真曲扎的手，笨拙地往马鞍上爬，半天上不去。

旦真曲扎借力一提，将邓一鸣拉到了自己身后，叮嘱道："邓部长，坐稳哈，我们准备出发了哦。最好搂住我的腰，不然摔下马，概不负责哦。"说完，得意地笑起来。

邓一鸣不以为然，双手死死地抓住马鞍。他想，一个大男人搂住另一个男人的腰太不合适了。

"驾！"旦真曲扎大吼一声，双腿一夹，两手勒紧缰绳，那匹黑马立即撒开四腿飞奔向前。宋其霖紧跟在后面。

邓一鸣立刻上下飞颠起来，冰冷的晨风呼呼地刮在脸上，似刀割一般。他心中开始发虚了，还真有被摔下马的可能！

生于斯长于斯的康巴汉子一旦上马，那就是一名真正的骑士。这是他们的天下，其他杂念皆抛于脑后。骑士就要在这千里草原上尽情策马驰骋。而对于一个生长在平原上的人，别说骑马奔驰，平日里连见到马的机会都没有，恐惧在所难免。邓一鸣害怕了，战战兢兢地说："旦真书记，麻烦你骑慢点儿，太吓人了。"

旦真曲扎没有放慢速度，可能风声太大，听不见吧。邓一鸣没办法了，迫不得已，啥也不顾了，一把搂住他的腰，紧紧地勒住不放，两腿死死地夹在马肚子上。闭上眼睛，心中祈祷着，千万别摔下马，要摔也要和旦真曲扎一起摔下去，不然，光自己摔下去，那可丢人了。

策马飞奔，处处可见肥壮的羊群、马群和牛群。它们吃了含有大地乳汁的酥油草，毛色格外发亮，好像每一根毛尖都冒着油星。碧绿的草原里成群的牦牛、白羊、红马，在太阳下就像绿色缎面上的彩色刺绣，而这美丽的刺绣却是活动的，时刻变化着，呈现出不同的风景，随时带给人不一样的享受。

风从牧群中间送来银铃般的叮当声，那是藏族少女们缀满衣角的银饰在风中击响。牧女们骑着骏马，优美的身姿映衬在蓝天、牛羊群和绿草之间，显得楚楚动人。她们欢笑嬉戏，跟随放逐的马群牛群驰骋，而每当停下来，就倚马轻轻地挥动着牧鞭歌唱她们的爱情和幸福生活，天地人之间形成天然的和谐。

一阵狂奔之后，邓一鸣感觉耳边的风小了，他睁开眼睛，仿佛到了草原的边沿，眼前是一个缓坡，坡下不远处有一个山寨，寨子里的人们在前面的坡上坡下干活。邓一鸣感觉危险已经解除，松开手拍了拍旦真曲扎的后背，说："旦真书记，这里干活的人还真不少，我和其霖过去跟他们聊聊，你回避一下吧。免得你当书记的在现场，他们想说又不敢说。"说罢，呵呵笑起来。

旦真曲扎调侃道："邓部长，你尽管放心，我们藏族人可没有那么多花花肠子，更不会小肚鸡肠。也行，你自己走过去，还是我送你过去？"

邓一鸣回答："反正不远，我们自己走过去吧。"说着，抓住马鞍，准备下马。

"吁！"宋其霖飞快赶到，停住马，问道，"旦真书记怎么停下来了呢？"

旦真曲扎笑着回答："邓部长说，让我回避，你们走过去。"

邓一鸣在马背上折腾了半天，终于下到地面，站在地上竟然还有飞驰的感觉，阵阵天旋地转的滋味久久不能散去。他扶着马肚，站了好一阵才说："其霖，我们是去了解村民的真实想法，所以就应该走过去。"

宋其霖轻松跳下马，为难地说："邓部长，看着近，走路得半天哦。"

"没事，就当锻炼身体，旦真书记骑马技术超一流，只是太吓人了。我现在还晕头转向，不知南北。"邓一鸣挠着头，嘿嘿笑着说。

旦真曲扎跳下马，牵着缰绳，哈哈大笑起来："原来堂堂大部长还怕骑马嗦，今后绝大多数时间都得骑马哦。"

宋其霖只得将缰绳递给旦真曲扎，无奈地说："邓部长，那我们走吧。"

邓一鸣点点头，做了一个打电话的手势，对旦真曲扎吩咐道："旦真书记，麻烦你在此等候一会儿，到时候电话联系哦。"

旦真曲扎手一挥，脸上带着不可捉摸的笑容，说："行，你们去吧！"说着，松开缰绳，任由两匹马啃食牧草，自己四仰八叉地融入大地的怀抱，快乐地享受这美好时光。

邓一鸣和宋其霖顺着缓坡急步往下，身不由己地跑起来。

很快，草地退去，眼前出现一片翠绿的青稞，正拔节抽穗，山风吹过，泛起层层稞浪。多彩的格桑花在田边地角随风舞动，四周连绵不断的山峦如卧龙般憩息于高原之上。村民们在地里拔草、施肥。

邓一鸣和宋其霖走过去，热情地与他们打招呼、交谈。然而，村民们没有人能听懂汉语。他们说着藏语，邓一鸣一句也没听懂。好在宋其霖能听懂一点点儿,却无法正常交流。他只能不停地通过眼神、表情、动作表达自己的意思,可是村民们仍旧似懂非懂,好像更加糊涂。宋其霖无奈地朝邓一鸣双手一摊,为难地摇着头说:"邓部长,这下怎么办?根本没法交流,只能大眼瞪小眼,干着急。"

"唉!看来,只能让旦真书记过来,和我们一起开展工作。"邓一鸣不好意思地笑了,说,"其霖,你给旦真书记打个电话,让他快来。我不好意思联系他。"

宋其霖淡淡一笑,掏出手机拨通了旦真曲扎的电话。旦真曲扎哈哈大笑起来,答应马上就到。

村民们见说了半天,不知道说的是啥,就不再理会,忙农活去了。二人没办法,只得一屁股坐在地埂上,等待旦真曲扎到来。

旦真曲扎骑着黑马,牵着枣红马,如同红黑两道闪电从山坡上飞奔而来,仿佛眨眼间的工夫就到了邓一鸣和宋其霖面前。"吁!"他扯住缰绳,呼住马,两匹马竟然同时稳稳站住。他坐在马背上,向地里的村民挥手大声叫喊两声,然后跳下马,扔掉缰绳,任由它们在草地上悠闲地吃草。

邓一鸣和宋其霖赶紧起身,微笑着向他打招呼,表达歉意。

村民们围过来,红黑的脸膛上挂着真诚的笑容,他们用藏语和旦真曲扎交谈着,时不时开怀大笑,时不时又一脸严肃。邓一鸣反正没听懂只言片语,只得傻不愣登地看着他们,希望从他们的表情上猜想表达的内容,但一无所获。连宋其霖也是一脸茫然。

他们交谈了好一阵子,村民们离开。旦真曲扎满脸堆笑,开心地说:"两位领导,知道你们要问什么,全替你们问了。他们今年家里的收入与去年差不多,略有增长。青稞长势不错,肯定是丰收年。家中的人口不少,住房是精准扶贫时修建的。村社干部也能为他们办实事。防疫疫苗打了两针。两位还需要问什么,如果还要问啥、看啥,就到寨子里去吧。"

邓一鸣看了旦真曲扎一眼,说:"谢谢旦真书记,那我们就进寨子吧,看看你们的精准脱贫成果。"

"好!"旦真曲扎牵上两匹马,带着二人向寨子走去。

五十七、进村入户

　　秋风在碧蓝如洗的天空中轻轻吹拂着白云，太阳忠实地守护着它们，以免走失。不远处灰褐色的碉房点缀在绿草如茵的草原上，房顶上一面面五星红旗迎风飘扬，发出呼啦啦的声响，格外醒目。牧羊小伙儿和姑娘们放开歌喉唱起优美动听的歌谣，歌声在草原上回荡，随风传向远方。成群的羊，像天上的片片白云飘落到大地上，天和地相连的地方已经分不清哪是羊、哪是云，眼前这幅画卷估计丹青高手也描绘不出来吧。

　　旦真曲扎带着邓一鸣和宋其霖沿着缓坡上的小路，边走边介绍这里的基本情况。来到寨子里的第一户院门口，他说这是村妇女主任的家，她叫才旦蒲尔，去年从县城的高中毕业，有一定文化知识。回村后，选为妇女主任，参与村委会的管理工作。

　　邓一鸣听后，心中暗暗高兴，高中毕业算是有较高文化的人，至少会汉语，可以无障碍地交流。

　　院内很安静，一只公鸡带着几只母鸡在围墙边刨食。公鸡伸长脖子，"喔喔"高声打鸣，像一名得胜的将军，得意地扇动翅膀。

　　三人走进妇女主任的家，从光线昏暗、空气中弥漫着牛粪味的一楼，顺着木梯，登上了主人生活起居的二楼。木门半开半掩，旦真曲扎上前，用力擂打了两下门，高声叫喊道："家里有人吗？"

　　"有！进来！"里面传来一个女人清脆的应答声。

　　旦真曲扎推开木门，邓一鸣看见一个大约二十岁的姑娘正坐在火灶旁。她抬头看了一下门口的来人，赶忙又低头往灶肚里塞进两块呆布。

　　"哎！你好，蒲尔！"旦真曲扎热情地跟她打着招呼，"你在干吗呢？打算就让我们站在你家门口吗？"

　　才旦蒲尔站起来，腼腆地一笑，紧张的神情挂在紫红的脸颊上，有些结巴地说："旦真书记，你们请进！"说完，低下头，理了理衣裙，机械地揉搓着手。

　　旦真曲扎微微一笑，带着歉意说："两位领导，请进！蒲尔因初入社会，加上性格比较内向，各方面素养还需进一步提升。希望你们多担待，今后多给予指导、帮助哦。"

　　邓一鸣说："正常，年轻人才参加工作，毕竟还需要一个过程。有文化，就有培养的价值。"

宋其霖跟随说："高中毕业，正常情况也就十七八的年龄，可塑性很强的。旦真书记，好好培养吧。"

旦真曲扎点点头，拉了拉邓一鸣和宋其霖的手腕，带着他俩走进屋内。旦真曲扎示意才旦蒲尔让大伙儿坐下，但是她拘谨地站在一旁，没有反应。旦真曲扎只得主动邀请邓一鸣和宋其霖在座床上坐下。

才旦蒲尔反应过来，赶忙拿来茶碗，放在座床前的茶几上，从灶台上提起铜茶壶，倒上酥油茶。乳白色的酥油飘浮着浓郁的奶香味，混合着炉灶燃烧呆布散出的青草芳香味，弥漫在房间里，整个屋子笼罩在浓烈的香气之中。

邓一鸣和宋其霖连忙向才旦蒲尔表达谢意。

才旦蒲尔嫣然一笑，扫了二人一眼，转身将铜壶放回炉灶上。

宋其霖被才旦蒲尔的笑容吸引住了，他盯着她的一举一动，心中升起一缕缕莫名的激动，有些手足无措。

邓一鸣见状，赶紧推了推宋其霖。他亲切地对才旦蒲尔说："蒲尔主任，你请坐吧，我们来的目的，是想了解你们家庭的一些情况，听听你对村子下一步的发展有什么想法和建议。"

旦真曲扎没等才旦蒲尔开口，便指着邓一鸣和宋其霖给她介绍起来。

才旦蒲尔听完介绍，立刻满脸惊喜，激动地说："你们就是邓部长和宋主任啊，长得真帅呢。"

邓一鸣点点头，惊讶地问："蒲尔主任，你认识我们？可是我们没有见面过呀！帅啥哦，老了，比起宋主任差远了，他才是年轻、英俊的大帅哥，工作上更是一把好手。"邓一鸣也不知道是有意还是无意，把宋其霖夸赞了一番。

宋其霖斜着看了邓一鸣一眼，又看了看才旦蒲尔，不好意思地低下了头。

才旦蒲尔淡淡一笑，回答道："不认识。早上，旦真书记打电话说起过你们。"

邓一鸣轻声"哦"了一声，没有说什么，脸上有一丝失望。

才旦蒲尔继续说："邓部长来自鼓楼，一定认识陈鹏飞老师吧。他是我的老师，我们好想念他，可是再也见不到他了。"说着，声音有些哽咽，眼眶也湿润了。

邓一鸣点点头，才旦蒲尔的话将他拉入对陈鹏飞的思念之中。尽管自己连他长什么样子都不知道，但是他值得让人永远怀念和铭记。

宋其霖感慨地说："尽管我没有见过陈老师，但是对他的事迹耳熟能详，他是我们所有人的骄傲。"

"我也是陈老师的学生，还偷吃过他的方便面。"旦真曲扎喃喃自语，眼睛里满是思念。

邓一鸣没有想到陈鹏飞有这么高的声誉度，尽管他只是一名普普通通的教师，但是只要心中装着人民，人民就会永远将他铭记在心。

才旦蒲尔在座床的另一边坐下，热情地说："邓部长、宋主任，你们喝茶。中午在这儿吃午饭吧，等会儿，我哥和我阿爸阿妈就回来了。"

"蒲尔主任，谢谢，午饭就不用了。时间还早，我们还要去其他人家走访呢。"邓一鸣婉言谢绝。他端起茶碗，抿了一小口酥油茶，口感醇厚香甜，略带一丝咸味。他放下茶碗，顺着才旦蒲尔的话询问她家里的情况。

"不行！旦真书记早已安排。走访完，你们就回来。"才旦蒲尔回绝了邓一鸣的话，没有回答他的问话。

旦真曲扎诚挚地说："邓部长，就这么定了，又没有刻意准备，就简单吃点儿东西垫垫肚子而已。总不至于又跑回去吧，这一来二去得花多少时间哦。"

宋其霖跟着劝说："邓部长，听旦真书记的安排吧，不然只能饿肚子。"说罢，呵呵笑了。

"好吧，服从安排。"邓一鸣只得答应。的确，时间不能浪费在路上。

才旦蒲尔很高兴，这才将自己和家里的情况详细地说出来。她的家庭条件挺不错，光是上百头牦牛就是一笔巨额财富，更不要说哥哥才旦桑杰跑运输，一年的收入更是相当可观。他们家已迈入幸福小康之列，只需要进一步提高生活质量，巩固幸福指数。

邓一鸣又询问了才旦蒲尔一些其他情况后，感觉她也不是那么内向腼腆，只是刚从学校步入社会，还有些不适应罢了。于是，便推心置腹地告诉她如何做好一名村干部。首先性格要开朗，不论对待任何人、任何事，都要充分展示川妹子的那泼辣劲，敢说敢做；其次大胆工作，深入群众，和他们打成一片，不要害怕和有顾虑，背后会有各级组织支持；再次是坚持学习，熟悉党和国家的方针政策，尤其是惠民政策应熟记于心；最后要有一颗公心，心系群众，公平、公正地对待每一个村民，处理好每一件事情。

才旦蒲尔认真地听着，点头认同。

邓一鸣他们告辞离开时，才旦蒲尔主动参与，走在前面带路，挨家挨户与村民对接。每到一户，主动上前敲门、充当翻译，不时和村民低声聊着什么。有了旦真曲扎和才旦蒲尔两个翻译，邓一鸣感到方便多了，除了获知村民们的家庭情况外，对新冠疫苗接种、寨子间的水泥路是否通畅、下一步如何发展等问题有了真实的了解。还在二人的带领下查看了每户的厕所是否改建，环境卫生状况是否保持良好……

不知不觉中，三个小时过去，邓一鸣他们进村入户已经完成六户人家，了解到了一些村民的真实想法和对未来美好生活的憧憬。

下午一时，四人从一户人家中出来，才旦蒲尔接到了哥哥才旦桑杰的电话，问他们怎么还不回家吃午饭。其实大伙儿肚子早已饿得咕咕直叫了，邓一鸣和宋其霖不好意思开口，只能忍住。

四人得到才旦桑杰的"指令"，立刻精神百倍，加快步伐，急促往回赶。

回到才旦蒲尔家，她的父母、兄嫂已经将饭食准备好，手抓牛肉、青稞大馒头、酥油茶一样不少地放在炉灶餐台上。香拉里藏族同胞的灶台与餐台很特别，它们是连在一起的，一半用作炒菜煮饭，另一半就是餐桌。一条铁皮烟囱连接墙外与灶台，将烟尘排到室外。

"扎西德勒！"见到邓一鸣他们，家中四人立刻起身，热情地打招呼。才旦桑杰说着较为标准的汉语，看来他也是有一定文化的人。

"扎西德勒！"众人回应着，亲切地问好。邓一鸣看了才旦桑杰一眼，立刻有一种似曾相识的感觉，却不记得在哪儿见过，或许藏族同胞相似度太高，难以区分吧。

才旦桑杰看着邓一鸣，特别热情，将他们安置在餐台旁边坐下，捧着一碗青稞酒来到邓一鸣身边。邓一鸣赶忙起身，接过酒碗，按照藏族同胞的习俗喝酒。

邓一鸣喝完三口，将酒碗放在餐台上，待才旦桑杰斟满酒，他笑眯眯地说："桑杰大哥，前几天我们从鼓楼回来时，汽车在路上爆胎了，是两个藏族帅哥帮我们换的轮胎。有一位个子高高的，跟你长得挺像的，名字好像也叫什么杰。不好意思，我确实记不住你们的名字，长相更是区分不清楚。"说罢，拍拍额头，嘿嘿地笑着。

才旦桑杰哈哈大笑起来，真诚地说："邓部长，那天就是我呀，才旦桑杰！"

邓一鸣立刻站进来，端起酒碗，激动地说："桑杰大哥，没想到啊，我们居然还能在一起喝酒，缘分！来，我敬你。"

才旦桑杰端起酒碗与邓一鸣碰了一下，一饮而尽。

邓一鸣硬着头皮将碗里的酒喝进肚子，好在青稞酒的度数不是很高。不过，他也不敢多喝，以酒量有限、处于高原上等理由婉拒。藏族同胞非常善解人意，说清楚情况后，他们不再强行劝酒。

才旦桑杰在外开货车，见过世面，聊起天儿来，跟邓一鸣他们有共同的话题和相同的见解。在聊到雪达尔村下一步的发展时，他提出了不少好的建议。尤其在谈到将养殖的牦牛、羊群变成村民们的实际收入时，他说必须加强对村民们的教育，不能一味地低价送入寺庙。要改变千百年来形成的观念确实太难，那是烙刻在骨子里的东西，教育显得尤为重要。

邓一鸣十分赞同，只是刻在骨子里的观念，要改变确实不容易，只能加强教育，从小教育，通过一代代的努力来实现。大伙儿聊得很开心，很投缘，也许这份情缘就是前生注定的吧。

五十八、妙手回春

吃过午饭，邓一鸣和宋其霖在旦真曲扎和才旦蒲尔的带领下，马不停蹄地继续在寨子里挨家挨户走访。院坝间、过道中、屋檐后、田坝里，成了他们工作的阵地。热情、包容的藏族人民敞开胸怀接纳了他们，将他们视为自己家里人。

众人来到寨子里的最后一户人家，站在围墙大门口。才旦蒲尔走进院子，用藏语大声叫喊了一阵。一个中年男子从二楼窗户伸出头，嘴里说着藏语，向楼下挥手示意。二人交谈一阵后，才旦蒲尔开心地来到门口对大伙儿说："洛桑强巴欢迎我们去做客，他马上下楼。"

"蒲尔主任辛苦了。一鸣部长、小宋主任，我们往里走吧。"旦真曲扎真诚地说。邓一鸣点头答应，跟在旦真曲扎身后，走进洛桑强巴家的院坝。

洛桑强巴走出来，双手合十，热情地打招呼问候。旦真曲扎和才旦蒲尔领着邓一鸣和宋其霖走进洛桑强巴的家，从一楼顺着木楼梯上到二楼客房，在座床上坐下。女主人热情地倒上酥油茶。

邓一鸣放下碗，微笑着询问洛桑强巴家中情况，收入多少，有什么困难，下一步希望如何发展等。旦真曲扎和才旦蒲尔轮流给双方做翻译。风趣的对话，让屋子里充满欢快的笑声。

突然，楼下传来急促的呼叫声。洛桑强巴夫妇俩听到叫喊声，立刻脸色大变，丢下屋子里的人，惊慌失措地跑出客房。旦真曲扎和才旦蒲尔跟着跑了出去。邓一鸣和宋其霖莫名其妙地相互看了一眼，虽然不知道出了什么事情，但是一定是大事，二人也不多想，紧跟在他们身后。

邓一鸣来到院坝，只见一个妇女抱着一个七八岁的小男孩在哭，身边围着不少村民和一群小孩子。怀里的小男孩左手下垂，撕心裂肺地哭喊着。洛桑强巴手忙脚乱，声嘶力竭地叫喊着，不知所措，直跺双脚。他的妻子号啕大哭起来。

旦真曲扎和才旦蒲尔惊慌失措，不知如何处理。邓一鸣赶忙询问发生了什么事情。

旦真曲扎心痛地回答："今天周末，洛桑强巴的小儿子和一帮小子玩耍、打闹，不慎从一座陡峭的山包上摔下来，左手摔断了。"

"哦，是这样！"邓一鸣自言道，点点头，对旦真曲扎说，"旦真书记，告诉强巴夫妇，让他们不要着急，我看看，也许能治好。"

宋其霖担心地问："一鸣部长，行吗？还是想办法赶紧送医院吧！"

邓一鸣自信地说："其霖，放心吧！我家是中医世家，尽管我只知皮毛，但看小男孩的情况，估计只是左手摔脱臼了，不复杂。现在送医院只能骑马，如果稍不小心，很可能对小孩子造成二次伤害。"尽管嘴上这样说，他心中还是不踏实，如果仅仅只是脱臼，那就分分钟可以搞定，现在他担心孩子是否有内伤。

旦真曲扎听完，愁眉舒展，长出了一口气，放心地朝洛桑强巴走过去，向他们夫妇俩解说着。

洛桑强巴夫妇听罢，立刻向邓一鸣奔过来，嘴里叫喊着。

邓一鸣吩咐道："强巴，把孩子抱进房间，平躺在座床上，左手放在外面。"

旦真曲扎立马过去，从那妇女怀里接过哭闹的小男孩，直接向二楼快步跑去。邓一鸣跟在旦真曲扎身后，小跑进客房。其他人跟随上来，站满了屋子。

旦真曲扎将小男孩平放在座床上，着急地问："邓部长，现在该怎么办?"

邓一鸣平静地说:"旦真书记,放心,我来治。等会儿,你让大家别把我围得太严实,影响我治疗。"说罢,挨着小男孩坐下。

旦真曲扎答应着,转身请围过来的人后退到一边。众人嘴里用藏语议论着、祈祷着,眼睛盯着邓一鸣的一举一动。

宋其霖走过去告诉旦真曲扎和才旦蒲尔,让大家说话小声点儿。

屋子里安静下来,邓一鸣轻轻抬起小男孩的左手,鼓励道:"小强巴,男子汉不哭哈,叔叔马上给你治疗。要是再哭闹,就不给你治哦。对了,我先给你讲个故事,如何?"邓一鸣满脸笑容,和蔼可亲地说着,左手轻轻地按压小男孩的桡骨小头,右手缓慢内外旋转上肢,这里的藏族孩子,一般可以听懂汉语。

宋其霖立刻明白,邓一鸣是在分散小男孩的注意力,减轻孩子的疼痛感,于是也笑着鼓励他。

小男孩停止了哭闹,催促邓一鸣快讲故事。

邓一鸣讲起小英雄雨来的故事,一边讲着,一边将手上的力度慢慢加大。讲到精彩处,趁小男孩沉浸于故事,注意力放松时,左手压住小男孩的桡骨小头,右手带力一拉,只听得一声清脆的声响。邓一鸣放心地松了口气,小男孩脱位的桡骨小头成功复位。

小男孩哇的一声又大哭起来。周围的人群立刻紧张地叫嚷起来。

邓一鸣轻轻地拍了拍他的左手臂,轻松地说:"小强巴,怎么还哭啊!起来试试还痛不痛。左手臂旋转两下,端碗酥油茶喝一口。"

小男孩坐起来,用左手擦着眼泪,还在不停地抽搐。

邓一鸣起身,兴奋地对大家说:"没事了,大家放心吧,小强巴已经能够用左手自如地抹泪啦。"

宋其霖端来半碗酥油茶,惊喜地走到小男孩面前,食指刮着他的脸,嘴里嚷嚷着:"羞,羞,小强巴男子汉还在哭鼻子。"小强巴站起来,伸出左手就要来拍打宋其霖。

邓一鸣赶忙拉住他,告诫道:"小强巴,你的手刚刚复位,不可乱动。要是再脱臼,叔叔可就无能为力了!"邓一鸣带着恐吓的话立刻起了作用,小家伙赶忙停下来,听话地旋转起左手臂,又接过宋其霖手中的碗,喝了一口。

屋子里立刻响起了热烈的掌声。人们纷纷围上来,向邓一鸣表达感谢,然后查看小强巴的伤情。洛桑强巴夫妇更是泪流满面，嘴里一个劲儿地说着"扎西德勒"，最后硬憋出"谢谢"这句汉语来。

邓一鸣抓住夫妇俩的手，对旦真曲扎叮嘱道："旦真书记，后续要做的事情，你告诉夫妻俩。儿童脱臼最常见的部位为桡骨小头，也就是桡骨小头半脱位，由于儿童桡骨小头处的环状韧带还没有发育完全，很容易出现桡骨小头半脱位的情况。复位后，儿童可以正常拾物就表示复位成功。但复位后必须使用吊带固定三周左右，防止桡骨小头发生习惯性脱位。因此，让夫妇俩找块光滑的木板和布带之类的物品，我给小强巴固定一下。"

旦真曲扎将邓一鸣的话翻译给他们夫妇俩，二人赶忙找来木板和一件旧衣裳。邓一鸣接过木板，让才旦蒲尔将旧衣服剪成带状。邓一鸣拉过小强巴，蹲在他面前，伸手拍了拍他的小脸蛋儿，用布带将木板和手绑定在一起，边捆绑边轻声细语地告诫他："小强巴，这三周可不能再调皮捣蛋了哦，要好好听话。如果你这只手再摔断，叔叔就治不了，医生也治不了，那样，小强巴的手就报废了。小强巴没了手是不是太惨了？所以男子汉一定要答应叔叔，保证做到，行不？"

小强巴懂事地点点头。邓一鸣希望带有恐吓成分的话语能对天性调皮的小男孩起到威慑作用，不然，对于不懂医学常识的人来说，成为习惯性脱臼真的是一件可怕的事情。

固定好小强巴的手，邓一鸣起身再三叮嘱洛桑强巴夫妇，一定要注意对小强巴加强保护，这段时间不可再将手弄脱臼。随后用通俗、直白的话语对现场的村民进行了一次安全知识教育，人身安全、交通安全、防火用火安全、草原森林安全，涉及安全的统统讲了一遍。

旦真曲扎和才旦蒲尔轮流翻译，尽可能让村民们听明白，让他们懂得安全的重要性。邓一鸣讲完，看着活蹦乱跳的小强巴，知道这小家伙除了手脱臼，已无其他伤情。为了稳妥起见，邓一鸣把小强巴叫来，对他进行了一次全身摸捏检查。小强巴身上没有任何疼痛和不适，他总算放心了。最后，忍不住挠了两下他的右手腋下，小家伙被挠得咯咯大笑，整个屋子发出了欢快的笑声。

邓一鸣小声告诉宋其霖，趁大伙儿不备，我们赶紧走吧，免得被村民的热情堵住走不了。宋其霖微笑着点点头，二人一前一后，悄然离开，步行向寨子外走去。

二人还没有走出寨子，洛桑强巴和村民们就骑马追上来，他们将二人团团围住，嘴里说着藏语。

邓一鸣嘿嘿笑着，嘴里不停地说着大家都懂的四个字——"扎西德勒"。

旦真曲扎跳下马，走到二人面前，将他们狠狠地批评了一番，直问为什么要不辞而别，是不是不把他们当真心朋友，是不是嫌弃他们。

邓一鸣和宋其霖被问得无以回对，只得嘿嘿笑着，一个劲儿地抱拳赔不是。

才旦蒲尔看着宋其霖尴尬的样子，直劝旦真曲扎别太较真儿，他们毕竟是上面的领导。

旦真曲扎瞪了才旦蒲尔一眼，仍然一副不依不饶的模样。最后，手一挥，用藏语吆喝了一声。洛桑强巴几名强壮的康巴汉子跃身下马，扔掉马缰绳，上前驾起邓一鸣和宋其霖的胳膊就往回走，二人被强行带回了洛桑强巴家。

这一夜，二人醉卧在洛桑强巴家里。民族情、兄弟情，还有什么比这份真情更难能可贵的呢？人民，只有我们的人民，他们最懂这份情意。邓一鸣真切地体会到了，我们的藏族同胞为什么家里会悬挂总书记的画像，为什么家里至今还保存着毛主席的照片。因为他们明白今天的生活是怎么得来的，吃水不忘挖井人，幸福必定谢党恩啊！

五十九、真情实意

第二天，邓一鸣和宋其霖告别洛桑强巴一家人，在旦真曲扎和才旦蒲尔的带领下，继续走访。所到之处，他们受到了村民的热情接待，被视作家人。

傍晚，众人骑马往回赶。到村委会时，天已黑下来。夜幕覆盖在天地之间，一轮银灰的月亮从云隙中挤出，散发出朦胧的光。月光弥漫在草原上，充满神秘感。此时，草原就像浩瀚的大海，只是比大海寂静；又像一幅没有画框的画，广漠得望不到边际。

旦真曲扎极力邀请邓一鸣和宋其霖去他家吃晚饭，但二人婉言谢绝了。热情、好客是藏族同胞的特性，偶尔去吃一顿饭无所谓，次数多了肯定有诸多不便，要尽可能不给他们添麻烦。旦真曲扎尽管生气，却拗不过他俩，遂将村里为前期援藏干部们修建的厨房、厕所告诉二人后，告别他们，飞身上马，怏怏离去。

邓一鸣和宋其霖走进党员活动室里间，赶紧收拾房间和床铺。拾掇好后，邓一鸣烧了一壶水，泡上两桶方便面，凑合一顿了事。

二人吃完泡面，闲了下来，顿感有些无聊。坐在钢丝床上，小眼瞪大眼相互看着。邓一鸣突然想到宋其霖见到才旦蒲尔的情景，一下找到了话题，可以打发这无趣时光，便笑着问："其霖，今年有二十三岁了吧？"

宋其霖莫名其妙地看着邓一鸣，一脸困惑，不明白问话的用意，老老实实地回答："过年就二十五岁了。邓部长，你问这个是啥意思呢？"

邓一鸣笑着，没有回答，继续关心地问："有女朋友了吗？"

宋其霖淡淡一笑，怪异地问："部长，不明白你的意思，能说说问这些话的目的吗？"

邓一鸣认真地回答："没目的，没用意，作为同事关心一下，可以不？交代吧，有女朋友没有？"

宋其霖没办法，淡淡一笑回答："目前没有了。当年大学毕业，为了尽快找到工作，全力应付考试去了。现在有工作，却地处边远的川西高原，生存在这样的环境里，有谁看得上嘛。我现在不知道未来在哪儿，是个什么样子。我好苦恼，不知道如何面对。"

"唉！"邓一鸣叹息一声，摇摇头，心中明白宋其霖曾经有过女朋友，只是分了。他劝说道："其霖，你的苦恼，我能理解。找一个不在身边的女朋友确实有些不切合实际，毕竟没有花前月下，更无随时陪伴，两地分居之苦不是一般人承受得了的。其霖，干脆就在这里找一个呗。陈鹏飞不是已经做出了榜样吗？"

"唉！"宋其霖长长地出了一口气，痛苦地说："这里百分之九十以上的姑娘是藏族，那些为数不多的汉族姑娘都是拖家带口前来做生意的，哪来合适的人选哦！"宋其霖说的确实是实情，想在这里找一个未婚的汉族姑娘绝对比登天还难。

邓一鸣嘿嘿笑起来，带着调侃的口吻说："其霖，你可以考虑藏族姑娘呀！她们个个貌若天仙，还是不加任何修饰的纯天然的美，她们纯朴自然，属于原生态哦。况且特别吃苦耐劳，非常能干。"

宋其霖呵呵一笑，没有表态。不表态，就是最好的表态。邓一鸣明白他的心思，不好再追问下去，随口开玩笑说："其霖，你自己考虑考虑呗，如果有合适的可以处处呀。说不定你的姻缘就在川西高原，月老的红线故意将你牵到这里来的哦。"

"一鸣哥，别开玩笑，不要涮我嘛，不敢胡思乱想。"宋其霖低下了头，嘴里喃喃地说着，心中紧张起来。邓一鸣的话戳中了他的心思，他心里其实有了一份美好的憧憬。

邓一鸣起身，走过去，拍拍宋其霖的肩膀，稍稍用力摁了一下。他朝电脑桌走去，嘴里自言自语地说："这电脑不知道能否使用。"他走到桌边，坐在椅子上，摁下电脑开关，开启了电脑。

宋其霖站起来说："一鸣哥，你上网吧，我出去，在院子里转转，想吹吹草原上的晚风。"

邓一鸣回过头，朝他怪异地一笑，点点头，说："好，好！吹吹风好！草原的风说不定吹来藏族少女甜美的歌声。"

宋其霖没说什么，推门走出屋子，来到院坝。静谧的草原没有一丝声响，仿佛一切都熟睡了。只有皓月孤单地挂在天空，俯看着大地万物生灵，轻柔地抚摸着草原。夜风已经带着浓浓的寒意，刮在脸上、身上有一股股透心寒。宋其霖挨着围墙转了一圈，站在院门口，眼睛望向远方家的方向，思绪万千。家，父母居住的地方，游子终将回归的港湾。父母在，家在。好在父母还年轻，自己还有机会远游。脑子里又闪现出前女友的身影，六年时间，说分她竟然毫不犹豫地分了，就因为自己来了香拉里，她考取了省会大城而已。所谓的爱情在现实面前都是如此不堪一击。他叹息着，脚踢了两下地面。

"哒哒……"远处传来连续不断的马蹄声，此刻显得特别清脆。渐渐地，声音越来越响，一个矫健的身影由小变大，越发清晰起来。这是谁呀？这么晚了还在路上奔跑，不会有什么急事吧。算了，不管是谁，为了安全，还是回去妥当。宋其霖想着，赶忙转身往回走。可刚走到院子中央，那马蹄声就到了。

"谁？这么晚了还在村委会院子里游荡，想偷东西吗？告诉你，别做梦。"来人大声呵斥道。

宋其霖听出来人的声音，是才旦桑杰。他赶忙回头，大声说："是桑杰大哥呀，我是宋其霖。无聊，出来走走，吹吹风。桑杰大哥，这么晚了，你有什么急事吗？"

才旦桑杰翻身跳下马，直爽地说："原来是小宋主任啊，不好意思，我把你当成小偷了。没什么急事，来看看你和邓部长，顺便给你们送点儿吃的。"

宋其霖脸上堆满笑容，真诚地说："桑杰大哥，不用这么麻烦，我们啥都有，来时专门准备好了。"

才旦桑杰没有理会，直接从马背上御下一大袋东西，背在肩上，将马缰绳扔在地上，催促道："小宋主任，走吧，进屋噻。"

"好，好，进屋！桑杰大哥，我帮你抬吧。"宋其霖伸手帮忙。

才旦桑杰挡住宋其霖的手，说："走吧，不用，我背着就行。"

宋其霖带着才旦桑杰向屋子走去，推开房门，高声叫喊起来："邓部长，请出来，桑杰大哥给我们送东西来了。"

邓一鸣听到宋其霖的叫喊声，赶忙走出来，看到才旦桑杰，立即上前，惊讶地说："桑杰大哥，这么晚了，你还来送东西呀！我们啥都准备了。你吃晚饭没有？"说罢，和宋其霖一起将才旦桑杰肩上的蛇皮袋取下来，鼓鼓囊囊挺沉的。放好后，转身倒水。

才旦桑杰憨憨一笑，用手抹了抹额头，俯身解开口袋说："都是自己家里的东西，不值钱。给你们送点儿过来，凑合着吃吧。"

宋其霖将电脑座椅推过来，放在才旦桑杰身边，热情地说："桑杰大哥，请坐。条件有限，我去给你泡桶方便面吧。"

邓一鸣捧着不锈钢碗过来，亲热地说："桑杰大哥，你请坐。来，喝酥油茶，没有专门的茶碗，只能用饭碗盛。这是多吉部长送的小袋装的粉末酥油茶，也不知道口味如何。"说着，脸上露出愧色。酥油茶是他们的必备茶饮。

才旦桑杰接过碗，满脸笑容，真诚地说："谢谢！你们太客气了，都是兄弟姐妹，我们是一家人啊。宋主任，别泡方便面，我早吃过饭了。"说着，抿了一口酥油茶，称赞说味道挺不错的。

邓一鸣还未喝过开水冲泡的酥油茶，但愿才旦桑杰说的是实话。他转身在床边坐下，宋其霖也挨着邓一鸣坐在一起。

才旦桑杰又喝了一口，站起来，准备将碗放到电脑桌上去。宋其霖赶紧起身，上前去接住他手中的碗，嘴里说着，大哥把碗给我就行了。才旦桑杰只得将碗交给宋其霖，说："邓部长，小宋主任，我给你们带了些风干牛肉，可以直接吃，也可以炖菜，泡软后也可以红烧。另外还有新鲜羊肉，不多，担心不好存放。"

邓一鸣说："桑杰大哥，你们太客气了。收或不收都不好，弄得我们挺为难的。我们有纪律要求，不能接受村民的任何东西！"

宋其霖跟着解释："是啊，我们作为组织部门的人，理应带头执行纪律，严格要求自己。"

才旦桑杰生气了，不高兴地说："瞧你们说的啥，怎么一家人说出两家话。同吃同住同劳动，这话是什么意思？怎么解释呢？"

邓一鸣和宋其霖被才旦桑杰的话问住了，二人支支吾吾，不知道如何解释。邓一鸣半天才勉强说了一句："亲兄弟，也要明算账啊。"

宋其霖正要开口，才旦桑杰赶忙摆手阻止："小宋主任，啥也别说。有时间，你俩到我家，给我妹儿解释，送东西是她的意思。时间不早了，我得回去了。"说完，起身站了片刻，走到电脑桌边，端起碗，将半碗酥油茶喝下肚子，然后挥挥手，往外走。

二人连忙挽留。才旦桑杰没有停步，边走边说，有时间一定要去他家里喝酒。

邓一鸣和宋其霖满口答应，跟在他身后，将他送出院子。他的马站在围墙边，一动没动，等待着主人。

宋其霖跑上前去，牵着马缰绳走过来，将缰绳递给他。

才旦桑杰接过缰绳，翻身上马，吆喝一声："驾！"留下一句记得过来喝酒，瞬间消失在夜幕之中，没了踪影。

二人走出院子，凝视着远方，只听得"哒哒"的马蹄声渐渐消失，一切恢复了宁静。二人回过头，默默朝院子走去，不经意间抬起头，明月露出了开心的笑容。

六十、杏林妙手

一切景色还是那样熟悉和亲切！细雨中，一群群悠闲的牦牛在草原上啃食着青草，雨水打湿了长长的牛毛。远处变成了一粒粒黑点。几头调皮的小牦牛跑上道路无拘无束、漫无目的地行走着，行人、车辆小心翼翼地避让着它们。随处可见的经幡在阴雨中飘荡，美好的祝福随着深沉的寒风飘向远方。

宋其霖一大早起来熬好土豆粒大米粥，连锅带碗端到党员活动室，放在地上。他走进里间，轻声叫喊道："一鸣哥，起来吃早饭。"

邓一鸣早已醒来，只是感觉头重脚轻，浑身无力，头疼得特别厉害，像要炸了一般。他强撑着坐起来，缓缓地说："其霖，我好像感冒了，头好疼啊！全身一点儿力气都没有。"

宋其霖急了，一手摸在邓一鸣的额头上，另一只手摸在自己额头上，许久，着急地说："一鸣哥，好像还有点儿发烧，干脆让旦真书记想办法送到县医院去看看吧。"

邓一鸣摇摇头说："没事，我这身体扛得住。我们才来没几天，给人家添麻烦不妥。我带有感冒药，吃点儿就行了。"

宋其霖松开手，说："一鸣哥，身体要紧。高原上，感冒拖出大问题就麻烦了。"

"没事！"邓一鸣强忍着，穿好衣裳下床，来到厨房洗漱。宋其霖跟在他身后，生怕有闪失。厨房和厕所是两间小平房，修建在办公楼左侧的围墙边。

洗漱完，二人回到房间。宋其霖倒来一杯水递给邓一鸣，关心地说："一鸣哥，你赶快把感冒药拿出来吃一次，多喝白开水哦。"

邓一鸣听话地点了点头，微笑着连声感谢。到里间找出感冒冲剂，冲了两袋，趁热喝进肚子。不一会儿，头上冒出汗，感觉好些了。

二人开始吃早饭，一碗土豆稀饭，一碟榨菜，就是他们最好的美味佳肴，二人吃得津津有味。

电话铃声响起，邓一鸣从裤兜里掏出手机，扫了一眼，是索朗堪布来电。接通后，他询问道："大师，你好啊！有啥事吗？"

索朗堪布嘿嘿笑着说："一鸣部长，听说你到雪达尔村了，都好几天时间了，为啥不来我们传习所看看？"

邓一鸣赶忙解释："大师，来村上才两天。收拾、整理房间，下村走访忙得不亦乐乎，准备就这两天去呢。"

"一鸣部长，那你不用来了呗。"索朗堪布呵呵一笑，故意说一半留一半，停下来不说了。

邓一鸣急了，不知道发生了什么事情，连忙问："索朗大师，什么意思呢？不至于生气了吧？这两天真的太忙了。"

索朗堪布哈哈大笑起来："哪有那么小气嘛，村上的办公楼门是半开的，你应该在村委会吧，出门看看院坝里。"

邓一鸣放下碗筷，起身拉开房门，一辆黑色的越野车正停在院坝中央。

索朗堪布将头从车窗伸出，微笑着向邓一鸣挥手致意。

宋其霖站在门口挥手打招呼问好。

邓一鸣双手捂头，冒雨冲过去，打开后车门坐上去，双手合十，激动地说："大师，阿弥陀佛，你啥时候来的？悄悄的，连一点儿声响都没有哦。快，下车，到屋里坐！"

"阿弥陀佛，我刚到！"索朗堪布合十回礼，微笑着回答，然后用略带责备的口吻说，"一鸣部长，今天下雨没法入户吧。你已经整整两周没有给我们孩子上课了。孩子们想你了，你看怎么办呢？"

邓一鸣双手把扶着前排座椅，笑着说："我马上跟旦真书记联系一下，今天不入户，去大师传习所上课。"

索朗堪布感激地说："阿弥陀佛，一鸣部长，我代孩子们谢谢你。走，参观一下我们一鸣老师的住所。"说着，打开车门下车，迈开坚定的步伐朝活动室走去。

邓一鸣紧跟在索朗堪布身后。

"索朗大师，阿弥陀佛。"宋其霖虔诚地双手合十行礼。

"阿弥陀佛！"索朗堪布回礼。

宋其霖带着索朗堪布走进屋子，为难地说："索朗大师，不好意思，起床晚了，早饭还没吃完。"

索朗堪布看了一眼桌子上的饭菜，摇着头，感慨道："没想到，两位领导居然吃得这么简单，真是难为你们了。阿弥陀佛！"

"没事，早饭没必要弄得那么复杂。大师可曾用过斋？"二人异口同声说完，相视一笑。

索朗堪布单手行礼，淡淡地说："阿弥陀佛，用过了。你们快吃吧，吃完好出发。我去外面等你们。"说完，转身向门外走去。

邓一鸣和宋其霖赶紧端起饭碗吃起来，很快，饭净菜完。

二人收拾碗筷，宋其霖催促道："一鸣哥，我来收拾锅碗，你快跟索朗大师走吧，免得大师久等。"

邓一鸣将碗筷递给宋其霖，真诚地说："其霖，谢谢！干脆我们一起去吧，反正今天也没什么事情，你一个人在这里太无聊了。"

宋其霖说他不去了，去了没有什么事情。自己跟索朗堪布不是很熟悉，聊不上共同的话题，一样无聊。

邓一鸣不好再勉强，点点头，走出房间，见索朗堪布正盘坐在地上闭眼祷告。他不便打扰，蹲在门口等候。

许久，索朗堪布睁开眼睛，起身说："阿弥陀佛，走吧！"

邓一鸣站起来，身体有些晃悠，赶忙扶住墙，停顿一阵，才向索朗堪布走过去。

索朗堪布说："一鸣部长感冒了吧。来，在这条板凳上坐下，我先帮你处理一下，到传习所再吃几颗药丸，包你药到病除。"

邓一鸣连声感谢，脸上却露出迷惑的表情，不相信地问道："大师，你还会医术呀？"

索朗堪布微笑着说："一鸣部长，你不信？试试就知道了。"

邓一鸣嘿嘿一笑，分辩道："大师，我不是不相信，只是感到惊奇罢了。"说着，在墙边的板凳上坐下。

索朗堪布过来，在邓一鸣头上、后背一阵按压，他按的是穴位。很快，邓一鸣感觉全身舒服不少，头不那么疼了，四肢也有了力气。

"一鸣部长，好了，我们走吧！现在可以暂时缓解一下病情，赶到传习所没有任何问题。"索朗堪布信心满满地说，又问，"小宋主任不去吗？"

邓一鸣微笑着回答："他在村委会还有其他事情要处理，不去了，我们走吧。"

索朗堪布不再说什么，转身向自己的车子走去。

二人上了车，向传习所开去。

雨，越下越大了，刮起来的风吹在身上有一股刺骨的寒意。整个草原弥漫在朦胧的白纱里，远处已经变得模糊不清。数不清的牦牛分散在道路两边，它们或啃食牧草，或干脆静卧在地上悠然反刍，或两两追逐跳跃，一派祥和。

到达传习所，索朗堪布带着邓一鸣走上二楼接待室，将他安置在座床上坐下。他走到墙边那排柜子旁，拉开一个抽屉，从里面拿出一个小陶罐过来，坐在邓一鸣身旁，将陶罐递给他，叮嘱道："陶罐里是我们传习所炼制的藏药丸，治疗感冒有特效。饭前吃一粒，吃两天，药到病除。"

邓一鸣接过陶罐，感激地说："大师，谢谢！我现在可以吃一颗不？"陶罐精致、小巧，简直就是一件精美的工艺品，让人爱不释手。邓一鸣不由赞叹起来："这陶罐太漂亮了！没想到，除了得到一罐药丸外，还意外获得了一个宝贝陶罐。"

"可以吃一颗。"索朗堪布嘿嘿笑着，起身去倒水，开玩笑地说，"一鸣部长，你别高兴得太早了，到时候，你得把陶罐还回来，不能占传习所的便宜哈。"

邓一鸣知道索朗堪布在开玩笑，故意嘟囔着嘴，不满地说："好，好！还就还呗，小气！"

索朗堪布哈哈笑着，不予理会，端着一个黑陶茶杯递过来。邓一鸣接过茶杯，其做工更加精细，美不胜收，惊喜地说："哈哈，退陶罐，得茶杯，更划算。"

"吃药，吃药！尽想好事！实在想要，那就送吧。"索朗堪布笑着，一副大度的样子，挨着邓一鸣坐下。

"那敢情好！先谢谢了！"邓一鸣嘿嘿笑着，做出一副一本正经的样子。他放下茶杯，打开陶罐，倒出一粒黑色的药丸，仰起头，扔进口里，端起茶杯，喝水将药丸吞下。不一会儿，他感觉似乎有一股暖流在身体里流动，驱赶着体内的病邪。他站起来，说："索朗大师，走，上课去吧。"

索朗堪布说："不急，先坐一会儿，喝点儿水，我们藏语老师还在上藏语课，再有半小时就下课了。"

邓一鸣笑着说："天气阴冷，口不渴，水就不喝了。索朗大师，我自己出去，在传习所里转转可行？顺便参拜一下大师的寺庙。"

"没问题！随便转。"索朗堪布爽快答应，停顿片刻，扭头向窗外瞟了一眼，连忙说，"一鸣部长，等一下，外面还在下雨，我给你找把伞。"

"不用！这点儿毛毛雨不虚火。"邓一鸣起身，向索朗堪布挥挥手，就往外面走去。黑陶、藏香、藏纸的制作，他已经参观过好几次，但索朗堪布所在的寺庙还没去过，更不知道藏传佛教与汉传佛教有何不同。邓一鸣走到一楼，雨已经小了很多，细微如粉末。他直奔寺庙。

一条长长的过道将藏香制作坊与寺庙相连，只是过道特别窄，两个人同时通过会肩挨着肩。前方不远处，一个七八十岁的藏族老婆婆佝偻着背，一步步缓慢地向前行走着。她左手举着转经轮，右手拿着佛珠，口中念叨着只有她自己明白的话语。邓一鸣缓缓地迈着步子，还是追上了她，但只能跟在她身后，没有超过，担心碰倒她。她的步子又慢了，似乎在用全部的力量让自己尽量快一些。邓一鸣亦步亦趋地跟在她后面，注意着她，防止她摔倒。

担心总归多余，终于出了通道，老人倚靠在墙边休憩。估计她已经耗尽了所有气力，不过，她那满是皱纹的脸上露出了幸福、开心的笑容。邓一鸣相信虔诚的老婆婆很快又会开始自己的朝拜之路，向她挥挥手，赞许地竖起了大拇指。

由于时间关系，邓一鸣只转了一个殿，就赶紧往回走。走到殿外，通道相遇的那位老人已经用她的方式在谨拜，三叩九拜，脸几乎贴在地面了。邓一鸣停留一阵后，带着钦佩直接去了教室，准时赶上上课时间，开启了自己的教学计划。爱党、爱国，建设悬天净土和美丽家园，做有用于社会的人才，是他授课永恒不变的主题。

六十一、提前返程

黄昏，汽车奔驰在草原公路上。雨早已停了，夕阳挂在地平线上，将最后的光和热洒向大地。邓一鸣坐在后排，半开着车窗玻璃，耳边响起呼呼的风声。不远的斜坡上，一片碧绿，牦牛和绵羊像黑白分明的云朵漂浮在上面，弓下的脊背驮起了宁静的黄昏。汽车开近，除车轮发出的"唰唰"声外，还能听到那温顺而腼腆的叫声，看到那温存善良的目光，不得不使人惊呼：这一切是如此纯洁！这是最接近天际的悬天净土，有着千百年历史的神秘。

开车师傅是传习所义务帮忙的司机，他们无怨无悔，无声无息地做自己认为该做的事情，做佛事就应该不折不扣，真心实意。邓一鸣觉得他们应该是帮助别人的同时快乐自己。

师傅将邓一鸣送到村委会的院子门口，掉过车头就走了，连下车喝口水都觉得在给别人增添不必要的麻烦。邓一鸣觉得下次上课，自己该走路去了。

他们之所以这样做，与他们信奉的藏传佛教密切相关，正如下午空闲时，邓一鸣在向索朗堪布请教藏传佛教和汉传佛教的相关知识后，才深深感受到千百年来，佛在藏区人民心中那神圣的地位。藏族同胞对佛教的信仰达到痴迷的程度，到拉萨朝圣一次是许多人一辈子的追求。他们的朝拜之路，不借助任何交通工具，仅凭双脚一步一拜叩拜过去，用一年甚至更长的时间来完成自己的心愿。开车行驶在进藏的任何一条道路上，都会看到虔诚的朝圣者，他们一心向前，只为心中的梦想。

邓一鸣推开房门，迈步走进去，摁开室内电灯开关，整个屋子亮堂起来。几天来，成天忙于事务，对活动室的设施、装饰还没有来得及仔细看过。正对面是总书记和蔼可亲的画像和他关于扶贫的经典话语。右边墙壁悬挂着一面鲜红的党旗。党旗旁边贴着两行字："一个支部，一个堡垒。""一名党员，一面旗帜。"左边墙壁上挂着雪达尔村发展规划展示板。屋子中间摆放着一张椭圆形会议桌。邓一鸣走上前，深情地凝视着总书记的画像，他仿佛听见了总书记亲切的话语。许久，才转身面向党旗，举起了右手，入党誓词在耳边响起。这就是我们共产党人的信仰和追求，每一名党员若能不忘初心、牢记使命，那有什么困难不能克服呢？

听到开门声，宋其霖从里间走出来，见是邓一鸣，立刻询问他吃晚饭没有。

邓一鸣回过头，微笑着回答已在传习所吃过，关切地询问他这一天是如何度过的，是否无聊透顶，中午和晚上做的啥好吃的。

宋其霖呵呵笑了，认真地回答道："在电脑上玩游戏，也没有感到无聊，挺开心的。下午，雨停后，才旦桑杰兄妹骑马来了，说是来看你的。在屋里坐了一阵，我们就去草原骑马狂奔了一个多小时，很有意思。中午我一个人吃的泡面，晚上做的确实是好东西，土豆红烧牛肉、土豆炖牛肉，请才旦桑杰兄妹俩吃饭，把旦真书记一起叫过来，还喝了一点儿酒。"

邓一鸣听完宋其霖的话，心中居然有那么一点点酸味。不过，那酸味一闪而过，他开心地调侃道："臭小子，过得挺滋润的嘛。只是才旦桑杰兄妹为谁而来，就值得好好推敲了，别人不明白，你我应该心知肚明吧？我发现你一本正经，装得挺像的哦。"边说边走进里间，在床上坐下。

宋其霖跟在邓一鸣身后，诧异地盯着他，坐在对面自己的床上，惊奇地问："一鸣哥，你在说啥呢？我怎么听不明白呀！"

"装，继续装！听不明白很正常，处在甜蜜之乡的人往往是最糊涂的。"邓一鸣说完，自个儿哈哈大笑起来，从心底里为宋其霖高兴，他即将迎来爱情的眷顾。不管他是真不明白，还是揣着明白装糊涂，反正自己一定要促成这对鸳鸯。

宋其霖狡辩道："一鸣哥，我没装，真的不明白。"说罢，脸上露出无辜的表情。

"那就算你没装呗！"邓一鸣说着，电话响起来，他掏出手机，一看电话，竟然是顾晨明打来的，不禁在心里骂道：臭小子，放假回去这么久了，今天才想起打电话呀。他接通电话，劈头盖脸地问："晨明，你今天坐在磨盘上想转了？还以为你碎龟儿失踪、失联了呢。"

顾晨明嚷嚷起来："一鸣哥，你啥意思呀，不能好好说话吗？开口就被你臭骂一通！"

"好，好！亲爱的晨明兄弟，你今天想起我了呀，让我好感动哦。谢谢，向你致敬！这么说行了吧。"邓一鸣故意嗲声嗲气地说，说罢，不服气地哼了一声。

"好了，不跟你说废话，赶快出来，给我和海东接风洗尘。我们在广场上等你。"顾晨明带着命令的口气说。

邓一鸣哈哈大笑起来，阴阳怪气地说："好啊！亲爱的晨明老弟，你们就在广场上好好等着吧！"说着，一下子反应过来，连声问："哎哟！不是，晨明，你什么意思？不会是你们回来了吧？"

顾晨明一声冷笑，不满地说："一鸣哥，那你说呢？难道我们在鼓楼让你接风洗尘吗？"

"晨明，完了！这咋整嘛？"邓一鸣解释道，"我现在在雪达尔村，就是索朗大师老家那个村子，协助做乡村振兴工作，没在县城！"

"是这样嗦，那我们明天过来。提前返程就是想给传习所的孩子们上几天课。"顾晨明的话里带着一丝惋惜。

"太好了！提前了十多天呢。"邓一鸣很开心，关心地问，"晨明，你们啥时间到的？"

顾晨明回答："刚下客车，正在出车站。好了，明天见！"

"好！今晚好好休息，明天为你们接风。"说完，二人同时挂了电话。

宋其霖见邓一鸣挂了电话，称赞道："一鸣哥，你们真了不起，确实都是真心扶贫、用心帮扶啊！"

邓一鸣走过去，拍拍宋其霖的肩膀，动情地说："其霖，你一样也是用心工作、真心为民啊！"

宋其霖嘿嘿一笑，没有异议。是啊！来到这里的他乡人，不敢说他们有多么崇高、多么伟大，但是他们至少在认真做事，努力想办法把事情做好，这就足够了。

二人闲聊一阵后，便上床休息。很快，屋子里传出低沉的鼾声。

第二天，吃过早饭，邓一鸣和宋其霖在旦真曲扎的带领下，又开始了走访。快中午时，邓一鸣接到顾晨明打来的电话，说索朗大师已经派车将他和张海东接到了传习所。下午，孩子们要学习陶艺制作课，因此，他和张海东正好没事，想来一起走访村民。

邓一鸣满口答应，告诉他，到时候在村委会恭候他俩大驾。传习所到村委会只有一条路，路程很近，步行很快就到。

顾晨明叮嘱邓一鸣到时发个定位，等他答应后，便挂了电话。

今天走访的寨子离村委会不远，住户也不多，走访完最后一户，邓一鸣和宋其霖告别旦真曲扎，直接回村委会去了。

二人回到村委会，放下资料，赶紧上厨房做午饭。邓一鸣洗干净手，淘米，用电饭煲煮饭。

宋其霖翻出从县城出发前购买的蔬菜，问道："一鸣哥，昨天晚上还剩了一些没有吃完的土豆烧牛肉，热热还能吃。蔬菜有苦瓜、黄瓜、土豆等，你看再炒一个什么素菜？"

邓一鸣回答："那就炝炒苦瓜吧，我给你露一手。"说着，脸上露出一副得意神情。

宋其霖很开心，有意吹捧说："那太好了，尝尝一鸣大厨的手艺，肯定是一种美好的享受。"

邓一鸣嘿嘿笑起来，吩咐道："其霖，你赶紧把苦瓜籽挖出来，洗干净哈。"

宋其霖点头答应。

邓一鸣插上电饭煲插头，看着宋其霖，有些担心地问："其霖，没有柴，怎么烧火？"虽然到村上好多天了，但是还真没有生火炒过菜，多以泡面应付。

宋其霖头也没抬，回答说："一鸣哥，放心吧，旦真书记说过，外面围墙上的呆布随便用就是了。"

邓一鸣摇摇头，心中不安地说："那些牛屎饼是村民们辛辛苦苦弄的，我们怎么能够随便用呢？"

宋其霖笑着说："一鸣哥，放心吧，村委会围墙上的呆布就是老百姓给我们工作组做饭准备的。"

邓一鸣不解其意，皱着眉头问："其霖，你说的是啥意思？"说着，蹲在他身边，一起挖苦瓜籽。

宋其霖嘿嘿笑着说："县里每年都会开展群众工作月活动，县级部门派工作组到联系的村开展群众工作，时间一个月。因此，我们也要在雪达尔村待够时间才能回去。这项活动到目前已有十年时间，牧区的村民已习惯提前晾晒好呆布，供我们做饭使用。"

"哦，是这样的嗦。"邓一鸣明白了，到联系的村开展工作仅仅只有一个月时间，这么短的时间能做多少事情呢？估计很多人就是走走过场，摆摆样子而已，远不是自己想象的能在村上干一番事业，为乡村振兴尽一份力量。唉，不管其他的，做好自己的事情，尽自己的能力努力去做。

宋其霖清洗好苦瓜，用不锈钢盘装好，放在灶台上，说："一鸣哥，苦瓜弄好了，我拿呆布去了。"

"好！"邓一鸣答应着，将苦瓜切成薄片。

宋其霖抱着呆布回来，带着一股浓浓的青草味，没有一丝臭气。成天风吹日晒雨淋，就是有臭味，也早已被吹得烟消云散了。宋其霖点燃牛粪饼，扔进炉灶里。尽管没有熊熊火焰，燃烧的温度还是挺高的。很快，炝炒苦瓜就炒好了。

吃过午饭，二人准备午休一会儿，等顾晨明和张海东来后，继续入户走访，倾听老百姓的心声，收集民生诉求。同时，宣传政策法律、疫情防控、用电用火安全、食品药品安全及就业政策、环境卫生、控辍保学等规定和要求，及时将党和国家的声音传达到每一个老百姓，让五星红旗永远飘扬在村民的房顶和群众的心间。

六十二、头脑清醒

落日的余晖懒洋洋地爬过西边洁白而光滑的山峰，无力地照耀在香拉里这片秀美的大地上。天边的云朵飘过，像是在追随同伴的脚步；清澈的杜柯河、则曲河在寒风中卷起汹涌的浪涛，冲击岸边，发出轰隆的声响。很快，夜幕拉起，掩盖了天边最后一丝光亮，月亮高高地挂在瞻巴拉山上，给这座藏族同胞心中的圣山披上了神秘的色彩。街灯亮了，闪耀着柔和的光。五光十色的霓虹灯不断地变换着不同的色彩组合，呈现出璀璨的夜景，一幅幅美丽的画卷在眼前展开。这座小县城在灯光下演绎着它的美艳绝伦，似乎要与天上的星星媲美。

邓一鸣和宋其霖经过十来天的入户走访，与全村不少村民进行了一次亲密接触，收集了一些建议和诉求。周末了，能吃的东西消耗殆尽，只能回县城采购。下午，他俩好不容易搭上一辆路过的大货车，一路奔波，精疲力竭地回到县城外。下车后，跟师傅道完谢，目送货车离去才缓步回住处。

邓一鸣和宋其霖走到香拉里广场。闲暇的人们伴随音乐，跳起了欢快的锅庄舞。二人无暇欣赏，告别后各自回到宿舍。邓一鸣打开房门，摁下开关，屋子里亮堂起来。一股寒气从未关的窗口吹进来，不由得打了一个寒战，扯了扯衣袖。整个屋子阴寒、冷清，岳云峰跑哪儿去了呢？还在加班吗？不知道他的违建整治进行得如何了。他关上房门，拉上窗户，走到座床边，瘫躺在上面，一动也懒得动。

不知过了多久，传来开锁的声音，邓一鸣知道岳云峰回来了。他坐起来，眼睛盯着门口。

岳云峰推开房门，看见邓一鸣，兴奋地叫起来："一鸣哥，你终于回来了呀！"一边叫嚷着，一边展开双臂扑上来。

邓一鸣立即站起来，嘿嘿笑着迎上去。

岳云峰一把抱住邓一鸣，激动地说："一鸣哥，想死我了，这么多天来，我孤孤单单地守在这里，连一个说话的人都没有，无聊透了。"

邓一鸣拍着岳云峰的后背，开玩笑说："云峰，我也想念你呀！早也想，晚也想。真可谓空床卧听南窗雨，谁复挑灯夜补衣。"说完，哈哈大笑起来。

岳云峰猛然松开邓一鸣，嚷嚷道："用典不当，用典不当！一鸣哥，你故意调戏我是不是？"

邓一鸣笑而不答。

岳云峰撇着嘴，不满地说："一鸣哥，太过分了！我可是一片冰心在玉壶，却被你当作驴肝肺呀。唉！"

邓一鸣拍着岳云峰的肩，分辩道："云峰，没有啊，我也是真心真意呀！哪敢戏耍你嘛。对了，你有吃的东西没有？我还没吃晚饭呢。"

岳云峰翻了一个白眼，头一扬，撇撇嘴，傲骄地回答："有啊！想吃对吧，那你得拿出点儿诚意来呀！"

邓一鸣嘿嘿笑起来，不解地问："云峰，你需要什么诚意？怎样才算有诚意呢？"

岳云峰哈哈一笑，回答说："这么简单的事情都不明白？比如说，我有方便面，你总该烧壶开水吧。"

"臭小子！"邓一鸣忍不住朝岳云峰的胸口拍了一巴掌，嚷道，"好你个岳云峰，算你龟儿子厉害。好，我去烧水！"说完，转身走向厨房。

岳云峰呵呵笑了，叫嚷着："一鸣哥，水管里没有水，塑料桶里有存放的水哈。水别烧少了，本少爷也没吃晚饭哦。"说罢，得意地在座床上坐下，掏出手机翻看起来，嘴里哼着小曲。

邓一鸣回过头，狠狠地瞪了岳云峰一眼，嚷道："臭小子，算你狠！"

岳云峰哈哈笑着，还朝邓一鸣扮了一个鬼脸。

邓一鸣不再理会，走进厨房，舀了大半壶水，插上插头，回到客厅，调侃道："峰少爷，请把你的方便面拿出来吧。"

岳云峰没抬头，努了努嘴，摆着谱，指示道："喏，窗台下那个纸箱里。对了，给我泡大骨汤面哈。"

"私娃子，太过分了哈，真拿我当用人、老妈子使用？"邓一鸣愤愤不平地嚷嚷起来，还是朝窗户走去了。

"哎呀！你这话说得不地道哦，这叫相互帮助，俗话说：要得好，大带小。叫你一鸣哥，难道这哥是白叫的？"岳云峰强词夺理狡辩道。

邓一鸣拿起方便面，朝岳云峰"哼"了一声，两眼一瞪，向厨房走去。不一会儿，端着两桶泡面出来，放在茶几上，说："峰少爷，准备吃面哈。"说罢，在座床上坐下。

岳云峰放下手机，得意地说："谢谢！辛苦了你哦，我亲爱的一鸣哥。"话里带着一股酸味。

"喊！"邓一鸣瞪眼斜视着他。唉！有什么办法，远离家乡，远离亲人，只能苦中作乐。何况一个人孤孤单单生活了这么长时间。过了一阵，邓一鸣关心地问："云峰，你那违建整治进展如何？"

说到工作，岳云峰来了劲，满脸自豪地说："进展顺利，所有的违章建筑已经拆除，坡屋面改造正有序推进。这段时间，我一直在现场督导施工单位施工。"

邓一鸣感慨道："每天都这么晚才回来？云峰，辛苦了！"

岳云峰拍着胸口，振振有词地说："没办法，必须保质保量，只要我在，绝对不允许出现豆腐渣工程。"

邓一鸣左手搭在岳云峰的肩膀上，竖起右手大拇指，称赞道："云峰，好样的，点赞！"

岳云峰嘿嘿一笑，不好意思地抓了抓头发，淡淡地说："职责使然，既然让我分管这项工作，天王老子一概不认。"

邓一鸣点点头，理解岳云峰的苦衷。邓一鸣不再问工作上的事情了，指着方便面，端起一桶递给他，说："云峰，面应该泡好了，吃面吧。"

岳云峰接过面，微微一笑："一鸣哥，谢谢！"

二人津津有味地吃起来，现在能有一碗泡面吃，已是不错的了，毕竟条件就这样。

香拉里的天空变幻无常。第二天早上起来，天空阴沉，山风顺着杜柯河和则曲河谷而下，带着瞻巴拉山顶的寒气呼啸而来。虽然还是仲秋，但是哪还有秋天的影子，寒流迫使人们穿上了冬季的衣裳。

宿舍里，厨房、厕所的水管被冻住，放不出水来。邓一鸣早听宋其霖他们说过，冬天水管会被封冻整整一个冬季。好在昨晚塑料桶里还剩了一些，只能将就洗漱。二人洗漱完，下楼到街上随便找了一家小餐馆，吃过早饭，岳云峰告别邓一鸣，前往沿江苑小区督察整治改造。

邓一鸣在香拉里广场等上宋其霖后，前往祥和超市购买必要的生活物资，又去农贸市场买了不少新鲜蔬菜。天冷了，蔬菜也不容易坏。跑来跑去，一上午时间一晃而过。

中午时分，天空堆积起厚厚的乌云，它们缓慢地向南边移动着，天边出现一道橘黄色的光亮。俗话说，云跑东一场空，云跑南水满田，云跑西背蓑衣，云跑北黑一黑。有雨天边亮，无雨顶上光。看样子是要下雨还是要下雪呢？

一群山鸦忽而飞进屋檐下，忽而扑棱棱地低飞而过。很快，空中朦朦胧胧飘起似雨非雨、似雪非雪的雪雨，点点滴滴飘零下来。街上，没打伞的人们只能行色匆匆疾步赶路，或许他们早已习惯这种与天地交融对话的形式。

吃午饭时，邓一鸣的电话响起来，是索朗堪布打过来的，他不高兴地说："一鸣部长，你不够朋友，昨天下午回县城招呼也不打一个，居然坐大货车走了。我叫人用车送送你们，难道错了吗？"

邓一鸣听完，赶紧解释："大师，不好意思哈，我们是临时决定回县城的，刚好有一辆货车要途经县城，正好顺路。真的不便给你添麻烦！"

"理由不充分，太勉强了。"索朗堪布依旧生气地问，"今天下午晚些时候，你们回不回雪达尔村？"

邓一鸣回答："我们吃过午饭，就赶车回来。"

索朗堪布叮嘱道："这样吧，下午就不用赶车，我让师傅顺便接上你们。"

邓一鸣知道索朗堪布嘴上说顺便，其实是专程，急忙说："大师不用客气，别麻烦师傅专门跑一趟。"

索朗堪布解释道："一鸣部长，还真不是专门接你们的。晨明和海东两位老师马上开学了，下午送他们回县城，师傅返程不就是顺便带上你们吗？中午给两位老师送行，本来打算请你们一起参加，谁知司机到达村委会，才知道你们走了。"

"好，好！我和宋其霖在宿舍等候！师傅来后，电话联系。"邓一鸣爽快答应。

索朗堪布在电话里开心地笑起来，然后挂了电话。邓一鸣长长地出了口气，事情总算不是太糟糕。

下午，太阳出来了！天空瞬间明朗起来，香拉里蓝再一次展现在人们眼前。躲在屋檐下的山鸦，此刻一群群愉悦地飞舞着，山间的云雾也消失殆尽，远处的旗子迎风招展。邓一鸣和宋其霖收拾好东西，坐在房间里感觉很无聊，时间尚早，决定出去走走。

二人沿着湍急的杜柯河岸缓步行进，呼吸着从原始森林里弥漫而来的草木清香，欣赏着河道两岸泛黄的树叶，聊着生活中的琐事，甚是惬意。

邓一鸣想，当岁月磨平了你的意志，需要给自己找一个心灵栖息之所时，悬天净土香拉里应该是最好的选择！当你迷茫于现实，不知道如何应对凡俗之事时，这里的寒风会让你头脑清醒，保持应有的原则，理智面对世事。

一小时后，邓一鸣接到顾晨明的电话，说他们再有十多分钟就到县城，请做好出发准备。邓一鸣告诉他一切准备就绪，然后二人往回走，到小区门口等候。

邓一鸣和宋其霖将补充的生活物资拿上索朗堪布安排来的车，告别顾晨明和张海东后，直奔雪达尔村。雪雨后的高原分外青绿，如用清泉清洗过一般，路边或草甸上闲散的牦牛四处可见。

开车的师傅很健谈，邓一鸣和宋其霖上车后，他就主动自我介绍叫狄仁青香，是木南达镇人。他黝黑的脸上布满了皱纹，一直挂着笑容，让人倍感亲切。他开车有二十多年了，对当地多变的地况了如指掌，技术娴熟。汽车顺着奔腾的则曲河岸边行驶时，他忽然用手指着对面的山坡，激动地说："你们看，他们在耍草坝子！"

"耍草坝子？"邓一鸣倍感诧异，好奇地问，"狄仁师傅，什么是耍草坝子？"问罢，还扭过头看了宋其霖一眼。宋其霖只是微微一笑，没有开口。

狄仁青香动情地介绍道："每年八九月份，各个寨子都会组织本寨村民，到牧草长势丰盛的山上、溪流旁搭起白色帐篷，带上生活物资，无须劳作，在那儿品酒、喝奶茶、吃手抓肉、跳锅庄舞，生活一段时间，持续十天左右。大家一边喝着酥油茶和新酿的青稞酒，一边弹着六弦琴、拉着胡琴，或引吭高歌，或浅斟低吟。我们最豪放的饮酒则是在跳锅庄舞的时候。村寨的青年男女围成一圈，圈中设小桌，放上几坛青稞酒；男女两队轮流领唱，翩翩起舞，不时去圈中喝上一碗酒。跳到高兴处，饮酒者更是纷至沓来。酒助舞兴，歌借酒力，通宵达旦，尽兴方休。我们管这样的生活叫耍草坝子。"

邓一鸣感慨地说："这耍草坝子，太有意思了！简直就是神仙生活呀。"

这样的生活不免让人心生向往。我们追求的生活不应该就是这样的吗？平静祥和，幸福安宁！

六十三、村民大会

回到村委会，已近黄昏，天际阴沉，寒风肆虐，太阳散发的热度早已被吹散。冬天来得太快了，时间上明明还是秋天。难怪说香拉里的天气不是冬季，就是大约在冬季。

狄仁青香将车开进院子，立马下车，帮忙将采购的生活物资搬进屋子后，便向邓一鸣和宋其霖告辞离去。

二人挽留，狄仁青香坚持说时间不早了，得赶紧回家。天黑了，路窄弯多，不太安全。其实，他是怕给别人添麻烦，找了一个比较合情合理的由头而已。这就是我们的藏族同胞，真诚纯粹、朴实无华，处处替别人考虑。

二人收拾好生活物资。邓一鸣问："其霖，晚上准备吃点儿啥？哥给你露一手。"

宋其霖微微一笑，实诚地说："一鸣哥，晚上用不着那么麻烦，煮碗面条垫垫肚子就行。"

"那敢情好，我就做土豆肉丝烩面吧，这可是我最拿手的。"邓一鸣嘿嘿一笑，拿起面条向厨房走去。宋其霖紧跟在他身后，其实他能拿得出手的就是煮面条。

二人走进厨房，邓一鸣刷锅清洗灶台，宋其霖点火洗土豆，分工配合默契到位。

一支美妙的旋律响起，邓一鸣停下手中的活，看着宋其霖。

宋其霖边掏裤兜里的手机边解释道："一鸣哥，是我下载的手机铃声，你休假回家那段时间下载的。"说完，接通电话。

邓一鸣点了点头，继续忙自己的活。

宋其霖接完电话，说："一鸣哥，你的手机怎么关机了呢？旦真书记一直打不通，他说马上过来，商量一下近期的工作。"

"不会吧，我没关机呀！"邓一鸣边说边掏出手机，果然处于关机状态，摁下开机键仍然开不了机，无奈地说："没电了，我去充电。"说罢，急匆匆离开厨房。

宋其霖对着邓一鸣的背影说道："一鸣哥，你改天显摆厨艺吧。"邓一鸣扭过头，回复道："好，好！"

二人吃过晚饭，收拾妥当厨房，回到宿舍，边等旦真书记边闲聊起来。

不一会儿，院子里响起杂乱的马蹄声，传来旦真曲扎粗犷的叫喊声："一鸣书记、小宋主任，快开门，我们来了。"

二人赶忙站起来，朝门口走去，打开半掩的房门，只见院子里四个黑影坐在马背上，随马匹转动着。二人挥手向他们打招呼，邀请他们进来："晚上好，扎西德勒！"

"扎西德勒！"四人纷纷回应着，跳下马，取下马背上的东西，走过来。

邓一鸣借着活动室的灯光，看清楚了来人，除了旦真曲扎、才旦兄妹，还有洛桑强巴。他赶忙上前，伸出双手，跟他们握手问好。握住洛桑强巴的手时，关心地询问小强巴的情况。经旦真曲扎翻译，知道小强巴手臂没问题，再也没脱臼过了。

宋其霖也上来跟他们握手问候，与才旦蒲尔握手时，明显看得出，他俩的手在抖动，脸也发红，不敢直视对方。他接过才旦蒲尔手中沉甸甸的塑料袋，赶忙退后。

邓一鸣心中暗喜，为他们高兴。众人走进活动室，邓一鸣举了举手中的袋子，笑着问："旦真书记，你们这是带的啥好东西？"

旦真曲扎哈哈笑着走过来，从身上摸出两瓶酒放在桌子上，接过邓一鸣手中的袋子，也放在桌子上，解开口袋，吩咐道："一鸣部长，把你们的碗、盘子拿些来。"

宋其霖没等邓一鸣开口说话，直接出门朝厨房小跑过去。才旦蒲尔紧跟在宋其霖身后，也出去了。

邓一鸣看着他俩的身影，笑着说："旦真书记，我就不去了吧。"回头朝才旦桑杰打了一个响指，说："桑杰，我们小宋那可是百里挑一难得的人才哦，不仅人长得帅，而且品行端正，不过至今还是个单身狗哦。"

才旦桑杰哈哈大笑起来："一鸣书记，你真有意思哈，一切随缘吧，我们不勉强。什么时候把成斌书记也叫上，我们还是应该喝一杯呀！"

邓一鸣说："他在镇上，只有等机会。哎，干脆给他打个电话，看他在干啥，如果有空就让他过来，开车最多半小时。"

才旦桑杰跟着说："一鸣书记，他若有空，我骑马过去接他，喝酒不能开车。"

邓一鸣跑进寝室，拿起充电的手机，拨通了蒋成斌的电话。蒋成斌听后爽快答应了。邓一鸣放下手机，走出寝室，对才旦桑杰说："桑杰，蒋成斌在镇上，等候你骑马去接。"

"好，你们等着。"才旦桑杰说着，转身出去，只听得一声马嘶，不一会儿，"哒哒"的马蹄声就消失了。

邓一鸣用手肘靠了靠旦真曲扎，问道："旦真书记，其霖说，你打算商量商量下一步的工作，是什么工作呢？不过，我觉得应该召开一次村民大会，讲讲相关事情。"

旦真曲扎哈哈笑了，说："一鸣书记，我俩是不是心有灵犀，竟然想到一起了。那好，明天下午三点，在村委会召开村民大会。"

邓一鸣跟着开心地笑起来，心中开始酝酿开会讲话的内容。会议议程有必要和旦真曲扎商量商量。

宋其霖和才旦蒲尔捧着碗，拿着筷子走进来。宋其霖有些心怯地问："一鸣哥，你们在笑什么？"

邓一鸣停止笑，回答道："其霖，别紧张，与你没关系，我们在说其他事情，忍不住笑的。"

宋其霖长出了一口气，放心地将碗放在桌子上。

旦真曲扎将袋子里的东西倒进碗里，手抓牛肉、羊肉片、牛肉饼、青稞麦饼、煮土豆，装了好几大碗。他招呼大家坐下，又对邓一鸣说："一鸣书记，是不是烧点儿开水，待会喝酒时，好喝呀。"

邓一鸣答应着，赶忙烧水去了。

这一夜，是开心、兴奋的一夜，大伙儿边喝边唱，还跳起了锅庄舞。生命是造物者的恩赐，理应珍惜，不要让色彩斑斓的日子过得碌碌无为，开心是人生最大的追求。直到深夜，大伙儿才依依不舍地离去。住宿条件有限，蒋成斌只得去旦真曲扎家里住宿。

整个晚上，邓一鸣睡得挺香，只是中途莫名醒来，听着屋后山泉哗啦啦的湍流声，又进入了梦乡。早上醒来，天已大亮。一片耀眼的阳光透过玻璃射进了卧室，窗外传来鸟儿们清脆的鸣叫声，恍然间，看见几只舞动的身影，那是鸟儿欢愉的情影。他翻过身，对面宋其霖鼾声依然，也许正在梦中约会自己的心上人呢。邓一鸣淡淡一笑，起床简单洗漱后，开始准备早餐。

吃过早饭，宋其霖邀请邓一鸣去看望他的联系户，住在村委会山峦后面的壤穷旺堆。邓一鸣爽快地答应了。宋其霖提上一个袋子，带着邓一鸣快步往前。邓一鸣跟在宋其霖身后，脑子里一下记起上次与胡明军在大凉山小酌诉别时的情景，借着昏黄的灯光，胡明军喟叹道："我们其实一直在人生征途上跋涉，只顾风雨兼程。现在深有感悟，只能前行，如何能停留？"

行走近一个小时，来到对面半坡处的山寨，只见一个中年藏族汉子拉着一个六七岁大的男孩站在寨门口的路边，估计他们早已等候在这里了。宋其霖开心地对邓一鸣说："他们就是壤穷旺堆父子俩。"说罢，加快了步伐。

邓一鸣赶忙加快脚步。

宋其霖迎上来，久别重逢的热情涌上心头。他们双手紧紧握在一起，特别激动，相互问候着。

邓一鸣走过去。宋其霖赶忙将他们相互介绍认识。邓一鸣的确还不认识壤穷旺堆，因为还没有到这个山寨入户。有心的宋其霖为小男孩带来了篮球和古典名著，小男孩显得异常兴奋，嘴里一直叫着叔叔谢谢。

众人沿着用水泥铺就的山间小路，来到壤穷旺堆家，家里干净整洁。一楼整齐地放置着电器维修设备、工具和柴火。登上木梯，二楼的装饰简朴美观。席地而坐后，女主人早已为邓一鸣和宋其霖沏上了一杯热腾腾的奶茶。经交谈，在前期的帮扶和自身"造血"下，壤穷旺堆已成功脱贫，目前还会电器修理手艺，这得益于宋其霖的鼎力帮扶，他先后两次送壤穷旺堆去自己的家乡拜师学艺。现在人们只需一个电话，壤穷旺堆就骑马前去维修，收入还不错，正迈向幸福的小康路上……

下午三时，村民大会在村委会院坝里准时召开。

太阳挂在天空，洒下柔和的光芒，照在身上暖洋洋的。悬挂在房檐下的横幅在风中飘动、摇曳，红底黄字"木南达镇雪达尔村村民大会"格外醒目。两张办公桌并排安放在党员活动室大门口，就是简易的主席台。旦真曲扎、才旦兄妹和邓一鸣、宋其霖五人在主席台上就座。才旦桑杰已补选为雪达尔村支部副书记。村民们或站或坐，挤满了整个院坝，他们的宝马坐骑散在院外，任由它们啃食牧草，自由活动。

会议由才旦桑杰主持，第一项议程升国旗，奏唱国歌。这项内容是昨晚商量议程时邓一鸣建议增加的。随着才旦桑杰的大声宣布，喧哗的会场安静下来。村民的脸上满是困惑、好奇，有些很茫然。邓一鸣手捧国旗，旦真曲扎和才旦桑杰护卫在国旗左右，神情严肃，迈着坚实的步伐走上旗台，将国旗系在旗杆绳索上。尽管他们的步伐不标准，但是他们已经尽了最大努力。

准备就绪，宋其霖按下音箱设备的开启键，雄壮威武、高亢激昂的国歌立刻响起。国旗在国歌声中，迎着太阳缓缓升起，飘扬起来，在阳光下鲜艳夺目，激情澎湃的国歌回荡在草原上。

太阳照耀国旗，国旗更加鲜艳、庄重。国旗映衬太阳，太阳更加夺目、亮丽。国歌曲子结束，国旗升到旗杆顶端，迎风飘扬。

众人回到主席台，才旦桑杰用藏汉双语郑重其事地将邓一鸣和宋其霖介绍给广大村民。二人赶忙站进来，向村民们鞠躬，挥手致意。其实他俩进村入户时，与很多村民已经认识了，遗憾的是记不住他们的名字。

旦真曲扎开始用藏语讲话，虽然邓一鸣一句都听不懂，但是能领会他在强调当前村上的重点工作，以及对下一步工作的详细安排，希望广大村民积极支持、配合和参与。

接着，邓一鸣讲话，从当年红军经过香拉里，与藏族同胞结下的鱼水深情，讲到十年前鼓楼市服从省委省政府安排开始的精准扶贫，再到现在的乡村振兴、建设美好家园所凝成的兄弟真情。最后建议将升旗仪式作为固定程序融入村上的一切活动之中。他用简洁朴实、口语化的语言，生动诠释了所要表达的内容。

旦真曲扎、才旦桑杰轮流比画、翻译着，邓一鸣语言浅显易懂，他们翻译成藏语也很容易。

宋其霖接着用藏汉双语混搭，讲当前工作、相关政策法规和自己联系雪达尔村这些年来的感想。毕竟他的藏语不够熟练，有些话语不知道用藏语如何准确表达。讲汉语时，才旦蒲尔就翻译成藏语。

最后是互动阶段，大家对村民提出的疑惑一一耐心解释。

会议结束，村民们披着晚霞，满心欢喜地骑上自己心爱的坐骑，驰骋在草原上。夕阳映红了大草原，映红了飞奔的人们，为他们留下一道道俊美的剪影。

六十四、勾画蓝图

日子好似香拉里圣山中的雾霭，散去又复往；又如同则曲河的流水般川流不息。转眼间，一个月的群众工作月活动即将结束。

这天早上，邓一鸣打开活动室的房门，寒风裹挟着雪花直撞而来，疯狂地亲吻着他。他不由得打了一个寒战，扯了扯衣领，裹紧脖子，双手伸进袖口，抄在胸口。现在才九月底呀，这雪来得太早了点儿吧！他走进院坝。雪花漫天飞舞，片片雪花像烟一般柔，玉一般纯，从天而降，飘飘洒洒，亲吻着大地。瞬间，雪花消失殆尽，地面变得湿漉起来。邓一鸣伸出双手，洁白的雪花落在手掌心上，晶莹透明，迅疾融化，让他感觉心情特别舒畅。

邓一鸣活动了一阵身子，赶紧回去，关上房门，开启电脑，在电脑桌边坐下。脑子里突然冒出诗人黎阳的诗句："终于我这朵飘零的雪花／再一次落在乡情的土壤上／指尖的泪珠，凝固着岁月的斑斓……"

这段时间来，凡在家的村民，邓一鸣和宋其霖都有了近距离接触，跟他们进行了亲切交流。十年时间，先前援藏干部来到香拉里村村寨寨，用真情，真扶贫、扶真贫，帮扶这里的贫困藏族群众。经过不懈努力，他们摆脱了千年的贫困，一个不少地走上了康庄大道。个别扶贫干部还永远留在了扶贫路上。当前，我们的藏族群众虽然实现了脱贫，但是距离幸福美好的生活还有很大差距，要走的路还很长，也更加艰难。如果断供支持，他们会立马返贫，而且返贫率非常高。这不是危言耸听，而是的的确确存在的事实。

睡在床上的宋其霖有了动静，邓一鸣回过头，见他已开始穿衣裳，便说："其霖，不睡了？外面下雪了！2021年的第一场雪，比以往来得更早一些。"说着，唱起了自己改后的刀郎的歌。

宋其霖嘿嘿笑着说："今年比往年还要晚几天哦。一鸣哥，今天怎么安排？继续入户吗？"

邓一鸣想了想，回答说："这么大的雪，入户就算了。我们干脆下午举行座谈会，将走访情况向雪达尔村党员干部作通报，把我们的想法跟他们进行一次交流沟通。同时，听听他们的意见和想法。"

宋其霖赞成说："行！也算是我们对这次活动的交代。我马上联系旦真书记，让他通知参会人员。"说完，便拿起电话拨打起来。

邓一鸣等宋其霖打完电话，笑着问："其霖，今天早上准备吃点儿啥？可吃的东西不多了哦。"

"没事，反正没几天时间了，只能有啥吃啥，还得节约着吃。我煮饭去了。"宋其霖穿好衣裳，朝外面走去。

邓一鸣起身，跟在宋其霖身后。二人来到厨房，将所有食物整理出来，按照剩下的天数分成对应的份数，必须按计划吃。

下午，雪停了，凛冽的寒风仍旧呼啸着。天寒地冻，冬季真正开始了。想想家乡鼓楼市，那里还正是秋高气爽、艳阳高照的收获季节呀！

雪达尔村的党员干部陆续赶来，座谈会准时召开。邓一鸣郑重地说："藏族是我们中华民族的一员，一个伟大又很特别的民族。崇尚自然的藏族人，性格如火一般热烈，像艳阳一样直接，耿直、自豪、有民族意识，对任何人、任何事以诚相待。你们爱自己的文化，爱自己的家园，爱脚下每一寸土地，爱每一只牛羊，爱每一朵格桑花。"

邓一鸣激动地说着，将自己二十多天在雪达尔村的所见所闻详细地讲述了一遍，又真诚地说："各位党员干部，下面，我谈谈自己的一些感想。既是我们这里的实际情况，更是整个四川藏区的普遍问题。我所说的都是真心话，大家不要见外，目的是为下一步工作的开展提供一些借鉴。我们这里的贫困，源于落后，文化的落后，观念的落后，行为习惯的落后，而且思想保守，故步自封。目前，尽管有了一定的改变，但要彻底转变还有一个漫长的过程，甚至是一两代人的时间，好在十年前开始的教育扶贫起到了很大的推动作用。当然，我们的贫困是有原因的，也是多方面的。首要原因就是历史问题，这里是中国消除奴隶制较晚的地区。二十世纪五十年代，还处于奴隶制、农奴制和封建制并存的阶段。一步跨千年，直接从奴隶制过渡到社会主义制度，我们必须承认落后，正视落后，看到不足，认识不足，主动寻找出路，这是我们党员干部必须肩负的责任和使命。"

讲到这里，邓一鸣停了一下，四周扫了一眼，在座的党员干部面部表情平静、随和，没有什么变化，可见他们认可这个观点。

他继续讲："其次贫困面广、程度深。这里海拔大多在 3500 米以上，自然条件恶劣，地质灾害和自然灾害频发，地震灾害危险性高，交通、通信极其闭塞，人畜饮水和取暖困难，易地扶贫搬迁尚需进一步加强。地方病的发病率仍然处于较高位，因灾因病致贫返贫的问题突出。目前，通过方方面面的努力，确实达到了脱贫标准，也接受了国家验收，但是要实现乡村振兴、建设美好家园这个目标，路还很长，也更艰难，不是两三年就可以实现的。而且要实现这个目标，也不可能像精准扶贫那样全面实施，全面开花，必须用更加精准的办法，以点示范，以点带面，点面结合。以点辐射面，达到目标、效果的实现。要实现这个目标，必须有项目支撑，我们这里有像样的项目吗？没有！我一直在思考这个问题，发展工业项目，乡镇企业项目不现实，不具备发展的任何条件。但我们可以发展农牧业、食品加工业、旅游业和非遗产业。牧业是我们最大的优势，但是转化成商品率太低，我们完全可以进行食品加工，对畜产品精细分割、加工，运往平原地区，获取高额的效益。外地牛羊肉每斤高达四五十元，我在鼓楼从未见过牦牛肉销售，我们的畜产品更多的是廉价甚至无偿地送到了寺庙，说得通俗一点儿，就是拿着金饭碗在讨饭。"

邓一鸣说到这里，心中一紧，赶忙停下来。这是个敏感话题，很有可能会伤害到一些人。为了避免不必要的麻烦，他连忙解释："各位，不好意思，最后一句只是随口说的，大家不要在意，也请多多理解，我没有任何恶意，只是将内心的想法说出来而已。"说着，偷偷窥视了一眼众人，年轻人很坦然，没有反应，毕竟讲的是事实，无半点儿虚假；年长的脸色明显不自在，有一两个人眼里露出了不快。

邓一鸣急忙将话题转到其他方面，接着说："我们的农业生产受气候、地理位置、土壤、生产工具等影响，效率很低，而且品种单一，只习惯于种植青稞。前两年，县里有关部门号召种植土豆，将优良种子发给大家，由于土豆不是我们的主要食物，大家种植的积极性不高，相关部门疏于监督、管理，因此，没有产生经济效益。其实，土豆经济价值挺不错，鼓楼有好几家专门生产薯类酸辣粉丝食品的企业，他们需要大量的土豆淀粉。我们可以去联系他们，为他们提供优质的高原土豆淀粉。"

邓一鸣喝了口水，清了清嗓子，继续说："旅游业是一项朝阳产业，我们藏族人民别具一格的建筑，优雅的舞姿，独特的生活方式，红色革命遗址，众多人文寺庙建筑，川西高原丰富的自然景观都是不可多得的资源。这两年由于新冠疫情，有些影响，但毕竟是暂时的。旅游，永远是人们追求美好生活的一种方式。我前期的主要精力用于入户，对我们雪达尔村旅游资源了解不多，最近几天，就会去调查、核实。我们雪达尔村有这么多优质资源，可是我们的资源仅仅是资源，没有变成产生效益的资产。因此，我们应该利用好资源，在乡村振兴中做那个示范点、辐射位，带动我们周边的发展，启到示范效应和推动作用。令人欣喜的是，我们村有一个年轻、充满朝气的村委班子，有团结一心、积极支持工作、处处为民着想的党员干部队伍，有了人力资源，什么人间奇迹不能创造？我相信，美好家园定会在雪达尔村实现。如果有机会，我们一起来实现这份蓝图，我愿意尽自己的最大努力。谢谢！"

邓一鸣的讲话，赢得了大家的热烈掌声。其实，他还有些想法，不好进一步讲明，只能在上交的报告中阐述清楚。

接下来，宋其霖也讲述了自己的想法和观点。

散会后，旦真曲扎和才旦兄妹留下来收拾会议室，其他人议论着离去。旦真曲扎赞叹说："一鸣部长，你讲得真好！问题看得准，规划切合实际。我们真希望你能留下来，与我们一起实现你描绘的蓝图。"

邓一鸣被旦真曲扎的话难住了，毕竟去留不是他说了算。他淡淡一笑，认真地说："旦真书记，我会尽最大的努力去争取。但是我得听从组织的安排！"说罢，脸上露出一缕苦笑。

"一鸣部长，你能留下来是对我们最大的支持。"旦真曲扎脸上露出一丝失望，但能理解。毕竟时间有限，他就是留下来，也只剩下一年多的时间。援藏期到了，一样会走。必须靠自身努力，天上不会掉馅饼，"等、靠、要"实现不了乡村振兴。好在一鸣部长勾画出一幅大美蓝图，雪达尔村有了奋进的方向和追逐的目标。

才旦桑杰跟着说："书记，这还不简单吗，我们直接去组织部和援藏指挥部要人啊！"

才旦蒲尔附和着说："我们一起去县上，让宋主任一并留下来。"说完，她偷偷瞄了宋其霖一眼，脸上泛起了红晕。

邓一鸣听完才旦兄妹的话，嘿嘿一笑，没有开口，只是忙碌着收拾会议桌上的东西。

"桑杰书记，蒲尔主任，你们不用去。组织上会根据实情妥善安排、周全考虑的。"宋其霖分辩说，脸颊开始发红。

邓一鸣见状，心中乐了，开心地对旦真曲扎和才旦桑杰说："两位书记，这里就这点儿活，让其霖和蒲尔两位主任收拾吧，我们出去走走如何？"说罢，又向他俩眨了眨眼睛，生怕他们不明白。

旦真曲扎立刻反应过来，一把抓住才旦桑杰的手腕，不由分说，拉起就往外面走。

邓一鸣跟随而去，走到门口，顺手将门拉成半掩状态。

"你们别走啊！"背后传来宋其霖无奈的叫喊声。

才旦桑杰没有反应过来，不明就里地问："把他们二人留下来干活，我们出去走走，这是啥意思呢？"

邓一鸣笑而不答。旦真曲扎一巴掌打在才旦桑杰的胸口上，嗔怪地说："哎，我说你是真不知道，还是故意装？没看出你妹子喜欢人家小宋主任吗？"

才旦桑杰有些吃惊："不会吧，没听我妹妹说过呀！"

旦真曲扎带着嘲讽的口吻说："你够笨的啊，你妹妹会说她喜欢宋其霖吗？真不知道你是如何找到老婆的。"

才旦桑杰摇晃着脑袋，得意地说："我就找到了呢！怎么，你不服气？"

二人边走边争吵，谁也不让一步。

邓一鸣上前，拍了拍他俩的肩膀，走到他们中间，劝说道："人家相互爱慕，那是好事啊，你们就别争了嘛，一起祝福他们吧。"

二人拍着额头，相视一笑，互殴一拳。

寒风刮着，呜呜作响。三人慢步行走，闲聊起来。

六十五、真实报告

　　太阳挂在东边的地平线上，柔和的光芒温暖着大地，如纱似绢的薄雾笼罩在草原上，和着藏家人房顶的袅袅炊烟，飞舞飘荡，空气中平添了酥油浓郁的芳香和燃烧牛屎饼散发出的牧草清香。微风吹过，屋顶一面面国旗轻轻摇曳，传递着藏家儿女对祖国的深深情意。此起彼伏的鸡鸣犬吠声诉说着他们和谐安宁的生活，而门前这条穿梭于山川坪坝的道路如同一条黑色的绸缎，好像被人随意扔在大地上，伸向远方，连接着山外的世界。外面的精彩又通过这条绸缎进入山里，到草原上来，于是，山里山外形成了一个整体，共同迎接朝阳，共享美好新时代。一幅充满诗情画意、满满田园气息的画卷已经展开。

　　邓一鸣和宋其霖吃过早饭，边闲聊边等才旦桑杰，他们要利用群众工作月所剩不多的时间去考察一下雪达尔村以及木南达镇的旅游资源情况。

　　不一会儿，外面响起了清脆、杂乱的马蹄声。宋其霖立刻站起来，向外面走去。邓一鸣跟随过去。

　　宋其霖拉开半掩的房门，才旦兄妹骑在马背上，已经到达院子里，二人手里还牵着一匹马。才旦蒲尔兴奋地向宋其霖挥手致意。

　　邓一鸣向才旦兄妹俩问候后，故意问道："桑杰书记，今天可是去跋山涉水，要受苦受累哦，你怎么把蒲尔主任也叫上了呢？"他心中明白，人家就是冲着宋其霖来的。

　　才旦桑杰笑着说："她自己愿意来，我也不能阻拦嘛，让她帮忙牵马。"

　　才旦蒲尔撇撇嘴，不高兴地说："一鸣部长，我为什么不能来？别瞧不起人，不就是跋山涉水吗？到时候，你不一定是我的对手。"

　　邓一鸣嘿嘿一笑，向才旦桑杰走过去，从他手中接过缰绳，翻身上马。近一个月时间，骑马已学会了。

　　宋其霖走向才旦蒲尔，接过她手中的缰绳，跃上马背。马儿们打着响鼻，前蹄刨着地面，只待主人一声令下。

　　"驾！"四人一声令下，夹住双腿，勒紧缰绳。"咻！"四匹骏马一声嘶鸣，飞驰在草原上，阳光为他们剪下最美的剪影，薄雾为他们披上神秘的外衣。

半小时后,一座巍峨壮丽、形如"众"字的山峰出现在眼前,骑马在前的才旦桑杰松开双腿,放松缰绳,飞奔的骏马放慢了步伐。他指着前面的山峰,兴奋地大叫起来:"你们快看,香拉东吉圣山!"

三人松开缰绳,慢步并排在才旦桑杰左右,向前方望去。圣山雄伟俊秀,全年白雪覆盖的山峰直插云霄,在阳光照耀下,雪光反射,闪耀着圣洁的光芒。

"吁!"才旦桑杰叫停骏马,从马背上翻身下来,扔掉缰绳,面对圣山虔诚地鞠躬,行叩拜大礼。

才旦蒲尔跟着下马,做着与哥哥相同的动作。邓一鸣和宋其霖赶忙下马,入乡随俗,鞠躬行礼。

礼毕,邓一鸣牵着缰绳,走到才旦桑杰身边,真诚地问:"桑杰书记,你对香拉东吉圣山了解不?边往前走边说说呗。"

才旦桑杰哈哈笑着说:"一鸣部长,你还真想去爬圣山吗?看上去显得近,实际距离远着呢!"

才旦蒲尔跟着介绍:"景区气候冬季干燥寒冷,长冬无夏,春秋短促,昼夜温差大,属于典型的高原型气候。香拉东吉圣山不仅拥有奇山异水怪石珍木,还拥有丰富的野生动物资源,被称为天然野生动物园,已被州人民政府批准为州级风景名胜区。"

邓一鸣听着连连点头,对香拉东吉圣山景区有了大致了解。尽管只是遥远地观看,但绝对是人们消夏的最佳去处。

才旦桑杰一屁股坐下去,招手说道:"来,坐下,我慢慢给你们介绍一下吧。"

众人答应着,纷纷坐下去。地上软绵绵的,泛黄的牧草犹如一张巨大的地毯,还镶嵌着一些不知名的小花朵,散发出浓郁的芳香。曾几何时,邓一鸣希望在草原上席地而坐,闻着小草的清香,望着远方亘古之地纵横的山峦。此刻,他自由自在地躺在地上,遥看雄鹰翱翔于蓝天白云之间,它们在天空中成了几个黑点,侧身聆听地下土拨鼠们窃窃私语。所有的烦恼、疲惫一扫而光,感到幸福、安宁,这不就是人生的追求吗?人们说,纯洁的人死后便会归往那里,那里月光不再寒冷,风雪不再肆虐,那是每个藏家人心目中的美好家园。邓一鸣相信,美好的家园不只是在心目中,一定会出现在现实里，因为我们有一个强大的祖国，有心系人民、造福人民的党组织，还有千千万万援藏的奉献者，一定会和藏族同胞一起建设好风景如画的悬天净土。

才旦桑杰接着详细地介绍了香拉东吉圣山的传说、风景、物产、地势、地貌以及辖区内其他旅游资源……

傍晚，告别才旦兄妹，他们回到村委会。呼啸的寒风在窗外恣意地刮着，呜呜作响。霜天秋晓，正紫塞故垒，黄云衰草。吃过晚饭，邓一鸣坐在电脑前撰写群众工作月活动开展情况报告。

宋其霖说怕打扰他写作，自己去外间玩手机游戏。邓一鸣明白，借口玩游戏，其实是和才旦蒲尔诉说衷肠。他看破不点破，淡淡一笑，默默地祝福他，期待他早日水到渠成，完成人生大事。

邓一鸣根据入户走访的实际情况，将报告分为基本情况、存在问题、问题对策、下步计划四个部分。有了丰富的实践材料，写起来得心应手。

时间不知不觉过了两小时，邓一鸣感觉坐累了。他站起来，活动了几下颈脖，扭了扭腰身，端起放在桌上泡好的酥油茶喝了一大口，满口香浓、润滑的感觉。明天该回单位了，一个月的时间就此结束。有收获，有希望，也有困惑。尽管雪达尔村与全国所有的贫困乡村在2020年10月已经实现脱贫，但是存在的问题依然突出，返贫的风险仍然不可小觑。因此，必须找准问题、正视问题，才能有针对性地找到解决办法。

这里气候条件、地理环境恶劣，又属于典型的高原气候，年平均气温低、无霜期短、干旱少雨、土壤贫瘠、地表储水蓄水功能弱、自然灾害较多。恶劣的自然条件给当地居民的生产生活造成了极大的不便，导致平均生产率较低，经济发展滞后。这里不通铁路和高速公路，国道、省道公路等级低，建设和维护成本高，通行能力差，村民出行、畜牧等特色农产品运输仍然十分困难。水利设施建设滞后，抗灾能力仍旧较差。

人才短缺是乡村振兴的重要制约因素。师资力量薄弱，人均受教育年限低。教师队伍不稳定，许多教师存在不安心、不用心、不热心的"三心现象"，教学质量与社会发展对人才需求的差距仍然较大。农村专业技术和实用人才短缺，农技推广能力不足。当地部分党员干部观念偏执，存在不正确的认知，对援藏在认知上出现偏差，一味认为援藏干部就是来给他们做事的，自身主动性缺失。更重要的一点，在人才使用上存在偏差，人不能尽其才，物不能尽其用，一方面是人才短缺，另一方面又存在人才浪费。

邓一鸣将这些问题如实写进了报告，面对问题，他提出了自己的看法和解决办法。有些办法他已经多次提及，蒋成斌的项目申报计划和雪达尔村党员干部座谈会上已谈到过，简单地说就是做好示范点，起好辐射作用，不盲目为了振兴而振兴，不搞全面开花，在巩固扶贫成果的基础上搞好以点带面，带动全面振兴，实现幸福家园建设目标。他希望为上级决策者和实施者提供一份有用的参考。在房间来回走了两圈后，他决定暂时不写了，考虑考虑再写也不迟。他走过去，将文档发送到自己的手机上，再从电脑上删除——不成熟的资料不宜存放在别处。邓一鸣倚靠在座椅上，从裤兜里掏出手机，扫了一眼时间，向妻子发出了视频请求。

妻子接通了视频，俊美的脸蛋儿上挂着开心的笑容，关心地问："老公，想我啦？在忙啥呢？吃晚饭没有？吃的啥？"妻子一连串问话，眼睛里流露出担忧的眼神。

邓一鸣满脸堆笑，亲热地回答："刚写完报告，就和你视频，你说想不想你吗？肯定想噻！快九点钟了，还不吃晚饭吗？煮的面条。老婆，你这两天忙不忙？"

"唉！"妻子叹息一声，摇着头回答，"这两天忙惨了……"

"老婆，你辛苦！除了工作，还要细心照顾家里，真辛苦你了。"邓一鸣心感内疚，妻子现在在城市街道办事处上班，分管疫情防控这块工作，工作量之大、任务之重、困难之多难以想象，自己不仅不能替她分担丝毫，反而还将整个家庭的责任全部甩给她，真难为她了。

"老公，没事，你放心在那边工作，家里都安顿好了，儿子、父母平平安安、健健康康，没有一点儿差错。就是有点儿累。"妻子咯咯笑着，豁然大度，毫无半点儿怨言。

邓一鸣一阵心疼，爱惜地说："老婆，好好休息，不打扰你。"

"老公，没关系，背靠沙发，说话也不累。再说，和你聊聊天儿，心中就有力量。"妻子冲邓一鸣调皮地眨着眼睛，目光里带着挑逗的神情。

邓一鸣情不自禁地对着屏幕在妻子的嘴唇、额头上亲了一口，妻子哈哈大笑起来。二人便肆无忌惮地诉说着相思之苦和只有他俩心知肚明的甜言蜜语。

突然，门外传来的敲门声打破了宁静。邓一鸣赶紧对妻子说时间不早了，同事敲门要休息了。妻子点点头，不舍地关掉视频。

邓一鸣站起来，走过去，打开房门，笑着问："其霖，不玩游戏啦？"

宋其霖嘿嘿笑着回答："早就没玩了，时间不早了。没打扰你和嫂子吧？两口子说得太过黄色，声音还不小，可别毒害未婚青年哦。"说完，不怀好意地笑了。

邓一鸣大笑起来，一巴掌拍在宋其霖的屁股上，不满地狡辩道："臭小子，我们说啥了？你听到啥了？你别以为我不知道你和蒲尔主任在说啥。"

宋其霖被邓一鸣一阵抢白，自己反而不好意思了，分辩道："一鸣哥，想诈我。我们没说别的，就说工作上的事情。不跟你说了，我睡觉去了。"说完，赶忙侧身窜进寝室，拿出充电器给手机充电，脱衣上床。

"臭小子，手机都聊没电了呀！"邓一鸣哈哈笑着说，又关心地问，"哎，其霖，明天就要回去了，你跟蒲尔主任进展到哪一步了？什么时间可以喝你们的喜酒？如果需要我帮忙，言语一声哈，给你们牵线搭桥，做月老相当称职哦。"

"一鸣哥，你别问了，快睡觉吧，明天还要回单位。"宋其霖说着侧过身，将头缩进被窝里。

邓一鸣见此，只好作罢，脱掉衣裳，关灯，钻进被窝……

六十六、情深意长

"喔喔——""汪汪——"热闹的鸡犬声将邓一鸣叫醒了，他睁开眼睛，四周扫了一圈。阳光透过窗户玻璃照进屋内，墙壁上映出一块橘红。他盯着天花板，上面除一盏电灯，别的啥也没有。盯了一阵，眼睛累了，揉了揉，翻身坐起来。他瞟了一眼对面床的宋其霖，还呼呼睡着呢。他穿好衣服，走出寝室，随手关上房门，来到院子。太阳洒下柔和的光芒，尽管寒风肆虐，但照在身上还是有些暖意。

邓一鸣在院子里活动一阵后，便去厨房做早饭。能吃的东西除了土豆，其他的已经没了。只能煮几个土豆，先将就着垫垫肚子，等回县城再吃。他洗净土豆，点燃牛粪饼，橘红的火焰文静地舔着锅底。

电话铃声响起，邓一鸣掏出手机，见是蒋成斌来电，接通后询问有什么事情。

蒋成斌嘿嘿笑着反问："一鸣哥，你们开展群众工作月活动不是应该结束了吗？后天就是国庆节了，明天不打算回家吗？"

邓一鸣哈哈笑着回答："我们今天回县城。难得国庆大假，肯定要回家哦。"

"那行，你和其霖等着，我顺道来接你俩。"蒋成斌诚挚地说。

邓一鸣赶紧说："成斌，谢谢，不麻烦你，等一下单位会派车来的。"

"行，那就县城见。一鸣哥，拜拜！扎西德勒。"蒋成斌淡淡地说完，挂了电话。邓一鸣挂了电话，继续煮土豆。

二人吃过早饭，收拾妥当，将寝室和党员活动室里外打扫干净，坐等单位来车接人。

不久，索朗顿巴的电话打来了，带着傲慢的语气告诉邓一鸣，今天上班后，单位的车要送索朗顿巴去州里参加重要会议，无法来接他们，要么明天接，要么自己想办法回来。

邓一鸣的火气一下子上来了，猛然站起来，他直问索朗顿巴什么意思，要去参加什么重要会议，还有没有一点儿人情味。

索朗顿巴没作任何回答，直接挂了电话。

邓一鸣在他挂电话时，听到他用藏语吼了一句，尽管没有听懂，但一定是最恶毒的咒骂。邓一鸣感到很失落，心已凉透，有一种被抛弃的感觉，甚至怀疑自己这么努力去做好每一件事情是否值得，是否自作多情。他痛苦地摇了摇头，伤心地将事情告诉了宋其霖。

宋其霖一脸苦笑，安慰道："一鸣哥，很正常，你别放在心上，莫生气，不值得！就等明天吧。"说完，双手一摊，一副见怪不怪的样子。

邓一鸣更生气了，直接问道："其霖，他们这样对待我们，你难道一点儿也不生气吗？"

宋其霖喃喃地回答："生气啊！可是有什么用？我已经习惯了。我们是外来人员，在有些人眼里就是二等公民，就比他们低一等。"

邓一鸣叫嚷起来："我们是来帮助他们的呀！人力、物力、财力、精力都是无私奉献啊！"

宋其霖呵呵笑着说："有些人不这样看待，他们认为你们是应该的，没人逼你们那样做。当然，做出了成绩，功劳是他们的；做不好，与他们无关，自然有人追究你们的责任。所以，在某些人眼里，你们就是给他们打工的。你们还好,援建时间到了,还能开心地走人,而我呢,真不知道何时是个头。"说着,脸上露出了无奈的笑容,很勉强,带着痛苦和伤感。

"唉!"邓一鸣长叹一声,不再说什么了,有一股揪心的疼蔓延全身。他拨通了蒋成斌的电话,恳请他回去时,拐个弯接一下自己,但没有说他改变主意的原因。

蒋成斌哈哈大笑起来,笑声里充斥着幸灾乐祸的味道。他爽快地答应了,没有追问原因,因为不言而喻,一样深有体会。

邓一鸣挂了电话,对宋其霖说等会儿蒋成斌来接,便一屁股坐在椅子上,生闷气去了。

"唉!"宋其霖叹息一声,心中既替邓一鸣抱不平,也为自己感到委屈。这么多年了,自己勤勤恳恳,兢兢业业,努力做好每一件事,可是一旦遇上提拔、晋升,哪一次与自己有缘?比自己晚到单位的当地人纷纷得到重用,走上领导岗位,而自己至今仅仅只是个基层工作人员。一个外地人,不过是人家眼中的打工仔而已。尤其是那个副部长索朗顿巴,自己到组织部工作一年多了,人家就没有正眼看过,吆五喝六,只当小二使唤。去年群众工作月,他带队除了头两天和工作结束时,在村委会附近转了两圈,其他时间,将自己扔在村上,就不见他的踪影。

屋子里出奇安静,太阳的光芒透过半开的铁皮门照射进来,映在地面,给人暖暖的感觉。不过,寒气随之从门口刮进来,冷飕飕的。邓一鸣打了一个寒战,感到一股透心凉,赶忙起身,向寝室走去。

院外传来嘈杂的马蹄声,声音由远而近。旦真曲扎和才旦兄妹带着人马涌进院子,大声叫喊起来。

邓一鸣和宋其霖赶忙迎上去,亲热地跟他们打招呼问好。

"扎西德勒!"洛桑强巴、壤穷旺堆带着村民叫喊着,掩盖了二人的声音。

院子里站满了马匹,人们纷纷下马,扔掉缰绳,从胸口抽出一条条洁白的哈达,向邓一鸣和宋其霖走来,将带着体温的哈达披在了他俩肩上。

二人哽咽了,不知道说什么,只好一个劲儿地说着谢谢,激动的泪水从眼眶里滚落下来,心中所有的委屈一扫而光。人民,我们的人民朴实无华、爱憎分明,能得到他们的认可才是最幸福的事情,荣辱委屈又算得了什么呢?哈达挂满了二人的肩膀,外面还有村民们在往这里赶来,还有马蹄声传来。二人走到村民中间,与他们一一握手表达感谢。

洛桑强巴握住邓一鸣的手久久不放，满是泪花的眼里充满了感激之情。

邓一鸣握完一双双粗糙的手，回到门口的台阶上，面对村民们深深鞠了一躬，动情地说："亲爱的乡亲们，万分感谢大家对我们的厚爱，我们仅仅做了一些分内的事，惭愧还没做什么实在的事情！不过，请大家相信，我们不会让你们失望的。"

"好！"院子里响起了热烈的鼓掌声，其实，大多数村民听不懂汉语，只能跟着叫喊、鼓掌。

"一鸣部长，你们单位的车呢？大伙儿备了些土特产，给你们搬上车。"旦真曲扎大声问道。

邓一鸣苦笑着回答："车子另有安排，来不了。"

才旦桑杰没等邓一鸣说完，抢着说："一鸣部长，没关系，东西正好在马背上，我们直接把你们送回县城。"说罢，转身向村民大手一挥，高声叫嚷起来："乡亲们，走，我们骑马送一鸣部长。"

"好！"村民齐声回应，纷纷纵身上马，准备出发。

邓一鸣叫住大家，泪水再次充盈了眼眶，他深鞠一躬，大声说："乡亲们，谢谢大家，不用麻烦，镇上蒋副书记已经开车过来。另外，大伙儿的心意我们领了，东西请你们一定要拿回去，我们有纪律，不能收。"

"乡亲们，既然蒋副书记来接一鸣部长，我们就不用送了，大伙儿把东西卸下来，等会儿搬上车。"旦真曲扎挥手招呼道。

邓一鸣赶忙上前抓住旦真曲扎的手，哀求道："旦真书记，千万别卸呀，我们真的不能收，别让我们违反纪律，好吗？"

宋其霖没想到同样的工作月活动，去年和今年竟是天壤之别，他跟着说："旦真书记，一鸣部长说的都是实话，违反纪律要给党纪处分的。"

旦真曲扎根本不予理睬，只是一脸笑容。

村民下马，卸下马背上一袋袋用编织袋装得鼓鼓囊囊的东西，提放到门口，足足有五六袋。

邓一鸣没了主意，看着宋其霖，希望他想个法子。没想到，他双手一摊，无奈地摆动着双手。

陆续到来的村民们将马匹直接放在院子外，托起哈达进来，继续往邓一鸣和宋其霖脖子上挂。

"扎西德勒！"他俩不停地鞠躬感谢。等村民们挂完哈达，邓一鸣动情地说："旦真书记，大伙儿的心意我们收下了。这些东西，我们确实不能带走。"

旦真曲扎看着邓一鸣，认真地说："这是全村人民的一片心意，收不收，是你的事，我可管不了。我们藏族人的秉性，一鸣部长应该清楚啊。"

邓一鸣来藏区工作快一年了，当然知道他们耿直、真诚、说一不二。他无奈地说："旦真书记，我们就是带回去，也没办法弄着吃啊，自己不开火煮饭，三顿都是在单位吃饭哦。"

才旦桑杰笑了："国庆放假了，你们不回家？我们是送给你们带回家的。你们父母亲人不容易呀。"

才旦蒲尔诚挚地说："一鸣部长，你说过，还要回来。我们盼着你和宋主任一起来建设我们的幸福家园哦。"

邓一鸣嘿嘿一笑，无言以对，看来自己不得不好好考虑这件事情了。他对旦真曲扎说："旦真书记，你看这样行不行？我们一样拿一些，收下大家的心意。再说，这么多东西，蒋副书记的汽车肯定没地方放。"

"我们做任何事情都是全心全意，哪有半心半意的道理？"旦真曲扎的语气里明显透出不高兴了。

"嘀……"一阵汽车喇叭声在外面的公路上响起来。

旦真曲扎一挥手，叫喊起来："乡亲们，车来了，把东西抬上车。"

村民们立刻上前，抬起袋子就往外走。

没有办法，只得任由他们抬出去，邓一鸣知道，车子肯定没地方放。想到这里，心安不少。二人拿着旅行箱包赶紧跟出去。

蒋成斌和彭仕礼已经从车上下来，他们看着村民们抬过来的袋子不知所措。蒋成斌大声问道："一鸣哥，汽车后备箱已经塞满，这些东西没法放，怎么办？"

邓一鸣听到蒋成斌的话甚感欣慰，兴奋地说："成斌，你把后备箱打开呗，至少我们的行李要塞进去呀！"

蒋成斌打开后备箱，里面确实装满了各种箱包，很难再塞进更多东西了。抬编织袋的村民们见后备箱开启，便往里塞，可是塞不进去，又不愿意放弃。

邓一鸣赶忙对他们说，先把行李箱包放进去，再考虑能不能放编织袋吧。村民们根本不听，想着法子往里塞。

旦真曲扎走过来，与蒋成斌、彭仕礼打过招呼后，将汽车里面看了个遍，放进二人的箱包，其他东西确实无法再放了。他说："大家不用硬塞了，抬回去吧。"

邓一鸣听后，心中暗暗高兴，跟宋其霖将箱包硬塞进去。村民们顺从地将编织袋抬回去了。

"扎西德勒！"邓一鸣握住旦真曲扎的手，很激动，不知道说什么了，只得一个劲儿地说着这四个字。又和每一个现场的村民握手告别。

才旦蒲尔和宋其霖话别时，趁他不注意，在他脸上吻了一下，跑开了。

上了车，村民们让开道路，站在两边挥手告别，"扎西德勒"的叫喊声此起彼伏，那场面让人感动流泪。邓一鸣和宋其霖放下车窗，不停地挥手、抱拳、合十，大声回应着"扎西德勒"。

汽车缓缓离开了纯朴的人们，向着前方驰去。

六十七、珍贵礼物

蒋成斌似乎有意降下汽车速度，缓慢行进。邓一鸣扭过头，从后窗里看到人们站在公路上，不住地挥动双手。他的热泪忍不住从眼眶里滚落下来。

"一鸣哥，看不出，你们才来一个月，竟然收到如此丰厚的礼物。"蒋成斌手握方向盘，羡慕地说。

宋其霖连忙分辨："蒋书记，你都看到了，我们没有收任何礼物哈，村民们全部抬回去了哦。"

邓一鸣眼睛盯着窗外，没有开口，蒋成斌说的礼物包含着另一层意思。

蒋成斌解释道："小宋主任，此礼物，非彼礼物！你们收到的不是物质上的礼物，而是老百姓的心，是他们的真情实意。这远比物质上的东西值钱，我真有点儿嫉妒了。"说罢，嘿嘿笑起来。

宋其霖开心地笑了。这份礼物弥足珍贵，不是谁都会拥有的。

彭仕礼感慨地说："一鸣哥，说内心话，挺羡慕你们的，我们到镇上快一年了，也未享受到如此待遇。"

邓一鸣淡淡地回答："仕礼，你和成斌在镇上，工作的对象是全镇的老百姓，因而与村民们可能没有多熟悉。我们不一样，只有一个雪达尔村，这一个月天天与他们吃住、生活在一起，肯定会产生感情的呀。"

"也是呢！"彭仕礼总算释怀，心境平静了。

"唉，一鸣哥，别安慰了。与是否在镇上或村里关系不大，只能说明我们的工作没有做到位。"蒋成斌叹息着，自我检讨说。

"不用自责，还有时间嘛。"邓一鸣真诚地劝说道，然后岔开了话题，"成斌，明天回家，要搭你的顺风车哦，什么时间走，别忘了叫一声。"

蒋成斌嘿嘿一笑，说："一鸣哥，放心吧，谁都可以不拉，必须拉上你。"

宋其霖提醒道："一鸣哥，回到县城，赶紧去把核酸检测做了，不然，小心走不了哦。"

"对，对！成斌，我们回去直接到医院。其霖，谢谢提醒！"邓一鸣感激地拍了拍宋其霖的肩膀，关心地问，"其霖，国庆节回老家不？"

宋其霖点点头回答："肯定要回，还是春节回去了的，我也想家人了。"

邓一鸣微笑着说："路上注意安全，代向家人问好。"

"谢谢！"宋其霖的脸上充满对家、对亲人的期盼。

汽车到达县城，做完核酸检测已经中午，食堂肯定没有计划他们的伙食。邓一鸣便带着大伙儿找了一家小餐馆，简单吃了顿饭，各自回宿舍休息。

下午上班时间快到了，邓一鸣被手机闹钟吵醒。他立刻翻身坐起来，穿好衣服，下床洗漱。墙壁上的镜子映出一张黝黑、憔悴的脸，额头、脸颊全是翻翘的皮块儿，一个月时间，强烈的紫外线留下它的杰作。邓一鸣无奈地摇了摇头，洗了脸，下楼向单位走去。走进县委办公楼，路过部委办公室，见格桑旺姆低头忙碌着，便热情地向她打招呼问好。

格桑旺姆抬头见是邓一鸣，立刻起身走过来，亲热地问候道："一鸣部长，你好，辛苦了！不是说明天来接你和其霖吗？你们是怎么回来的？"

邓一鸣微笑着回答："搭的顺路车。旺姆主任，你忙，我先回办公室。"说罢，挥挥手离去。

走到办公室门口，门居然是半掩的。邓一鸣很奇怪，索朗顿巴不是说今天要去州里开会吗？走时，怎么连办公室都忘了锁呢？抑或根本就没有去？他疑惑地敲了敲门。

"进来！"里面传来索朗顿巴傲慢的声音。

邓一鸣推门进来，皮笑肉不笑，用带着讥讽的口气招呼道："索朗副部长，下午好，还在忙嗦。"

索朗顿巴抬头见是邓一鸣，吃惊的脸上露出尴尬的笑容，连忙解释道："一鸣部长，是这样的，早上走到半路，突然接到通知，会议改时间。回到县城已经中午，所以没有联系你。不是说好明天接吗？你们是怎么回来的？"说着，起身作出一副关心的模样。

邓一鸣鼻孔里轻哼一声，淡然一笑，回答道："我们乘坐木南达镇蒋副书记的车回来的。上级部门做事不靠谱啊，怎么当儿戏呢，害得索朗副部长跑一趟冤枉路。你先忙，我去跟部长汇报一下工作情况。"没等索朗顿巴开口说话，邓一鸣已经快步走出了办公室，真不想听他多说一句话。

邓一鸣来到多吉顿珠办公室门口，敲了两下虚掩的门。

"请进！"屋里传出多吉顿珠粗犷的声音。

邓一鸣推开门走进去，向多吉顿珠打招呼问好。

多吉顿珠起身，兴奋地向邓一鸣走来，拉住他的手，激动地说："一鸣部长，回来啦，辛苦了。休息两天嘛，怎么急于上班来了呢？"

邓一鸣满脸笑容，真诚地说："主要是想跟部长汇报一下这一个月来工作开展的情况。"

"好，好！来，坐下慢慢说。"多吉顿珠拉着邓一鸣在沙发上坐下，泡好一杯茶水，放在他面前的茶几上。邓一鸣便将工作开展情况详细地汇报了一遍，特别提到了宋其霖，希望组织上能够给予考虑委以重任。他完全有能力胜任组织部办公室主任，格桑旺姆副主任调任组织一科科长。最后说，国庆节后再交一份书面报告。

多吉顿珠听完汇报，很感动，抓住邓一鸣的手连声说辛苦了，答应国庆后上班就对宋其霖和格桑旺姆任职问题在部委会上讨论，并让邓一鸣国庆节后再多休息几天。

邓一鸣连忙感谢，告诉他，自己还要去跟刘副县长汇报工作，准备明天坐便车提前回家。多吉顿珠爽快答应。

邓一鸣告别多吉顿珠，走出办公大楼，向指挥部办公室走去。走进香拉里广场，闲暇的人们开始了娱乐生活。他无暇欣赏，加快了脚步。

"一鸣部长！"身后传来一个熟悉的声音。邓一鸣循声望去，舞动的人群里走出旦真曲扎，他挥动着手，小跑过来。紧随他身后的还有才旦兄妹、洛桑强巴、壤穷旺堆四个人。

邓一鸣快步向他们走去，一把抓住旦真曲扎的手，用力握住，激动地问："旦真书记，你们怎么来了？来办事，还是准备过节物资？"没等他回答，便松开手，与其他人一一相握，喜悦的心情无以言表。

才旦蒲尔着急地问："一鸣部长，小宋主任呢？怎么就你一个人出来了？"

壤穷旺堆跟着问："一鸣部长，小宋主任在办公室，还是到别的地方去了？"

"原来你们是来找其霖的嗦。他在办公室忙事，我打电话把他叫出来。"邓一鸣哈哈笑着，掏出手机，拨通了宋其霖的电话，叫他立刻赶到广场上来，有最想念的人等着他。

旦真曲扎赶忙解释道："一鸣书记，我们不办事，不置办过节物资，不仅仅找小宋主任，主要因你而来。"

"因我而来？"邓一鸣满是好奇，甚至有些莫名其妙，等待旦真曲扎的解释。

才旦桑杰抢着回答："你们早上走时，汽车不是装不下东西吗？旦真书记就安排我们骑马送过来了。"

"什么？你们……"邓一鸣陡然哽咽了，一把抓住旦真曲扎，不管人家愿意不愿意，也不管他们是什么习俗，就来一个激情拥抱，拍着他的后背，动情地说，"旦真书记，我何德何能，你们不该这样，让我如何承受得起呀！"

旦真曲扎坦诚地说："一鸣部长，我们只为值得尊重的真诚的朋友而来。"

"谢谢！"邓一鸣松开旦真曲扎，分别与才旦桑杰、洛桑强巴、壤穷旺堆拥抱。才旦蒲尔只能紧握双手，但是她却不干了，声称邓一鸣偏心，居然主动拥抱了邓一鸣，弄得他满脸通红。

宋其霖赶过来，与大伙儿打过招呼后，旦真曲扎带着众人离开广场，向县城入城口快步而去。

六十八、爱的港湾

第二天，邓一鸣和蒋成斌轮换着开车，回到鼓楼时，已是黄昏。太阳躲藏在西山后，露出半截脸，夕阳映红了天边，虽然已近黄昏，夕阳仍旧无限好！远处墨绿的山丘和近处的高楼，在夕阳映照下，涂上了一层橘黄，天空中出现橘红色的晚霞，晚霞与夕阳融为一体，显得格外艳丽。

一路过来，同一天时间里，他们经历了香拉里严冬的寒冷，马尔康初春的温暖，鼓楼末夏的炎热。汽车离开高速公路，出了收费站，两排中国红映入眼帘，鲜艳亮丽的五星红旗悬挂在街道两边的灯柱上，辉映着晚霞，晚霞更加艳丽，晚霞照耀着国旗，国旗更加鲜红。

邓一鸣将车开进加油站，加了满满一箱油。蒋成斌从副驾驶室下车，跑去刷卡结账。邓一鸣等服务员放好加油枪，直接用加油 App 将油费支付了。

蒋成斌跑回来，不满地嚷嚷着："你们谁把油费付了？我的加油卡有优惠呀！"

肖义咯咯地笑着说："我知道，但是我就不说。"

蓝天云笑眯眯地回答："成斌，我们纪委人员不说假话，是一鸣哥干的。"

"成斌，别磨蹭了。上车，我有话要说。你的加油卡有优惠，我用 App 一样优惠了的。"邓一鸣将头伸出车窗外，带着命令的语气说，"对了，成斌，你来开车，我等会儿好直接下车，免得耽搁时间。"说完，打开车门，去了副驾驶室。

彭仕礼将头伸出窗外，招手催促道："斌哥，快走吧，不想家吗？"

蒋成斌上车，将车开出加油站。

邓一鸣扭过头，严肃地说："各位，我们乘坐的是成斌的私家车，他愿意搭我们是情分，不愿意搭是本分，无任何义务非搭不可。所以我们没有任何资格站在道德制高点对他进行所谓的道德绑架，更不要说什么搭乘顺路车，反正他要回家之类的混账话。因此，坐车的必须无条件承担油费、过路费。成斌开车辛苦就让他白付出吧。其实，算算账，与赶客车费用相比，我们赚大了，人力、财力、精力哪样不赚？"

蓝天云赞许地说："没问题，我完全支持，一鸣哥说出了我想说但还未来得及说的话。油费和过路费必须由坐车的人平分，不接受成斌私人出这两笔钱。"

肖义跟着表态："我举双手赞成。我觉得中午吃饭的费用也不能让成斌出。不愿意出钱的，可以去赶客车。"

彭仕礼见大家都这样说了，附和说自己也支持。

"不，不！瞧你们说的啥，都是兄弟姐妹呀！顺路，确实是顺路，若真那样做，就太见外了，我蒋成斌不是钻到钱眼儿里的人。一鸣哥，下车就把今天的费用转给你！你必须收。"蒋成斌握住方向盘，态度坚决地说，"再说，我们还享了一鸣哥的福，他把雪达尔村送的物资平分给了我们几个人，这笔账又该怎么算？"

邓一鸣呵呵冷笑一声，生气地说："成斌，你什么意思？说了半天，好像我是钻进钱眼儿里的人？借题发挥找你要刚才的加油费是不是？雪达尔村的东西，他们就有送给所有人的意思。"

蒋成斌急了，分辩道："一鸣哥，你理解错了，我不是那个意思。"

肖义咯咯笑起来："成斌，你好像有点儿那样的意思。"

蓝天云郑重地说："成斌，一鸣哥说得对，我们是好兄弟姐妹。俗语说，亲兄弟明算账，要得兄弟亲，天天把账清。我们谁也不欠谁，没有理所当然的事情，不存在应不应该的问题。"

邓一鸣接着说："成斌，记住一碗米养恩人，一担米养仇人，任何事情，一旦认为理所当然的话，结局就是兄弟姐妹做不成，反而成仇人。"

"一鸣哥，把中午伙食费和油费、过路费报给我，我来计算，马上转账。今后形成规矩，凡是坐私家车的人必须分担费用。"肖义语气坚定，不容丝毫反驳。

蒋成斌不好再反对了，只能说："一鸣哥，中午的饭费，我必须分摊，不然，油费和高速公路费也不准分摊。"

"好吧！各位，我们就依成斌要求。"邓一鸣理解地点点头，同意了，报出支付情况。大伙儿迅速将邓一鸣垫付的费用转了过来。转完账，大伙儿似乎轻松了，开心地又闲聊起来。

肖义所在的小区到了，她收拾好行李，挥手告别，离去。

汽车继续前行。邓一鸣突然想起蓝天云制作"阳光问政"节目的事情，便关心地询问进展情况。

蓝天云说："前期采用针对性定向破题方式，聚焦全县工程、资金拨付等县委重点关注问题，通过文件资料查阅、实地勘察、周边走访、主动约谈等方式，查找出了一批梗阻问题，已形成报告呈送给县委领导研判。节目能否顺利进行，还涉及后期事情，曝光短片制作、主持人选拔、现场校对。我们计划国庆节后播出，将在节目现场对靶六家问题突出单位，短片曝光，直切要害，揭短亮丑，直击痛点。"

邓一鸣感慨道："天云，厉害哦！值得期待！播出的时候，提早告诉一声具体时间。"

彭仕礼担心地问："天云哥，你们一下子曝光六家单位，不怕人家报复吗？"

邓一鸣嘿嘿笑着说："仕礼，放心，纪委曝光是他们的职责所在。谁敢报复纪委，跟县委县政府作对吗？"

彭仕礼仍不放心地说："他们不敢明目张胆地报复纪委，但不一定不敢暗中针对天云个人。"

蒋成斌劝说道："天云，还是小心为妙，毕竟不是在鼓楼，有些事情真的难以预料。"

邓一鸣也劝蓝天云一定要注意自身安全，保护好自己，不要单独出门。

蓝天云连声感谢道："谢谢大家，我会谨慎的。"

天边最后一抹光亮被夜幕遮挡了，一轮明月挂在深黑的幕帐上，散发清冷的光。街道上华灯闪烁，霓虹绽放，遮盖了月亮的光亮。鼓楼市开启了夜的繁华。

汽车停靠在邓一鸣所在的小区门口，他下了车，拿起行李箱，与大家握手告别。走进小区，凡是空旷之地都聚集着人群，跳广场舞的、打太极拳的、唱歌直播展示才艺的，热闹非凡。邓一鸣无暇欣赏，沿着区域道路急步走向回家之路。

电话铃声响起，不用说就知道是妻子的电话。邓一鸣放下行李，掏出手机，接通电话，传来妻子亲热又焦虑的声音："老公，你们到哪里了？是否安全？"

邓一鸣哈哈笑起来，调皮地回答："老婆，你猜。"

妻子急切地说："说实话，我反对猜谜语。"

"一点儿也不幽默，就不能浪漫一点儿？"邓一鸣带着抱怨的口吻说，"下楼帮我拿东西吧，我已经在小区里了。"

"这才像话嘛！老公，你等着，我和儿子一起下来，看你有多少东西搬不完。"妻子说完，立马挂了电话。

邓一鸣揣好手机，将背上的行李包放在地上，等待妻儿到来，他好像听到了妻子"噔噔"的脚步声。

"老爸！"儿子松涛的叫喊声传进他的耳朵，只见儿子飞快地小跑过来，妻子紧跟在他的身后。

"松涛，老婆！"邓一鸣挥动双手，叫喊起来。

二人来到邓一鸣面前，邓一鸣伸开双臂，一下子紧紧地抱住了妻子和儿子的腰，动情地说："想死你们了！家里一切都还好吧！"

妻子傲娇地说："好了，松开吧，小区人来人往，别人看见不好。"

儿子调侃道："看不出，老爸还挺开放的，还年轻嘛。"

邓一鸣放开二人，不服气地嚷着："臭小子，别以为你老爸老顽固。"

"你俩别说废话了，赶紧拿上东西回家吃饭！父母已经等候半天了。"妻子催促起来。

邓一鸣嘿嘿笑着，一家三口拾起地上的行李箱包，说笑着，争辩着，谁也不谦让谁，快步往家里走去。三人走进客厅，坐在沙发上等候的岳父起身迎上来。妻子和儿子提着行李箱包进去了。

"爸，扎西德勒！"邓一鸣亲热地向岳父问候。

岳父亲切地回应着，接过邓一鸣手上的行李包，放在鞋柜边的地上，抓住邓一鸣的手，看着他，心疼地说："一鸣，你瘦了，黑了！"疼爱地摸了摸邓一鸣的脸，心痛地说："脸都晒脱皮了。"

"没事，身体好，黑、瘦无所谓。"邓一鸣双手握住岳父的手，关心地问，"爸，你的身体还好吗？一定要保重身体，保护好胃，千万别感冒，尤其要做好疫情防护，小心新冠病毒。"

"我的鸣儿，你终于回来了！想死老妈了。"母亲叫喊着，从厨房里奔出来。

"妈，我也想你呀，时时刻刻都在想哦！"邓一鸣激动地说着，他感觉自己才是这个世上最幸福的人。

母亲过来，推开岳父，不满地抱怨道："让开，好狗不挡道。"

岳父嘿嘿一笑，没有出声，赶忙让到一边，拿起地上的行李包，提到客厅去了。

邓一鸣抓住母亲清瘦的双手，挨在自己的脸上，动情地说："妈，你还好吗？"

母亲大大咧咧地回答："能吃，能睡，还能跳广场舞！"

邓一鸣被母亲的话逗乐了，放心地说："那敢情好！你们身体健康就是我们做儿女的最大幸福。妈，别对我岳父那么凶神恶煞嘛。"说着，伸手理了理母亲额头上的头发。他发现挺长时间不见，母亲的白发多了几许，人又老了许多。

"亲家母，别一直让孩子站在那里呀，该吃饭了。要不坐下来说？"岳父叫嚷着，话里带着一缕酸楚。

邓一鸣拉着母亲的手，走过去，兴奋地说："爸，今晚喝一杯，儿子陪你如何？"

岳父很开心，兴奋地回答："好！再年轻点儿，跟你一醉方休。"

"你也不老啊，没本事，别拿年龄说事儿。"母亲不依不饶地抢白道。

岳父笑嘻嘻地听着，不争辩，也不反驳，对母亲的话言听计从。看来岳父确实是真心实意喜欢自己的母亲。喜欢一个人就要包容这个人的一切啊！尽管母亲处处针对岳父，但看得出他在母亲心目中已经有了一定的地位，不然不会这么说话，当作亲戚只会客客气气。邓一鸣替母亲和岳父感到高兴，一手拉着母亲，一手拉着岳父向饭厅走去。

家，就是这么温馨，这么圆满幸福，家是爱的港湾。

六十九、再叙情谊

吃过晚饭，母亲跳广场舞去了，儿子陪外公出门散步，妻子挽着邓一鸣的手走上涪江河堤。路灯朦胧，倒是两岸建筑上灿烂的霓虹灯将涪江打扮得花枝招展，光影倒映在江面，形成城在水中，水在城里。漆黑的富乐山、南山就像被浸染过一般，变换着不同的色彩。月亮的光芒，给大地洒下一层柔和的光辉，照亮了喧哗的鼓楼夜。

邓一鸣疼爱地将妻子搂进怀里，小声诉说着相思之苦。妻子聆听着，满脸激动，心中充满幸福。她相信那是丈夫的肺腑之言，为自己拥有这样一个男人感到幸福、自豪。

二人在河堤上转了一段，来到南山山顶观景台，闲暇的大爷大妈跟随音乐尽情地舞动。音乐声音很大，有些刺耳，还好是在山顶上，周围没有居民。

邓一鸣和刘俊梅十指相扣，绕过舞蹈的人群，走到观景台前面，抬头望去，整座城市尽收眼底，灯火闪烁，一片辉煌的世界，如同银河落入了人间。雄伟的越王楼矗立于涪江东岸，宛如远古与当今美丽的相约，在人们的记忆中缓缓流淌。

邓一鸣和刘俊梅停留一阵后，实在受不了那吵闹的音乐声，只得下山，踏上了回家的路。二人回到家中，母亲已经回来，坐在客厅沙发上看电视。不久，岳父和儿子回来了。儿子跟邓一鸣打一声招呼，进了自己的房间。邓一鸣便陪着母亲与岳父聊天儿，讲述自己在香拉里援藏的奇闻逸事。两位老人听得很认真，很高兴。他努力为两位老人制造在一起的幸福、和谐气氛。

刘俊梅端着一盘梨子、一盘苹果过来，紧挨着邓一鸣坐下，边削皮边津津有味地听着故事。两位老人怕酸，她就只削了一个苹果，递给丈夫。

时间差不多了，刘俊梅让邓一鸣改天再讲，今天跑那么远的路也累了，早点儿休息。两位老人听得津津有味，但心疼儿子，跟着劝说明晚继续讲。

母亲起身洗漱去了。岳父跟在她身后，围在她身边转悠，准备随时提供优质的服务。母亲洗漱完，直接回到房间，反锁上房门。

平时，儿子上学，岳父住他的房间，儿子回来了，只能单独为岳父在书屋里临时加一张床。邓一鸣希望两位老人能摒弃世俗观念，早日成为眷属，这样能够相互照应。

邓一鸣等家人洗漱完，才去清洗一身的尘土。他走进厕所，脱下衣衫，搓洗身上的尘垢，感到全身上下别样的轻松、爽快。邓一鸣清洗干净，穿好衣衫，走出厕所。

邓一鸣扶着刘俊梅走进房间，锁上房门，拉上窗帘。在这独有的二人世界里，一切烦琐杂事都荡然无存。没了干扰，没了嘈杂，只有两颗怦然跳动的心，彼此都能听到跃动的韵律。

邓一鸣伏在妻子身边，进入了梦乡。

山中岁月短，人间清欢长。

国庆假期转眼就快结束了。第五天早上，邓一鸣刚起床，放在床头柜上的手机便响起来。他走过去，拿起手机，瞟了一眼，是顾晨明来电。他心里想，这臭小子，今天打电话有啥事情呢，不会约去喝酒吧？邓一鸣心里这样想着，接通了电话，询问他有什么事情。

顾晨明嘿嘿笑着说："一鸣哥，国庆大假结束后，如果七号往回赶，路上肯定要堵死人，为避免被堵在路上，耽误上班，我们干脆明天就回去，如何？"

邓一鸣有些疑惑，毕竟离开时，多吉顿珠说过可以多休息两天，他不解地问:"晨明,你是不是搞错了?鼓楼到马尔康全高速,这段路不可能堵吧。马尔康到香拉里虽然路况一般,但是车辆不多呀!"

顾晨明带着抱怨的语气说:"哎呀!一鸣哥,你怎么这么不开窍呢?反正都是要走的,提前两天又何妨嘛。今天预订车票,直达马尔康,晚上住那里,下午可以游览附近的景点。不然,援藏两年连阿坝州府的景点都没去过,不是很遗憾、很没面子吗?"

邓一鸣为难地说:"成斌要开私家车,回来时,我们已经约好。我还跟要乘坐他车的人说过必须支付费用的事情,我不坐他的车,怕他多心,更担心其他小肚鸡肠的人说闲话哦。"

"呵呵,放心吧,已经告诉成斌,我将你的车票预订了。提前回去主要是让你开门,我们搬寝室,我和海东要住到学校。成斌满口答应,一再叮嘱我们注意安全。你如果不信,可以打电话问问他。"顾晨明说完,哈哈大笑起来。

邓一鸣无言以对,只得答应下来。

顾晨明叫邓一鸣拍张身份证照片发给他,开心地挂了电话。

邓一鸣只得按照顾晨明说的那样办,给蒋成斌打了电话。蒋成斌听后,叮嘱路上一定要小心谨慎,注意安全,邓一鸣连声感谢。

吃早饭时,邓一鸣原封不动地跟妻子说了一遍。刘俊梅听完,扫了邓一鸣一眼,淡淡一笑,叹了口气,什么也没说,只顾默默地吃饭。

岳父带着不满的口气说:"一鸣,好不容易回来一趟,用不着这么着急走吧,再说还有两天假呀,他们要走,让他们先走。而且,你们在那边,景点随时都能去嘛。"

母亲瞟了岳父一眼,鼻孔里哼了两声,满脸鄙夷,教训地说:"好男儿志在四方。鸣儿,想走就走,妈支持你!"

邓一鸣一脸苦笑,无话可说,也不知道说什么。

刘俊梅脸上挂着无奈的笑容,淡淡地说:"老公,你放心走吧,家里有我呢,我会照顾好的。"

"唉!"岳父一声叹息,什么也不说了。

"老婆,谢谢!"邓一鸣无奈地说。

吃完饭,刘俊梅收拾好碗筷,喃喃地说:"老公,我去买点儿食材,中午做几样你喜欢吃的菜。"

邓一鸣点点头,说:"我陪你去吧,帮你提提。"

刘俊梅摇了摇头说："老公，没事，你休息吧，明天长时间坐车，累！"说完，转身往外走。

邓一鸣紧跟上去，抓住刘俊梅的手。刘俊梅会心一笑，挽住他的胳膊。二人下楼，走出小区。

鼓楼的秋季才是最舒服的季节。天空很高，太阳收敛起夏日的锋芒，散发出柔和的光辉。间或有闷热火辣的天气，那也许是对夏天的怀念，也许是对秋天的欢迎；"秋老虎"是夏的余威，也是秋的序曲。在热情的送别与挽留、真诚的期待和欢迎中，开始了一个沉静而充实的季节。一片片薄纱似的白云在空中慢慢地浮动着，好像留恋着人间的美丽秋色，不愿离去。秋风，更像一位少女，迈着轻盈的脚步，悄悄来到人间。邓一鸣虽然现在身在城市，却是从小在农村长大的，很容易想象到田野里丰收的喜悦。玉米特意换了一束金缨，咧开嘴笑了，露出满口金黄的牙；大豆也许太兴奋了，有的竟然笑破了肚皮；稻子俯着腰礼貌地等待收割的人们；房前屋后，果树上挂满了沉甸甸的果实。苹果、梨、核桃，想吃什么爬上树就行。一阵阵秋风吹过，落叶飞舞，随风飘动，街头巷尾到处是飘落的黄金叶，环卫工人们舞动扫帚清扫，美化着整座城市。

来到农贸市场，邓一鸣对食材不甚了解。因此，妻子买什么，他就从小贩手里接过什么，放进袋子里提上。

走在回家的路上，邓一鸣的手机响了起来。刘俊梅顺手接过丈夫手中的袋子。邓一鸣掏出电话，一看是胡明军的来电，他赶忙接通，问道："胡老哥，你好，有什么事吗？"

胡明军嘿嘿笑着，带着丝丝伤感地回答："国庆假期马上结束了，我们又要告别亲人、远离家乡去那千里之外的异地他乡。想来，心中不免忧伤。晚上有空不？带上弟媳，一起到我小姨在鼓楼新开的小餐馆坐一坐？"

邓一鸣立马爽快答应。说实话，回来后，除陪伴老岳父小打小闹喝点儿小酒外，真还没尽兴过。邓一鸣接过妻子手中的袋子，将电话内容告诉她，邀请她晚上跟自己一起去喝酒。妻子的酒量不错，只是一般不喝，喝起来还真有点儿不一般。估计跟她家的遗传基因有关吧，岳父及其父亲年轻时喝酒都是厉害的主。

刘俊梅咯咯笑着回答："老公，你去吧，我就不去了，毕竟一个人都不认识，相见难免尴尬。"

邓一鸣夸赞道:"没事,见面介绍不就认识了吗?老婆,依你的实力,分分钟拿下所有人。不过,胡老哥的老婆金铃确实是一个厉害能干的人,你俩肯定会有共同语言,今后,可能会成为好朋友哦。"

"好吧!"刘俊梅勉强答应。邓一鸣一手提袋子,一手与妻子十指相扣,回家去了。

黄昏时分,邓一鸣和刘俊梅打车来到陈兴全夫妇俩在鼓楼新开的餐馆。餐馆取名"藏汉小餐馆",整个馆子充满藏族元素,给人别样的情调。店内面积比香拉里的大出好几倍,也许夫妇俩是对过去美好日子的怀念吧,店名还带着"小餐馆"三个字。

邓一鸣带着妻子走进餐馆,穿着漂亮藏服的服务员站在门口笑脸相迎,热情地鞠躬打招呼。二人礼貌地回应。还不到吃饭的时间,大厅里只坐了一桌食客。

"一鸣!"站在吧台边的李秀英兴奋地叫喊着,快步向门口走来。

"李孃!"邓一鸣开心地叫着,一边朝她奔去,一边回头叫妻子快来。妻子赶紧跟在丈夫身后。

"李孃好!"邓一鸣来到她面前亲热地招呼着,抱拳作揖,油腔滑调地恭维道,"李孃,生意兴隆,发大财!恭喜发财,红包拿来!"他嘿嘿笑着,将妻子介绍给她相互认识。

"臭小子,就会哄李孃开心。"李秀英高兴地笑骂道,拉住刘俊梅的手,抚摸着,直夸道,"俊梅水灵灵的,长得真漂亮!一脸旺夫相,难怪一鸣这么有福气。"

"李孃,生意好啊!早听一鸣说起过你和陈叔在香拉里对他生活上的关照。谢谢了!"刘俊梅笑眯眯地问候着,谦逊地说,"李孃,别夸了,一大把年纪,奔五了,还啥水灵灵哦。"

李秀英惊异地说:"真看不出来,我还以为是二十多岁的大姑娘呢。我儿媳央宗还不到三十岁,看上去比你沧桑多了。"

邓一鸣听着心底偷偷乐了,嘴里却替陈鹏飞的妻子洛桑央宗辩解道:"李孃,生活环境不一样,川西高原紫外线太强,皮肤肯定是要被晒黑的。"

正说着,洛桑央宗穿着民族服饰,提着铜茶壶从后厨走出来,估计听见了他们的谈话。不过,她依然满脸笑容,热情地跟邓一鸣夫妇打着招呼,邀请他们先到雅间坐一会儿,喝酥油茶。

"对，对！光顾着说话了，站着哪是待客之道！走，走！"李秀英说完，拉起刘俊梅的手就往雅间走。

邓一鸣跟在她们身后，关心地问："李孃，胡老哥跑哪里去了？我们都来了，请客的主人却不见踪影。"

李秀英扭过头，满脸堆笑，边走边回答："凉山那边来了一个朋友，他儿子在鼓楼这边上初中。国庆放假，两口子过来看儿子，明军陪他们出去转转。刚打电话说，马上就回来。"

邓一鸣"哦"了一声，估计应该是布哈。他没有细问，毕竟李秀英有些情况不知道。走进二楼雅间，里面的装饰简洁、素雅，彰显着雪域情怀。看来，不仅陈兴全和李秀英怀念在香拉里的日子，洛桑央宗更是念念不忘，她毕竟远离故土来到鼓楼啊！

李秀英指着屋内的沙发热情地说："一鸣，你和俊梅先坐，喝点儿水，我就不陪你们，得忙去了。"

邓一鸣理解地说："没事！李孃，你去忙，我们自己喝水。"说着，在沙发上坐下，又拍了拍，让妻子去坐。

李秀英微微一笑，挥了挥粗糙的右手，转身离开。

洛桑央宗倒上两碗酥油茶放在茶几上，真诚地说："一鸣哥，嫂子，你们尝尝，这是我亲手打的酥油茶，品一品，与家乡的味道相比，变了没有？"说完，微笑着离去。

一股浓厚的奶香味扑鼻而来。邓一鸣夫妇端起茶碗抿了一小口，立即满口生津，浓烈、醇厚的味道在口中游荡，浓浓的思念味道在心中油然而生。看来，洛桑央宗是用心在打，她把对故土的眷恋全部打进酥油茶里了。

邓一鸣端茶碗细心欣赏起来，茶碗是用铜打制的，也许是镀铜。碗小巧、精致，雕刻着藏族的特色图案。他观看一阵后，又喝了一口，放在茶几上，跟老婆闲聊起来。

不一会儿，门打开了，陈兴全兴冲冲地走进来。

"陈叔好！"邓一鸣急忙起身，满脸笑容地向他问候道。刘俊梅跟着站起来，笑眯眯地问好。

"一鸣，小刘，你们请坐嘛，你们请坐噻！"陈兴全亲热地回应着。他从裤兜里掏出一盒香烟，抽出一支，笑呵呵地递给邓一鸣："一鸣，来一支。"

邓一鸣摆手拒绝道："陈叔，谢谢，我不会抽烟！"

陈兴全转身提起铜壶过来："来，喝酥油茶，等会儿喝酒，就不会醉了。"

"谢谢，谢谢！"邓一鸣夫妇连声感谢。

陈兴全掺好酥油茶，客气地说："一鸣，小刘，你们先坐，我去弄菜，等会儿过来陪你们喝酒。"

"好的，陈叔你去忙。"二人异口同声地说。

陈兴全走后，邓一鸣夫妇又坐了一阵。刘俊梅说："老公，时间好像还早，我们干脆出去，到街上走走吧。"

邓一鸣点头答应。二人走出房间，下楼，路过吧台时，邓一鸣对正在里面忙碌的洛桑央宗说，他跟妻子出去走走。洛桑央宗点点头，叮嘱二人别走远了。

最后一缕光亮照耀在天边，五彩云霞炫耀着最后的美丽。黄昏即逝，黑幕将至。东边，谁在为谁谱着歌，西边，依旧黄昏，烟云而过。东边、西边相遇，应是生生息息一轮回，或轰轰烈烈，或黯然无光。

七十、鼓楼不醉

邓一鸣夫妇走上大街，道路两边的街灯已经开启，渐渐亮起来，闪烁着温暖的光，照耀在悬挂于灯柱的五星红旗上，两相辉映。人行道上，人来人往，熙熙攘攘。非机动车道上，自行车、电动三轮车穿梭前行。机动车道上，各种车辆快速急驰，整座城市一片繁忙，井然有序。

二人没走几步，一辆白色越野车停在他们身旁，胡明军从车窗里伸出头，叫喊起来："一鸣，你们去哪儿？来，上车回餐馆！"

邓一鸣挥手回应："胡老哥，你们回来啦！不用坐车，几步路，我们走回去。你去把车停好呗。"

布哈伸出头，兴奋地叫道："一鸣哥，好久不见，孜莫格尼（吉祥如意）。"

"嗨！孜莫格尼！"邓一鸣挥舞着手，让妻子稍等一下，自己过去打个招呼。穿过非机动车道，来到道路边，伸出双手，分别抓住胡明军和布哈的手，用力握住，深情地向他们问候着。

布哈一身黑色便装，衬托得脸膛更加黝黑了，却流露出他的庄重、坚毅，军人特有的气质显现出来，给人威严的震慑力。

邓一鸣松开他俩的手，向后排二人的老婆和儿子致意问好。然后，对胡明军催促道："胡老哥，快把车开走吧，免得交警来了贴罚单，我们在餐馆里见。"

"好！你俩赶快过来哦！"胡明军答应着，将车开走了。

邓一鸣回到妻子身边，挽着她的手，向餐馆走去。回到餐馆，胡明军和布哈已经站在门口等候。邓一鸣上前，与二人来了一个拥抱后，将妻子介绍给他们认识。

二人你一言我一语恭维着刘俊梅。刘俊梅赶忙摆手阻止。邓一鸣开心地对他们说："你们别过分哈，她要是骄傲起来，我驾驭不住，看我怎么找你们算账。"说罢，哈哈大笑起来。

刘俊梅听罢，在邓一鸣后背用劲揪了一下。

"哎哟！"邓一鸣最终没有忍住，痛得叫起来。

胡明军和布哈见状，哈哈笑了，一副幸灾乐祸的模样。

邓一鸣翻了一个白眼，不满地说："胡老哥，布哈老弟，你俩就别笑话我噻。打是亲，骂是爱哦！"

"好，好！就算是亲吧。走！我们进去。顾晨明两口子也到了，这个时候他在厕所腾空肚子。"胡明军说着，朝邓一鸣后背一推。四人走进大厅，里面已经坐了不少顾客，他们吃饭喝酒，好不热闹。

"一鸣哥，你们两口子跑哪里去了？等你们半天了哈。走快点儿啊！"顾晨明站在二楼楼梯口喊道。

"你还好意思催，我们两口子到时，你在哪儿？"邓一鸣反问道，"没人，我们才不得不出去溜达一圈。"

顾晨明嘿嘿笑着，无言以对。

众人进入雅间，大圆桌已经摆上凉菜。胡明军和金铃坐在主人的位置上，其他人按男女分开，依年龄为序而坐，正好胡明军两口子年龄最长。今晚，就四家人。

男人们相互认识，于是从胡明军开始介绍自己的老婆、孩子。轮到布哈介绍妻子时，在场人一脸茫然，她是个地道的彝族妹子，名字叫蒋阿呷介布莫，翻译成汉语，字数过多，谁也没记住。布哈说就叫她阿呷吧。大家这才如释重负，不然，等会儿敬酒都不知道如何称呼。

有趣的是除刘俊梅在街道办事处工作外，其他三人都是从事教育工作的老师。她们仨有共同语言，很容易就聊到一起去了。刘俊梅可是做思想工作的，一点儿不示弱，没几分钟就将她们分化瓦解，然后以她为中心开展话题。

服务员抱着两瓶鼓楼生产的本地酒进来。胡明军催促她快点儿把酒倒上。

邓一鸣碰了碰身边的胡明军，征求道："胡老哥，把陈叔和李孃叫来吧，大家热热闹闹，一起开心噻。"

胡明军说："这个时段是最忙的时候。放心，两位老人肯定会过来给大家敬酒的。"

顾晨明认真地说："胡老哥，把央宗老师请来吧，过一些日子，她将重新返回香拉里，成为又一批援藏老师，跟我做同事。央宗老师值得我们敬重。"

胡明军微笑着说："晨明，放心，她做两道藏菜就来。"

顾晨明感叹道："太好了！没想到，在鼓楼还能吃到藏菜。"

邓一鸣好奇地询问："晨明，央宗老师不是才返回鼓楼吗？怎么，生活不习惯？"

顾晨明摇摇头，感慨地说："不是，她是为了那份对故土不灭的情结。正如她在给学校的援藏申请书中写的那样，她爱家乡的蓝天白云，深爱故园脚下的每寸土地。鼓楼不缺一个老师，而香拉里却更需要她这样的老师。"

邓一鸣感叹道："央宗老师真令人佩服！"说完，他突然想到了布哈，提高了嗓门儿说："哎，大家觉不觉得这世间太有意思了，布哈是彝族，从彝乡走出来，结果他又返回彝乡去做精准扶贫和乡村振兴工作。央宗老师是藏族，从香拉里走出来，现在又作为鼓楼援藏老师回去做扶智教育。"

布哈深情地说："不管彝族、藏族，还是汉族，我们都是中华民族，有一个共同理想，走共同富裕的道路。总书记说过扶贫路上一个不能少。为了家乡，为了贫困的乡亲，我们理应献身自己的家园。"

"说得好！"胡明军称赞道，带头鼓起掌来。

其他人跟着拍手称赞。服务员倒好酒，走出房间，随手关上房门。胡明军端起酒杯，动情地说："各位兄弟姐妹、侄子们，说四点。首要一点，今天仍在国庆期间，十月一日是共和国的生日，更是我们中华民族每一员的生日，因而值得庆祝。二是我们今晚能聚到一起确实不容易，既然缘分让我们相识、相知，我们没有理由不珍惜。三是假期马上结束，我们又要奔赴千里之外的岗位，与我们最亲近的人分别，我们的爱人尽心守卫我们的家园，养育孩子，孝敬父母，为我们作出了巨大的牺牲，值得尊敬。四是我们的孩子为了美好的未来，努力学习，更让我们骄傲。来，我们干一杯。"说罢，胡明军站起来，又补充一句："女同志随意。"

众人立即跟着起身，举起酒杯，除两个孩子喝饮料外，其他人都是白酒。杯子碰在了一起，发出清脆的声响。"干！"四个男人嚷着，头一仰，"嗞"一声，玻璃杯子底朝了天。

胡明军放下杯子，坐下，拿起筷子，招呼道："来，大家快坐，吃菜。"说罢，夹起一片凉拌鸡块放进嘴里，然后起身拿起酒台上的酒瓶，将空杯子倒满，说："时间还早，我们吃菜，慢慢喝，不用再干杯了。男人们一人提议一下，请一鸣做好准备。"

"好！"邓一鸣立马答应，端起酒杯，站起来，真诚地说，"亲爱的战友们，亲爱的家人们，这杯酒端在手上，我感到沉甸甸的。它有温度，有分量，盛满了真情和厚谊。人活一辈子，活在这纷繁的世间，把我们维系在一起的就是缘分和情义。如果没有缘分，我们不可能走到一起。汉、彝，还有藏族，这不就是民族大团结吗？其他的被胡老哥说了，我就不再啰唆。为了这份情义和民族大团结，一起干一杯。"

"哎！一鸣哥，别搞乱了，不能违反纪律。胡老哥说好的，不能再干杯了。"布哈连忙挥手制止。

"布哈老弟，反对无效，胡老哥已经为我们带好了头，我们就应该沿着他指出的路子走下去。必须以他为榜样，向他看齐。老弟认为我说错了，也可以不喝哦。"邓一鸣寸步不让，脸上带着挑衅的神态。他知道布哈的酒量，更清楚他们民族喝酒的习惯。

顾晨明盯着胡明军问道："胡老哥，你发句话，这酒怎么喝？干还是不干？"

胡明军理直气壮地回答："酒司令说了算！"

金铃开口调和："一鸣兄弟，我建议你们先吃菜，我去把央宗老师叫来，民族大团结不能少了藏族。要不然，你们喝醉了，她来后，还怎么喝呀？"说完，起身往外走。

刘俊梅瞪了丈夫一眼，跟着附和说："对啊，老公，小心驶得万年船，你莫激动嘛，没吃菜容易醉。两三下把自己灌醉，没意思哦。"

胡明军对金铃说："铃儿快去叫央宗老师。不然，她等一会儿来唱藏族敬酒歌，有我们好受的。差点儿忘了，除藏族美女，我们这儿还有彝族大美女阿呷，彝族的敬酒似乎更胜一筹。"

"胡老哥，哪里有的事哦！我就不喝酒。"阿呷咯咯笑着，笑得很开心，一副信心十足的样子。

"好！听人劝，吃饱饭。吃菜，不给胡老哥剩下，免得浪费。"邓一鸣放下杯子，夹菜吃起来。

过了一阵子，金铃和洛桑央宗端着一大盘菜走进来，大伙儿赶紧招呼洛桑央宗坐下来喝酒。

"没问题！"洛桑央宗答应着，放下手中的盘子，在金铃身边的空位置上坐下。

"央宗老师，赶紧吃点儿菜，等你喝酒呢。"邓一鸣说道。

洛桑央宗毫不在乎，坚定地说："一鸣哥，你放心，我们藏族人绝对不会掉链子。"

金铃夹起菜，放在她的碗里，关心地说："妹妹，先吃菜，垫垫肚子。"

洛桑央宗点头感谢，吃了两口菜，放下筷子，端起酒杯，准备挑战。没等她开口，胡明军赶忙将喝酒进展情况告诉她。

等胡明军说完，邓一鸣从容地站起来，将自己刚才说的话原原本本地重复了一遍，接着大声说："打铁砧子硬，我以身作则，先干为敬。一二三，哪儿不干！"说完，"呲溜"一声，整杯酒下了肚。

众人面面相觑，胡明军叫道："一鸣，嘴巴太毒，不喝干还成你儿了？想占便宜是不是？来！我们干吧。"说完，一干而尽。

邓一鸣朝胡明军翻了一个白眼，哈哈大笑起来。他用手肘碰了碰身边的布哈，意味深长地说："布哈老弟，看你的了。接下来，轮到你端杯了哦。"

布哈呵呵笑着，已无话可说，只得跟着干掉。

"一二三，哪儿不干！"邓一鸣嚷嚷重复着，得意地盯着还未喝的酒杯。等众人喝干酒，他立刻将酒杯斟满。

布哈端着酒杯站起来，对妻子说："老婆，我们一起敬大家。"阿呷立刻起身。布哈深情地说："各位兄弟姐妹，今天很荣幸在鼓楼跟大家欢聚一堂。酒不醉人，人已醉，杯子里已经不是单纯的酒，早已融入民族情、军民情、兄弟情。明军、一鸣、晨明你们不远千里上凉山、到阿坝，为了实现乡村振兴全身心付出，我和老婆代表彝藏兄弟姐妹敬大家一杯。干！"所有杯子碰在了一起。

这一晚，喝得开心尽兴，真是"藏歌彝歌歌歌情深意长，男人女人人人亲如一家"。人逢喜事精神爽，故交情深酒不醉！到后来，女同胞们更是大显身手，巾帼不让须眉。只是邓一鸣他们明天一早要赶车回香拉里，大家有所保留。顾晨明却醉倒在沙发上了，事后才知道，他是被女同胞的架势吓住了，老奸巨猾的他，故意装醉躲"难"！邓一鸣恨恨地骂了他一顿，不过，一直替他保守这个秘密。

吃完饭，众人跟陈兴全和李秀英告别时，两位老人饱含热泪，邀请大家一定再来他们的小餐馆。李秀英拥抱了四个男子，老人家一定想念儿子了。陈鹏飞跟他们年龄相仿，加之都被紫外线晒得黝黑发亮，有了相似的感觉，或许已经将他们当成了陈鹏飞。

一滴泪水从邓一鸣的眼眶里滚落下来，他在心里默默地祷告：鹏飞，妈妈想你了，晚上去梦里和她见见吧！

离开小餐馆，胡明军把布哈一家人送回宾馆，邓一鸣负责将顾晨明两口子送到家门口。

邓一鸣和妻子回到家里，他感觉酒劲上头了，让妻子先去洗漱，自己坐一会儿。刘俊梅离开后，他直接倒在沙发上睡着了，发出响亮的鼾声。

七十一、土司官寨

第二天，天刚蒙蒙亮，邓一鸣告别岳父和母亲，在儿子的陪同下，妻子开车分别来到顾晨明和张海东所在的小区大门口接上二人，直奔客运站。

到了汽车站，妻子和儿子站在进站口，眼里饱含热泪。邓一鸣上前紧紧拥抱他们，提起行李箱包，跟随顾晨明和张海东进站检票上车。

客车准时开出车站，向着遥远的川西高原，向着美丽的高原秀城香拉里奔驰而去。

下午一点，客车安全驶进马尔康客运站。张海东叫醒还在睡梦中的邓一鸣和顾晨明，告诉他俩该下车了。二人揉了揉惺忪的眼睛，顾晨明迷糊地问："怎么就到了呢？"

张海东嘿嘿一笑，脸上露出怪异的神色。邓一鸣瞟了他一眼，用手肘捅了捅顾晨明的腰杆，催促道："下车，赶紧下车！"

三人下车，活动了一阵酸胀的身体，从客车肚里取出行李箱，随着人流走出客运站，缓步行进在马尔康的街道上。

湛蓝的天空一尘不染，太阳像一个金色玉盘挂在天空，散发出柔和的光芒。山风顺着梭磨河肆意而下，吹在身上，冷飕飕的。

马尔康，一个足以让人流连忘返的地方。纯朴的嘉绒藏族同胞在这片美丽的土地上生活、繁衍，生生不息。这处"火苗旺盛的地方"是古老与现代、神秘与开放缠绕在一起造就的高原上的繁华。走在这里，内心永远是干净的，太阳如同圣光一般洗礼着你，而你眼里，除开满眼的风景，还能直视你最深处的善良。

三人来到一家小餐馆，简单吃过午饭后，在客运站附近找了一家旅店住下。掏出手机查寻马尔康周围的旅游景点，卓克基土司官寨成为他们最终的选择。距离近，被称为"东方建筑明珠"，更关键的是，这里是当年红军驻扎过的地方。1935年，红军长征过草地前，曾在这里进行过为期一周的休整。毛主席后来评价道："古有郿坞，今有官寨。土司的这个城堡应该是我们在长征途中见到的最有特色的建筑了。"

三人立刻下楼，在街头打上出租车前往官寨。师傅是一位藏族汉子，紫外线的照射掩盖了他的实际年龄。

师傅十分健谈，自我介绍说他叫次仁桑吉，今年刚满二十六岁。突然，他嘿嘿一笑，带着调侃的语气说："你们是援藏干部吧，还是援助香拉里的。"

邓一鸣惊奇地问："桑吉师傅，你是怎么知道的呢？"

次仁桑吉哈哈大笑起来，嗔怪地说："你不认识我，我可认识你哦！"

邓一鸣深感不可思议，毕竟自己是第一次在这里坐出租车，于是伸头想看看他到底是谁，可惜只能看到他半张脸。藏族同胞的长相、姓名确实难以区分，别说半张脸，就是看清楚整张脸也分辨不出谁是谁。邓一鸣无奈地说："桑吉师傅，不好意思，我确实没有认出你。"

次仁桑吉扭过头，脸上挂着一丝笑意，淡淡地说："几个月前，我们哥俩帮你们更换过轮胎呀。"

"天啊！怪不得第一眼看到你就有一种似曾相识的感觉，但是确实没有想到会是你呀！不好意思，失误失误！缘分，太有缘分了，没想到在这里遇上了。"邓一鸣激动地说。

次仁桑吉也感叹道："都是上苍注定的缘分。"

邓一鸣扭过头把与次仁桑吉相识的情况给顾晨明和张海东讲述了一遍，二人感慨良多，四人闲聊起来。

聊了一阵后，邓一鸣向次仁桑吉询问卓克基土司官寨的情况，他滔滔不绝地讲起来。

卓克基土司官寨位于317国道旁，位于距离马尔康市城区七八公里的卓克基镇，交通便利。土司官寨，亦称土司署或土司官邸，为土司管辖境内的政治中心，是土司权力和地位的象征。官寨始建于清代，系典型的嘉绒藏族建筑。1988年，被国务院列为第三批国家重点文物保护单位。2005年，列入全国百个红色经典旅游景区之一。

听完次仁桑吉的介绍，三人对官寨有了大致的了解，对它产生了向往。长征胜利已经八十余年，岁月把故事埋藏在尘土里过了一载又一载，经历漫长发酵，它有了新的血液，时光把未知变为现实，在现实里熠熠生辉。

出租车将三人送到目的地。没等次仁桑吉停车，邓一鸣直接拿起挂在车上的二维码扫码付了车费。

次仁桑吉生气了，直呼邓一鸣不够朋友，却又无可奈何。

顾晨明询问次仁桑吉能否留下电话号码，等游览完再来接一趟。次仁桑吉毫不犹豫地将号码给了顾晨明，说游玩结束随时给他打电话。三人兴奋不已，有了次仁桑吉的号码，可以放心游览。

伴着深秋的暖阳，远远望去，官寨耸立于崇山峻岭之中，四周重峦叠嶂，树木苍翠，祥云缭绕，充满祥和的气息。官寨前临纳足沟，后枕梭磨河，由四组碉楼组合为封闭式的四合院，体现出鲜明的藏族石碉古建筑风格。依山傍水的地势、雄奇挺拔的建筑，使它天然地透出威严与自在。

三人来到卓克基土司官寨，映入眼帘的是一座有七层藏式雕花装饰的大门。藏式建筑中，门框的层数是建筑主人地位的象征，官寨的大门装饰了七层纹样，这是相当豪华的规格，一般只有土司或寺庙才有权享有。在官寨主体和大门之间，是一座正面绘老虎背面绘麒麟的藏式风格照壁。传说官寨竣工后，从山上来了一只老虎，在大门旁边卧了一天一夜，最后悄然离去，当时的土司就命令画匠将老虎画在了照壁上。因此，卓克基这个地名除了本身的含义外，还有藏龙卧虎之地的说法。而背面的麒麟则是正义的化身，警示历代土司在处理日常政务时需秉持公心。

官寨主体由四组高大的石木楼房组合而成，中央有一个一千四百平方米的天井。官寨共分五楼，所有的楼层都采用回廊相互连接，楼层由低到高，体现着土司生活的日常需要和精神追求。

走进官寨，回廊外用窗花做装饰，整栋建筑为穿斗式结构，未用一钉一铆，表现了高超的建筑艺术，见证了六百余年土司制度的盛衰。

三人抬头仰视着这艺术瑰宝，却看不出一点儿名堂，毕竟他们对古建筑不懂，对建筑艺术更是一窍不通，只能通过相关介绍了解一些皮毛。

一个年轻的女导游带着一群游客走进来，她边走边详细讲解着：土司官寨既是土司办公的衙署，也是土司及其家眷生活的地方。卓克基在藏语中表示顶尖，可进一步引申为至高无上的意思。卓克基土司始封于元朝，1951年土司索观瀛在辖区内主动废除土司制度。1952年，末代土司索观瀛曾作为少数民族"五一"观礼团的成员来到北京，毛主席接见他时表示："长征路过卓克基时，我在你家住了一周，看完了一部《三国演义》，让我大饱了眼福，你能读《三国演义》、'四书'、'五经'、《古文观止》，实在是藏民族中的开明人士啊！"

三人听着导游解说，不由自主地悄悄混进了游客之中，只有听他们的讲解才能了解官寨所包含的渊博知识。

导游继续讲解：当年，在那紧张的一周时间里，红军主要做了三件事，处理民族问题、筹粮、部队休整。而红军的筹粮工作，被毛主席形象地称为"牦牛革命"。据不完全统计，藏羌民众在物产不丰富的情况下，仍支援红军粮食二千多万斤，各类牲畜二十多万头，成为支援红军长征取得最后胜利的重要物资。

官寨二楼，有一间被称为"蜀锦楼"的房间，是红军与官寨这段相遇的见证。蜀锦楼藏有土司收藏和阅读的大量藏文和汉文典籍，红军到达卓克基土司官寨后，毛主席就住在这间屋子里。索观瀛在土司制度废除后，做出了将官寨捐给国家的决定。

三人跟随导游，获得了很多知识，知道了当年红军历经的艰辛和苦难，清楚了制定的民族政策以及为藏族同胞所勾画的宏伟蓝图，更加明白自己肩上的重任，他们是来实现宏伟蓝图的那群人。

听完导游的讲解，回到天井，顾晨明和张海东跟着游客出了大门，邓一鸣却停下来。他站在天井里，仰望每一面楼层，生出一种说不清的感觉。整个寨子显得闲适清静，无论是本地人还是游客，在此处都是安安静静地走在自己的故事里，夕阳把余晖洒在每一片瓦、每一块砖上，土司官寨在这里继续自己最接近灵魂的坚守，最终尘埃落定。而鼓楼十年的坚守，却是带着我们的藏族人民持续向前，完成乡村振兴，实现蓝图。

七十二、回归秀城

傍晚，次仁桑吉接到顾晨明的电话，开车来到卓克基镇，三人坐上他的车回到市区时，天已完全黑了。华灯初上，整座城市如同一条巨型火龙蜿蜒盘旋在山谷之中。两边山峰嵯峨矗立，宛如两条黑龙游伴于火龙两旁，三龙并行嬉戏打闹，护佑着这繁华盛世。街道上人来人往，车水马龙。灯柱上、楼顶上、门面上飘扬的国旗处处可见，山风吹动，猎猎作响，灯光耀射，更加鲜艳美丽。梭磨河奔腾而下，发出轰隆隆的声响，两岸河堤亮起了灯光秀，五彩缤纷的灯光映在湍急的水面上，形成各式立体如画的图案。

三人在中午吃饭的小餐馆下了车，这回次仁桑吉不仅将二维码牌子藏了，连计价器都没有开。三人身上没带现金，无法扫码支付。两次接送，他们成了好朋友，不仅相互留下电话，还相约过两天休息时，次仁桑吉回香拉里喝酒。三人走进小餐馆，点了两个菜，每人喝了一瓶啤酒，叫老板给每人煮一碗面条。吃过晚饭，直接回到旅馆，闲聊一阵，刷一会儿小视频，便躺下睡了。

第二天一大早，三人收拾好行囊，乘上大巴车，中午时分，安全回到香拉里。

客运站冷清，少有出行人员，偌大个候车室没有候车的人。长假期间，县城各单位的干部职工基本上离开工作地，回归温暖的家，有的回州里，还有的回省城。三人担心找不到吃饭的地方，便在车站小卖店里购买了几桶方便面，缓步走上街道。没走多远，便开始喘息起来。看来离开高原一段时间，再次回来，还得有一个适应过程！

节日里秀城十分清静，街上几乎看不见行人，店铺关门闭户。不过，节日氛围还是很浓厚，大街小巷面面五星红旗迎风招展，呼呼作响，宽阔地段搭建不少喜迎国庆的景观台，墙面电子显示屏滚动播放着喜迎国庆的内容。

三人回到小区宿舍，放下行李，瘫坐在座床上，互相看着，谁也没说话。休息一阵后，邓一鸣起身走向厨房，拿起电茶壶回到客厅接水，可是桶装水已经没有了。只好掏出手机给商家拨打过去，商家接通电话回复他们在放假。邓一鸣挂了电话，自言自语地感慨道："好悠闲的生意人啊！"他朝两人淡淡一笑，只好转身去接自来水。打开水龙头，可是半天放不出水来。长时间没用，水管生锈堵上了，还是自来水公司也放假不供应水？邓一鸣困惑地大声吆喝起来："哎，两位少爷，自来水也没有，今天饿肚子哦。"

　　张海东听到叫喊声，赶紧跑过来，不相信地说道："不会吧，自来水怎么会停呢？水管子堵了吧？"说着，拧了两圈水龙头开关，拍打了几下水管子，仍旧没有一滴水流出来。他跑进厕所，打开蹲位阀门，无水，然后垂头丧气地走出厕所，自我解嘲地说："一鸣哥，的确没有水，只能饿着。"

　　邓一鸣拧上水龙头，放下电茶壶，双手一摊，嘿嘿一笑，转身朝客厅走去。张海东跟在他身后，回到客厅，吆喝起来："哎哟，妈妈耶，我好饿啊！早饭都没吃饱，还说回来好好吃一顿呢。"

　　顾晨明坐起来，嚷嚷道："别叫啦！再叫，你妈妈也不可能给你送饭来呀。走，上街找吃的。反正下午没有事情，我不信找不到吃的东西。"

　　三人走上大街，沿街寻找吃饭的地方。香拉里的天气总是让人猜不透，前阵子晴空万里，瞬间阴云密布，不到一个小时，小雨霏霏，密织的细雨里夹带着点点雪粒儿。四周群山雾霭沉沉，隐约可见附近的山巅已是片片飞雪。一群山鸦在县城的上空盘旋，不时传来几声沉闷的鸣叫。或许因为御寒需要，不知谁家烧起柴火，缕缕炊烟随风飘散。真可谓：不堪红叶青苔地，又是凉风暮雨天。

　　阵阵寒风袭来，直浸骨髓。三人缩紧脖子，双手抄进袖口，仍旧感到寒气逼人。腹中无食，更有一番饥寒交迫的味道。出门没有带上雨伞，衣服被雨水打湿了，只好顺着街道门店的屋檐行走，避免淋得更湿。寂寥的香拉里广场上空无一人，摆放在中间的迎国庆景观台经过雨雪洗涤更加鲜艳、俊美。路过指挥部宿舍楼下，见到一盆盆色彩绚烂的格桑花依然倔强地盛开着！

　　走完罗藏后街，没有找到吃的。来到罗藏中街道路尽头，枯黄的梧桐树叶子被寒风吹落，在空中飞舞，飘落在地上，地面积起一层枯枝败叶。由于放假，还没来得及清扫。

　　从罗藏前街街头走到街尾，一无所获。张海东已经泄气，不停地抱怨起来。邓一鸣唉声叹气，心都凉了半截。

顾晨明劝说道："记得我们学校那边小区有条街好像有吃饭的地方，去看看噻，说不定还能找到呢，总比守在寝室饿肚子强吧。"

邓一鸣自我安慰："唉，走吧，碰碰运气，没准还真有可能'山重水复疑无路，柳暗花明又一村'呢。要是遇上你俩的学生或学生家长，是不是可以考虑？"说着，嘿嘿笑起来。

"好主意！"张海东来了精神，自个儿朝学校方向走去。邓一鸣和顾晨明赶忙跟上。三人顺着盘山旋转台阶，下到伸臂桥桥面上，走向杜柯河对面。

几个行人站在桥中间观看奔腾的河水，时不时拍照留念。经过时，邓一鸣被一个中年男子叫住，请求帮忙给他们拍张合影。

邓一鸣爽快地答应，按照他们的要求一连拍了好多张，让他们自己选用。拍完照，中年男子连声感谢，微笑着询问："兄弟，你们是啥时候到这里旅游的？怎么过来的？"

邓一鸣苦笑着回答："我们是鼓楼市的援藏干部，到这里工作快一年了。国庆假期回了一趟家，今天中午坐客车到的。"

中年男子听完，竖起大拇指，赞不绝口。说他们来自省城，到马尔康走亲戚，顺便旅游。今天上午开车过来，这里景色、环境不错，只是太冷清。门面店铺好多都没开，吃饭的地方更难找。好不容易才找到一家米粉店填了填肚子。

张海东听完，激动地说："太好了，我们就是去找吃的，还没吃午饭呢。大哥，快告诉我们米粉店的位置。"

中年男子不可思议地看着他们，顺手指了指学校方向，说在小区前头那条街上，店名叫"鼓楼缘"。

三人谢过中年男子，快步向那条街走去。这也不能怪顾晨明和张海东不知情，毕竟学校、宿舍两点一线，没时间去闲逛，不知道也可以理解。而邓一鸣根本就没去过那边的小区。

走到学校，学生们已经陆续返校，大多数由家长开车或骑摩托车送过来。门卫值守在大门口，严格查验核酸检测和场所扫码情况。顾晨明和张海东走过去，站在远处跟门卫打着招呼，交谈起来。

"一鸣叔叔，一鸣叔叔！"有叫喊声从邓一鸣身后传来。邓一鸣回过头，一个小男孩飞快地跑过来。他一眼认出了小男孩，挥手回应着："小强巴，小强巴!"

"叔叔!"小强巴兴奋地扑上来。

邓一鸣蹲下,顺势抱起他,拍拍他的小脸蛋儿,开心地说:"小强巴,来上学了呀。"

洛桑强巴来到邓一鸣面前,动情地问候,嘴里急速地说着邓一鸣听不懂的藏语,双手不停地比画。

"扎西德勒!"邓一鸣放下小强巴,握住洛桑强巴的手,却不知道说什么,只能一遍遍地重复。

洛桑强巴不再说了,激动地拥抱住邓一鸣,生硬地说了两个字:"谢谢。"

顾晨明和张海东走过来,催促起来。邓一鸣和洛桑强巴无法交流,只得挥手告别。邓一鸣打开手机导航,跟随导航找到"鼓楼缘"米粉店,它在小区前面一条巷道与街道的十字路口上。店铺不大,门口悬挂"鼓楼缘"米粉招牌,没想到这里居然有来自家乡的味道。

米粉是鼓楼市的名小吃,省内外赫赫有名,有着上千年的历史,相传与三国时期的蒋琬有关。当时的米粉很粗,口感不好,蒋琬在鼓楼期间吃过后,建议由粗改细,便于入味,经过这一改,就名扬四方了。

现在的做法方便多了,将大米磨成粉,用专门的机器制作成粉丝,把粉丝浸泡在清水中五六小时。吃时,将泡好的米粉用手搓散,捞起一碗的分量放在竹箕里,在60℃左右的温水锅里抖几下,不需要太长时间,五至十秒钟就好。烫好米粉放至餐具中,舀上一勺用土鸡骨、猪大骨混合红汤或清汤酱料包用文火慢慢熬制的红汤、清汤汤料,再根据个人口味添加牛肉、肥肠、鸡肉、豌豆、海带、葱花、香菜、酸菜等配料,一碗正宗的鼓楼米粉便大功告成。米粉喷香扑鼻,绵软顺滑,方便快捷,成了鼓楼人每天早上必不可少的早餐,对喜欢睡懒觉,又急于上班,没时间做早饭的人,更是满满的幸福。

三人走进米粉店,见一位年轻的藏族姑娘坐在门口的餐桌边,正专心看着手机,不时发出咯咯的笑声。

"还有米粉没?来三碗!"邓一鸣叫道。

姑娘抬头扫了三人一眼,起身放下手机,脸上挂着笑容,爽快地回答:"有,请问要几两?你们要啥子汤?"标准的鼓楼米粉店老板问话方式。

"三个二两清红混浇!搭牛肉、肥肠。"三人异口同声地答道。

"好的,请稍等。"姑娘走进操作间,操作间跟鼓楼的装修一个模样。

半人高的隔台，隔台上面安装着玻璃隔栏，操作过程、汤料、配料一目了然。姑娘做好米粉放在隔台上，叫道："老板，需要啥调料，你们自己放一下哦。"

三人答应着来到隔台，各人根据自己喜好将隔台上的调料放入碗里。油亮的米粉配上香菜、折耳根，一下子勾起了食欲。三人坐在餐桌上，尝了一口，一股浓浓的家乡味道。

姑娘又给每人接上一碗豆浆，放在他们面前，征询道："老板，味道如何？"

"巴适，要得！跟鼓楼的味道没啥子区别！"三人称赞道。他们更好奇了，一个藏族姑娘怎么会做出如此地道的鼓楼米粉呢？他们吃着米粉，你一言我一语地询问起来，原来，米粉店是鼓楼市上一批次援藏前线指挥部扶持起来的风味小吃店。当时，指挥部组织引荐了几名当地的藏族小伙儿、姑娘远赴鼓楼学习传统烹制技术。学成归来，其中一名姑娘便在香拉里开了这家店，生意还挺不错。而且，她的食材都是从鼓楼发货过来的。

品尝着来自家乡的味道，在这思绪纷飞的季节里，思乡之情怎能不油然而生……

七十三、一鸣申请

吃过午饭，天空阴暗下来，尽管还未到黄昏，却仿佛已是傍晚。寒风吹拂着，冷飕飕的，整座城镇好像被一片阴霾所笼盖，不停地孕育出一股股新生的寒冷。寒风肆意冲击外面行走的人，这都是风和云两位不速之客手中龙飞凤舞的杰作。没有冬日阳光的沐浴，没有山光水色的渲染，香拉里的冬天就是这么悠悠然、淡淡然。

顾晨明和张海东直接回学校去了。邓一鸣告别他俩，独自缓慢地向宿舍走去。走上伸臂桥，凛冽的寒风从河谷呼啸而来，刮在脸上如同刀子划过，生痛生痛的，他拉起羽绒服的帽子，戴在头上，勒紧领口，侧身背对河口上游，急步通过河面，来到盘山台阶口停下，喘了两口大气，爬上旋转的台阶向上挪动着脚步，中途歇了一气才到达顶部的小广场。停顿了两三分钟后，继续赶路。走到香拉里广场，手机响了。他掏出手机，是宋其霖来电，接通后问:"你好,其霖,有什么事情吗?"

宋其霖问:"一鸣哥好,你现是在家里,还是已经回香拉里了?或者在回来的路上?"

邓一鸣嘿嘿笑着回答:"我在香拉里广场看风景呢,只是无景可看。中午就和晨明、海东回来了。"

"一鸣哥,那你们晚上来我寝室一起喝酒吧!你跟他俩在一起吗?我从老家带了一点儿土特产想送给你。"宋其霖认真地说。

邓一鸣回答:"他俩去学校了。我孤独地徘徊在冰冷的大街上,没人疼,没人爱,像一只流浪的孤雁。"说完,自嘲地笑起来。

宋其霖跟着笑了:"一鸣哥,文绉绉的,朗诵你自己的诗歌大作嗦。哥,你现在过来吧,我在家等你。"

"行!"邓一鸣答应着,转身向罗藏后街走去。来到宋其霖所在小区的大门口,看见他提着一个蛇皮袋朝门口走来。邓一鸣挥手叫了一声,加快了步伐。

宋其霖回应着,快步来到邓一鸣面前,二人兴奋地握手问候。宋其霖放下手中的袋子,与邓一鸣来了一个激情拥抱,嘴里说着:"一鸣哥,还真有点儿想你哦。"

邓一鸣呵呵笑着,伸手拍了拍他的后背,违心地说:"我也想你呀!"

宋其霖松开邓一鸣,提起地上的袋子,递给邓一鸣,动情地说:"一鸣哥,里面都是家乡的土特产,有银耳、黄花、青花椒、大叶茶,还有一块腊猪肉。这些东西都是国家地理标志保护产品,银耳是中国著名特产。银耳、黄花、青花椒、腊猪肉,你可以给家里快递回去,叶茶留下自己喝吧。"说罢,一脸自豪。家乡有这么多好东西,谁不骄傲?

邓一鸣接过袋子,激动地连声感谢,不好意思地说:"其霖,你给我带这么多东西,我却只给你带了点米粉和粉丝。我们那边确实没有其他特产。"

宋其霖真诚地说:"一鸣哥,用不着感谢,只是我的一点儿心意。其他的啥也别说了,有情有义足矣。"

邓一鸣拍拍宋其霖的肩膀,坦诚地说:"好,其霖,不说了。我先回去,等会儿就过来。"

宋其霖点点头,叮嘱道:"一鸣哥,别忘了给晨明哥和海东哥打个电话哦,我与他们不熟悉,也没有他们的电话。"

邓一鸣答应着，转身离去。他在心中默念：其霖重情重义呀！他匆匆回到宿舍，打开蛇皮袋子看了一眼，将东西连同袋子放进柜子里，不能让其他人知道，毕竟其他人跟宋其霖不认识，不能自讨麻烦。他锁上柜子，分别给顾晨明和张海东打了电话，将宋其霖的安排告诉了他俩。二人晚上没有什么事情，爽快地答应了。

打完电话，邓一鸣把给宋其霖带的真空包装的鼓楼米粉和酸辣粉丝用塑料袋装好，然后随手拿起放在柜台上的反映援彝扶贫的小说《逐梦彝乡》，坐在床沿边看起来。他已经看过一遍，故事真实感人，描写细腻真切，对援藏工作有很好的启迪、借鉴作用。

不知过了多久，渐渐地，邓一鸣有些倦怠。他放下书，站起来，揉揉双眼，拍拍额头，敲打几下发酸的腰杆，扭了扭脖子，在房间走了两圈。然后掏出手机翻看起来，点开相册，借着昏暗的灯光，饶有兴致地翻看照片。家人们的音容笑貌历历在目，那一张张可亲的面容清晰、温暖，洋溢着幸福和温馨。低头思来，江湖故人，十年奔波游子倦；午夜知音，书生一梦笑黄粱。想想自己这么多年空劳无获的漂泊，想想阔别已久盛满温情的家，双眼不觉润湿起来……

"一鸣哥，一鸣哥！"顾晨明的叫喊声将邓一鸣从思绪里拉回到现实。人只能面对现实，适应社会，社会永远不可能适应人。

"别叫唤了，在看书。"邓一鸣答应着，退出手机相册，提着袋子走出寝室，说，"走吧，时间差不多了，免得其霖久等。"

三人下楼向罗藏后街走去。天空已经暗下来，黑幕遮盖了月亮和星星，天地一片浊暗。寒风呼呼地刮着，冰冷刺骨。路灯亮了，散发出柔和的光，辉映着鲜红的五星红旗。走进宋其霖租赁的一室一厅宿舍，房间陈旧零乱，衣物乱堆乱放，没结婚的男人不收拾家能理解。邓一鸣帮他归整了一下，客厅里的杂物摆放到墙角，座床上的衣物叠起放进寝室的床上，客厅才稍稍顺眼一些。

宋其霖挠挠短发，不好意思地笑了，郑重地说："各位哥老倌，饭菜马上就好。你们先喝口水，品尝一下我家乡的大叶茶。它产自高山茶区，无公害，富含硒和多种人体必需的氨基酸及微量元素。荣获中国首届农业博览会银奖。给大家准备了一小袋，等会儿送给你们品尝一下。"说罢，转身向厨房走去。

三人在座床上坐下，端起放在茶几上被宋其霖大赞特赞的大叶茶。邓一鸣揭开茶盖，只见杯中茶汤清亮，色泽碧绿，几片金黄硕大的茶叶静卧杯底，一股浓郁的清香随着热气散发出来。抿一口，让茶水在口中来回滚动一圈，立刻满口生津，浓浓的芳香中略带一丝苦涩，沁人心脾，令人神清气爽，好不惬意。

　　邓一鸣放下茶杯，起身来到厨房，一眼看见灶台上大盘小碗做好了五六个菜。宋其霖背对门口，不停地在锅里翻炒着。邓一鸣关切问道："其霖，辛苦了，需要帮忙吗？"

　　宋其霖没有回头，回答道："一鸣哥，不用，就这一个菜了，你去坐一会儿吧。"

　　张海东走过来，问："其霖兄弟，洗一下手，有水吗？"

　　"有，用就是了。"宋其霖答应了一声。

　　张海东惊奇地问："其霖，你家怎么有水呢？我们那边一滴水都没有哦。"

　　宋其霖淡淡一笑，关掉火，边往盘子里盛菜，边回答："这里气温下降快，昼夜温差大，晚上最低温度可达-20℃左右，水管很容易冻住。自来水要么日夜开着，要么中午温度高，水管解冻时，用盆盆罐罐备水。再过几天，中午也不可能解封了。如果不嫌麻烦，可以去办公楼接水，那边已通暖气，水管不会冻住。"

　　邓一鸣终于明白没水的缘由。这一晚，大家很开心，喝得高兴，也很节制，毕竟高原地区，要适可而止。

　　三人告别宋其霖回到宿舍，顾晨明和张海东坐了一会儿，拿起行李箱回学校去了，偌大个宿舍就剩下邓一鸣一个人。高原的夜里，寒意袭人，邓一鸣感到孤独的寒意。水管被冻住，没有水，简单洗漱都没办法。他拿起书，背靠在床头，翻读几页后，感到空寂无聊。他叹息一声，放下书，呆望着不太明亮的灯光，不知谁家的狗耐不住冷漠，干吼了几声。

　　手机铃声在书桌上响起。邓一鸣下床，拿起手机，是旦真曲扎来电。他赶紧接通，亲热地询问有什么事情。旦真曲扎说没有什么事情，就问问回来没有，二人闲聊了一阵。最后，旦真曲扎意味深长地说："一鸣部长，我们雪达尔村的村民们想念你了，你不想念他们吗？"没等邓一鸣回答，就挂了电话。

　　听了旦真曲扎的话，邓一鸣陷入了深思，是该做决定了，明天上班写申请，给领导汇报，前往雪达尔村，和他们一起建设悬天净土的美丽新家园。

寒风总是无孔不入，不打招呼地钻进屋来，跌撞在酣睡的脸上。凌晨，邓一鸣被冻醒，伸伸腿，脚下一片冰凉，只得蜷缩成一团。唉，真正的冬天还未到，不知道这冬天如何熬过。

第二天一大早，邓一鸣带着洗漱用品走出小区，慢步行走在罗藏中街上。秋色，早已在斑斓异彩的季节画卷中隐退了迷人的光彩。从青藏高原刮来的刺骨寒风正席卷这片大地。香拉东吉山峰已堆积起了皑皑白雪，在阳光的映照下，耀眼夺目；县城四周的山坡上，小草、格桑花和树木已经枯萎；唯有半山腰上的松柏，依旧倔强地展露出葱绿的生命之色！

邓一鸣走进办公大楼，在洗手间洗漱完，烧了一壶开水，泡上一桶方便面，吃后打开电脑，开始撰写前往雪达尔村担任第一书记的申请，希望如愿。尽管援藏时间仅剩下一年，但他希望能在这有限的时间里，为雪达尔村的乡村振兴做一点儿自己力所能及、实实在在的事情。

七十四、希望如愿

中午，温暖的阳光洒满了整座林中秀城，走在太阳底下，身上热烘烘的，有出汗的感觉。邓一鸣去食堂吃过午饭，赶紧回到宿舍，打开水龙头，水管"唰唰"几声响过，一股水流出来，终于有水了。他拿出宿舍里的盆盆罐罐，接上水后，才放心地去休息。

城区居民、各单位干部职工、鼓楼市援藏干部陆续返航了，他们提着大包小包的行李，带着满满的家的温馨，开始新的航程。街道上人流量一下子增加不少，商铺也陆续开门营业。冷清的城镇热闹起来，有了勃勃生机。岳云峰、肖义、蓝天云等人走出客运站，各自回宿舍。

邓一鸣午睡时，忘了关寝室门，被岳云峰"哐当哐当"开防盗门的声音吵醒。他睁开眼，叫喊道："云峰，是云峰回来了吗？"他翻身坐起来，挠了挠寸头，开始穿衣服。

"哎哟！一鸣哥，你还在睡啊？起来，快起来！迎接勇士归航。"岳云峰拉着行李箱，走进房间，嘿嘿笑着，开起玩笑来。

邓一鸣嚷嚷道："欢迎大英雄回来！欢迎，欢迎，热烈欢迎！不好意思，只有本人，无法夹道欢迎嘞，委屈云峰大侠了。"

"够了，我知足。"岳云峰抓了抓头发，一副得意相，自我满足地说。他放下行李箱，又疑惑地问："哎，一鸣哥，你们不在家里好好待着，怎么提前两天就跑来了呢？再说半天时间能耍个啥子吗？"

邓一鸣抱起双肘，得意地回答："你后悔吧，我们去了卓克基官寨，你好好上网查查资料，就知道是什么情况。"

岳云峰不以为然地说："没事，有的是机会。"说罢，开始整理自己的物品。

邓一鸣上去，拍拍岳云峰的肩膀，说："小鬼，你慢慢收拾哦，我找刘县长汇报工作去了。"

岳云峰回过头，认真地说："一鸣哥，我估计刘县长还在路上吧。要不，先打电话问问噻，免得跑冤枉路。"邓一鸣觉得岳云峰说得在理，掏出手机拨通了刘凤知的电话。果然如岳云峰说的那样，他们早上从鼓楼开车出发，在马尔康吃的午饭，正在回香拉里的路上呢。他只得作罢，走出寝室，来到客厅，在座床上坐下，翻看手机。

不一会儿，邓一鸣的手机便收到余伟在援藏工作群发出的会议通知，晚上七点，所有援藏干部在指挥部会议室参加工作会议。他不以为然，假期结束，例行收心会嘛，看完信息，继续刷小视频。

岳云峰收拾完物品，走出来，淡淡地笑着说："一鸣哥，出去走走，别光窝在宿舍里呀。"

邓一鸣爽快答应。二人下楼，走出小区，缓步行走在大街上。起风了，山风呼呼刮着，它无视太阳的存在，让太阳没有一点儿温度，走在太阳底下也是寒气逼人，阵阵透心寒。二人拉起羽绒服的帽子，扣在头上，缩紧脖子，两手缩进袖口，抄起手肘，抱在胸前。邓一鸣用手肘碰了碰岳云峰，关切地问："云峰，你的违建整治弄完没有？"

岳云峰呵呵一笑，满满自负地回答："完工了，包括房顶坡屋面建设，剩下一些后续工作正在扫尾。"

邓一鸣赞叹道："云峰，你小子厉害呀！为你点赞。"

岳云峰自得起来，傲骄地说："一鸣哥，你怎么不看看是谁在做这项工作？岳某人做事是那种拉稀摆带的人吗？"说完，哈哈大笑起来。

"喊！"邓一鸣撇撇嘴，嘲弄道，"哟！我们云峰确实是大能人哎，佩服，佩服！对了，赶紧让肖义报道一下呀，这么重大的新闻，她却无动于衷，明显失职，缺乏对新闻的敏锐性呀！"说罢，跟着哈哈笑了。

"喊！狗嘴里吐不出象牙。"岳云峰不满地嚷嚷着，"我就知道，某些人羡慕嫉妒恨呗。"

邓一鸣嘿嘿笑着说："低调一点儿嘛！本职工作，谁羡慕嫉妒恨？反正某些人不是我。"

二人争辩着、说笑着来到香拉里广场，远远看见蓝天云漫步在街上。邓一鸣抽出手，挥动着叫喊起来。蓝天云听到叫喊声，答应着快步走来，关心地问："一鸣哥，云峰，你们冷不冷？这鬼天气真够人受的呀！这才十月份哦，鼓楼还是小阳春呢。"

岳云峰鼻子抽搐了两下，回答说："哪能不冷嘛，清鼻涕长淌。不知道冬天怎么度过。"

邓一鸣不愿闲聊，关心地询问："天云，你的'阳光问政'节目一定要好好关注一下供暖工程，某些人，包括施工负责人对这项民心工程重视真不到位。"

蓝天云拍拍胸口，保证说："一鸣哥，放心！供暖工程是作为重点曝光的，上班后立即进入后期制作。这是一次现场警示教育，我们会要求主持人提问题时，语气必须做到有刚性、有韧劲，眼神一定要犀利，要有威慑力，不能做样子！质询必须辣味十足，相关负责人现场认领问题、自查原因、说明情况，并公开承诺整改措施。节目播出后，要在香拉里各部门达到掀起干部作风提振的目的。"

邓一鸣竖起大拇指，称赞道："太好了！纪委做了一件大好事！现在有些人，有些部门不履职、不担当、不作为，形式主义、官僚主义等歪风邪气仍得治理！曝光一起，必然形成强大的震慑。"

岳云峰微微一笑，半开玩笑半认真地说："天云哥，下期曝光我们局呗，我全力配合你们做好所有的事情。"说着，呵呵笑起来。

蓝天云哈哈笑着答应，还说有问题都告诉他，他一一来曝光。邓一鸣嘿嘿笑着，没有开口。他心中知道，有些事情做起来并不简单。三人不再说工作上的事，闲聊起来。

傍晚，邓一鸣他们几个人在街上吃了面条，时间差不多了，便直接去了指挥部办公室。走进会议室，见肖义坐在一边的沙发上正乐呵呵地翻手机。

顾晨明和张海东等几人围在一起聊天儿，不时发出开心的笑声。刘凤知和余伟坐在椭圆形会议桌前互相交流着，一脸严肃。邓一鸣随便在一个空位置上坐下，掏出手机，也翻看起来。岳云峰和蓝天云各自搬了一把椅子，跟顾晨明他们围在一起，加入聊天儿之中。

刘凤知斜眼扫了邓一鸣一眼，说道："一鸣，你下午打电话，说有事要跟我和余队汇报，是啥事情？趁还没开会，你说说噻。"

邓一鸣抬起头，脸上露出一丝为难的情绪，瞬间笑着回答："也没什么大事，纯属个人私事。散会后，耽搁几分钟，专门给你们汇报，行不行？"

刘凤知点头同意。

余伟大大咧咧地说："一鸣，有啥嘛，非得私下说吗？"邓一鸣一脸苦笑，点点头，没有开口。

七点未到，所有人员准时来到会场，会议提前开始。会议由余伟主持，刘凤知讲话，内容如邓一鸣想的那样，就是收心。安排工作，做好疫情防控，冬天防寒防火等，提要求，强调注意事项。然后，自由发言讨论。会议在轻松的氛围中结束，大家纷纷离去。

会议室只剩下邓一鸣、刘凤知和余伟三人了，邓一鸣拿出自己希望前往雪达尔村挂职的申请书，给刘凤知递过去。

"一鸣，什么东西？"刘凤知好奇地问，接过快速看了几行，吃惊地问，"怎么？你还真打算到村上去任职？不是开玩笑的吧？你要想清楚哦。"刘凤知没再往下看，将申请书递给了余伟。

"刘县，我早已想好。待在机关确实比到基层轻松、舒服，日子过得也滋润，但那不是我想要的，我就想去村上做点儿有意义的事情。"

余伟接过申请书，扫了一眼，淡淡一笑，平静地说："一鸣，勇气可嘉，只是现实和理想那是两个完全不同的概念。有句流行话：理想很丰满，现实太骨感。"

刘凤知真诚地劝说道："一鸣，你再考虑考虑，过完春节，我们援藏所剩的时间不多了，面临回撤的问题哦。"

邓一鸣态度很坚决，反而对他俩劝说起来："正因为时间不多了，所以请刘县和余队认真对待，尽快作出决策。我希望在有限的时间里尽可能做一两件实在事。"

刘凤知见状，摇了摇头，说："既然如此，我们尽早研究，及时跟多吉部长汇报,你毕竟是组织部副部长,必须征求组织部的意见。"

"好的,谢谢刘县,我静候佳音。"邓一鸣很满意。

余伟嘿嘿笑着说:"一鸣,真有你的啊!敢想敢做,支持你!如果在村上遇到任何困难,我全力配合你。"

"余队,谢谢!"邓一鸣很感动,向他表示感谢。

刘凤知站起来,淡淡地说:"一鸣,还有其他事情没有?如果没有的话,那就这样吧!时间不早了,回去休息,今天晚上还可以再考虑一下,明天上班时告诉我一声就行。"

邓一鸣起身,朝刘凤知和余伟意味深长地笑了笑,说声先回去了,挥挥手离开。

行人日暮少,风雪乱山深。高原上的气温昼夜相差确实太大,白天,太阳直射尚有几许温暖,而现在寒气逼人,一阵阵北风呼啸而过,把人直往屋子里刮。邓一鸣独自行走在这寂静、空旷的街道上,两边的店铺已经关闭,也没有行人,连过往的车辆都没了踪影。好在路灯闪耀,国旗飘摇,心中才坦然而无所畏惧。五星红旗悬挂的地方就是希望,更是力量。

满以为目光所至的生活都洋溢着幸福和祥和,而忘却自己身后还有这样一群人。愿你我在悬天净土之上,忘却世俗、丢弃忧烦、洗涤凡尘。生命在旅途中起舞,梦想在激情里高呼。永不服输,一定要让人生走出最美的蓝图……

七十五、振兴伟业

"哇哇——"红嘴山鸦粗野的叫唤声打破了清早的宁静,邓一鸣被吵醒了,他睁眼扫了一眼窗户,那欢叫声就是从窗户那里传来的。冬天到了,莫非红嘴山鸦一家子回来了?邓一鸣翻身坐起,穿上衣裳,下床来到窗户边,拉开窗帘,只见窗外一只山鸦站在窗台上,另一只在它们的巢里整理着自己的家。它们找到自己的家回来了。邓一鸣拿出一块面包撕碎,放在碟子里,拉开一扇窗户,窗台上那只山鸦警觉地飞到一边去了。他将碟子放在窗台上,扫了两只山鸦一眼,然后关上窗户离开。

岳云峰被吵醒,伸手拿起床头上充电的手机,看了一眼时间,便坐起来,拍了拍额头,开始穿衣服。假期结束,第一天上班得准时啊。

二人简单洗漱了一下，毕竟水量有限，邓一鸣昨天中午尽管盆盆罐罐都接上了水，但是容量有限，不够二人用。今天必须去买一个塑料大桶，不然又得去办公楼蹭水了。

邓一鸣吃过早饭，直接向办公室走去。走到广场，发现沉静多日的广场热闹起来。休闲的人们随着音乐跳起欢快的舞蹈。他也忍不住，边走边扭动了两下。

"邓部长！"邓一鸣身后传来宋其霖的叫喊声，他赶紧停下脚步，回过头，见宋其霖已快步过来。他挥手招呼道："其霖，早上好！"

宋其霖来到邓一鸣身边，回应道："邓部长，早上好！这么早去办公室，吃早饭没有？"

邓一鸣将手搭在宋其霖的肩膀上，边走边笑着回答："吃过了，在伙食团吃的。其霖，你自己做早饭，一个人的饭不好弄，太麻烦啊！"

宋其霖摇摇头说："没事，早习惯了。另外，我已经将上次到雪达尔村开展工作的总结写好了，到办公室，我拿给你审核一下，也算完成了一项工作。"说着，宋其霖的脸上露出了一丝不易觉察的嘲弄。

"行！其霖，辛苦了！"邓一鸣真诚地说，又关心地问，"其霖，这段时间与才旦蒲尔感情可有新的进展？你得抓住机会，失去机会可惜了。"

宋其霖嘿嘿一笑，满脸通红，不好意思地拍着额头努力掩饰，没有开口回答。邓一鸣看着宋其霖的窘态，已经明白大半，不再问下去了。他淡淡地说："其霖，我准备去雪达尔村挂职，你是怎么想的？"

宋其霖惊异地看着邓一鸣，没有开口。二人并肩前行，走到办公楼大门口，掏出手机，低头扫码准备进入。

"邓部长，这么早啊！"邓一鸣听到招呼声，赶忙抬头，循声看去，见吴明全和陈海滨正微笑着看着他。他赶忙将手机塞进裤兜里，热情地向他们问好，满脸笑容地问道："吴县、陈主任，你们啥时候回来的？从千里之外的海滨城市过来，够辛苦的哦。"

陈海滨笑眯眯地说："现在交通挺方便，也不感觉辛苦。"

吴明全看着邓一鸣，认真地说："一鸣，等一会儿，你来我们办公室一趟，和你说件事情。"

"好！吴县、陈主任，我去一下办公室，马上就来。"邓一鸣满口答应，扫验完防疫天府健康码，向办公室走去。邓一鸣从宋其霖那里拿上报告，放在自己的办公室后，立刻来到三楼吴明全的办公室门口，敲了敲虚掩的门。

"请进！"屋内传来吴明全洪亮又略带沙哑的声音。邓一鸣推门而入。吴明全和陈海滨已坐在沙发等待了。陈海滨挥手招呼邓一鸣去他身边坐。邓一鸣连忙过去，挨着陈海滨坐下，侧身笑眯眯地看着吴明全，等待他发话。

吴明全指着茶几上的青花瓷茶杯，说："一鸣，先喝口水，我们慢慢聊。海滨，你先把具体情况给一鸣介绍一下。"

陈海滨点头答应，介绍道："一鸣，具体情况是这样的，我们有一个计划，准备在温州与香拉里两地举办一次美食节活动，让'温州味'和'香拉里味'走俏，用美食架起两地消费帮扶的桥梁。活动计划已经分别与两地主要领导进行了对接，得到了他们的大力支持。利用香拉里供销社与温州农业馆两个平台，在温州农业馆产品展览区摆放香拉里产品，让温州人民能够线下选购香拉里的高原产品。不仅要将品牌知名度、产品美誉度在温州市场打响，更要进一步带动香拉里产品的在外销售，促进香拉里经济发展。当然，温州的特色美食如藤桥牌熏鸡、酱鸭等农特产品，也会借此机会带到香拉里群众的'餐桌'上。"

邓一鸣听完陈海滨的介绍，异常兴奋，激动地说："太好了，吴县、陈主任，你们为香拉里做了一件大好事啊！不过，我有点儿不明白，两位领导，你们告诉我，是什么意思呢？"说完，满脸疑惑地看着他俩。

吴明全嘿嘿笑了，说："一鸣，上次你带我们去了木南达镇，我们听了你的介绍，又看了你的规划报告，觉得很有意义，可以做一篇大文章。明白了吗？"

"明白了，谢谢吴县长和陈主任的信任，我立马就去木南达镇，力争让当地的牛肉食品、酥油茶、青稞酒、红皮土豆等特色产品展示在温州农业馆产品展览台上。"邓一鸣兴奋地说。

陈海滨哈哈笑起来："吴县长，我们果然没有看错人哦！"

吴明全点头认可，真诚地说："如果这次活动能成功举办，后续温州农业馆及相关单位将持续与香拉里供销社合作，用政企联动来深化对香拉里的消费帮扶，促进市场繁荣，助力乡村振兴。"

"两位领导，放心！我会全力做好工作。另外，我也主动申请去雪达尔村任振兴第一书记。申请书已交指挥部，准备今天给组织部再交一份。"邓一鸣脸上挂着满满的自信，他对下一步到村上开展工作有了足够的信心。

吴明全和陈海滨对邓一鸣充满敬意，两人都竖起大拇指。吴明全称赞道："一鸣，好样的，我们全力支持你，你一定会有更大作为的！"

陈海滨跟着说："一鸣，为你点赞，我们一起努力！"

"谢谢两位领导，谬赞了，我只想做点儿力所能及的事情。"邓一鸣边说边站起来，"两位领导，如果没有其他事情，我先回办公室，跟多吉部长汇报工作。"

"好！"吴明全伸出了右手。邓一鸣握住他的手，感到了温暖。"一鸣，我会助你一臂之力，促成你到雪达尔村去。"说罢，朝邓一鸣眨巴了几下眼睛，哈哈地笑了。

邓一鸣跟着笑起来，与陈海滨握了握手后，转身走了。

……

邓一鸣坐上了组织部送他前往雪达尔村任职的汽车。汽车出了县城，环山而上。很快，整座城镇尽收眼底：高楼依山而建、河道随河流蜿蜒、街道干净整洁，格桑花瓣状的路灯、独具民族特色的伸臂桥、扎确林卡走廊……一个个城镇建筑设施让香拉里充满现代气息。

不断崛起的特色小镇、精心雕琢的美丽乡村、日益美好的百姓生活……褪掉"土气"的香拉里，正在炼"城"现实中的"诗和远方"。

大手笔绘出新蓝图，大建设带来新发展。香拉里正发生着翻天覆地的变化，到处洋溢着蓬勃发展的气息。站在新的历史时期，一个个独具特色、充满生机、宜居宜业宜游的新家园正向未来阔步前行。

翻过瞻巴拉圣山，车窗外是皑皑的白雪，偶尔一只红嘴老鸦从不远处嘶哑鸣叫着疾飞而过，三三两两的牦牛在牧草枯萎的牧地上寻觅着食物，凉风中旗子在空旷的山野中猎猎作响。天空晴朗如常，唯独从青藏高原上刮来的阵阵寒风，让人顿感冬意。

不远处，千年的古庙依旧巍然矗立在这片神奇而美丽的高原之上，俯瞰着岁月的变迁。一群群僧侣吟诵着经文，摇转着经筒信步走过；匍匐叩拜的信徒正用身体丈量着自己的修行之路。

其实每一个有信仰的人不都在执着追求么？尽管工作和生活中的诸多不如意，常常困扰得人不开心，但低头沉思一番，发现也不过是生命中的插曲罢了。应该感谢生命中的那些苦难，它是变了样的上天恩赐，是生命向上生长的坚实台阶。拍拍尘土，继续迈步，走脚下的路……

邓一鸣相信，香拉里必将走向富裕，藏族人民必定会紧跟时代的步伐，搭上时代的列车，在全国人民的支持下，建设美丽的悬天净土，建设他们自己的幸福家园，生态的家园美起来，和美的家园富起来，感恩的歌儿唱起来，欢乐的舞儿跳起来，歌唱这伟大的新时代，昂首阔步向未来。香拉里、雪达尔的藏族村民仿佛看到了那一幅"产业旺、百姓富、生态美、乡风纯"的美丽乡村画卷已经徐徐展开，他们就在那幅画卷里生存、繁衍，过着幸福、祥和的生活，他们也正张开怀抱，欢迎四面八方的客人来林中秀城和雪达尔村走走看看，感受那"曾经一步跨千年，而今跑步奔小康"的豪迈，体会那"吃水不忘挖井人，致富不忘谢党恩"的感激之情……

以梦为马，不负韶华！在美丽乡村建设道路上续写新的辉煌，振兴伟业，乡村振兴的香拉里画卷已经徐徐展开……

2022 年 10 月 16 日初稿
2022 年 11 月 20 日修改